POUR L'UNIQUE

Une nouvelle de Déjouer le système

Brenna Aubrey
Traduit par Suzanne Voogd

SILVER GRIFFON ASSOCIATES
ORANGE, CA, USA

Pour Kate, la Lucy de mon Ethel (et parfois l'inverse, selon le jour).

REMERCIEMENTS

Il faut un village pour écrire un livre. Vraiment. Et mon village est rempli de personnes très intelligentes, serviables et attentionnées que j'ai la chance de connaître ou de rencontrer pendant que j'écris.

Un grand merci à mes premières lectrices, Kate McKinley et Sabrina Darby qui me font avancer à coups de pied aux fesses quotidiens (parce que je le leur demande !) et qui ont tant amélioré le livre.

Ce livre a nécessité plus de recherches que tous les autres que j'ai pu écrire. J'ai lu et regardé beaucoup de ressources, et j'ai également eu la chance de consulter des experts. Un immense merci à : Peter McGonigle, Olivia Devon, Elizabeth Varlet (et son Monsieur), Aleksandra Adamovic, Adnan Nurkanovic, Carey Baldwin, Laney Jordan, Lyra Marlowe, Cindy Kinnard, Sabyna Aydon, et Temple Grandin (qui est une experte méritant des remerciements bien que je ne l'aie pas consultée directement !).

À mon équipe de production, qui prend ma boule de glaise et en fait une belle histoire brillante : S.G. Thomas, Eliza Dee, Sarah Hansen, Lindee Robinson.

L'inestimable département du soutien moral : Tessa Dare, Kate McKinley, Sabrina Darby, Natasha Boyd, Bria Quinlan, Cora Seton, Julia Kent, Bev Kendall, Zoe York. Le Novel Spot Lounge sur Facebook. Les membres de mon propre groupe de lecture, Brenna Aubrey Books sur Facebook. Les Selfpub Warriors, les auteurs Chatzy, le forum Romance Divas et Romance Writers of America.

Beaucoup de gratitude à tous ceux qui écrivent dans leurs blogs, font des commentaires, des posts, partagent et parlent de mes livres. C'est grâce à vous que je peux vous apporter ces histoires. À tous mes lecteurs incroyables : merci pour vos commentaires, vos messages, vos posts, vos tweets, vos partages et votre enthousiasme. Merci de tant aimer ces personnages et ces histoires.

Cela nous conduit aux derniers, mais aux plus importants : les personnes adorables qui me sont si chères et qui partagent ma vie quotidienne. Je vous aime plus que les mots peuvent l'exprimer (ce qui est beaucoup dire, car je suis écrivain !), je vous aime plus que tout au monde, jusqu'à la deuxième étoile sur la droite, à l'infini et au-delà. Je sais que ce n'est pas facile de vivre avec un écrivain, pas du tout facile. Mais merci de me permettre de faire ce que je fais et de vivre avec toute cette folie en m'aimant quand même. Bisous.

Chapitre Un
Jenna

PARFOIS, IL N'Y A PAS D'AUTRE MOT POUR DÉCRIRE MA VIE qu'absurde. C'est un bon mot, en fait. Il sonne juste sur la langue. Meilleur quand on le dit à voix haute que lorsqu'on l'entend dans sa tête. Et parfois, lorsque tu te trouves en dehors de ton propre corps et que tu regardes les événements qui prennent place autour de toi, il est si adapté.

C'était le mot qui me vint à l'esprit ce samedi matin étouffant du mois de mars. J'étais assise au premier rang d'un amphithéâtre de plein air dans un parc local et je regardais deux hommes adultes dans des armures de style médiéval se battre avec de longues épées. Le reflet du soleil matinal brillait sur le métal et brûlait mes yeux pendant qu'ils s'affrontaient. L'homme le plus petit était Doug, le type que je fréquentais depuis quelques mois. Le tabard drapé sur son plastron était d'un bel écarlate orné d'or. L'autre homme était plus grand et même si sa tête était cachée sous un casque en métal et une visière, je savais que c'était William Drake.

— Hourra, Sieur William ! Vous pouvez le faire ! cria Shannon.

Elle faisait partie d'un groupe de femmes que j'aimais appeler ses groupies. William semblait avoir acquis sa propre petite collection sans s'en rendre compte, et elles alternaient entre essayer de sortir avec lui et essayer de le materner, échouant presque toujours pour les deux.

Il ne semblait pas accorder beaucoup d'intérêt aux femmes de ce groupe, alors même qu'elles se jetaient continuellement sur lui. Je comprenais pourquoi elles le faisaient. En fait, il était presque trop beau pour être vrai : grand et fort, les cheveux bruns, une mâchoire carrée et une excellente ossature. Ses traits n'étaient marqués que par une minuscule cicatrice sur son menton, qui ajoutait à sa beauté brute.

Les armures claquaient et les épées s'entrechoquaient à une vitesse surprenante. Il ne s'agissait pas d'épées matelassées ou en bois, les armes typiques choisies pour les reconstitutions de batailles médiévales. Non, c'était de l'authentique.

Les règles du Combat Historique Médiéval de Reconstitution – c'était le nom de l'organisation – exigeaient des armes réelles, mais émoussées. Les blessures, cependant, pouvaient être très réelles. Étant donné la façon dont l'épaule gauche de Doug était affaissée à l'endroit où William s'était acharné dessus pendant le premier match, j'étais certaine qu'il sentait exactement à quel point c'était réel.

Pour l'instant, Doug était mené d'un point et ils avaient entamé le deuxième match sur trois. Je les regardais avec assez peu d'intérêt. Je n'avais pas d'enjeu dans ce combat.

Enfin non, ce n'était pas tout à fait correct. Il y avait bien un enjeu : Doug. Je voulais qu'il gagne afin que ce ne soit pas un trop grand choc pour son ego déjà énorme lorsque j'allais lui annoncer vouloir rompre.

Clac ! L'arme de William atterrit sur l'armure de Doug, suivie par une série de coups agressifs. Il semblait maîtriser Doug qui ne s'était manifestement pas attendu à ce qu'il soit aussi doué. À vrai dire, Doug me l'avait même dit ce matin avant le duel. Il avait ri et fait des commentaires méprisants au sujet de la compétition 'qui n'en était pas vraiment une', avait-il ricané.

Doug était parfois un con, mais ce n'était qu'une partie de la raison pour laquelle j'en avais terminé avec lui. Les vents avaient tourné et j'avais cette sensation douloureusement familière qui me dictait de couper les liens et de passer à autre chose. Mon destin était de ne jamais rester prisonnière, en particulier dans une relation médiocre.

Derrière moi, un autre groupe de gens encourageait également William. Il s'agissait de mes amis, pas des groupies. Mia, une de mes meilleures amies, poussait des cris par-dessus la foule et Alejandra, ma colocataire, avait commencé un chant en tapant des mains en rythme.

— Sieur William ! Sieur William !

J'inspirai avant de souffler. Ce serait une bonne leçon pour Doug d'apprendre un peu d'humilité par la main de William. Mais je ne pouvais pas vraiment rompre avec lui le jour où il perdait une bataille, si ? Que ferait une dame de l'époque médiévale ?

Dieu merci, je ne saurais jamais la réponse à cette question. Étant une femme du vingt et unième siècle, j'avais beaucoup plus de choix que cette dame d'autrefois.

Doug se redressa après avoir été repoussé par les coups de William et il se mit à balancer sauvagement son bras intact, obligeant William à reculer. Il attaqua sa taille et lorsque William voulut le bloquer avec son bouclier, Doug frappa le heaume de William avec le sien. Un geste parfaitement légal, mais tout à fait digne d'un trou du cul. Doug était clairement énervé que non seulement cette compétition 'trop facile' l'ait blessé à l'épaule, mais qu'en plus il ait perdu la première manche.

Au bout de quelques minutes, la seconde manche fut terminée et le juge déclara Doug vainqueur. Ils étaient à égalité, il ne restait plus qu'une manche. Le premier combattant à toucher trois fois son adversaire serait déclaré le gagnant de la dernière manche et donc du duel.

William et Doug eurent droit à quelques minutes pour reprendre leur souffle. D'un air déterminé, Doug s'avança vers la balustrade et il s'arrêta devant moi. Il fit une révérence avec un grand bruit métallique, puis il souleva la visière de son heaume. *Absurde.*

— Ma mie, appela-t-il en haletant. Votre faveur, si vous le voulez bien.

Je levai un sourcil. Il ne pensait pas vraiment qu'un ruban de mes cheveux ou une écharpe allait l'aider, si ? Je pinçai les lèvres lorsque Caitlyn, assise à ma droite, me donna un coup de coude dans les côtes en gloussant.

— Espèce de chanceuse. Donne-lui quelque chose !

Je retirai le ruban de mes cheveux, ce qui les fit tomber devant mes yeux, et je le tendis vers Doug entre le pouce et l'index. Il tendit son épée, la poignée vers moi.

— Attache-le autour du pommeau, *mon amour*, dit-il encore une fois d'une voix forte et chantante.

Le terme affectueux me brûla l'estomac, tout comme son cinéma. Mes joues étaient rouges de honte. Cela faisait quelques jours qu'il m'appelait ainsi, d'une voix forte et seulement en public. C'était à peu près cinquante pour cent de la raison pour laquelle j'avais décidé de couper les liens et de fuir maintenant et non pas plus tard.

Mon regard tomba sur l'autre silhouette dans l'arène. William avait échangé son petit bouclier rond pour un grand bouclier allongé qui était toujours utilisé dans la troisième manche d'un duel. Il était immobile comme une statue, nous regardant à travers son masque facial baissé.

Je me levai de mon siège et j'attachai rapidement le ruban autour du pommeau de l'arme de Doug. Puis je me rassis avant qu'il devienne irritant et qu'il exige un baiser, par exemple.

Doug leva alors son épée, faisant face à la foule. Au bruit des acclamations, il cria :

— Plus fort ! Nous ne pouvons pas vous entendre à travers les heaumes.

William n'avait pas bougé et sa tête casquée était toujours tournée dans ma direction. Perturbée, je frappai timidement dans les mains et mes applaudissements se perdirent dans la clameur derrière moi. Les gens sifflaient et tapaient des pieds sur les gradins en bois. Le heaume de William se tourna dans la direction des gradins et son bouclier descendit légèrement. Puis il se retourna brusquement, dos à la foule, la tête baissée.

Doug s'était retourné pour regarder William en attendant le signal de l'arbitre. Je fronçai les sourcils en le regardant. Il semblait lui aussi observer William. Était-ce une tactique d'intimidation ?

Après avoir changé de bouclier, Doug marcha à grands pas jusqu'au centre du champ de bataille où se tenait l'arbitre. William se tourna vers eux de façon hésitante, trébuchant en prenant sa place. Je plissai le front. Que se passait-il ? Il avait semblé si sûr de lui pendant la première manche. Il avait peut-être été secoué par la défaite de la seconde.

Les deux chevaliers se firent face à nouveau, préparant leurs épées en attendant le départ. Dès l'instant où le drapeau jaune se leva entre eux, ils commencèrent à se frapper. C'était surréaliste de voir ces deux hommes adultes jouer à des jeux de guerre alors que j'avais vécu une véritable guerre. En fait, j'étais née au milieu d'une zone de guerre et j'avais survécu pendant des années dans une cité assiégée.

Je frissonnai en chassant ces horribles souvenirs de mon esprit.

William se dirigea encore une fois vers Doug, mais ses mouvements étaient hésitants et désordonnés. Il ne frappait que l'air et son bouclier était incliné bizarrement, comme pour empêcher les spectateurs de le regarder se battre. La foule applaudit et tapa des pieds encore plus fort.

William trébucha à portée de Doug et son épée tomba durement sur l'épaule blessée de ce dernier. Doug poussa une longue série de jurons que l'on put entendre par-dessus le bruit de la foule. L'arbitre siffla et les obligea à se séparer. Les deux chevaliers baissèrent leurs armes et levèrent leur visière.

— Faute, noir et argent, pour avoir attaqué une partie déjà blessée du corps de l'adversaire de façon si peu chevaleresque. Noir et argent, ceci est un carton d'avertissement ! Encore une telle pénalité et vous serez disqualifié. Et, vous, rouge et or. Vous êtes averti contre votre langage peu galant. Faites attention.

William hocha la tête, les yeux fixés sur le sol, mais Doug regardait William en fronçant les sourcils. Je n'arrivais pas à voir s'il était en colère ou s'il préparait quelque chose. Il pinça les lèvres en se tournant vers la foule et il l'encouragea à faire plus de bruit. La foule l'écouta volontiers.

Le corps entier de William se raidit – si une telle chose était détectable sous toute cette armure. Je me demandai ce que fabriquait Doug. Plus tôt, il avait dit que connaître la faiblesse d'un adversaire était la clé de la victoire d'un duel. Jusqu'à quelques minutes plus tôt, William n'avait montré aucune faiblesse.

La foule gênait manifestement William. Je ne l'avais pas remarqué jusqu'à ce que Doug s'approche de moi et demande ma faveur, puis pousse la foule à l'acclamer. Était-ce le fruit d'un calcul de la part de Doug ? Cela n'avait absolument pas été sentimental. Doug ne fonctionnait pas ainsi. Il avait eu une raison pour me demander cette faveur en faisant tout ce cirque.

Doug s'avança dès l'instant où il reçut le signal donné par l'arbitre. Il asséna deux coups directs à la suite. William fut forcé de reculer sans la moindre tentative de bloquer. La foule rugit. Avec un coup de plus, la manche – et le duel – serait remportée par Doug. Et même si à l'origine j'avais trouvé que ce serait bon pour moi s'il gagnait aujourd'hui, je souhaitai soudain que ce ne soit pas le cas.

William réajusta son grand bouclier. Doug leva encore son épée, mais cette fois ce fut un signal afin que la foule l'acclame plus fort. C'est ce qu'elle fit en battant des pieds, en criant et en sifflant avec ferveur. Quant à moi, j'étais concentrée sur William. Il était difficile de lire son langage corporel sous une couche d'acier, mais avec son bouclier baissé et son épée tenue dans une position étrange, il paraissait manifestement mal à l'aise.

Doug s'avança vers lui et William le chargea soudain, avançant plus vite qu'avant. William parvint à frapper Doug avant de parer un coup qui aurait pu être le dernier. La foule était debout à présent, tout comme moi. C'était si serré.

L'arbitre interrompit à nouveau le jeu et William tourna en rond, serrant et desserrant son poing ganté, son casque bougeant comme s'il secouait la tête. Doug se tourna vers la foule et il leva la main comme pour les encourager à crier. Un frisson parcourut tout le corps de William.

Lorsque le drapeau entre eux fut levé, William bondit presque trop tôt et se mit à frapper Doug au hasard. Le style de combat précis et posé qui avait épuisé Doug pendant la première manche avait disparu. À présent, l'énergie de William semblait presque chaotique et Doug se défendit avec facilité.

Jusqu'à ce que l'épée de William atterrisse encore une fois sur lui... à l'endroit où son plastron rejoignait son heaume. Tout le monde se mit à sauter en hurlant. William avait donné le dernier coup.

Oui, cela me fit sans doute plus plaisir qu'il l'ait fallu. Tout le monde applaudissait si bruyamment que personne n'entendît siffler l'arbitre jusqu'à ce que les deux adversaires lèvent leur visière. Il fallut quelques minutes, mais la foule se calma.

Quelque chose n'allait pas. L'arbitre ne déclarait pas William vainqueur.

— À cause d'une autre faute méritant un carton jaune – un coup contre le gorgerin –, je déclare que le chevalier noir et argent est disqualifié. Rouge et or, tu es le gagnant de ce duel.

Les gens derrière moi – les amis de William et sa famille – se mirent à se poser des questions d'une voix tendue. Je me tournai pour les regarder. Mia regardait attentivement William, les sourcils froncés sur son joli visage. Alex se plaignait d'une voix forte et Adam et Heath discutaient entre eux. D'autres étaient dans un état de confusion similaire. Les amis de Doug, évidemment, étaient surexcités et Caitlyn et Ann qui étaient assises de part et d'autre de moi applaudirent.

— Il a gagné ! Ton homme a gagné !

Doug leva sa visière pour révéler un sourire sinistre sur son visage. Il semblait extrêmement satisfait. Un chant s'éleva.

— Sieur Douglas ! Sieur Douglas !

Mon estomac se noua inexplicablement. Je ne pus m'empêcher de me sentir mal pour William. Il avait mené un si beau combat avec des coups rapides et puissants.

En l'espace de quelques minutes, une foule entoura Doug tandis que William partit en direction du camping où étaient installées les tentes pour dormir. Tout notre groupe avait campé la nuit précédente pour se préparer aux événements du week-end. Outre regarder les duels, nous autres qui ne nous battions pas, nous avions également du travail. Après le repas de midi avait lieu la réunion annuelle du planning de notre club, qui se tenait traditionnellement au début de chaque printemps.

Deux autres chevaliers entrèrent sur le ring pour un duel d'entraînement. Je poussai un soupir. Autant que je m'en débarrasse. Peut-être ne le prendrait-il pas trop mal juste après cette 'grande victoire'.

Mes deux amies les plus proches au sein de notre clan, Caitlyn et Ann, m'accompagnèrent. Ann bavardait au sujet du duel tandis que Caitlyn appelait et saluait des gens en chemin, s'écartant de temps en temps pour faire un câlin ou bavarder avec quelqu'un.

Moi en revanche, je demeurai silencieuse, répétant déjà mentalement mon dialogue de rupture.

— Es-tu contente que ton homme ait gagné ? demanda soudain Ann.

Je lui jetai un regard du coin de l'œil. Dans le passé, Ann avait été assez franche en me disant qu'elle n'était pas une fan de Doug et qu'il ne me méritait pas. Je fis quelques pas en silence avant de répondre.

— Bien sûr.

Je ne la regardai pas dans les yeux, craignant qu'elle devine. Je ne leur avais pas encore parlé de mon intérêt diminué pour Doug.

— C'est vraiment dommage, dit-elle de son accent somalien mélodieux que j'aimais tant écouter. Pour sieur William. C'est un homme bon.

— C'est vrai... dis-je en haussant les épaules. Mais toute bataille nécessite un gagnant et un perdant.

Je fronçai les sourcils. Cela m'avait semblé beaucoup mieux dans ma tête. William n'était pas un perdant.

Caitlyn revint marcher à côté de nous, calmant son entrain habituel pour se joindre à notre conversation.

Ann me jeta un autre coup d'œil et elle se mordit les joues, ce qui mit en valeur ses traits déjà exquis.

— Il a le béguin pour toi.

— Doug ? évidemment, répondit Caitlyn.

Je levai les sourcils et même si j'avais compris qu'Ann parlait de William, je restai silencieuse en espérant que Caitlyn mène la conversation dans une autre direction. Elle n'en eut pas l'occasion.

— Je parlais de William, expliqua Ann. Je le surprends tout le temps en train de regarder Jenna.

— Sieur Sexy MacBeau en pince pour Jenna ? dit Caitlyn d'une voix beaucoup plus forte que je ne l'aurais voulu.

Je la fis taire.

— Ce n'est pas vrai. Nous nous disputons tout le temps. Ce type contredit constamment tout ce que je dis.

Ann haussa les épaules.

— Simple tension sexuelle. Ce n'est pas si incroyable, ma belle. Souviens-toi qu'il a défié Doug en duel.

Je secouai la tête.

— Ce n'était rien de plus qu'une compétition masculine de mesure de la queue.

Caitlyn m'interrompit d'un grand éclat de rire.

— Alors c'était une manifestation physique d'une dispute au sujet de qui possède la plus longue – euh – épée ?

Je hochai la tête en souriant.

— Exactement. Un truc d'hommes. Ils sont très préoccupés par leurs *épées*.

— Pourquoi, d'ailleurs ? demanda Ann.

Comme d'habitude, je trouvai sa naïveté attachante. Nous nous étions rapprochées grâce à nos passés similaires : nous étions toutes deux des immigrantes aux États-Unis. En fait, nous nous étions rencontrées en travaillant ensemble au Centre de Soutien International pour les Réfugiés.

— Qui sait ? Nous ne sommes pas des hommes. Nous ne les gardons près de nous que pour le plaisir, dis-je.

S'il était possible de voir la peau douce et sombre d'Ann rougir, cela se serait vu à ce moment-là.

Caitlyn se pencha vers elle et lui tapota le bras.

— Quand Rodrigo se sortira enfin le doigt du cul et qu'il te demandera de sortir avec lui, tu comprendras.

Ann posa sa main sur la bouche.

— Caitlyn ! Ne dis pas ce genre de choses !

Je poursuivis ce que Caitlyn avait commencé, soulagée de ne plus être le centre de l'attention.

— Il t'adooore, Ann. C'est juste qu'il est trop timide.

— Il m'aime de la même façon dont William t'aime ? rétorqua Ann.

Mince. Raté. Maintenant, c'était mon visage qui brûlait et l'image d'un homme grand et parfait – un véritable chevalier blanc – flottait devant mes yeux.

— Elle a Doug. Elle n'a pas besoin d'un *autre* homme. Laissez-en quelques-uns pour nous, les filles ordinaires et sans charme, dit Caitlyn en se désignant avec un sourire.

— Tu recommences. Arrête, la grondai-je en faisant référence à sa tendance à l'auto-dénigrement.

Mais Ann ne se découragea pas.

— Je sais que tu n'aimes pas Doug. Pas vraiment.

— C'est ton intuition africaine toute puissante qui parle ? La taquina Caitlyn.

— Cela s'appelle la perspicacité, rétorqua Ann. Tu devrais essayer, un jour.

Caitlyn haussa les épaules et s'en remit à moi.

— Que te dit *ton* intuition ?

— Je ne fais jamais confiance à mon intuition. Je me contente de mes cartes de tarot, dis-je.

Ann se tourna vers moi.

— Pourquoi n'as-tu pas rompu avec Doug ? Il ne te mérite pas.

Je levai mon sourcil droit, imitant parfaitement Mr Spock, mais je me retins de faire remarquer que son intuition – toute puissante ou non – était tombée juste cette fois.

Caitlyn lui donna un petit coup de coude.

— Arrête. Tout le monde ne le déteste pas.

Ann haussa les épaules.

— Je suis désolée. Je déteste qu'il ait gagné. Il va être encore plus insupportable que d'habitude.

J'eus un petit sourire.

— Je peux garantir que Doug ne fera pas trop le malin au sujet de cette victoire. Après tout, il a gagné grâce à un détail technique.

Ann sembla réfléchir un instant.

— William paraissait mal à l'aise.

— Peut-être n'aime-t-il pas les foules ? dit Caitlyn.

Ann hocha la tête.

— Il est très réservé. C'était peut-être ça. Il a été gêné.

Je fronçai les sourcils en y songeant. Il s'agissait de plus qu'une simple gêne. William avait le syndrome d'Asperger, ce qui signifiait qu'il se trouvait sur le spectre autistique. Il était logique que les foules le gênent, en tout cas d'après ce que je savais sur cette maladie.

Ann me regarda avec un sourire entendu.

— Je pense qu'il a défié Doug parce qu'il a des sentiments pour toi. Et ne lève pas les yeux au ciel !

— Tu penses que tout le monde a des sentiments pour moi, lui dis-je. Je pense que ce sont les hormones et mon fidèle corset push-up.

Je fis un geste pour montrer ma poitrine en évidence qui n'apparaissait que lorsque je portais des vêtements d'époque. C'était peut-être la raison pour laquelle j'aimais tant me déguiser.

— Je n'étais même pas présente le jour où William l'a provoqué en duel.

— Oui, mais...

Je l'ignorai et je poursuivis.

— Je pense que William en a eu assez d'écouter Doug se vanter constamment d'être le meilleur combattant de notre clan. Il a simplement décidé de lui donner une leçon.

Caitlyn salua un ami de l'autre côté du camp, puis elle se retourna vers nous.

— Alors, tu aurais aimé qu'il gagne ?

Je haussai les épaules. Le fait que William ait perdu allait me faciliter la rupture avec Doug – du moins, c'était ce que j'espérais.

Quand nous atteignîmes la tente de Doug, je leur dis que j'allais rassembler mes affaires. Elles se dispersèrent, disant qu'elles me retrouveraient à la réunion après le déjeuner.

Je me glissai à l'intérieur et j'enlevai mes vêtements médiévaux : mon corset extérieur à lacets, mon chemisier à volants et deux couches de jupes aux couleurs vives. J'étais prête à me transformer en une femme du vingt et unième siècle et je le fis vite, avant que l'autre occupant de la tente arrive.

Je venais d'enfiler mon jean et de le boutonner quand Doug entra dans la tente. Il avait déjà retiré son armure et les protections rembourrées qui se portaient en dessous. Comme la majorité des guerriers du groupe, il portait des vêtements fidèles à l'époque sous son armure. Et en dessous de tous les éléments qu'il portait, il semblait petit, en sueur... vidé.

Je lui fis un petit sourire pincé en me penchant pour ranger mes affaires dans mon sac.

— Félicitations ! C'était un combat excitant.

Doug fronça les sourcils.

— C'était un combat irritant. Cet idiot a fait de la musculation. Et il s'est entraîné. Il s'est amélioré pratiquement en l'espace d'une nuit. À part Captain America, qui fait ça ?

— Ce n'était pas exactement en une nuit. Il a eu des mois pour se préparer, lui dis-je d'une voix douce pour calmer son irritation, malgré le ressentiment causé par la remarque sur 'cet idiot'.

Plus il était détendu, mieux cela se passerait pour moi.

— Tu étais plus que préparé. Tu as gagné, après tout.

— C'était pour un détail technique. Je n'ai pas vraiment gagné. C'était serré. Beaucoup trop serré. Et il m'a fait quelques coups bas.

— Je suis sûre qu'il ne voulait pas te faire mal. Il semblait tendu.

— Ouais, je l'ai compris après la première manche. Il est si stupide qu'il m'a avoué que la foule le faisait paniquer. Naturellement, je l'ai utilisé à mon avantage.

Ma gorge brûla à cause de la bile qui remontait.

— En parlant de coups bas…

Il écarquilla les yeux.

— Hé, moi j'ai suivi les règles. Lui, non. J'ai gagné à la loyale.

— Sur un détail technique.

Son visage s'assombrit et il retira sa chemise trempée de sueur avant de s'essuyer le visage avec elle.

— Bref.

Merde. Ma bouche avait pris les devants et maintenant il était contrarié. *C'était stupide, Jenna.*

Je bouclai ma sacoche. Je m'étais préparée à fuir après le combat, alors j'étais presque prête à partir. Tout ce qu'il me restait à faire, c'était le discours.

Aucun souci. Je l'avais déjà fait… il suffisait de changer les détails et de transmettre le message général auquel j'avais eu recours par le passé.

— Alors, Doug… nous devons parler et je pense que nous pouvons le faire maintenant.

Il laissa tomber sa chemise et me regarda.

— Ça a l'air sérieux.

— Eh bien, tu sais que je me prépare à voyager avec la foire de la renaissance quand la saison démarrera. Je pensais… je pensais qu'il vaudrait mieux que…

Il tendit la main pour m'interrompre. Ses yeux verts étincelaient.

— Attends… quoi ? Tu n'es pas en train de rompre avec moi, si ?

J'hésitai en le regardant.

Il laissa retomber sa main et il serra le poing.

— Je n'arrive pas à y croire ! Je viens de gagner ce duel. J'allais te convaincre de ne pas partir avec les gens de la foire. De rester avec moi.

Je serrai la mâchoire.

— Ah bon ? Et comment allais-tu faire ?

Il se mit à compter sur ses doigts.

— Je t'ai beaucoup aidé, Jen. Même quand tu ne le savais pas. Chaque fois que nous sortions ensemble, j'ai payé pour tout. Je t'ai acheté des affaires…

Infâme. Je ne me sentis plus si coupable.

— Arrête-toi tout de suite, veux-tu ? Tu ne peux pas m'acheter et tu ne peux pas me convaincre de faire quelque chose en utilisant ton argent.

Il ricana.

— Ah bon, vraiment ? Alors je suppose que cela te serait égal si par exemple je rachetais une petite babiole que tu as si froidement mise en gage et que je décidais de la garder au lieu de te l'offrir comme quelque chose de gentil que ferait, disons, un petit ami ?

Mon cœur se serra. La tiare ? Quoi ? Il avait racheté mon emprunt ? Doug, comme il me le rappelait souvent, avait un fabuleux travail fixe comme ingénieur et plus d'argent qu'il ne savait en dépenser. Disait-il la vérité ? Aurait-il les couilles de me faire du chantage même s'il avait racheté la tiare ?

— Il vaut mieux que tu plaisantes, et si c'est le cas, c'est une très mauvaise plaisanterie.

Il secoua la tête.

— Je ne plaisante pas. J'allais te la donner ce soir au dîner pour célébrer ma victoire.

Il me tourne le dos pour attraper une serviette.

— Mais maintenant, je n'en ai plus très envie.

Le choc me coupa le souffle et j'entendis le sang rugir dans mes oreilles. Je serrai les poings.

— Je veux la récupérer.

— Alors tu n'aurais peut-être pas dû la mettre en gage chez Tim.

Les paroles insensibles de Doug me firent l'effet d'un coup de poignard. Son mépris avait été silencieux, mais évident quand il m'avait conduite jusqu'au magasin d'une de ses connaissances. Il était toujours facile de juger les mesures désespérées prises par quelqu'un d'autre quand il était question d'argent et que l'on en avait soi-même plus que nécessaire.

— Tu mens, soufflai-je. Tim ne te l'aurait jamais vendue. J'ai signé les papiers et il m'a promis de me donner six mois pour la racheter avant que quelqu'un d'autre puisse le faire.

Doug haussa les épaules.

— Tu avais du retard pour ton dernier paiement et je me suis dit que j'allais simplement te la racheter. J'avais déjà assez honte que tu sois en retard. Je ne voulais pas que tu ne t'acquittes pas de ta dette.

— J'avais quatre jours de retard ! Je devais attendre que ma paye…

— Je t'ai rendu un service, dit-il avec mépris. Tu n'as aucune gratitude.

Je voulus hurler de frustration. Quand j'avais dit avoir besoin de mettre en gage la tiare, Doug m'avait proposé de me prêter l'argent. Même alors, j'avais su que c'était une mauvaise idée, alors j'avais poliment décliné son offre. Il avait donc parlé de ce négociant en bijoux qui pouvait m'offrir un meilleur deal qu'un prêteur sur gages – et qui garderait mon objet jusqu'à ce que je puisse le rembourser.

Stupide, stupide Jenna. Pourquoi t'infligeais-tu cela ?

— S'il te plaît… couinai-je. Veux-tu vraiment que cela se termine ainsi ?

Doug fouilla dans son sac à la recherche d'une chemise propre, puis il se redressa.

— Je ne veux pas du tout que cela se termine. Je te l'ai dit, j'allais te convaincre de rester.

— En m'y obligeant avec la tiare ?

L'horrible sensation au creux de mon estomac s'intensifiait avec le temps et des larmes me piquaient les yeux.

— Tu es un enfoiré. Tu ne sais même pas ce que cette tiare représente pour moi. C'est… c'est…

Je m'interrompis. Il ne méritait pas de connaître les émotions précieuses et privées liées à cet objet inanimé… les souvenirs des espoirs et des craintes d'une petite fille effrayée dans un avion qui comprimaient sa poitrine en atterrissant dans un tout nouveau pays dont elle ne parlait même pas la langue.

Il haussa les épaules.

— C'est toi qui veux rompre. Comme je te l'ai dit…

— Alors tu es en train de dire que si je ne romps pas avec toi, je récupérerai la tiare ?

— Bien sûr… un jour.

J'eus envie de lui casser la figure avec sa propre arme.

— Que veux-tu dire, *un jour* ?

— Je veux dire que j'étais d'humeur festive ce soir et j'avais l'intention de te la donner. J'ai une réservation à La Terminale. Je t'emmène dans de beaux endroits, Jen. Tu dois admettre…

— Cette tiare m'appartient. C'est un bijou de famille. Tu as intérêt à me la rendre, Doug.

— Il me semble que j'ai un reçu sur lequel il est écrit qu'elle m'appartient.

Je faillis taper du pied.

— Ne sois pas un connard. Je ne vais pas rester avec toi juste parce que tu essaies de me faire du chantage, OK ? Cette tiare…

Ma voix se brisa, succombant à une émotion inattendue. Cela ne servait à rien. Plus j'étais affectée, plus Doug semblait satisfait.

Il n'allait pas me voir pleurer. Si j'en avais le pouvoir, je n'allais pas lui faire ce plaisir. Le dernier homme qui avait réussi était Brock ; et c'était mon âme elle-même qui s'était déversée dans un océan de larmes pour lui. Seulement lui. Je ne voulais plus jamais être dans cet état.

— Je t'emmerde, Doug. Je n'en ai pas fini avec toi. Je vais en informer le conseil du clan.

— Tu ne serais pas un peu dramatique ?

Il leva les yeux au ciel et je brûlai de tant de haine que j'aurais voulu le gifler.

— Je suis certain que le conseil du clan pensera comme moi que tu es une sans cœur d'avoir vendu un héritage que ton père t'avait donné.

Je fis un pas menaçant vers lui et pendant une fraction de seconde il y eut de la peur dans ses yeux. Mais je ne pus rien dire, les larmes bouchaient et brouillaient tout.

Il allait payer. J'allais vraiment le faire payer.

Je ramassai mon sac et je tournai les talons, me précipitant hors de la tente pour courir vers le bord du campement. Les larmes arrivaient vite et je ne pouvais pas laisser quelqu'un les voir. J'accélérai, tête baissée, mon sac sur l'épaule, les poings serrés. J'étais si près de m'échapper…

Mais je percutai un corps solide en passant le coin de la toute dernière tente de la rangée. J'avais avancé si vite que je ne pus interrompre mon élan et que j'atterris sur les fesses.

Surprise, je restai assise et je mis quelques secondes à rassembler mes esprits. Quand je levai les yeux, ce fut directement sur le visage de l'ennemi de Doug. Malgré tous mes efforts, il y avait des larmes sur mes joues et j'étais certaine que mon visage affichait mon impuissance.

De son côté, il semblait stupéfait. Il se baissa pour m'aider à me relever. Mon regard se fixa sur son cou solide qui s'élevait de sa tunique ouverte exposant également le haut de son torse. Je vis quelques poils noirs sur ses muscles durs.

Doug avait raison. Cela faisait des mois que William s'entraînait – et ça se voyait.

Il était… incroyable. En particulier vêtu de si peu d'habits. William avait toujours été beau, mais sa préparation pour le combat l'avait affûté. À présent, il était grand, brun, beau *et* musclé. Et alors que Doug avait semblé petit et fatigué, William semblait vibrant et puissant.

Il tendit la main, son énorme biceps apparaissant de sous sa manche remontée. *Bon sang.* Même à travers mes larmes, c'était difficile à ignorer.

— Dame Kovac. Pardon.

Il s'adressa à moi comme notre clan le faisait en général pendant le jeu de rôle. Oui, c'était très geek, mais c'était aussi amusant. Du moins, c'était mon avis la plupart du temps – quand je n'étais pas folle de rage.

Je baissai vite la tête pour cacher mon visage.

— Ça va, William. Tout va bien.

J'attrapai sa main et il me tira sur mes pieds. Puis je me penchai pour attraper mon sac, mais il fut plus rapide et il le ramassa pour moi.

— Je vais te le porter.

Comme à son habitude, il évita de me regarder directement. Cela me convenait, car je n'avais aucune envie d'être vue dans cet état. Je tendis la main pour prendre le sac en gardant les yeux baissés.

— Pas besoin. Merci. Je suis vraiment désolée pour ta défaite. Tu ne méritais pas de perdre.

Il me rendit lentement mon sac, à contrecœur, et je le passai sur mon épaule.

Je me tournai pour partir avec un gros sanglot, mais sa grande main atterrit sur mon bras, juste en dessous de mon épaule, et la chaleur que je sentis à travers le tissu fin de mon chemisier me fit quelque chose. Je déglutis, résistant à l'envie de le chasser. Je décidai de ne pas être impolie avec lui juste parce que j'étais fâchée contre un autre homme.

— Excuse-moi, dit-il sur le même ton guindé propre au jeu de rôle, mais pourquoi dis-tu cela ?

Je secouai la tête, rongée par l'irritation.

— Quoi ? Pourquoi dis-je quoi ?

— Que je méritais de gagner. J'ai violé les règles…

— Tu étais tendu.

Sa main tomba de mon bras. Je risquai un coup d'œil sur son visage. Il regardait mon épaule – ce qui était sans doute ce qui se rapprochait le plus pour lui de regarder mon visage – et il fronçait les sourcils.

— Comment l'as-tu su ?

Je haussai les épaules.

— Je l'ai juste deviné. Tu as travaillé dur. Pendant des mois. Ça se voit…

Mon nez commença à couler à cause des larmes que j'avais versées, alors je reniflai, plus fort que je ne l'aurais voulu. Irritée par moi-même encore une fois, je m'essuyai le visage avec ma manche comme une enfant de maternelle.

— Il faut que j'y aille.

La main fut de retour sur mon bras en une fraction de seconde.

— Quoi ? sifflai-je.

— Tu pleures.

Je réprimai un soupir et je me forçai à ne pas lever les yeux au ciel.

— Merci, tu n'as pas trouvé plus évident ?

Il plissa le front et ignora ma remarque désagréable – c'était une autre de ses habitudes.

— Pourquoi ?

Je me demandai ce que je devais lui dire.

— Euh. Quelqu'un détient quelque chose qui m'appartient et ne veut pas me le rendre.

— Qui t'a volé quelque chose ?

Je soupirai.

— Ce n'est pas exactement du vol… écoute, je sais que ce n'est que la fin de la matinée, mais ma journée a déjà mal commencé et c'est vraiment une longue histoire.

— Alors, raccourcis-la.

Je grinçai des dents en réfléchissant. Les anciens du clan appréciaient William. D'après ce que je savais, il avait de l'influence auprès d'eux. C'était un fidèle pilier du groupe et il forçait le respect grâce à ses talents de forgeron bien commodes. Ce serait peut-être bien de commencer par le lui dire. Il pourrait leur faire exiger que ce crétin me rende ma tiare.

— Doug a quelque chose qui m'appartient.

Il se raidit et je ne me souvins qu'un peu tard des remarques d'Ann concernant le fait que je plaisais à William. Je n'y croyais toujours pas, mais… au cas où il prenne ceci personnellement, je devais faire très attention. Je me mordis la lèvre. Que faire ?

Son beau visage s'assombrit.

— Qu'est-ce que Doug t'a pris ?

— Enfin, il ne me l'a pas vraiment pris. Il… il l'a acheté chez un négociant.

— Mais cela t'appartient ?

— Oui, répondis-je en toussant. J'avais besoin d'argent très rapidement et c'était la seule chose qui avait assez de valeur pour obtenir un prêt.

— Il l'a acheté chez un négociant… répéta-t-il en baissant la voix.

Je ne savais pas ce qu'il sous-entendait. Peut-être était-il sur le point de confirmer ce qu'avait dit Doug : que puisqu'il l'avait acheté, cela lui appartenait.

— Il… Il était présent le jour où j'ai signé les papiers. Le type est un de ses amis et il lui a demandé de cosigner mon prêt au cas où je ne puisse pas rembourser – ce qui n'a pas été le cas. Doug dit qu'il l'a racheté pour moi, mais comme j'ai rompu avec lui, maintenant il ne veut plus me le rendre.

William réfléchit un instant, le visage grave. J'étais sur le point d'abandonner cette ligne de conduite quand il finit par parler.

— Combien as-tu emprunté ?

— Deux mille dollars.

Il n'eut aucun changement d'expression et il regardait toujours mon épaule.

— Et combien Doug a-t-il payé pour le racheter ?

— Le montant du rachat complet était de… cinq mille.

La mâchoire de William tomba.

— Une augmentation de cent cinquante pour cent ?

Je levai les yeux au ciel.

— S'il te plaît, ne me juge pas. J'étais désespérée.

— Personne ne devrait jamais être aussi désespéré.

Cela me hérissa le poil. Je ne pus m'en empêcher.

— C'est facile à dire pour toi.

Son visage s'assombrit.

— Ce n'est pas facile et ce n'est pas difficile. C'est juste un fait.

— C'est ton opinion.

Il plissa les yeux.

— Je vais récupérer ton objet. De quoi s'agit-il ?

Oh, ma déesse, c'était gênant. Je faisais du cinéma pour une tiare. Je sentis venir les blagues de princesse, mais personne ne savait ce qu'elle signifiait vraiment pour moi. C'était le symbole de quelque chose que j'avais perdu et que je ne pourrais jamais récupérer. Elle était à moi alors, que j'avais si peu de choses.

— C'est… c'est un bijou, répondis-je évasivement.

— D'accord. Je vais aller parler avec Doug maintenant.

— Cela n'aidera pas. Il ne veut pas céder. J'espérais que tu pourrais aller voir les anciens du clan.

William sembla considérer l'idée.

— Je vais parler avec Doug, répéta-t-il, puis il tourna les talons et se dirigea vers l'endroit d'où je venais : tout droit vers la tente de Doug.

Oh, merde.

Chapitre Deux
William

Je me faufile entre les tentes et les campements. À ma droite se trouvent des ustensiles de cuisine brillants, authentiques pour la période, disposés autour d'un feu entouré de pierres. Sur le cercle de pierre se trouve un tournebroche en métal sur lequel j'ai travaillé l'année dernière dans ma propre forge. À ma gauche, il y a un râtelier d'armes avec de nombreux produits à vendre. Dans le campement suivant, Ginny étale ses bijoux faits maison en espérant que les clients passeront en revenant de la zone des batailles.

Je peux sentir les préparatifs du déjeuner venant de la zone des repas. La nourriture est cuisinée traditionnellement et authentiquement pour la période, autant que possible. Notre sortie du week-end ne fait que commencer et je recevrai des commandes pour la forge en continu. Je passerai quelques semaines intenses dans mon atelier.

Mais en ce moment, je ne pense pas à cela. Je réfléchis aux mots que je veux dire à Doug. À chaque pas qui me rapproche de sa tente, une autre expression ou phrase me vient. Les conversations sont toujours plus faciles pour moi quand j'ai préparé la majorité ou tout ce que je dois dire en amont. Ou bien avec des notes écrites. C'est souvent le mieux, mais je n'ai pas le temps de le faire cette fois.

Jenna me suit, interrompant mes pensées, essayant de m'empêcher de parler avec Doug pour une raison ou pour une autre. Je suis à trois mètres de sa tente lorsqu'elle attrape mon poignet avec ses mains fines pour essayer de me tourner vers elle. Si je devais l'entraîner à se battre, je pourrais lui montrer comment le faire correctement. Mon regard se pose sur ses mains. Sur ses poignets, plus précisément. Elle a des poignets extrêmement délicats. Élégants. Comme les ailes d'une hirondelle. J'hésite, mais je ne lève pas les yeux.

Je ne peux pas croiser son regard. Et j'espère qu'elle ne me le demandera pas.

— Wil, arrête.

Elle m'a appelé Wil. Je ne sais pas ce que cela me fait ressentir. Je fronce les sourcils un instant, étudiant toujours ses mains. Ses longs doigts s'enfoncent dans les muscles de mon bras. Elle me tient fermement et j'aime cette sensation. En général, je n'aime pas que l'on me donne des surnoms ou que l'on me tienne. Mais ceci est différent. C'est… spécial. Comme ce que sont censés faire ressentir les vacances et les anniversaires, mais que je ne ressens jamais.

— Jenna, dis-je doucement, alors que je suis un peu perdu et que je ne sais pas exactement ce que je veux dire avant que les mots sortent de ma bouche.

Cela me déstabilise.

— Laisse-moi être ton champion.

Elle est silencieuse et je risque un coup d'œil sur son visage. Je suis soulagé de voir qu'elle ne me regarde pas. Elle a le regard baissé et la bouche ouverte… comme si elle essayait de respirer. Elle relâche lentement la pression sur mon bras et je le retire pour l'écarter d'elle. Je le regrette au moment même où je le fais.

Quelque chose dans ma gorge m'empêche de déglutir. Mes yeux aperçoivent les mèches de cheveux blond pâle de Jenna volant dans la brise. Elle est si belle.

— Fais attention, d'accord ? dit-elle.

Je ris.

— Je n'ai pas peur de Doug.

Elle cligne des yeux et elle me regarde. J'ai à peine une seconde pour éviter le piège de son regard. Je sais que si elle me surprend, je ne pourrais pas détourner les yeux. Cela me fait plus peur que de me confronter à Doug et ses six meilleurs amis sans armure. Mon cœur bat fort. Je me suis échappé de justesse. Cette fois-ci.

Je me tourne et je me dirige vers l'entrée de la tente de Doug. Elle est assez mal faite et essaie vaguement de ressembler à quelque chose de la période, mais elle n'est pas à la hauteur de ma tente de style pavillon. Les tissus qu'il a utilisés ne sont pas authentiques et on dirait qu'il ne s'en soucie pas. J'ai remarqué que la seule chose dont il se soucie, c'est le combat – et la victoire. La période n'a aucun autre intérêt pour lui. Il passe très peu de temps à jouer son rôle en tant que membre de la communauté ou à aider les jeunes combattants à s'élever dans les rangs.

Je lève la main et je tire sur la cloche qui pend au bout d'un fil à l'entrée.

— Entrez, dit la voix de l'intérieur.

Je lève le battant du tissu et j'entre, suivi de près par Jenna. Doug se retourne et il me regarde puis elle puis, à nouveau moi.

— Qu'est-ce que tu veux, toi ?

— Je suis venue récupérer l'objet qui appartient à dame Kovac.

Les coins de sa bouche remontent, mais cela ressemble plus à un grognement d'animal qu'à un sourire.

— Je n'ai rien qui lui appartient. Et si elle te pousse à m'attaquer à cause de sa petite tiare, elle est à moi. Je l'ai achetée.

Jenna fait un pas en avant pour se tenir à côté de moi. Sa chevelure pâle arrive à peine au-dessus de mon épaule.

— Tu n'avais aucun droit de la racheter à Tim. Je t'avais dit que je ne voulais pas t'emprunter d'argent.

— C'est mon argent, Jen, lui dit-il.

Le ton de sa voix et la façon dont il raccourcit son prénom me donnent envie de lui mettre un coup de poing. Sur la bouche. De cette façon, il n'utilisera plus jamais cette bouche pour dire quoi que ce soit qui la blesserait.

Je fais un pas en avant.

— Je vais te l'acheter. Maintenant. Cash.

Il me dévisage de haut en bas. Peut-être essaie-t-il de deviner où je cache l'argent.

Il croise les bras sur sa poitrine.

— Non.

Il choisit donc de faire le difficile. Je ne comprends pas pourquoi. Doug et moi n'avons jamais eu grand-chose à nous dire. Apparemment, cela n'a pas changé.

— Dans ce cas, je te paierai le triple de ce que tu as payé.

Il se contente de me fixer et comme je ne sais pas déchiffrer les regards – et que je ne sais pas non plus contempler les visages – j'évite de le regarder. Je ne sais pas du tout ce qui lui passe par la tête, mais quand je lève à nouveau les yeux, il regarde Jenna et il sourit. Un rapide coup d'œil confirme qu'elle ne lui sourit pas.

Je devrais être heureux qu'elle soit fâchée contre lui et qu'elle ne veuille plus être sa petite amie. Elle me plaît depuis si longtemps et tous les mois qu'il a passés avec elle me mettaient en colère. Je n'ai aucun droit sur elle maintenant, mais un jour...

Pour l'instant, je m'inquiète qu'elle puisse changer d'avis. Qu'elle décide qu'elle veut être avec lui finalement, même si ce n'est que pour récupérer sa tiare. Maintenant que j'y pense, je n'ai jamais vu Jenna porter une tiare – ni aucune autre sorte de bijou de valeur. Celle-ci doit avoir de la valeur pour qu'elle la mette en gage pour deux mille dollars.

Doug me regarde maintenant avec la tête penchée sur le côté.

— Je vois pourquoi il t'a amené ici. Tu as de l'argent. Ton frère est milliardaire, non ?

Je secoue la tête, irrité.

— Je n'ai pas de frère. Tu parles de mon cousin. Oui, c'est un milliardaire, mais je ne dépense pas son argent. J'ai mon propre travail. Maintenant, si je te donne quinze mille dollars aujourd'hui, lui rendras-tu l'objet ?

Il lève le poing et fait un bruit de buzzer de jeu télévisé. Je ne sais pas du tout ce que cela signifie.

— Essaie encore.

Jenna me tire par le bras.

— Viens Wil. Nous pouvons en parler au conseil du clan. Ils se réunissent après le déjeuner.

— Ouais, t'as qu'à faire ça, Jen, la provoque Doug. Vas-y et prends ton idiot avec toi. Tu sais ce qu'on dit : qui se ressemble s'assemble.

Je me raidis. Le voilà encore... ce mot. Idiot. Exactement comme les autres que j'ai entendus au cours de ma vie. *Crétin. Attardé.* Mais ceci est bien pire. Il a aussi traité Jenna d'idiote.

Elle serre les poings.

— Comment oses-tu...

— Jenna, l'interromps-je en faisant un pas en avant et en interposant mon bras pour l'empêcher d'avancer vers Doug.

Je peux mener mes propres combats. Je dis à Doug :

— Je ne t'ai pas insulté. Cela m'est égal que tu m'insultes, car ton opinion ne vaut rien pour moi. Mais elle, tu ne l'insulteras pas. Excuse-toi.

— Pas moyen.

Je fais un autre pas vers lui. Ses yeux s'arrondissent, mais au moment où je pense qu'il va faire un pas en arrière, il ne le fait pas. Nous venons de nous affronter en étant tous deux vêtus d'une armure. Ceci semble beaucoup plus réel, plus immédiat, à quelques centimètres l'un de l'autre sans métal entre nous.

— Qu'est-ce que tu vas faire, attardé ?

Soudain, de la chaleur remonte des profondeurs de mon être et ma peau est en feu. J'attrape le tee-shirt de Doug.

— Arrête d'essayer de me provoquer.

Il se presse contre mon torse et je le lâche. Il fait deux pas en arrière en s'essuyant.

— Recule, psychopathe.

— Je n'ai pas besoin de reculer, tu viens de le faire. Maintenant, excuse-toi.

Silence.

Je me prépare à faire un autre pas vers lui lorsqu'il tend la main.

— Très bien, je suis désolé. Dégagez de ma tente.

— Tu devrais avoir honte de ton comportement envers Jenna, c'est indigne d'un chevalier.

Le visage de Doug se contorsionne.

— Dégagez.

Jenna essaie encore de passer et je la retiens.

— Suivons les règles du clan, Jenna. Nous pouvons soumettre le problème au conseil.

Elle marmonne de nombreuses injures contre Doug et je ne contredirai pas cette opinion de lui. Dans les meilleures circonstances, il ne serait jamais devenu un ami, mais à présent, c'est hors de question… particulièrement après la façon dont il lui a parlé.

Et de penser qu'ils étaient ensemble jusqu'à aujourd'hui. Il l'avait nommée sa petite amie et pourtant il l'a traitée de cette façon. Je ne peux pas comprendre comment il a pu être aussi cruel contre quelqu'un qu'il a un jour apprécié ou même aimé.

Doug n'est pas une bonne personne. Et maintenant, je suis encore plus fâché contre moi-même d'avoir fait des erreurs aussi stupides pendant le duel. J'aurais pu gagner. J'aurais pu prouver ce que j'avais eu l'intention de prouver il y a plusieurs mois quand je l'avais défié. Toutes ces heures que j'avais passées à me muscler, tout le temps et cet argent dépensés avec un entraîneur aux arts martiaux. J'aurais pu être un meilleur homme… j'aurais pu être méritant.

Mais je n'avais rien prouvé. J'avais échoué. Encore une fois.

Cette même frustration me poignarde douloureusement. Je serre les poings et j'escorte Jenna hors de la tente. Sa tête est baissée et sa peau est rouge.

— Tu vas bien ? m'enquis-je.

Je ne peux pas le voir en la regardant – en regardant qui que ce soit, d'ailleurs. Ce sont des choses qui sont évidentes pour tous les autres, mais moi je dois étudier les maniérismes, les gestes et le ton de la voix. Même dans ce cas-là, je tombe rarement juste.

Jenna ne dit rien pendant un long moment, mais elle finit par hocher la tête. Nous montons vers le centre du parc. C'est là que se trouve la grande tente principale où le conseil se réunira bientôt. Je me tourne vers elle.

— Tu dois manger. Et moi aussi. Quand le conseil se réunira après le déjeuner, nous irons leur parler.

Elle tend la main vers la mienne et avant que je puisse la retirer, elle me la serre.

— Merci beaucoup. C'était très gentil de ta part de me défendre. Je…

Sa voix tremble et se brise et elle cligne rapidement des paupières.

— C'est important de pouvoir compter sur un ami pour ceci.

Elle laisse tomber ma main et je reste perplexe pendant que nous nous dirigeons vers les feux de cuisson pour acheter le déjeuner. Qu'est-ce que cela veut dire ? C'est la deuxième fois que Jenna attrape mon bras. Elle aime toucher les gens. Mais je n'ai jamais pu comprendre exactement pourquoi ni en quelles circonstances elle les touche.

On nous sert du pain et du ragoût dans des bols en bois, accompagnés de chopes de bière chaude aux épices. Nous sommes assis face à face à une table de pique-nique près de là lorsque mon genou frôle le sien. Elle ne s'écarte pas. Je lève la tête et je vois qu'elle me fixe droit dans les yeux.

Oh, merde. Je baisse le regard sur ses mains de chaque côté de son assiette. Elle porte une pléthore de bagues : presque une à chaque doigt, même aux pouces. Certaines sont faites de pierres semi-précieuses. Je reconnais l'hématite et l'œil-de-tigre. Ses doigts sont longs et fins, de la moitié de la taille des miens. J'aimerais savoir ce que cela fait d'envelopper ma main autour de la sienne, de la serrer fort.

Elle détourne le regard et elle se met à tripoter ses bagues.

— Je pourrais demander audience à la Cour des petites créances, marmonne Jenna. Je pourrais gagner cette affaire.

Je fronce les sourcils en la regardant.

— Serait-ce impoli de te demander pourquoi tu as mis ta tiare en gage pour avoir un prêt ?

Elle est silencieuse pendant un moment, puis elle se penche, casse son pain en deux et le trempe dans le jus de son ragoût.

— Non, ce n'est pas impoli. Je te l'ai dit. J'avais besoin d'argent.

Je réfléchis un instant en frottant les poils naissants sur mon menton. En général, je ne me rase pas quand je sors une nuit. Je n'aime pas avoir la barbe qui gratte, mais c'est plus tolérable que d'essayer de me raser avec de l'eau gelée pendant que nous campons.

— Tu n'as pas de problèmes, hein ? Car je t'aiderais si c'est le cas.

Sa main s'arrête, le pain immergé dans le jus. Puis elle recommence lentement à le bouger et je suis le chemin de ce morceau de pain trempé depuis le bol jusqu'à sa bouche. Jenna a de magnifiques lèvres rose pâle, aussi élégantes et raffinées que le reste. Elle appuie le pain contre ses lèvres et elle ouvre la bouche pour le prendre.

Je suis parcouru par une excitation lente et familière et maintenant je me demande comment ce serait de l'embrasser. J'ai embrassé d'autres femmes. Ça allait. Mais je pense que ce serait différent d'embrasser Jenna.

— Je n'ai pas de problèmes, dit-elle en grimaçant. Pas du genre auquel tu penses, en tout cas.

— Salut !

Quelqu'un se laisse soudain tomber sur le banc à côté de Jenna et je me tourne pour voir qu'il s'agit de sa meilleure amie et colocataire, Alex.

— Ça sent bon. Je vais aller m'en chercher.

— Tiens, prends le reste du mien. Je n'ai pas très faim.

Jenna pousse le bol vers Alex après seulement trois bouchées.

Alex se tourne vers moi et parle entre deux cuillerées de ragoût.

— Salut William. C'était un très bon combat. Je suis désolée que tu n'aies pas gagné.

Je hausse les épaules.

— Tu n'as pas besoin de t'excuser. Tu n'es pas responsable de ma défaite.

Sa cuillère s'arrête en chemin vers sa bouche.

— Non… je… euh, je veux dire que je me sens mal que tu n'aies pas gagné.

Je ne sais pas comment réagir à ce commentaire. Dois-je la remercier ou hocher la tête ? À la place, je poursuis la conversation.

— C'est malheureux. Je n'ai pas suivi les règles. J'ai été distrait par la foule. Je me suis beaucoup entraîné et j'estimais que Doug et moi étions à peu près de niveau égal, mais la distraction m'a fait faire une erreur en blessant Doug à l'épaule. Je me suis excusé auprès de lui pendant la manche et j'ai expliqué mes difficultés avec la foule, mais il semble encore très fâché, alors qu'il a gagné.

— Wil, pourquoi as-tu dit à Doug que la foule te gênait ? demande Jenna.

— Pour expliquer les raisons qui m'ont poussé à enfreindre les règles.

— Il s'en est servi contre toi pour gagner.

Je fronce les sourcils, ne comprenant pas sa logique. Elle soupire et elle développe :

— Il a fait exprès d'agiter la foule pendant la deuxième et la troisième manche, en essayant de nous faire applaudir plus fort. Quand il est venu demander ma faveur, il a dit qu'il avait du mal à nous entendre à travers son casque.

— Ce qu'il a fait n'était pas interdit par les règles, lui fais-je remarquer.

La paume ouverte de Jenna frappe la table.

— Mais il exploitait ta faiblesse.

— Ce n'est pas non plus interdit par les règles.

— Mais cet enfoiré ne l'aurait pas su si tu n'avais pas été si franc avec lui.

— C'est vraiment un coup de pute, intervient Alex en passant une mèche de ses cheveux sombres et bouclés derrière son oreille.

Elle regarde Jenna et moi tour à tour. Puis elle se tourne vers Jenna.

— Tu, euh, sembles assez fâchée contre Doug. Vous vous êtes disputés ?

Jenna me regarde puis détourne les yeux.

— J'ai rompu avec Doug.

La bouche d'Alex esquisse un sourire et elle se frotte le menton. Elle a l'air de réfléchir, mais Jenna semble irritée – enfin, je crois que c'est son regard irrité. Je l'ai vu assez souvent pour le connaître maintenant.

Jenna regarde sa colocataire en fronçant les sourcils.

— Ne le dis pas, Alex.

— Tu sais que je vais le dire, rit Alex. Quelle est la date ? Cela fait pile trois mois, n'est-ce pas ?

Jenna lève les yeux au ciel.

— Je ne suis pas d'humeur.

Je suis complètement perdu – ce qui n'est pas inhabituel. Il y a un sous-texte entre elles que je ne comprends pas. Et comme j'ai souvent des difficultés avec le texte normal, le sous-texte est bien au-delà de mes maigres capacités.

Comme souvent, Alex remarque ma perplexité. Je lui suis reconnaissant. J'ai remarqué qu'Alex avait un don pour les comportements sociaux et qu'elle perçoit beaucoup de choses qui ne sont pas dites avec des mots.

— Je taquine simplement Jenna parce qu'elle a un schéma de fonctionnement, précise Alex.

— Un schéma ?

— La ferme, Alex, dit Jenna avec un soupir.

— Elle ne sort pas longtemps avec les mêmes gars, et je me suis mise à faire des statistiques. Six semaines ici, trois mois là. Le plus long qu'elle ait fait, c'était cinq mois et demi, je suppose que six mois auraient été considérés comme du long terme.

— Je n'aime pas me caser, dit Jenna en haussant les épaules, ses joues et son cou prenant une jolie teinte rose. Laisse tomber d'accord ?

Alex et Jenna échangent un long regard plein d'autres mots silencieux. Si elles se touchaient, j'aurais pu supposer que c'était une sorte de fusion des esprits comme chez les Vulcains. Mais les Vulcains ne peuvent pas lire les pensées n'importe comment : il leur faut un contact de la peau afin de partager les pensées de quelqu'un d'autre.

Je me demande parfois si tout le monde possède le don de lire dans les pensées sauf moi. J'ai l'impression d'être sourd d'une certaine façon, de rater la moitié de ce qu'il se passe autour de moi. Je ne sais pas ce que les visages et les gestes des gens essaient de dire, je ne comprends pas les mots qu'ils utilisent et qui ne viennent pas de leur bouche. On dirait un autre langage, un langage qui m'est inconnu.

— Alors si tu as rompu avec Doug, veux-tu rentrer avec moi cet après-midi ? Je suis certaine que tu ne voudras pas partager sa tente ce soir.

Agitée, Jenna détourne le regard.

— J'ai mes couvertures. Je pourrais camper près du feu ce soir. J'aimerais rester et participer aux activités du soir.

— Il fera trop froid pour que tu dormes dehors ce soir, dis-je.

Elles tournent toutes deux la tête vers moi.

La bouche d'Alex s'étire en un grand sourire.

— As-tu de la place dans ta tente pour elle, William ?

Jenna rougit et donne un coup de poing dans le bras d'Alex.

— Aïe !

— Je ne peux pas te permettre de dormir près du feu ce soir, Jenna, dis-je. Cela ne serait pas galant de ma part. Il y a une chambre dans ma tente et j'ai un matelas de couchage confortable que j'ai fait moi-même. Il est authentique pour la période et il est confortable. Tu pourras y dormir pendant que je coucherais par terre.

Jenna hésite. Puis elle ouvre la bouche comme pour me répondre, mais nous sommes à nouveau interrompus, cette fois par mon cousin Adam et sa fiancée. Mia est également ma nouvelle demi-sœur, mais elle n'aime pas que je l'appelle ainsi, alors je pense plutôt à elle en termes de future femme d'Adam.

Ils s'assoient tous les deux de mon côté du banc, mais je continue à regarder Jenna en attendant sa réponse.

Chapitre Trois
Jenna

J'ALLAIS TUER ALEX QUAND NOUS SERIONS SEULES. ELLE pensait être hilarante en me mettant dans cette position. Mais elle savait très bien que je ne me fâchais pas, mais que je me vengeais. Cela faisait peut-être trop longtemps depuis la dernière démonstration. Au lieu de répondre à la proposition généreuse de William, les rouages tournèrent à toute vitesse dans mon cerveau tandis que je complotais une vengeance contre ma colocataire espiègle.

William était canon. Tout le monde le savait. Il était évident qu'il prenait très au sérieux toute cette histoire de galanterie. En réalité, cela le rendait encore plus attirant, mais je venais à peine de rompre avec Doug le Trouduc, et qu'il s'agisse ou non d'une ouverture romantique de la part de William, je ne pouvais pas accepter. Pas maintenant.

Pourtant il était là, à me regarder, attendant que je réponde lorsque Adam et Mia apparurent – comme si le timing avait été prévu. *Hal-lu-ci-nant.*

— Salut, William, dit Mia en posant la main sur son épaule. C'était un combat intense. Tu t'es très bien débrouillé.

William hésita un instant, comme s'il risquait de rater ma réponse à sa question en répondant à Mia. Je savais que je ne devais pas l'ignorer, mais c'était tellement plus facile de cette façon. Alors je me joignis à leur conversation.

— Il aurait pu gagner, je pense, dis-je.

— Certainement. Que s'est-il passé, William ? demanda Mia.

— J'ai enfreint les règles, dit-il, et l'évidence de sa réponse m'aurait fait rire s'il ne l'avait pas dit avec tant de sérieux.

— Alors, quel est le plan ? demanda Adam à son cousin. Vas-tu continuer à te battre en duel ?

— Je ne sais pas, répondit William qui me regardait toujours, avant de détourner les yeux dès que je le dévisageais.

Mes joues devinrent rouges à force de cette attention.

Ann avait peut-être raison. Et si je n'avais pas passé une si mauvaise journée, j'aurais été plutôt flattée qu'il semble s'intéresser à moi. Ou peut-être se sentait-il mal pour moi. C'était si difficile à dire avec lui. Avec son air détaché et stoïque, il ne dévoilait pas ses cartes.

Quelques minutes plus tard – et en plein milieu d'une histoire de Mia au sujet du travail sur un cadavre en première année de médecine –, William regarda sa montre, puis il se leva brusquement. Elle se tut et son regard suivit le mouvement de William. Heureusement qu'il l'avait interrompu, même si ce n'était pas poli, car ce genre de choses me mettait mal à l'aise. Mira ne sembla pas vexée et je supposai qu'il était excusé, car il faisait partie de la famille.

— Je dois me rendre au conseil du clan.

William enjamba le banc et rassembla nos plats.

— Jenna doit venir aussi, dit-il en quittant la table.

Je me levai et je le suivis, mais pas avant de remarquer comment les sourcils sombres de Mia se levèrent d'un air interrogateur. Après avoir rapidement rejoint William, je lui emboîtai le pas et nous nous dirigeâmes vers une grande tente qui appartenait à notre organisation, la baronnie d'Anaya. Elle était nommée d'après deux villes différentes d'Orange County, Anaheim et Santa Ana. Au-dessus de l'entrée de la tente était accrochée une bannière héraldique conçue depuis très longtemps. Elle affichait une licorne blanche sur un bouclier argenté avec un fond violet sombre – *purpure* en terminologie héraldique.

Les sections de l'Alliance de la Reconstitution de la Renaissance et du Moyen Âge étaient structurées de façon féodale. Des territoires nommés 'baronnies' étaient groupés en duchés puis en un royaume qui représentait un quart du pays.

Les chefs du royaume étaient en général choisis au combat. En fait, Doug m'avait fait savoir que son ambition était de régner sur notre royaume. Que la déesse nous en préserve. Heureusement, notre gouvernement local avait été choisi par consensus et j'avais confiance qu'ils traiteraient la situation de façon juste et intelligente.

William et moi nous entrâmes dans la tente de guerre et je fus soulagée de la trouver vide hormis cinq personnes assises à une table au fond. Une des choses que j'aimais le plus pendant ces sorties du week-end, c'était le sentiment de vivre dans une autre période temporelle. Tout n'était pas entièrement authentique, mais nous faisions de notre mieux, en portant des vêtements qui imitaient les modes médiévales et en échangeant des biens et des talents pour nous aider les uns les autres. Je me sentais terriblement inadéquate dans mon jean, mais il fallait faire ce qu'il fallait faire.

Je jetai un coup d'œil à William en me demandant si le club lui plaisait pour les mêmes raisons que moi. Le sentiment d'appartenance et la sensation réconfortante d'une communauté. En particulier pour une personne aussi réservée que lui. Par de nombreux côtés, c'était l'endroit parfait pour des marginaux comme nous.

William s'approcha de la table autour de laquelle étaient assis les anciens du conseil. Seigneur Richard de Bricasse, notre baron, se nommait Derek Richardson dans la vraie vie et c'était un homme d'affaires d'une cinquantaine d'années. Sa femme, la baronne, était assise à côté de lui et avec trois autres, ils géraient les affaires du clan en organisant des réunions et en prenant soin que tout le monde suive les règles – toutes ces choses ennuyeuses qui ne nous intéressaient pas quand nous voulions nous amuser.

— Sieur William. Avez-vous une requête à nous faire ? commença formellement le Seigneur de Bricasse comme il le faisait en général au cours de ces réunions.

William s'inclina devant lui, comme le voulait l'usage.

— Mon Seigneur, ma Dame, messieurs, j'aimerais laisser Dame Kovac s'exprimer par elle-même.

William m'invita à parler d'un signe de la main et je fis une révérence maladroite, empirée par l'absence de jupe à tenir. Puis je me relevai devant la table du conseil où tout le monde me regardait.

— Dame Kovac, avez-vous une plainte à l'encontre de Sieur William ?

Je restai un instant bouche bée.

— Pas contre Sieur William, non. Il est ici pour me soutenir. Ma plainte est contre Doug, Sieur Douglas, je veux dire.

Doug choisit ce moment pour apparaître, entrant dans la tente avec le torse bombé. Il s'arrêta de l'autre côté de William, comme s'il avait plus peur de moi que du type qui l'avait frappé avec une longue épée moins d'une heure plus tôt. Je remarquai qu'il avait à présent le bras en écharpe et il jeta un regard noir en direction de William, qui l'ignora ou ne le remarqua pas.

— Ça va être intéressant, marmonna Doug en me jetant un regard mauvais.

Je m'éclaircis la gorge et je regardai à nouveau le conseil en expliquant ma situation aussi vite que possible tout en donnant le moins de détails.

La baronne de Bricasse toussa et ajusta son siège.

— Il se pourrait que cela n'entre pas dans le champ de notre conseil si Sieur Douglas ne choisit pas de suivre notre arbitrage, mais il semblerait que cet objet appartienne à Dame Kovac. Qu'avez-vous à en dire, Sieur Douglas ?

— Il est vrai que j'étais avec Dame Kovac le jour où elle a choisi de mettre en gage sa soi-disant précieuse tiare en échange d'argent.

La baronne de Bricasse leva un sourcil.

— Mais ne vouliez-vous pas lui prêter cet argent ?

Il haussa les épaules.

— Je l'ai proposé. Elle a dit qu'elle ne prenait pas d'argent à ses amis.

Elle fronça les sourcils et je me mis à espérer. Si la dame était de mon côté, c'était un bon coup. Je pouvais encore gagner.

— Pourtant, vous avez dépensé encore plus d'argent pour racheter l'objet.

Doug haussa l'épaule qui n'était pas blessée.

— J'essayais de faire quelque chose de gentil.

Je me raidis.

— Il voulait avoir un levier sur moi.

Je croisai les bras sur ma poitrine, ne souhaitant pas entrer dans les détails. J'avais essayé de parler d'une rupture avec Doug des semaines auparavant, je lui avais dit que je ne pensais pas que nous étions bien l'un pour l'autre. Mais il m'avait supplié de nous donner une autre chance. J'aurais dû écouter mon instinct, mais j'avais soupçonné que Doug voyait la tiare comme une monnaie d'échange. *Connard.*

Je lui jetai un regard noir. Qu'avais-je bien pu voir en lui ? Il n'était pas laid et il avait été charmant et démonstratif quand nous avions commencé à nous fréquenter. Il avait même été adorable au début, et puis... il était devenu collant et bizarre. Trois mois avec lui, cela avait été bien trop long.

Le visage de Doug se transforma pour imiter sa tristesse.

— Dame Kovac est inutilement cruelle en me jetant mon acte bienveillant au visage.

Je me tournai vers lui, les poings serrés.

— Ton acte aurait été bienveillant si tu avais choisi de me donner la tiare et que tu m'avais laissé te rembourser. À la place, tu affirmes qu'elle t'appartient.

— Envisageriez-vous de lui permettre de la racheter ? demanda le Seigneur de Bricasse.

— Hmm...

Doug appuya son menton sur sa main comme si c'était la première fois qu'il entendait cette idée. *Crétin.*

— J'ai proposé de lui racheter au triple de ce qu'il a payé, entonna William. Il a refusé.

Doug refit son cinéma, baissant la tête pour montrer son cœur brisé. Je faillis pousser un grognement.

— Je veux bien la lui rendre, mais je ne veux pas que de l'argent y soit rattaché. Cela souillerait mon souvenir du temps que j'ai passé avec Dame Kovac.

Sa voix s'estompa et cette fois je ricanai de façon audible.

Les membres du conseil se tournèrent tous pour me regarder.

— Vous ne compatissez pas Dame Kovac ?

— Non. Cet objet…

Ma voix trembla et je déglutis. Je ne voulais pas entrer dans les détails, ce n'était ni le moment ni l'endroit.

Comment pouvais-je expliquer cette boule de panique dans ma poitrine à l'idée de perdre encore un autre morceau de mon passé ? Avant de pouvoir l'empêcher, je fus submergée par le souvenir de mon père qui avait placé la tiare dans mes mains avec un regard triste.

— *Kci,* avait-il dit – c'était le terme bosniaque pour 'petite fille' – *tu dois être courageuse... sois courageuse pour maman et papa.*

Je serrai encore les poings et je fus tentée de taper du pied. Je regardai Doug de travers.

— Si tu ne veux pas d'argent, que veux-tu ?

Doug eut à nouveau ce regard, comme s'il réfléchissait à une réponse. Mais il avait déjà trouvé ce qu'il voulait. Soit j'allais devoir annuler la rupture, soit... par la déesse, je n'en avais aucune idée, en vérité. Il savait que j'avais l'intention de suivre la foire de la Renaissance quelques mois après. Je ne partirais pas sans cette tiare tout comme je ne partirais pas sans mon bras ou ma jambe. Peut-être s'en servait-il pour me garder ici ?

— Si Sieur William accepte de la représenter en étant son champion, alors je le défie en duel d'honneur au festival de Beltane en mai.

J'ouvris la bouche pour protester, mais William fut plus rapide.

— J'accepte ce défi. Pour récompense, j'accepterai la tiare de Dame Kovac.

— *Si* tu gagnes, dit Doug avec mépris avant de se tourner vers le conseil. En ce qui concerne ma récompense, Sieur William devra accepter de s'exiler de façon permanente de notre communauté.

Le silence fut si épais dans la tente que l'on aurait pu mettre la table dessus. Des gens étaient entrés pour s'asseoir sur les bancs et les coussins de sol avant le début de la réunion formelle qui allait avoir lieu quelques minutes après. En général, il y avait beaucoup de bavardages avant les réunions, mais là, personne n'osa même chuchoter.

La mâchoire du Seigneur de Bricasse était tombée et sa femme se mordait la lèvre en jetant un regard noir à Doug. Je me souvins alors que William était un de ses favoris.

Après quelques instants de silence gêné, William s'éclaircit la gorge pour parler. Mais avant qu'il puisse dire un mot, le Seigneur de Bricasse leva la main.

— Ceci est tout à fait irrégulier, Sieur Douglas. Ce que vous exigez d'un membre à jour de sa cotisation est déraisonnable...

— Je peux exiger les conditions que je veux.

Doug inclina la tête en direction de William avant de poursuivre.

— C'est à Sieur William de décider s'il les accepte ou pas. Je lui propose une occasion de retrouver son honneur terni par sa défaite déshonorable...

— Elle n'a pas été déshonorable... rétorqua le Seigneur de Bricasse.

Doug haussa encore une fois les épaules de cette façon terriblement exagérée.

— Peu importe. J'aurais préféré le vaincre sans que ce soit pour un détail technique.

Il se tourna et il me regarda de travers pour s'assurer que je comprenne que cette punition de William me concernait.

Ou peut-être pas…

Peut-être voyait-il William comme une menace contre sa volonté de régner un jour. William venait de prouver qu'il était aussi bon combattant que lui. Peut-être était-ce la technique de Doug pour éliminer la compétition.

Doug s'éclaircit la gorge et continua :

— Sieur William a une chance de pouvoir récupérer sa babiole s'il le veut. Mais seulement s'il accepte mes conditions en cas de défaite.

Tous les regards se portèrent sur William, mais c'était à mon tour de parler.

— Non. Je ne permettrai pas à William de le faire.

William se tourna vers moi en faisant les gros yeux.

— Je n'ai pas besoin de ta permission.

Je l'ignorai et je poursuivis.

— Cet objet m'appartient légalement, j'irai au tribunal pour le récupérer.

Puis je me tournai pour provoquer Doug.

— Tu n'es manifestement pas un homme de parole.

William me regarda, choqué.

— On ne remet jamais en cause l'honneur d'un chevalier… jamais.

Visiblement outré, Doug devint tout rouge et il attrapa maladroitement un de ses gants de cuir qui pendaient à sa ceinture avant de le jeter sur le sol à mes pieds.

Tout le monde poussa des 'oh' et des 'ah' autour de nous.

Je ne comprenais pas du tout ce qui venait de se passer.

Je levai les yeux vers William qui regardait le gant, puis il se pencha et le ramassa. Il le leva au-dessus de sa tête et dit d'une voix forte :

— Sieur Douglas a jeté son gant aux pieds de Dame Kovac. J'accepte ce défi pour elle et je combattrai en tant que son champion.

Le Seigneur de Bricasse leva les sourcils.

— Eh bien, je m'attendais à cette réponse avant même qu'il fasse son cinéma. Vraiment, Doug… dit-il en laissant tomber son rôle pendant une seconde.

Doug gonfla encore plus le torse.

— C'est autorisé par les règles. J'ai vérifié.

Il avait manifestement prévu que tout se passerait ainsi et il semblait maintenant très content de lui. Je me tournai vers William.

— Tu n'as pas besoin de faire ça. C'est mon problème, pas le tien. Doug a très clairement un problème avec moi. Je peux aller voir le type qui m'a proposé le prêt.

William secoua la tête.

— Je serai ton champion dans ce combat. Le défi a été lancé et je l'ai accepté. Ce sont les règles auxquelles nous obéissons et elles sont très claires. Il ne reste plus rien à en dire.

Je faillis hurler de frustration. Et s'il perdait ? Allais-je parier mon bien le plus précieux sur un combat qu'il pourrait ne pas gagner ?

Triomphant, Doug s'inclina avec exagération et il tendit la main à William pour reprendre son gant. Puis, sans même un remerciement, il se tourna, il salua les autres occupants de la tente et il sortit, la tête haute. *Connard au énième degré.* Je le suivis d'un regard noir jusqu'à ce qu'il disparaisse. Qu'avais-je bien pu lui trouver ?

William se tenait toujours devant les anciens et le Seigneur de Bricasse lui demanda s'il avait d'autres affaires à soumettre au conseil. Je m'avançai pour arrêter cette comédie.

William tendit le bras pour me retenir.

— Non, nous réglerons ceci à l'ancienne. Après tout, c'est ce que nous faisons.

— Mais…

Aucun d'entre eux ne savait ce que cette 'babiole' représentait pour moi. Je n'étais pas prête à laisser mon sort dans les mains de quelqu'un d'autre. Mais je ne dis rien tant que nous n'étions pas sortis de la tente.

— Wil…

Il s'arrêta et il se tourna vers moi, les yeux fixés sur mon épaule.

— Oui ?

— C'était très gentil de ta part de proposer de me défendre, mais…

Il attendit pendant que je rassemblais le courage de remettre en cause sa capacité à le faire.

— Le festival de Beltane n'a lieu que dans deux mois. Comment sais-tu que… que la même chose qui s'est produite aujourd'hui ne se produira pas alors ?

Il continua à fixer mon épaule. Ses poings s'ouvrirent et se fermèrent plusieurs fois. Puis il frotta ses paumes sur ses cuisses.

En suivant le mouvement, j'étudiai son physique musclé et je me demandai à quoi il ressemblait dans un jean moulant. Sans doute terriblement canon...

Je secouai la tête pour reprendre mes esprits, car il me répondait.

— Je m'entraînerai tous les jours. Je me musclerai et je m'entraînerai. Je vais m'améliorer.

Je me balançai d'une jambe sur l'autre, me rendant compte seulement à ce moment-là que je serrais anxieusement les mains.

— Cela va-t-il t'aider ? Et si tu stresses et que tu enfreins les règles ? Alors il gagnera grâce à un détail... encore une fois.

Il fronça les sourcils.

— Ce n'était pas du stress. C'était...

— Quoi ?

— Plutôt... de l'appréhension.

L'appréhension... je connaissais cela. C'était ce que vivait une enfant qui naissait au milieu d'une des guerres les plus sanglantes de l'histoire récente. Une enfant qui était ensuite arrachée à la moitié de sa famille et envoyée à l'autre bout du monde pour être en 'sécurité'. Oui, je connaissais bien l'appréhension.

J'inspirai profondément et je détendis mes mains que je laissai tomber le long de mon corps.

— Si tu veux, je peux t'aider avec ça. Nous pourrions... l'inclure à ton entraînement.

Il leva les sourcils.

— Tu pourrais m'aider ?

— Oui, euh... j'ai une certaine expérience avec l'appréhension.

Cela sembla vraiment le choquer.

— N'entrons pas dans les détails, d'accord ? dis-je avant qu'il pose la question.

— D'accord, dit-il lentement, comme s'il ne comprenait pas vraiment ce que je disais.

— Tu sais, nous aurions pu éviter tout cela si je m'étais contentée d'aller voir la police. Je le pourrais toujours, en fait.

— Tu le pourrais, mais il me faudrait quand même le combattre.

Je reculai, stupéfaite.

— Pourquoi ?

Il sembla penser que c'était la question la plus stupide qui soit.

— Parce que j'ai accepté son défi. Je ne reculerai pas. Je me battrai contre lui et si je perds, je me retirerai du clan.

— Tu ne peux pas le laisser te chasser de cette façon, dis-je, choquée.

— Ce sont les conditions de notre duel, dit-il en fronçant légèrement les sourcils. J'accepte ces conditions s'il le faut. Mais je n'ai pas l'intention de perdre.

Je réfléchis un moment avant de parvenir à une décision.

— Je veux t'aider à gagner, William. Pas seulement parce que je veux récupérer la tiare, mais parce que quelqu'un doit remettre Doug à sa place.

William fronça encore plus les sourcils.

— Quelle place ?

Je me demandai s'il se moquait de moi. Après avoir remarqué son expression sérieuse, je me rendis compte que ce n'était pas le cas.

— C'est une expression… cela signifie qu'il doit descendre de ses grands chevaux...

William ouvrit la bouche et je vis l'interrogation sur son visage. Il ne comprenait manifestement pas celle-là non plus.

— Euh... cela signifie qu'il a besoin d'une leçon d'humilité.

Il hocha la tête.

— Ah. OK. Oui, je suis d'accord.

— Nous avons un marché ? Je t'aiderai à résoudre tes problèmes avec la foule et toi, tu lui casses... je veux dire, tu gagnes ce duel comme un boss.

— Comme un boss, répéta-t-il avec un grand sourire. Marché conclu.

Il tendit la main pour serrer la mienne. Quelque chose d'électrique remonta le long de mon bras depuis l'endroit où ses longs doigts chatouillèrent mon poignet. Mon corps fut soudain parcouru de chaleur et j'eus le souffle coupé.

Je clignai des yeux, momentanément éblouie par ce contact et par sa beauté. William ne souriait pas beaucoup, mais quand il le faisait... waouh. Et même si la moitié du temps il avait les cheveux devant les yeux, quand ce n'était pas le cas... eh bien, il avait les plus beaux yeux bruns et sombres. Même s'il ne regardait jamais dans les miens.

William était à croquer et il ne le savait même pas. Cela le rendait encore plus appétissant. Je me mordis la lèvre. *Pas de garçon pour toi, Jenna. Pas maintenant. Pas alors que tu vas partir de toute façon...*

Pour finir, je déclinai poliment la proposition de William de rester dans sa tente pour la nuit. Ann, Caitlyn et leur amie Fiona, une des plus grandes fans de William, serrèrent leurs sacs de couchage pour me faire la place dans leur tente. Heureusement, William ne sembla pas offensé. Il était sans doute soulagé que ma vertu reste intacte, ou une autre idée ancienne de ce genre.

J'avais remarqué qu'il adoptait de nombreuses conventions sociales de notre organisation, agissant souvent comme s'il jouait un rôle alors même qu'il avait les deux pieds plantés bien fermement dans le vingt et unième siècle. J'imaginais que pour une personne socialement inapte, les codes plus stricts d'autrefois étaient réconfortants. Il y avait des règles pour tout, alors qu'à notre époque il fallait instinctivement se frayer un chemin dans les situations du mieux que l'on pouvait, et l'on finissait souvent par blesser des gens sans le faire exprès.

Dans l'ensemble, le week-end avec le clan se passa bien, après le duel et l'affaire de la tiare, en tout cas. Et même mieux, Doug était parti juste après la réunion du conseil, alors je ne pouvais plus le croiser après notre rupture embarrassante.

Si seulement je pouvais engager un cambrioleur pour récupérer ma tiare. Mais comme j'étais éternellement fauchée, j'allais devoir compter sur William.

***

Quelques jours plus tard, je fus réveillée tôt – après m'être couchée trop tard – lorsque mon téléphone sonna. Clignant des yeux dans l'obscurité, je cherchai ma table de nuit à tâtons et j'aperçus le réveil : cinq heures du matin. Si ce n'était pas un appel international, j'allais être très énervée.

En regardant le nom de la personne qui m'appelait, je vis que l'appel venait effectivement de Bosnie. À quoi pensait Maja ? Elle connaissait très bien le décalage horaire entre Los Angeles et Sarajevo. Je m'éclaircis la gorge, mais je coassai néanmoins :

— Allô ?

— Janja.

La voix familière dans mon oreille m'appela par mon prénom d'enfance, comme le faisaient seulement les membres de ma famille proche ou les amis de jeunesse.

Je laissai tomber ma tête sur l'oreiller.

— Maja. Tu sais quelle heure il est ici, n'est-ce pas ?

Elle me répondit en bosniaque, notre langue maternelle, et on continua de cette façon – comme toujours – elle dans une langue et, moi dans l'autre. Nous parlions couramment les deux langues, mais cette étrange pratique reflétait nos nationalités d'adoption. Nous étions peut-être toutes deux nées en Yougoslavie et nous étions venues aux États-Unis étant petites, mais à présent elle était bosniaque et moi j'étais américaine.

— Je suis désolée pour l'heure, mais je voulais t'appeler avant que maman rentre du travail.

Je fronçai les sourcils.

— Pourquoi ? Qu'est-ce qui ne va pas ?

— Rien. Tout va bien. En fait, c'est merveilleux. Sanjin et moi nous allons nous marier !

Je m'assis, incapable de retenir le sourire ensommeillé qui recourbait mes lèvres.

— Je suis si heureuse pour toi.

— Tout ça, c'est grâce à toi. Je ne sais pas ce que j'aurais fait sans l'argent que tu as envoyé. Sa famille a enfin accepté de nous laisser nous marier.

La famille de Sanjin était ridiculement vieux jeu, insistant pour que la famille de la mariée paie pour le mariage. Même au pays, cela faisait très dix-neuvième siècle. Mais comme d'habitude, je me mordis la langue pour ne rien dire. Inutile de contrarier ma sœur à une dizaine de milliers de kilomètres de distance.

— Oh, Maja, c'est merveilleux. *ČEstitke,* dis-je en faisant une concession pour la féliciter dans notre langue maternelle.

— Nous nous marions en juin, ici en ville, mais ensuite nous irons en lune de miel sur la côte. Tu te souviens de cette vieille ville croate d'où vient la famille de maman ?

— Non... je suis désolée. Je ne m'en souviens pas. Je n'avais que cinq ans.

— Je suis désolée, j'avais oublié que tu ne te souvenais pas d'autant de choses que moi.

Maja, cinq ans de plus que moi, avait plus de souvenirs de notre enfance là-bas. Et comme elle était rentrée au pays neuf ans plus tôt, elle avait une connaissance immédiate du pays, alors que la mienne était pleine de souvenirs flous de notre petite enfance et de quelques voyages en été pour retourner voir maman et le reste de la famille.

— Tu pourras venir, n'est-ce pas ? demanda-t-elle et mon cœur se serra.

J'énumérai mentalement les possibilités et ce que cela impliquait de rassembler l'argent afin d'acheter un billet d'avion. J'avais déjà envoyé la dernière partie de mon argent destiné à mes études, vendu la voiture et mis en gage la tiare. De quoi pouvais-je me passer d'autre ?

Je cherchai quelque chose à lui dire qui ne soit pas un mensonge, une excuse ou une promesse que je ne pourrais pas tenir.

— Euh. Je vais essayer. C'est que... j'ai beaucoup de choses en cours. Et le travail. J'essaierai de voir si je peux m'absenter.

Un mariage en juin. En plein milieu de la saison de la foire de la Renaissance. La foire voyageait dans tout l'ouest des États-Unis au cours de l'année, commençant et terminant son cycle en Californie du Sud pendant deux mois en mai et en juin.

Mon plan avait été de travailler pendant l'année qui venait, de voyager et de voir de nouveaux endroits tout en faisant de belles économies en lisant des cartes de tarot aux visiteurs. Tout cela faisait partie de mon plan pour renflouer mes économies et terminer la fac – si c'était là que le vent me portait.

La seule façon dont j'allais pouvoir me permettre un billet d'avion pour la Bosnie, c'était si j'arrêtais de payer mon loyer, et ma colocataire Alex se ferait avoir. En outre, je lui devais de l'argent, à elle aussi.

Maja était comme une écolière, me régalant de ses projets de mariage, détaillant le gâteau, les fleurs, les robes et comme son rêve était que je sois sa demoiselle d'honneur. J'écoutai en hochant la tête et en posant des questions à l'endroit approprié.

Mon corps voulait vraiment retourner dormir, mais mes pensées tournaient en rond dans ma tête. Que pouvais-je faire ? Ma famille ne savait pas que j'avais passé les dernières années à m'appauvrir lentement pour pouvoir leur envoyer de l'argent. Maman travaillait en tant que secrétaire dans une compagnie d'assurances et Maja était infirmière, mais leurs salaires couvraient tout juste leurs besoins de base. L'argent que j'envoyais les aidait pour les extras : des réparations urgentes, les anniversaires, des vacances… et maintenant, un mariage.

La plupart du temps, j'avais réussi à garder la tête hors de l'eau. Jusqu'à ce mariage. Des mois plus tôt, Maja, en larmes, m'avait dit que Sanjin et elle ne pourraient sans doute pas se marier parce qu'ils n'arrivaient pas à rassembler l'argent pour payer la fête. J'avais fait tout ce que je pouvais pour les aider, abandonnant même temporairement ma tiare.

— Janjica ? dit-elle et je fus assaillie par des souvenirs de câlins de papa, de mordre dans le gâteau de Noël et de trouver une pièce en argent, de rester assise de longues heures à l'église le dimanche alors que je voulais aller courir et jouer dehors. Je sais que c'est beaucoup te demander, mais... pourrais-tu amener la tiare de Baba avec toi ? Je rêve de la porter avec mon voile de mariée. Ce serait mon 'quelque chose de vieux', tu vois.

J'eus presque le souffle coupé par la culpabilité et des larmes me piquèrent les yeux. Le jour où j'avais pris la tiare pour la faire évaluer, de petits morceaux de mon cœur étaient morts à chaque battement. Le négociant en bijoux avait calmement inspecté chaque cristal antique, chaque minuscule perle d'ambre, même la qualité de l'or tandis que je me consumais de honte. *Kci, tu dois être courageuse...*

Je voulus me rouler en boule et mourir.

— Janja ? Tu es toujours là ?

Je m'éclaircis la gorge plusieurs fois avant de parler.

— Ouais... ouais. Je suis là. Tout à fait. Bien sûr que j'apporterai la tiare. Il te la faut.

— Juste pour ce jour-là. Papa te l'a donnée à toi. Et je sais que c'est un des rares souvenirs que tu as de lui.

Maja marqua une pause et elle dut mal comprendre mon hésitation alors que j'essayais de me remettre de mes émotions.

— Je ne voudrais jamais la garder. Je veux juste la porter. Avoir la bénédiction de Baba et papa pour notre mariage.

Papa te l'a donnée...

Quelle ironie ! J'avais sacrifié la tiare pour payer son mariage et maintenant elle voulait la porter à ce même mariage. La dernière chose qui me liait encore à ce passé flou et estompé, à ces souvenirs de papa. Et maintenant, elle était hors de ma portée.

Je devais continuer à leur faire croire que tout allait bien. Car elles n'auraient jamais, jamais pris l'argent si elles avaient su tout ce que cela me coûtait.

Je raccrochai quelques minutes plus tard, puis je me tournai sur le côté et je sanglotai dans mon oreiller pendant quinze bonnes minutes avant de me calmer.

Je ne pus définitivement pas me rendormir.

Chapitre Quatre
William

LUNDI EST MON JOUR PRÉFÉRÉ DE LA SEMAINE. LA plupart des gens trouvent que c'est vendredi qui devrait avoir cet honneur, car il leur tarde le week-end. Ils vivent pour le week-end. Mais je préfère le confort et la structure que m'apporte un jour de semaine. Mes journées semblent plus difficiles à remplir pendant les week-ends, même lorsque je participe à l'Alliance de la Reconstitution de la Renaissance et du Moyen Âge. Je ne peux passer qu'un certain temps à faire les courses et à préparer les repas, à organiser la maison et à me consacrer à mes loisirs, et il m'est difficile d'occuper le bloc de huit heures qui est en général réservé au travail.

Et comme je n'aime pas regarder la télévision, cela fait beaucoup de temps à remplir.

Les lundis, ma vie retrouve son ordre. J'arrive à mon bureau environ cinq à dix minutes avant l'horaire. Je ne pointe pas, mais j'ai toujours été ponctuel – et pas seulement parce que je travaille pour l'entreprise de mon cousin. Les choses sont plus faciles quand on est ponctuel. Il n'y a pas de stress, pas d'urgence. On ressent la satisfaction d'arriver à l'heure, prêt à commencer la journée de travail.

Cependant, ce lundi, malgré son bon début, prend une tournure désagréable peu de temps avant le déjeuner. Je me trouve à ma table de dessin dans le département artistique quand je me rends soudain compte de la présence de quelqu'un près de moi. Et comme je suis en train de me concentrer sur ce que je dois faire – une représentation de quelques modèles d'arrière-plans en 3D assistée par ordinateur –, j'ignore cette personne jusqu'à ce qu'elle s'éclaircisse bruyamment la gorge.

Prenant encore quelques minutes pour sauvegarder le travail complexe et détaillé, je retire les lunettes spéciales conçues pour m'aider dans cette tâche et je lève la tête.

Jordan, le directeur financier de l'entreprise, se tient de l'autre côté de mon bureau, les mains dans les poches.

— Salut, William. Désolé de t'interrompre.

Non, il ne l'est pas, sinon il ne le ferait pas. Mon irritation se met immédiatement à bouillonner. Jordan n'est pas une de mes personnes préférées et c'est le cas depuis un bon moment. Cela fait quelques mois depuis que ses conseils pourris m'ont fait perdre l'occasion de demander à Jenna de sortir avec moi.

J'avais commis l'erreur de demander à Jordan qu'il m'aide à aborder Jenna, car il a des facilités à aborder les femmes. J'avais suivi ses suggestions en invitant Jenna à participer à l'ARRM, ce qu'elle avait adoré, et cela m'avait permis de la voir plus souvent. Avant cela, elle avait seulement été une amie de Mia, alors que là elle avait commencé à devenir une des miennes. Juste au moment où je concevais mon plan d'attaque, elle avait rencontré Doug, et ils avaient entamé leur relation exaspérante à la place.

J'ai encore pour habitude d'injurier Jordan mentalement avec des mots que je n'aime normalement pas dire à voix haute. On m'a dit que j'étais dur et que je ne savais pas pardonner, et c'est sans doute le cas avec Jordan. Je dois admettre que cela pourrait être gênant étant donné notre situation de travail. Mais il n'a rien fait pour me faciliter la vie et je n'ai pas confiance en lui.

Elle est peut-être à nouveau célibataire, mais elle n'est toujours pas mienne. Et rien de ce que Jordan m'a conseillé ne m'a aidé dans ce domaine.

— Oui ? Quoi ? dis-je.

Jordan hésite, puis il sourit.

— Je passais juste te voir. J'ai entendu parler du duel GN. Adam m'a mis au courant.

Je grogne presque contre lui.

— Ce n'est pas du GN.

Il cligna des yeux.

— Mais, euh, vous ne faites pas des jeux de rôle et ce genre de choses ? Ce n'est pas ça, le GN ?

— GN, c'est le jeu de rôle grandeur nature. Ce n'est pas ce que nous faisons. Nous faisons de la reconstitution. Nous avons des personnages, mais nous recréons l'histoire de façon authentique, nous ne faisons pas des jeux de rôle de fantasy. Je garde cela lorsque nous sommes assis autour d'une table et que nous jouons à D & D.

— Ah, euh. Pardon. Je ne voulais pas t'insulter. En fait, je voulais voir ton duel, mais April avait un truc de famille à San Diego.

J'essaie de retenir mon amertume. Évidemment, lui il est heureux et amoureux avec sa très agréable et très jolie copine, tout en dispensant des conseils pourris à ceux d'entre nous qui ne sont pas nés avec ces airs suaves. Il ne la mérite pas.

Je ne réponds pas et Jordan continue.

— Je suis désolé pour le duel, mon vieux. J'étais à fond derrière toi.

— Je ne t'ai pas vu derrière moi, dis-je en chassant l'image mentale de Jordan me suivant au duel.

— Non, je veux dire que j'espérais que tu gagnes.

Je croise les bras sur ma poitrine et je tourne sur mon tabouret de travail.

— Pourquoi, pour ne plus te sentir coupable ?

Jordan pince les lèvres et ses yeux deviennent tout petits.

— Je vois. Tu es toujours fâché contre moi.

— J'ai une très bonne mémoire.

— Oui, j'en ai bien conscience. Je t'ai déjà proposé de me rattraper. Je pourrais te trouver un rendez-vous avec quelqu'un…

Je serre la mâchoire et je me sens rougir de colère. Je me lève avec raideur.

— Les femmes sont peut-être interchangeables pour toi, mais ce n'est pas le cas pour moi !

Jordan cligne des paupières.

— William, mon vieux, calme toi. Je suis sérieux. Je veux me faire pardonner. Peut-être pourrai-je te montrer comment…

Je pointe un doigt vers lui.

— Je n'écouterai pas tes conseils. Penses-tu que je suis stupide ? Tu penses manifestement que je suis stupide.

Jordan lève la main, la paume vers moi.

— William, calme-toi, d'accord ? Allons parler dans l'entrepôt ou dans mon bureau. Ou laisse-moi te payer un café.

— Non. Je n'aime même pas le café.

Je croise à nouveau les bras.

Jordan se frotte le menton et me regarde pendant un long moment silencieux.

— Que puis-je faire, pour que tu me pardonnes ? Dis-moi…

— Est-ce Adam qui t'a fait venir ici pour me parler ? Pourquoi t'en préoccupes-tu ?

Il lève les yeux vers le plafond et pousse un soupir.

— Parce que je me sens mal que tu n'aies pas eu la fille.

Mes bras se raidissent contre mon torse.

— Et tu penses que tu peux faire quelque chose pour te rattraper ?

Il courbe les épaules.

— Je ne sais pas. Écoute… appelle-moi quand tu as envie d'en parler.

— J'ai effacé ton numéro de mes contacts, dis-je.

Son regard monte encore une fois vers le plafond. Je me demande s'il y a quelque chose là-haut, un insecte ou une araignée.

— Allez, fais un geste, dit-il.

Des images me traversent l'esprit : la langue des signes, un hochement de tête, un geste de la main.

— *Quoi ?*

Il soupire en balayant nos paroles de la main.

— Laisse tomber. Tiens. Voilà mon numéro.

Il se penche, attrape des post-it sur mon bureau et mon crayon préféré. Je suis sur le point de lui crier de lâcher le crayon quand je m'arrête. Une image très vive de mon combat contre Doug dans l'arène me vient à l'esprit. Je l'observe à travers la grille de mon casque et je le frappe férocement. Les épées s'entrechoquent, je suis ébloui par l'éclat du métal dans le soleil. Je sens le goût de la poussière dans ma bouche. Doug me bloque avec son épée – tenue fermement dans sa main gauche.

Jordan utilise sa main gauche tordue selon un angle étrange pour griffonner son numéro de son écriture typiquement peu soignée. J'ai toujours su que Jordan était gaucher, mais jusqu'à maintenant cette information n'était pas importante pour moi.

Jordan dit encore quelque chose et je l'entends à peine à travers le tourbillon d'images dans ma tête. Doug et moi sommes aussi doués, l'un que l'autre. Mais son avantage est qu'il se bat beaucoup plus souvent contre des droitiers que je ne m'entraîne contre des gauchers. M'entraîner contre un adversaire gaucher – même s'il n'est pas aussi doué que Doug – pourrait me permettre d'avoir le dessus. Les gauchers ne représentent que douze pour cent de la population environ. Je n'en connais aucun qui est suffisamment sportif pour s'adapter à mon régime d'entraînement tout en étant gaucher. *Enfin, jusqu'à aujourd'hui.*

Jordan se redresse et se tourne pour partir quand je dis à haute voix :

— Stop. Je viens juste de penser à une façon dont tu pourrais te rattraper.

Jordan me regarde bizarrement, du coin des yeux.

— Ouais ? Quoi, donc ?

— Tu peux venir m'aider à m'entraîner pendant mes sessions avec l'entraîneur en arts martiaux européens.

Il fronce les sourcils.

— Les arts martiaux ? Tu veux dire comme le karaté ou le taekwondo ?

Je soupire. Jordan est intelligent – en général –, mais parfois il peut être idiot.

— Ça, ce sont les arts martiaux asiatiques. Je te parle d'arts martiaux européens. Le combat à l'épée, le tir à l'arc, l'escrime, etc. Je parle spécifiquement du combat à l'épée et à la bocle.

— À l'épée et à la quoi ?

— C'est le terme pour un bouclier. J'ai besoin d'un gaucher pour m'entraîner au combat.

— Tu vas faire un autre duel ?

— Oui. Et il est très important que je le gagne. Elle compte sur moi. Si tu veux te rattraper, voici ce que je veux que tu fasses. Peut-être te pardonnerai-je après ça.

Il pinça les lèvres un instant, comme s'il venait de manger un citron.

— Je ne serai pas tenu pour responsable si je te casse la figure, si ?

— Si tu peux y arriver, non. Mais votre trop grande confiance en vous est votre faille, dis-je en répétant la réplique de Luke Skywalker dans *Le retour du Jedi*.

— Ta foi en tes amis est la tienne, cite-t-il à son tour. Très bien. Je le ferais. Il se pourrait même que cela me plaise.

— Et si je gagne, je pourrais sortir avec April ?

Quand il ouvre la bouche pour protester, je me mets à rire.

— C'est une blague.

C'est *vraiment* une blague. April est très jolie, mais elle n'est rien par rapport à Jenna. Et en ce qui me concerne, Jenna est la seule. Depuis que je l'ai vue pour la première fois, je n'ai pensé à aucune autre femme. Seulement à elle.

Je ne vais pas la décevoir. Je vais faire tout ce qu'il faut pour gagner. Pour elle.

***

Plus tard cette nuit-là, je continue ma routine du lundi. Après le dîner, j'enfile mes vêtements de sport, étant prêt à courir un peu. Je fais cinq kilomètres en environ vingt minutes, puis après encore quarante minutes où je fais la planche, des fentes et du lever de poids, je commence à travailler mes mouvements de combat.

Je regarde mon calendrier au mur. C'est la deuxième moitié de mars. Le festival de Beltane et le deuxième duel sont dans exactement quarante et un jours.

En plus de mon entraînement aux arts martiaux avec mon instructeur, j'ai regardé des vidéos pour étudier la stratégie du combat à l'épée. J'ai également établi un code de couleurs pour le planning de mon entraînement et j'ai étiqueté le temps que je devrais passer à m'entraîner dans chaque activité. Au cours des derniers mois, j'ai réussi à parfaire mon régime d'exercice. Ma masse graisseuse se trouve au niveau optimal, le tout calculé grâce à l'évaluation la plus précise de mon IMC. Même mon cousin qui est très en forme, l'a remarqué et m'a fait des compliments pour mes efforts.

Je suis sur le point de commencer ma routine à l'épée quand le téléphone sonne. C'est le moins irritant des signaux que j'ai pu trouver – j'ai vérifié dans les paramètres.

Je pousse un soupir et je me lève pour regarder qui m'appelle. Je n'ai encore jamais réussi à ignorer un appel téléphonique, ce qui explique pourquoi je l'éteins généralement dans mon atelier ou dans mon studio de travail. Je préfère également répondre après la deuxième sonnerie. Cette fois, elle sonne presque une troisième fois avant que j'arrive à décrocher, et je me rends compte que dans ma hâte à interrompre les sonneries, je n'ai pas regardé le nom de la personne cherchant à me joindre. Ces deux éléments me déstabilisent. Cela fait déjà deux écarts par rapport à ma routine et cela me donne des démangeaisons.

— Ici, William Drake, aboyé-je.

— Euh... salut William. Comment vas-tu ? C'est Jenna.

Jenna. Je suis pris d'une sensation qui ressemble à un vaisseau entier coulant dans mon estomac. Ma gorge se serre.

Pendant un moment, je ne sais plus comment répondre de façon appropriée en me souvenant de la première fois que je l'ai vu. C'était à la fête-surprise organisée chez lui par Adam pour Mia, deux ans auparavant. Ils avaient fêté son admission en fac de médecine. Je déteste les fêtes et j'étais resté près du mur, comme je le fais d'habitude. Mais c'est alors que je l'avais vue.

Magnifique.

Si belle que tout se figeait quand je la regardais. J'ai cette vision maintenant comme si elle se tenait encore une fois devant moi. Elle porte une chemise aux motifs turquoise et violet et une jupe noire. Ses jambes sont longues et minces. Elle a la peau claire et ses cheveux sont si blonds qu'ils sont presque blancs. Et ces yeux... si bleus. Pâle, mais avec une touche de violet. Quelque part entre les teintes du bleuet et le bleu céruléen.

— Allô ? William ? Tu es toujours là ?

— Oui. Je ne suis pas partie. Bonjour, Jenna.

Je force l'image presque envahissante de mon esprit.

— Ah, d'accord. Bien. Je me... je me demandais si je pouvais passer te voir pour parler.

— Nous pouvons parler maintenant. En fait, nous sommes en train de parler.

Elle rit. J'ai dû dire quelque chose de drôle. Puis je me rends compte qu'elle m'a demandé si nous pouvions parler parce qu'elle voudrait me voir en personne.

— Eh bien, je pensais que nous pourrions commencer avec quelques-unes de ces techniques calmantes pour t'aider avec ta gêne des foules. Est-ce que ce soir serait possible ? Après dîner ?

— J'ai déjà mangé, mais tu peux venir quand tu auras mangé. Je m'entraîne en ce moment. Ensuite, je serai dans mon atelier. Tu pourras venir à ce moment-là.

— Euh, d'accord… ton atelier ? C'est chez toi ?

— Oui. Sonne et entre. J'entendrai la sonnette depuis mon atelier. Je laisserai la porte d'entrée déverrouillée et l'atelier se trouve dans l'arrière-cour.

— Hmm. D'accord. Je serai là vers dix-neuf heures trente.

Je regarde l'horloge.

— Je te verrai donc dans quatre-vingt-quatorze minutes.

Elle rit encore.

— Oui… plus ou moins.

Quand Jenna raccroche, je fais les cent pas dans ma salle de sport. Que vais-je lui dire ? Comment vais-je lui parler ? Je n'ai jamais été seul avec elle. *Jamais.* Je ne sais pas du tout à quoi m'attendre.

J'attrape mon téléphone et je compose rapidement le numéro de mon cousin. Il répond à la troisième sonnerie.

— Liam, dit Adam en m'appelant par mon surnom d'enfance. Que se passe-t-il ?

— J'ai besoin de ton aide pour une situation délicate.

Je continue à faire des ronds de plus en plus étroits dans ma salle de gym jusqu'à ce que je finisse par me balancer d'un pied sur l'autre.

— Une situation délicate ? Tu vas bien ? As-tu besoin que je vienne ?

— Es-tu toujours au travail ? dis-je en regardant l'horloge. Mia ne sera pas contente.

— Tout va bien. Elle reste tard à la fac aujourd'hui, pour étudier. Que puis-je faire pour toi ?

— Je n'ai pas besoin que tu viennes, mais j'ai besoin de tes conseils. Jenna vient de m'appeler. Elle va venir chez moi.

Une pause.

— Tu dis cela comme si c'était une mauvaise chose.

— Ce n'est ni mauvais ni bon.

— Alors, de quoi as-tu besoin ? demande-t-il.

— Il faut que je trouve quoi lui dire. Je ne sais jamais ce qu'elle pense.

Adam glousse.

— Eh bien... malgré mes nombreux talents impressionnants, je ne sais pas lire dans les pensées des femmes. En particulier de la femme avec laquelle je vis. Alors je ne crois pas pouvoir t'éclairer.

Bien que je comprenne l'image – Adam l'utilise beaucoup –, je l'imagine immédiatement allumant la lampe de bureau rouge vif dans sa chambre, dans la maison où nous vivions ensemble quand nous étions adolescents.

— D'accord, pourtant il faudra peut-être que je t'appelle après. Je suis sûr que j'aurai beaucoup de questions.

— Si je ne réponds pas, je te rappellerai dès que possible. Mais quoi qu'il arrive, souviens-toi s'il te plaît de ne pas te mettre dans tous tes états.

— Je me souviens toujours de ne pas me mettre dans tous mes états, Adam. Mais cela n'affecte en rien mon état.

Il soupire encore une fois.

— Oui, je sais. Bonne chance.

Je raccroche. Pourquoi aurais-je besoin de chance ? La chance n'existe pas. En tant que programmeur informatique, Adam le sait parfaitement bien. De toute façon, il se sert librement de l'expression.

Je regarde l'horloge – il ne reste que quelques minutes de ma séance d'entraînement. Je suis tout raide de frustration quand je me rends compte que je n'ai pas le temps de m'entraîner à l'épée ce soir.

Après avoir enfilé un jean, je m'arrête à la cuisine pour étancher ma soif avec de l'eau glacée avant de passer au projet suivant. Ensuite, il est temps de ressortir.

Mon atelier de forge se trouve dans un grand cabanon dans l'arrière-cour. Il est assez grand pour contenir ma forge, mon soufflet et les autres équipements que j'utilise. Dès que j'y entre, je suis frappé par un mur de chaleur venant de la forge. J'avais lancé le feu en rentrant du bureau afin que la forge soit prête quand je voulais travailler.

Je tire sur la cordelette pour allumer les lumières et je vérifie la liste des commandes placées par les membres de notre clan au cours du week-end. Heureusement, j'avais seulement prévu de faire quelques petits travaux, donc la visite de Jenna ne perturbera pas terriblement mon emploi du temps. Cela, au moins, me réconforte un peu.

Il est trop tard pour totalement abandonner l'idée de travailler ici ce soir, car je ne veux pas gâcher le feu et tout le bois qu'il a fallu pour obtenir la température optimale. En outre, c'est un soir parfait pour travailler à l'atelier. Il fait frais, mais pas froid.

Nous avons eu un hiver assez chaud et cela rend parfois vraiment désagréable le travail à l'atelier. Mais j'aime beaucoup ce travail… ce que je ressens, la façon dont cela me détend.

Ayant déjà quitté mes vêtements de sport pour enfiler un jean, j'enfile mes lunettes de protection, un tablier en cuir et des gants épais. Bien qu'il soit chaud, le feu est petit, parfait pour chauffer et marteler simplement.

Je sors mes outils et je les aligne à côté de l'enclume, je remplis mon seau en métal avec de l'eau et je suis prêt à travailler. Oui, c'est beaucoup mieux. Ma concentration forcée sur la tâche que j'accomplis va m'empêcher d'être obsédé par la visite de Jenna.

J'attrape une tête de pelle platte commandée par Goodman Meyer, un jardinier du clan. La tenant avec une pince, je la pousse dans le feu et je regarde l'horloge pour mesurer le temps. Je suis en train de donner des coups de marteau – le rythme et la force des coups de métal contre le métal font vibrer mes bras – quand je regarde une nouvelle fois l'horloge. Je remarque qu'il est bien plus tard que l'heure à laquelle Jenna devait arriver.

Est-elle en retard ? Ne vient-elle pas ? Peut-être a-t-elle changé d'avis et ne veut-elle pas m'aider ? Mes coups faiblissent, trébuchant sur l'enclume, et je fronce les sourcils. Je serre les dents et j'essaie de me focaliser, essayant de retrouver la concentration perdue.

Je recommence à donner des coups de marteau pour ne pas penser à elle, mais à chaque coup j'entends 'Pas là' comme une voix dans ma tête qui se moque de moi. Je deviens frustré, puis fâché.

Pourquoi m'a-t-elle dit qu'elle serait là à dix-neuf heures trente alors qu'elle n'y est pas ? Va-t-elle rappeler ? Je regarde mon téléphone sur l'établi et je ne vois pas de mise à jour sur l'écran. Je suis certain de ne pas l'avoir éteint.

Quelques instants plus tard, je ressens cette sensation étrange et pourtant familière d'un poids sur le cou et sur les épaules. Quelqu'un m'observe. Je déglutis et les muscles de mon dos se raidissent. Je me redresse, mais je ne me retourne pas.

Chapitre Cinq
Jenna

GRÂCE À LA PROPOSITION GÉNÉREUSE D'ALEX DE ME déposer en se rendant chez sa mère, j'arrivai sur le pas de la porte de William. En regardant mon téléphone, je vis qu'il était presque vingt heures.

Je frappai, en me demandant s'il m'en voudrait de mon retard. *Enfin.* Je haussai les épaules, puis après être restée à attendre pendant quelques minutes sans réponse, je me souvins qu'il m'avait dit de passer la porte et d'entrer dans la cour.

Suivant les instructions de William, je traversai la maison. Il m'avait aidée en laissant le chemin éclairé depuis la porte d'entrée jusqu'à la porte de derrière qu'il avait laissée entrouverte. Il avait presque tout fait pour moi, si ce n'est de laisser un chemin de miettes.

Sa maison était grande, mais modeste. La majorité des meubles n'étaient pas accordés, mais ils semblaient confortables. Pour un artiste, il n'avait aucun sens du style en ce qui concernait la décoration intérieure. Non pas que je pouvais me permettre de juger. J'utilisais encore des posters dans des cadres en plastique et des meubles de deuxième main pour décorer mon appartement de location.

J'étais contente d'avoir mis un sweat quand j'entrai dans la cour depuis la cuisine et que je sentis une brise fraîche. Le chemin jusqu'à l'atelier de William était délimité par des lampes solaires et j'avançai jusqu'à l'entrée illuminée. Quelque chose d'espiègle en moi voulut le surprendre alors je marchai sur la pointe des pieds. Avec mes tennis, ce n'était pas difficile d'être silencieuse sur le chemin de briques.

Un marteau frappait le métal sur un rythme si précis qu'il aurait pu venir d'une machine. Je savais que William était un forgeron pour l'ARRM. Cela faisait plusieurs années en fait, et j'avais admiré les pièces qu'il avait fabriquées. Après ce week-end, j'imaginai qu'il avait beaucoup de travail à rattraper.

Mais il n'y aurait plus de travail à la forge ce soir. Nous avions du travail important. William avait un duel à gagner.

J'entrai dans l'atelier par la porte ouverte et je le surpris comme je l'avais espéré. Il était penché sur son enclume, les pinces dans une main et le marteau dans l'autre. Il portait des lunettes de protection et un jean avec un tablier en cuir. Il m'évoqua brièvement Héphaïstos, le forgeron des dieux grecs. Mais ce dernier avait été déformé et d'après ce que je pouvais voir, absolument aucun élément du corps de William ne pouvait être décrit comme étant déformé.

Ses bras et son dos étaient entièrement exposés et je fus frappée de le voir ainsi. Cela me fit l'effet d'un coup de poing dans l'estomac. Un coup de poing agréable en fait. J'inspirai profondément et je le dévorai des yeux, regardant ses biceps et triceps se rassembler et s'étirer au rythme de ses coups de marteau. Ses bras étaient sculptés, forts – superbes. Sous toute son armure, je n'avais pas remarqué à quel point William était en bonne forme physique. Il n'avait jamais été en mauvaise forme, mais avec tout le sport et l'entraînement qu'il avait faits au cours des quatre derniers mois… il était à présent totalement exquis.

Ma bouche se dessécha quand j'imaginai ces beaux bras costauds m'envelopper. Je me léchai distraitement les lèvres et je détournai le regard, surprise et même un peu déstabilisée par cette attirance soudaine et puissante. J'avais toujours pensé que William était beau et je savais que j'étais attirée par lui. Mais cela n'avait jamais été avec tant de désir et d'envie de le posséder. Jusqu'à maintenant.

Le martèlement cessa soudain – tout comme l'ondulation attirante des muscles de son dos qui accompagnaient le mouvement. Sans se retourner, William se redressa et dit :

— Tu as trente-trois minutes de retard.

Ma mâchoire tomba. Comment avait-il fait cela ? Avais-je respiré trop fort ? *Mince.*

— Oh, euh. Je suis désolée.

Il ajusta l'endroit où son marteau reposait sur la pièce qu'il travaillait, mais il ne me regarda toujours pas.

— Et tu n'as pas sonné.

Oh, merde. Je l'avais pris par surprise… et cela ne semblait pas lui plaire. Franchement, c'était toujours assez difficile à voir avec lui. En général, il était comme Vulcain sous stéroïdes.

— Au temps pour moi, dis-je en essayant de réprimer un rougissement de gêne autant que d'irritation.

— Autant de quoi ?

D'accord, j'étais complètement perdue.

— Euh… Quoi ?

Il poussa un soupir.

— J'arrive. Je dois travailler ça un peu plus avant que le métal refroidisse.

Il se pencha sur son travail, puis il ajouta :

— Oh, bonsoir. J'espère que tu vas bien.

Il récita les mots comme s'il avait appris que c'était ainsi qu'il fallait saluer une personne. Comme s'il était vraiment Vulcain, qui venait d'atterrir sur la planète avec son fidèle manuel : *Les us et coutumes des Terriens.*

Je clignai des yeux en me demandant dans quoi je m'étais fourrée.

Pendant que je regardais William finir sa pièce, la fascination que j'avais pour le mouvement des muscles de son dos et de ses bras continua à me perturber. Je finis par me forcer à détourner le regard, observant les étagères de son atelier. Sur chaque étagère se trouvaient des pièces – terminées ou en cours de réalisation – méticuleusement étiquetées avec leur destinataire. Il s'agissait essentiellement d'outils de jardin et de boucles en métal pour des ceintures d'époque, pour des sangles d'armures, des fourreaux et des tentes en tissu. Les gens qui fabriquaient ces éléments avaient besoin de William pour les pièces en métal.

Il y avait également des objets plus complexes qu'il avait manifestement utilisés pour s'entraîner. J'avais lu quelque part qu'il fallait des années et des années de travail à plein temps pour maîtriser le travail de forgeron. Il s'agissait du passe-temps de William, mais d'après son atelier – entièrement équipé d'une forge et d'un soufflet – c'était un passe-temps sérieux.

J'aperçus également une armure complète dans un coin. Elle ne ressemblait pas à celle qu'il avait portée pendant le duel et je m'approchai pour l'observer de plus près. Ce faisant, je lui jetai un autre coup d'œil et je remarquai le jeu de lumière sur son torse couvert de sueur quand il se baissa pour faire tomber sa pièce dans le seau d'eau. Le métal coula avec un léger sifflement pendant que William enlevait ses lunettes et retirait le tablier autour de son cou.

Je m'arrêtai net. Son torse était à présent entièrement exposé et je dus retenir un petit cri. Je me sentis rougir. Par Artemis, il était canon. Son torse était entièrement fait de surfaces planes bien droites et d'angles masculins et il semblait très, très dur. J'arrêtai de fantasmer à l'idée de le toucher – et peut-être même de le lécher – quand je me rendis compte que je le fixais du regard et que lui me regardait l'observer. Je me tournai brusquement et mon regard errant se concentra une nouvelle fois sur l'armure.

— Ne touche pas à ça, dit-il quand ma main fut à mi-chemin du plastron.

Je la retirai brusquement, gênée.

— Cette pièce est cassée et doit être réparée... elle est trop délicate pour être manipulée maintenant.

— Ah. Je me demandais juste où se trouvait le réacteur ARC... ironisai-je en regardant toujours le mur. Il n'est manifestement pas, euh, sur ton torse...

Je m'interrompis, ravie qu'il ne puisse pas voir mon visage.

Bon sang. Il suffisait de me montrer de beaux muscles et un physique masculin costaud afin que je perde tout contrôle comme une écolière. J'avalai la boule qui s'était formée dans ma gorge.

William retira la pièce du seau – du moins, c'est ce que le bruit m'évoqua.

— Ce n'est pas une armure d'Iron Man. Ces armures n'existent pas.

Je ris.

— Oui, je le savais. Je ne m'attendais pas à ce que tu voles dans les airs.

Je me retournai vers lui en forçant mes yeux à rester sur son visage.

— As-tu bientôt fini ? Je n'ai pas toute la nuit, tu sais.

Il cligna des yeux.

— J'ai terminé. Il faut juste que je couvre le feu. Cela ne prendra pas toute la nuit. Seulement une fraction de la nuit.

J'aurais ri si j'avais pensé qu'il plaisantait. Mais ce n'était pas le cas, alors le soupir que je poussai me servit à me calmer. J'étais nerveuse et gênée – à la fois par ma réaction devant lui et par son absence de réaction face à moi.

S'il était n'importe quel autre type, il m'aurait déjà matée deux fois. À la place, il m'avait à peine regardée depuis que j'étais arrivée.

Il eut terminé au bout de quelques minutes et il s'essuya le visage sur une serviette qu'il avait attrapée sur l'établi. Je jetai un autre coup d'œil à son torse… des pectoraux bien développés et clairement définis, des abdos fermes, une peau pâle, mais pas maladive, légèrement saupoudrée de poils sombres.

J'inspirai profondément et je détournai les yeux en espérant ne pas avoir besoin de lui demander d'enfiler un tee-shirt. Ce fut comme s'il avait lu dans mes pensées :

— Je m'excuse de ne pas porter de tee-shirt. Il fait très chaud devant la forge.

— Tu n'as pas peur de te brûler ?

— Pas avec ce type de travail. Lorsque je fais de grosses pièces, je porte des affaires qui me protègent mieux, mais là il ne s'agissait que de parfaire la forme.

— As-tu créé ton armure ?

Il secoua la tête.

— Je ne suis qu'un débutant. Je fabrique des pièces simples. Cette armure d'entraînement et ma véritable armure de bataille ont été créées spécialement pour moi par un maître artisan.

Je fis un pas vers lui et il leva la main.

— Ne t'approche pas. J'ai une règle concernant les visiteurs de mon atelier. Ils n'ont pas le droit de s'approcher à moins de quatre mètres de la forge.

— J'ai pour habitude d'enfreindre les règles. Donne-moi une règle et je l'enfreins.

William fronça les sourcils, puis il montra du doigt un panneau accroché au-dessus de son établi. Le texte était écrit à la main dans un style ancien avec un rinceau décoratif sur les bords : *Visiteurs – veuillez vous tenir à au moins quatre mètres du feu.*

— N'enfreins pas mes règles, dit-il d'une voix solennelle.

Je l'observai pendant un long moment, ne sachant pas vraiment ce que je voulais qu'il dise. *Je plaisante.* Ou *je t'ai eu !* Les deux auraient fonctionné. Mais il était sérieux. Ferme. Et cela me donnait très envie de m'approcher de lui, juste pour voir ce qu'il ferait. Mais nous ne partirions pas d'un bon pied.

— Eh bien, je vais essayer de me retenir, dans ce cas. Pour toi.

Aucune réponse. C'était comme si je n'avais pas parlé. Il couvrit le feu et une fois que ce fut terminé, il essuya méticuleusement ses outils avant de les remettre exactement à leur place. Comment le savais-je ? Parce que leurs contours étaient dessinés sur le mur derrière l'établi.

Je croisai les bras et je soupirai bruyamment. J'en avais assez de l'atelier de William et de ses manières brusques.

Pendant qu'il continuait, je regardai à nouveau le panneau. Je n'avais pas vu beaucoup de son travail, mais je savais qu'il était artiste de profession. Mia m'avait dit qu'il était incroyablement doué. Je me demandai s'il me montrerait un peu de son travail si je lui posais la question.

Vingt minutes plus tard, il m'escorta hors de l'atelier et dit :

— Ma salle de gym est dans le salon. Nous pouvons travailler là-bas.

Il se tourna et il ferma la porte avec trois loquets, tous fermés par un verrou.

Sans attendre ma réponse, il tourna les talons et passa devant. Qui avait une salle de gym dans son salon ? Apparemment un type qui vivait seul et qui ne recevait pas beaucoup de monde.

Je lui souhaite bien du courage.

William entra dans la maison et il me guida jusqu'à un grand salon qui semblait assez normal, avec un canapé, une table de jeu et des chaises. Il manquait cependant une télévision. Peut-être la regardait-il dans sa chambre ?

Le long du mur dans la zone dédiée à son entraînement se trouvaient des poids, un tapis de course et des tapis de sol enroulés. Il se pencha et attrapa le tee-shirt qu'il avait dû faire tomber là. Lorsqu'il l'enfila, je fus à la fois consternée et soulagée : le premier parce qu'il avait caché la belle vue et le dernier parce que je n'avais plus besoin de m'interdire de me perdre dans la contemplation de son torse.

Ce soir, ma réaction à son physique était un peu exagérée. Peut-être subissais-je une sorte d'étrange poussée d'hormones ? Ce n'était pas comme si j'avais traversé une période d'abstinence où je risquais d'être attirée par tout et n'importe quoi.

C'est juste que je n'avais jamais vraiment pensé à William de cette façon. Grand et beau, oui. C'était évident pour tout le monde. Mais sa timidité épique m'avait peut-être découragé de le voir comme un objet de désir.

Je m'éclaircis la gorge en essayant de vider mon esprit de pensées salaces.

— Alors… as-tu déjà fait des exercices de méditation, ou connais-tu des techniques qui permettent de se calmer ?

William marcha vers le mur, déplia un grand tapis et le posa sur le sol. Il se laissa tomber dessus, s'asseyant les jambes croisées sans dire un mot. Je m'assis en face de lui.

— Non, finit-il par répondre.

— D'accord… alors veux-tu me dire ce qu'il s'est passé au cours du duel ?

— N'étais-tu pas là ?

— Je l'étais. Mais je n'étais pas à ta place.

Il fronça les sourcils.

— Tu ne pouvais pas y être, puisque j'y étais.

Plaisantait-il ? William ne m'avait jamais paru stupide – plutôt le contraire, même. Peut-être me taquinait-il de cette façon pince-sans-rire qui me faisait penser qu'il était sérieux.

— Eh bien, je veux dire, raconte-le-moi pas à pas…

— En marchant ?

Je soufflai avec une irritation croissante.

— Tu te fous de moi ?

Il fronça les sourcils.

— Tu es énervé. Je devrais sans doute t'expliquer que j'ai des problèmes avec le langage. Les NT utilisent toujours des expressions au lieu de parler simplement.

— Des NT ? Comme des ET ?

— Non. ET signifie extraterrestre. NT signifie neurotypique.

— Neuro-quoi ?

— Cela signifie que ton cerveau se comporte de façon typique. Ce n'est pas le cas du mien. L'anglais n'est pas ma première langue.

Je souris, heureuse de trouver quelque chose que je comprends.

— Ce n'est pas non plus le mien. Ma langue maternelle est le bosniaque. Quelle est la tienne ?

— Des photos. Des images. D'autres types de données sensorielles. Mais pas les mots. Les mots sont venus après.

Il haussa les épaules, son regard descendant vers le tapis juste au-dessous de mon genou.

— Ah... c'est intéressant. Ce n'est pas une chose à laquelle on réfléchit... la façon dont on traite les pensées dans le cerveau.

— Je suis obligé d'y penser. Tout le temps.

— Je pense en anglais quand je parle anglais et en bosniaque quand je parle bosniaque. Mais je n'ai pas besoin de m'en préoccuper. Je suppose que c'est le gros avantage dont disposent les NT sans savoir qu'il s'agit d'un avantage.

Il semblait se concentrer sur ce point au sol tout en m'écoutant.

— Quand tu penses dans la même langue que celle que tu parles, tu n'as pas besoin de traduire. Mais moi, tout me vient d'abord en images. Par exemple, quand tu as dit être à ma place, ma première réaction a été de te voir porter mes chaussures.

Il secoua la tête en déplaçant son regard vers mes pieds.

— Mes chaussures ne te vont pas. C'est une image très drôle.

Je ne pus pas m'en empêcher... je me mis à rire. William était adorable malgré mon irritation.

Ses yeux marron sombre remontèrent lentement le long de mon corps, s'arrêtant juste au-dessus de ma poitrine, et ma peau se réchauffa partout où son regard me touchait. *Bon sang, Jenna... tu es hors de contrôle ce soir.*

— Bref... dis-je en remettant la conversation sur les rails.

Je me forçai à ne pas penser à quel point, William m'intriguait un peu plus avec chaque minute qui passait.

— Je veux savoir ce qu'il s'est passé dans ta tête pendant que tu te battais en duel. Quelle a été la cause de ta détresse, exactement ?

Il inspira profondément avant de souffler.

— C'était la foule. Je n'avais pas compté dessus. Je savais exactement ce que je faisais. J'avais un plan et j'aurais gagné, mais...

Il secoua la tête.

— Je n'avais pas prévu tous les visages et le bruit.

— Et Doug a empiré les choses quand il l'a découvert.

Il hocha la tête, mais il ne dit rien. Ses mains s'agitèrent sur ses genoux.

— Est-ce que cela signifie que tu ne fréquentes pas du tout les foules ? Au théâtre ? Aux événements sportifs ? Aux concerts ?

— Oui.

— Vraiment ? Comment fais-tu pour voir les films ?

— J'attends qu'ils sortent en Blu-ray où je vais les voir chez Adam. Il a son propre cinéma.

— Waouh. Mais comment fais-tu pour les grands films que tu es impatient de voir ? Comme le nouveau Star Wars, par exemple ?

Il secoua la tête.

— Je ne peux pas. Même si c'est un film que je veux vraiment voir.

Je fronçai les sourcils en me demandant ce que cela faisait.

— Oh, c'est dur. Peut-être que te rendre dans ce genre d'endroits et t'exposer à de plus grands groupes de gens pourrait t'aider à t'y habituer ?

Il sembla y réfléchir, puis il secoua la tête comme s'il redoutait cette pensée.

— D'accord… eh bien, il existe des techniques que tu peux utiliser pour t'aider à te calmer. La visualisation, la respiration. Quand j'étais plus jeune, j'avais des crises de panique terribles. Elles étaient généralement déclenchées par des bruits violents, alors j'avais également des problèmes avec certains types de films.

Il leva la tête, paraissant surpris.

— Tu as peur des bruits violents ? Pourquoi ?

J'hésitai.

— Parce que… quand j'étais petite, la ville dans laquelle je vivais était bombardée presque constamment.

Son regard passa lentement de mon menton jusqu'à mon nez avant de s'arrêter.

— Tu as vécu à Sarajevo ?

— Oui. Ma famille vient de là. Comment as-tu deviné ?

— Ce n'était pas difficile. Tu as dit que le bosniaque était ta langue maternelle. Sarajevo est la capitale de la Bosnie-Herzégovine dans ce qui était autrefois la Yougoslavie.

— Et tu en sais plus que quatre-vingt-dix pour cent des Américains.

— La cité a été assiégée pendant presque quatre ans. Ta famille est venue ici pour échapper à la guerre ?

Je contournai le petit sursaut de douleur auquel je m'étais habituée depuis longtemps. Ce n'était plus qu'une ombre distante à présent.

— Oui... enfin, seulement ma sœur et moi. Nous avons vécu là-bas jusqu'à mes cinq ans, et puis nous avons pu partir pour nous rendre en Croatie avant de venir ici avec ma tante. Mais... mes parents sont restés là-bas. Ma grand-mère était malade et âgée, ils n'ont pas voulu la quitter. En même temps, ils voulaient que leurs enfants soient en sécurité, alors ils ont pris une décision difficile.

William frotta sa barbe naissante sur sa mâchoire et je suivis le mouvement, remarquant à quel point ses traits étaient carrés et masculins. Son menton parfait à fossette était traversé par une cicatrice proéminente et je me demandai quel goût elle avait. Je déglutis, écoutant à peine ses paroles lorsqu'il continua.

— C'était une guerre terrible. J'ai lu beaucoup à ce sujet et j'ai regardé les documentaires. Je ne savais pas que tu venais de là-bas.

Je hochai la tête.

— J'étais petite quand je suis arrivée ici. Je ne parlais pas anglais, mais je n'avais que cinq ans, alors j'ai appris vite.

— Et ces techniques que tu as apprises ? Les as-tu déjà enseignées à quelqu'un ?

Je souris.

— Tu essaies de voir si je sais de quoi je parle.

Son visage s'assombrit, alors avant qu'il puisse poser une question, je poursuivis.

— Oui. Je travaille avec d'autres réfugiés de guerre. Ann et moi nous travaillons toutes deux au Centre de Soutien International pour les réfugiés.

En tout cas jusqu'à ce que je commence à voyager avec la foire en juin. L'idée de quitter le CSIR était une ombre au tableau brillant de mon voyage.

— Nous aidons les réfugiés venant d'endroits comme l'Iran, la Chine, le Cambodge et maintenant la Syrie, avec tout ce qu'il s'y passe.

— Je ne suis pas un réfugié.

— Tu n'as pas besoin de l'être afin que ces techniques fonctionnent sur toi. Tu as un déclencheur, quelque chose qui provoque ta panique. Pour moi, il s'agissait des bruits violents… tout ce qui ressemblait à des bombes ou à des tirs. Pour toi, ce sont les foules. Nous pouvons travailler là-dessus.

Je m'avançai sur le tapis jusqu'à ce que nos genoux se touchent presque.

— Tiens… laisse-moi te montrer. Il s'agit simplement de respirer.

— Je sais déjà le faire.

Je ris.

— D'accord, c'est vrai. Tout le monde sait respirer, sinon nous ne serions pas ici. Mais il existe une *bonne* façon de respirer.

Il sembla sceptique. Ses yeux se posèrent sur les miens avant de se déplacer très vite.

— Je ne savais pas qu'il existait une 'bonne' façon de respirer.

— Eh bien, c'est le cas. C'est la façon qui est bonne pour ton diaphragme et tes muscles abdominaux. Cela va sans doute à l'encontre de ce que tu as toujours pensé. Quand tu inspires, ton torse se gonfle et quand tu expires, il se contracte. Mais cela devrait être le contraire. Si tu respires correctement, cela déclenchera une sensation de calme dans ton système nerveux. Tiens… donne-moi ta main.

William tendit une grande main en hésitant et je la pris. Je la posai sur mon ventre et j'inspirai profondément avant de souffler.

— Vois-tu ce que je veux dire ?

Ses doigts bougèrent très légèrement contre mon abdomen et à travers le tissu fin de mon petit tee-shirt, ma peau réagit à son contact – elle réagit *vraiment*. Je ressentis des picotements partout, comme si j'avais reçu de l'électricité statique. Je résistai à l'instinct de m'écarter et je jetai un coup d'œil à son visage pour voir s'il comprenait ce que je démontrais.

Il fronça les sourcils.

— Recommence.

Je le fis et il se concentra. J'attendis.

— Encore une fois.

J'obéis et il ne dit rien, il se contenta de bouger ses doigts puis de les étaler sur mon ventre. Ses doigts étaient si longs que sa main couvrait la plus grande partie de mon ventre. Après un autre moment sans qu'il fasse de commentaire, je levai les yeux. Il avait un immense sourire sur son visage.

Eh bien, il pensait peut-être que son cerveau ne se comportait pas de façon typique, mais à ce moment précis il agissait exactement comme un homme typique.

Je chassai sa main.

— Tu as compris.

Il cligna des yeux.

— J'aurais peut-être besoin d'une révision plus tard.

— Ne m'oblige pas à te gifler, Wil.

Son visage s'assombrit brièvement et je me rendis compte qu'il n'avait peut-être pas compris que je plaisantais. Je me sentis immédiatement très nulle.

— Je plaisante.

Il hocha la tête.

— Maintenant, dis-moi si je respire correctement.

Il inspira puis il expira. Je me penchai en avant pour mieux voir son ventre.

— Encore une fois ?

— Tu devrais peut-être poser ta main ici.

Il indiqua ses abdos fermes et sculptés qui étaient maintenant – heureusement – recouverts par son tee-shirt.

— Afin que tu puisses me dire si c'est bon.

Je l'observai pour voir s'il me jouait un tour, mais il semblait mortellement sérieux. Je tendis la main en hésitant et en le touchant doucement, je posai les pointes de mes doigts sur la zone juste au-dessous de son sternum. Il inspira et il expira et la sensation de son torse dur et musclé fit picoter le bout de mes doigts. *Encore.*

Je retirai brusquement la main.

— C'est bien.

— Alors nous avons établi que je sais comment respirer. Et maintenant ?

— Je souris.

— Maintenant, nous passons à l'ancrage et au centrage.

— Qu'est-ce que c'est ? On dirait un sport.

— C'est une technique de visualisation qui devrait bien fonctionner avec ta façon de penser. Il est temps de mettre à l'épreuve ton esprit centré autour de l'image. Ferme les yeux et pose le dos de tes mains ouvertes sur tes genoux, paumes vers le haut.

Il obéit en hésitant, fermant les yeux en dernier, comme s'il ne savait pas bouger ou placer ses mains sans les regarder.

Je commençai à parler à voix basse, d'un ton calme et régulier.

— OK. Maintenant, tu vas détendre chaque partie de ton corps. À chaque inspiration et expiration, tu vas te détendre un peu plus. Tes muscles se relâchent. Les battements de ton cœur ralentissent. Ta respiration est de plus en plus lente.

Une longue pause.

— Tu utilises un truc mental de Jedi pour me faire arrêter de respirer, n'est-ce pas ?

— Wil ! Sois sérieux. Fais ce que je te dis.

— Je ferai ce que tu dis.

— Bien.

— C'est très bien.

J'ouvris un œil et je le regardai, mais il avait les yeux fermés et il était assis exactement comme je l'avais laissé. Plaisantait-il ? C'était si difficile à dire !

Je décidai de le tester.

— Vide ton esprit.

— Mon esprit est vide.

— Ce ne sont pas ces droïdes-là que vous recherchez.

— Ce ne sont pas ces droïdes-là que vous recherchez...

Je tapotai sa jambe avec le dos de la main.

— Arrête de t'amuser. C'est important !

Le sourire disparut de son visage et je me sentis tout de suite mal. Je m'éclaircis la gorge, poursuivant d'un ton un peu moins sec.

— Tu dois prendre ceci au sérieux. Il faut que tu gagnes. Tu dois défendre mon honneur, tu te souviens ?

Je l'avais dit en plaisantant, mais il hocha la tête avec sérieux.

— Ton honneur, ta tiare, ma place au sein du clan et... ma valeur. Beaucoup de choses dépendent de ceci. Je ne plaisanterai plus.

J'étais perplexe.

— Euh... ta valeur ?

— Oui.

Je clignai des yeux.

— Que veux-tu dire par cela exactement ? Tu penses avoir perdu parce que tu ne vaux rien ?

Son regard croisa le mien puis s'échappa très vite.

— J'ai perdu à cause de mes défauts.

— Nous avons tous des défauts. Tu n'es pas différent. Cela n'a aucun rapport avec ta valeur.

Il ne sembla pas convaincu.

— À l'époque médiévale, les disputes étaient résolues par un duel. Le chevalier méritant était celui qui gagnait le duel.

— Eh bien, nous sommes au vingt et unième siècle, pas à l'époque médiévale et, tu as de la valeur. Qui a bien pu te donner l'idée que tu n'en avais pas ?

Je vis passer quelque chose dans ses yeux, une douleur profonde et sombre. Il pinça les lèvres avec tant de force qu'elles en blanchirent, mais il ne répondit pas. J'avais touché un point sensible et le vernis de Vulcain s'était craquelé un peu.

Je tendis une main apaisante.

— Euh, je suis désolée. Je ne voulais pas me mêler de ce qui ne me regarde pas. Si tu veux croire que cette bataille est pour ta valeur – si c'est ce qui te motive – alors, tu devrais avoir le droit d'y croire.

— Je le crois parce que c'est vrai, affirma-t-il.

Il le dit de façon si sombre que quelque chose se tordit et se noua dans ma poitrine. Je savais qu'il utilisait ces mots pour dire autre chose. Ces mots avaient un poids. Ils tombèrent comme des pièces, cliquetant sur le sol entre nous jusqu'à ce qu'ils arrêtent de bouger et que leur écho s'estompe.

— Tu ne penses pas cela à cause de Doug, si ?

Il sembla profondément perplexe.

— Doug ?

— Je veux dire, parce que Doug a été désagréable avec toi et qu'il t'a dit de la merde ?

Il se mordit la lèvre.

— Je ne pense jamais à Doug. Il ne mérite pas mon temps.

— Ah… je suis un peu perdue, je suppose.

J'avais tellement envie d'argumenter avec lui. Si ce n'était pas à cause de Doug, alors pourquoi pensait-il ne pas avoir de valeur ?

— Doug ne peut pas me rabaisser parce que je ne le respecte pas. Pourquoi croirais-je ce qu'il dit à mon sujet et pourquoi cela influencerait-il mon opinion de moi-même ?

Je hochai la tête.

— Tu as raison. C'est une bonne attitude à avoir. Mais dans ce cas, pourquoi penses-tu ne pas être méritant ?

La douleur qui était passée dans ses yeux était plus ancienne. Je voulus immédiatement savoir de quoi il s'agissait.

Il détourna le regard.

— J'ai mes raisons.

Ce fut tout.

Je serrai les dents, luttant contre l'envie de poursuivre la conversation. Mais je ne pouvais pas me permettre de m'impliquer. J'allais déménager bientôt et je ne pouvais pas rester ancrée ici. J'allais aider William parce que j'avais un enjeu là-dedans, mais c'était tout.

Je respirai profondément et je levai le menton, prête à commencer.

— Il est temps que nous revenions à notre histoire de respiration, d'accord ? On ne parle plus de valeur ou de mérite.

Il leva les yeux vers moi et il hocha la tête, mais ce que je surpris dans ses yeux m'étonna. Cela ressemblait beaucoup à de la peur.

Chapitre Six
William

—MAINTENANT, DIT-ELLE ET J'ESSAIE DE ne pas regarder la façon dont ses lèvres forment les mots, la façon dont elle fait passer ses cheveux pâles derrière ses épaules.

J'essaie d'ignorer la sensation de tension que je ressens chaque fois que je suis près d'elle. J'essuie encore une fois mes mains sur mon jean et elle se penche en avant pour me corriger.

— Non, les paumes vers le haut. Pose-les sur tes genoux.

Elle attrape mes poignets avec ses petites mains – ses doigts ne sont même pas assez longs pour faire le tour de mes poignets – et elle tourne mes mains vers le haut.

Je fais cela, parfois. Frotter mes mains sur mon pantalon me calme. Je tourne à nouveau les mains et je les passe plusieurs fois sur les genoux. Cela commence déjà à fonctionner.

Elle croise les bras sur sa poitrine.

— Que se passe-t-il ? Tu ne veux pas le faire ?

— J'aime savoir ce qui va se passer et contrôler ce qui m'arrive.

Je frotte encore mes mains sur mes cuisses, la friction m'apaise.

Ses yeux suivent mon mouvement.

— Vaut-il mieux que je parte ?

Je me fige.

— Non.

— Je ne veux pas te mettre mal à l'aise en étant ici, William.

Mon dos se raidit et mes muscles se tendent. Bien que je sois perturbé par sa proximité, j'ai soudain peur qu'elle parte. Elle sent si bon : comme de la cannelle fraîchement moulue. Mais c'est tout ce que je peux sentir et je ne peux penser à rien d'autre qu'elle. Et je m'en fous complètement de ne pas respirer correctement. Je veux seulement lui faire plaisir.

Je me force à arrêter de frotter mes mains sur mon jean en serrant les poings.

— Continuons, dis-je.

— Tu fais cela pour te calmer ?

Je hoche la tête.

— Alors tu as trouvé un moyen de lutter contre ton angoisse. Cela ressemble beaucoup à ce que nous essayons de faire : utiliser un mécanisme pour surmonter la peur des foules.

— Ce n'est pas quelque chose que je peux faire quand je suis en armure. Et même si je le pouvais, cela ne m'aiderait pas.

Elle réfléchit une minute, son regard se posant sur la gauche tandis qu'elle attrape sa lèvre supérieure entre ses dents blanches et régulières. Sa langue rose sombre sort pour humidifier ses lèvres et je suis soudain brûlant d'excitation. Je me demande si elle sait à quel point elle est jolie. À quel point je veux l'embrasser, la toucher...

Sa tête se retourne brusquement vers moi. Quand elle se met à parler, elle tripote les bagues sur ses doigts.

— Comment te sens-tu quand tu portes l'armure ?

— J'aime porter l'armure. Cela a un effet calmant.

Elle incline la tête sur le côté.

— Vraiment ? J'aurais cru que cela te mettrait mal à l'aise, te stresserait, puisque enfiler l'armure, c'est comme se préparer pour sortir et tuer.

— Je ne tue personne dans mon armure.

Elle soupire et regarde le plafond.

— Bien sûr que non, mais… tu te prépares au combat. Cela ne te stresse pas ?

— Non, l'armure pèse sur moi.

Elle ne semble pas comprendre et je ne sais vraiment pas comment le lui expliquer. J'aimerais faire un dessin pour lui faire comprendre, pour transmettre le message directement depuis mon cerveau jusqu'au sien.

Le silence règne entre nous et elle se laisse tomber en arrière sur le tapis. Avec un long soupir, elle fixe le plafond du regard.

— Il faut que tu veuilles travailler avec moi.

— Je le veux.

— Non, tu me résistes autant que tu peux. Essaye au moins de faire la moitié du chemin, veux-tu ?

Je visualise environ cinq possibilités de moitié : la moitié d'une tarte au potiron au repas de famille chez mon père, un verre d'eau à moitié vide que j'ai laissé sur le comptoir de la cuisine à côté du lavabo avant d'aller à l'atelier, la moitié du chemin jusqu'à…

Jenna se rassoit si soudainement que mon train de pensées est interrompu par la surprise.

— Tu m'énerves, Wil. Je suis désolée. Il faut que je te le dise. J'ai besoin de récupérer cette tiare.

— Pourquoi ?

Elle fronce ses sourcils clairs.

— Peu importe la raison. C'est important pour moi.

Je hoche la tête.

— Je comprends.

— Non. Tu ne comprends pas. Je ne veux pas être méchante, mais... eh bien, ma sœur se marie en juin et elle veut la porter à son mariage.

J'ai l'impression que ce n'est pas toute l'histoire, mais je ne sais pas quoi dire devant sa colère évidente.

Elle soupire encore.

— Cela ne te fait rien de ne plus pouvoir fréquenter le clan si Doug gagne ? Il dit que tu devras t'exiler.

Je baisse les yeux et ses mots passent sur moi comme un courant violent. Ils me poussent et me tirent et me coupent le souffle comme si j'étais piégé sous des rapides.

— Je me soucie de mes amis. Je n'en ai pas beaucoup.

Elle ne dit rien, alors je m'appuie sur mes bras et je la regarde.

— Pourquoi as-tu provoqué Doug en duel la première fois ? demande-t-elle. Tu n'aimais pas tellement le combat quand tu l'as défié. Cela a surpris tout le monde.

J'avale ce qui ressemble à une grosse boule dans ma gorge. Je ne peux pas lui dire la véritable raison. Je ne sais pas du tout comment elle réagirait à : '*parce que Doug t'avait et que je voulais que tu sois mienne*'.

Mais je ne veux pas mentir non plus.

— Doug est arrogant et il insulte les gens. J'en avais assez.

C'est la vérité... au moins une partie, en tout cas.

Elle semble songeuse un moment avant de lever la tête.

— Est-ce... est-ce la seule raison ?

Mes joues se mettent à brûler. Dois-je mentir ? *puis*-je mentir ?

— Pour me prouver que je pouvais le faire.

Je dis cela parce que, oui, c'était aussi une des raisons. C'est sans doute la plus grande raison pour laquelle je commence et j'excelle à presque tout ce que j'essaie. Mon art, le travail de la forge, les combats à l'épée. Tout.

N'ai-je pas établi des standards de valeur personnelle toute ma vie ? *Si j'arrive à obtenir de meilleures notes à l'école, elle sera fière de moi. Elle m'aimera. Si je deviens un artiste accompli, elle se vantera auprès de ses amis que je suis son fils. Elle reviendra...*

Quand j'inspire à nouveau, cela me fait mal. Mais je chasse cette vieille douleur par la volonté.

Jenna courbe les épaules.

— Nous devons t'habituer aux foules. Comme dans un événement sportif. Aimes-tu le base-ball ?

— Non.

— Eh bien, ce n'est pas plus mal, il n'y a pas de base-ball en mars, de toute façon. Mais le hockey... nous pourrions aller voir un match des Ducks ?

Je secoue la tête.

— Allez, ce sera amusant. Les joueurs de hockey sont comme des chevaliers modernes. Ils, euh, portent une sorte d'armure, ils ont de grandes crosses – comme des lances – et ils se battent beaucoup.

Je ris à l'idée de comparer les joueurs de hockey à des chevaliers. J'ai déjà vu des parties de hockey avant et je ne les considère pas de cette façon. Je risque un coup d'œil vers les yeux de Jenna et je vois qu'elle ne regarde pas mon visage. Elle regarde mon torse. J'en profite donc pour étudier le cercle bleu sombre autour de ses iris de bleuets bordés de cils clairs. Elle a le visage frais et elle ne porte presque pas de maquillage et je pense qu'elle est plus belle de cette façon. Mon corps se réchauffe, comme lorsque le soleil apparaît un jour nuageux.

Ses yeux croisent les miens sans prévenir et je détourne le regard. Je ne peux pas regarder trop fixement ou trop profondément. Cela me donne l'impression de voir des choses que je ne devrais pas savoir.

— As-tu confiance en moi, William ?

J'hésite à répondre. En toute franchise, Jenna ne m'a donné aucune raison de lui faire confiance. Elle attend, puis elle soupire.

— Si tu viens avec moi, nous pourrons nous entraîner. Je ne connais pas d'autre façon de t'acclimater aux foules.

— As-tu fait cela ? Pour ta peur des bruits violents ?

Elle hoche la tête.

— Oui… je suis allée voir des films. Sur la guerre. Et – elle frissonne en continuant – je me suis rendue à un stand de tir. C'était dur. J'ai vraiment paniqué.

Je lève les yeux, souhaitant soudain en savoir plus sur elle, sur sa façon de lutter contre la panique comme je dois le faire.

— Comment as-tu traversé l'épreuve ?

— Je me suis rappelé que l'esprit dominait la matière.

Elle parle encore la langue des métaphores. J'ai déjà entendu cette expression, mais je ne la comprends toujours pas et elle est même difficile à visualiser. Elle semble le comprendre d'après ma réaction.

— Cela signifie que j'ai dû me rappeler que j'étais plus forte que la peur.

Je hoche la tête en baissant les yeux et je réfléchis à ses paroles. C'était incroyablement courageux de sa part de se forcer à confronter sa peur. Rien que l'idée de sa panique dans un stand de tir éveille quelque chose en moi : un instinct protecteur féroce, je crois. Je m'imagine là-bas avec elle, enveloppant mes bras autour d'elle, lui chuchotant que tout ira bien, la protégeant.

Si elle est assez courageuse pour le faire... alors, je le peux aussi.

— Et si je veux partir ?

— Alors, nous partirons, dit-elle simplement.

— Pourquoi as-tu paniqué au stand de tir ?

— Cela a fait ressurgir... des souvenirs. J'ai été prise par surprise.

— Quels souvenirs ?

Son visage change, tout comme sa posture.

— De mauvais souvenirs. Je préférerais ne pas te déprimer avec ça.

Elle rit en disant cela et elle balaie ses paroles d'un geste de la main. Elle ne veut pas entrer dans les détails, car quoi que ce soit, c'est sombre. Je me souviens des photos et du film que j'ai vu sur cette guerre. Des images horribles me viennent à l'esprit.

Et quand elle était petite, elle était là... au milieu de tout cela. Je m'émerveille qu'elle ait choisi de s'exposer aux coups de feu malgré la terreur.

Je m'éclaircis la gorge.

— J'irai, alors. Si tu viens avec moi. Mais...

— Nous partirons si tu en as besoin. Dès que cela devient insupportable. Je ne te jugerai pas. D'accord ?

Je hoche la tête, mais mon cœur bat très vite. Je ne sais pas si c'est l'idée de me tester ou le fait que je vais passer plus de temps avec Jenna.

***

J'ai acheté les tickets pour le match de hockey et nous partons après mon travail. J'ai exprimé mes doutes – par texto – au sujet de la circulation autour du stade de hockey. Elle a eu l'idée de nous garer près d'un cinéma et de marcher. C'est donc notre plan.

J'attends au bord du trottoir devant son appartement. Je lui ai envoyé deux textos maintenant pour lui dire que je suis là et elle m'a enfin fait savoir qu'elle descendait. Quelques minutes plus tard, elle apparaît, vêtue d'un jean et d'un sweat qui accentue les courbes de son corps. Elle sourit quand elle aperçoit ma voiture, ses cheveux pâles dépassant d'un bonnet en tricot sombre. Plus je me concentre sur elle, plus il est difficile de me concentrer sur autre chose, alors je cligne des yeux et je regarde ailleurs.

— Tu es toujours à l'heure. Je suis désolée d'être en retard… dit-elle en montant dans la voiture.

— Encore une fois.

Lorsque je me penche pour ajuster la température de la voiture, je remarque que ses sourcils sursautent, mais elle ne répond pas. Je m'éloigne du trottoir pendant qu'elle reste silencieuse.

Son odeur de cannelle assaille mes sens dès qu'elle est installée à côté de moi. Cela me distrait tellement que j'arrive à peine à me concentrer sur la route.

Je m'éclaircis la gorge.

— Je suis toujours à l'heure. Si je ne le suis pas, j'ai une bonne raison.

Elle s'agite sur son siège.

— Je savais déjà cela à ton sujet.

Je réfléchis à ces mots en me demandant comment elle pouvait le savoir.

— Alors, comment te sens-tu ? demande-t-elle.

Je hausse les épaules.

— J'aurais plus d'informations pour toi quand nous arriverons sur place.

— Es-tu nerveux ?

— J'essaie de ne pas y réfléchir. Quand j'y pense, j'imagine des foules massives de gens qui se pressent les uns contre les autres…

Encore une fois, cette image m'emplit la tête. Je peux presque sentir la pression des corps et je ne vois rien d'autre que des têtes et des bras tout autour de moi. Je secoue la tête pour me débarrasser de cette image.

Elle pose la main sur mon bras.

— N'y pense pas. Essaie de ne pas imaginer les choses de cette façon.

Je hausse les épaules, ce qui chasse sa main, mais elle ne fait aucun commentaire.

— Je ne peux pas m'en empêcher. C'est de cette façon que je pense. Tout est en images.

— Mais il existe d'autres façons d'être dans une foule : des manières plus contrôlées. Comme un match de hockey où tout le monde est assis à sa place et reste plus ou moins dans son propre espace. Tout n'est pas comme la fosse dans un concert de rock. Tu pourrais t'imaginer au musée, à regarder de belles œuvres d'art, où tout le monde respecte son propre espace.

Elle me fixe longtemps, mais mes mains sont sur le volant et mon regard sur la route. J'essaie d'ignorer la sensation que j'ai quand elle est proche de moi. Cela peut devenir si puissant que cela me distraie et je dois lutter pour me concentrer sur ma conduite.

Quelques minutes plus tard, nous sommes à Anaheim et je gare la voiture. Nous nous dirigeons vers le trottoir le long de l'avenue bondée de Katella. La rivière Santa Ana coule à peine quand nous traversons le pont, bien que nous sommes en hiver. Je jette un coup d'œil par-dessus mon épaule droite vers les montagnes et je vois qu'il y a très peu de blanc sur elles. Les météorologues prévoient une des pires sécheresses pour cette année et je pense qu'ils ont raison.

Quand je pense à la sécheresse, je vois soudain le désert vide le long de l'autoroute 15 qui mène à Las Vegas. Mais cette image disparaît à l'instant où je sens quelqu'un prendre ma main et la serrer. Je tourne brusquement la tête pour regarder.

La main de Jenna tient la mienne et tout s'accélère : les battements de mon cœur, la vitesse de mon sang dans mes veines, la fréquence de ma respiration. Je ne sais pas du tout ce que signifie ce geste. Je lève nos mains pour les regarder.

— Pardon… tu n'aimes pas ça ? J'essayais de te donner un peu de soutien moral.

— Du soutien ? Comme… de soutenir mon poids ?

— Figurativement, oui.

Je songe à cela.

— C'est ce que signifie le fait de se tenir par la main ?

— Parfois. Mais parfois, c'est plus que ça. Cela dépend du contexte… de la relation.

Je me rends compte que je me concentre davantage sur ce qu'elle dit que sur la file ordonnée d'humains qui se faufilent jusqu'à l'entrée de l'immense Honda Center, des Anaheim Ducks. Je serre alors sa main en retour.

— Merci de me montrer ton soutien. Jusque-là, ça fonctionne.

— Il nous faudrait un code.

— Un code ?

— Afin que tu puisses me le dire quand tu ne te sens pas très bien.

— Ne puis-je pas simplement te dire que je ne me sens pas très bien ?

Elle hausse les épaules.

— Ouais. Mais un code, ce serait plus amusant. Nous pourrions en faire un jeu. Par exemple… quand tu te sens mal, tu pourrais dire 'cornichon' et quand tu as vraiment, vraiment l'impression de devoir partir, tu peux dire 'condiment'.

— J'aime les condiments.

— Peu importe le mot. Nous pouvons choisir autre chose si tu veux.

À ce moment-là, nous nous trouvons aux portes en verre qui mènent à l'intérieur. Malheureusement, je dois lâcher sa main pour sortir les tickets de mon portefeuille et les donner au personnel à l'entrée.

Le bâtiment nous surplombe quand nous entrons. Il est grand… vraiment grand. Je fais de mon mieux pour respirer comme elle me l'a montré, mais je ne sais pas si cela m'aide. Je vais continuer à essayer cependant, parce qu'elle m'a montré cela et elle semble y croire. Ce qui m'aide, c'est que nous allons dans une direction prise par très peu de gens. J'ai acheté les tickets les plus chers en espérant que cela se passe ainsi.

Jenna regarde les talons de nos tickets pour voir où se trouvent nos sièges.

— Waouh, tu as dépensé des sous. Je n'ai encore jamais été assise aux bonnes places.

— Tu viens souvent à des matchs de hockey ?

Elle hausse les épaules.

— Je suis sortie avec un type qui aimait le hockey. Il avait des tickets à la saison, alors je l'ai beaucoup accompagné.

Pendant que nous marchons jusqu'à l'autre bout de l'arène en cherchant notre section, je suis accablé par des sensations désagréables au sujet de ce qu'elle vient de dire. Je ne peux m'empêcher de me demander qui était le type qu'elle fréquentait. Ce n'était pas Doug. D'après ce que je sais, il n'aime pas le hockey et elle n'est pas sortie avec lui pendant très longtemps.

Soudain, je suis furieux quand des souvenirs de les avoir vus ensemble me traversent l'esprit : assis l'un à côté de l'autre aux réunions ARRM, se tenant la main, s'embrassant même. Cette sensation brûlante en moi est de la jalousie et elle n'est pas rationnelle parce qu'elle n'est plus avec Doug. Mais je déteste ces souvenirs, car ils me rappellent qu'elle a été avec Doug et pas moi. Cela n'est pas logique, mais je suis fâché malgré tout.

— Tu as eu beaucoup de petits amis ?

Je suis surpris par la façon dont les mots m'échappent. Avec le temps, j'ai appris à fermer ma bouche et à me forcer à réfléchir à ce que je dis avant que cela sorte. La moitié du temps, les mots ne sont pas prononcés. Ces paroles échappent à ma surveillance qui est occupée à lutter contre la jalousie irrationnelle.

— Euh. J'en ai eu quelques-uns.

— Alex dit que tu ne sors pas très longtemps avec les gens.

Ses yeux se fixent au plafond.

— Alex est extrêmement critique au sujet de mes relations amoureuses. Elle ne comprend pas vraiment.

Eh bien, nous sommes deux. Je ne comprends pas non plus.

Elle s'arrête et elle se tourne vers moi.

— Voici notre section. Tu es prêt ?

Je m'arrête à côté d'elle et je regarde autour de nous tandis que les gens se dirigent vers notre porte. Nous sommes plutôt en avance, alors ce n'est pas encore bondé.

— Oui.

Quand nous entrons, je me sens immédiatement dépassé par l'arène massive autour de nous et au-dessus de nous – à tel point que cela donne le tournis. Mais les gens sont déjà assis et ce n'est pas aussi oppressant que je l'avais prévu, alors je suis soulagé. Jenna m'observe de près quand nous descendons les marches pour trouver nos places.

— Waouh, William. Tu as dû payer une fortune. Je suis habituée aux places à saigner du nez.

Je regarde le haut de l'arène, dans la direction des sièges qu'elle indique.

— Les gens ont des saignements de nez là-haut ?

Elle rit.

— Pardon, non. Je veux dire que les sièges sont à une telle altitude que cela pourrait faire saigner du nez.

Je visualise la dernière fois que j'ai saigné du nez. J'avais été attaqué au lycée et un gamin m'avait donné un coup de tête dans le nez en me traitant d'attardé. Le sang était chaud et avait un goût de métal.

Je regarde Jenna qui me fixe des yeux. Je détourne le regard.

— Tu es en train de t'imaginer avec un saignement de nez, n'est-ce pas ?

— Oui.

— Je crois que je commence à comprendre comment tu penses. Je vais essayer d'être plus littérale.

Elle se laisse glisser dans son siège avec un petit sourire.

— Veux-tu travailler un peu en attendant le match ?

— Plus de visualisation ?

Elle hausse les épaules.

— Si tu veux. Sinon, nous pouvons parler.

— De quoi parlerons-nous ?

— Eh bien… je pensais à ton armure. Tu m'as dit que porter une armure te calme à cause du poids.

Je hoche la tête.

— La pression est agréable.

— Je crois que je comprends. C'est comme quand tu es chez le dentiste et qu'il pose le tablier plombé pour les radiographies. Cela me détend.

Je vois ma dernière visite chez le dentiste. L'assistante dentaire, Nancy, m'a dit qu'elle m'aimait bien parce que je n'essayais pas de parler pendant le nettoyage de mes dents. Elle a des cheveux blonds et courts et son spray pour cheveux a une odeur horrible.

— Oui. Pas exactement, mais c'est à peu près ça.

Les gens entrent en parlant bruyamment et en riant encore plus fort. Je suis submergé par les odeurs de la nourriture qu'ils ont achetée sur les stands. J'ai faim, mais je ne suis pas d'humeur à manger.

Pendant tout ce temps, Jenna me parle. J'essaie de me focaliser sur ce qu'elle dit, mais je n'en intègre qu'une partie. M'agitant sur mon siège, je tourne mon oreille vers elle, mais tout ce que j'entends, ce sont les gens qui entrent, qui se pressent autour de nous, qui remplissent l'arène. Les Ducks ont bien joué cette saison, me dit-elle, et la fin de saison est proche. Beaucoup de gens viennent regarder les derniers matchs.

— Comment te sens-tu ? Est-ce que l'on s'approche des cornichons ?

Je la regarde, puis je me souviens qu'il s'agit du code.

— J'irais bien avec mon carnet de croquis. C'est quelque chose que je fais en public et qui m'aide.

Je sors un petit carnet de ma poche arrière et le crayon rétractable que j'utilise en déplacement. Elle incline la tête et elle me regarde du coin des yeux. Je lève la tête et je croise son regard.

C'est beaucoup plus facile quand elle me regarde de cette façon, c'est moins intense. Moins comme si je fixais des phares ou le soleil. Jenna est certainement le soleil tandis que tous les autres sont des phares.

— Que dessines-tu ?

J'ouvre mon carnet – évidemment, sur la mauvaise page. Il y a déjà un dessin sur cette page, mais avant que je puisse passer à la page vide suivante, elle m'arrête, tournant le papier de façon à ce qu'elle puisse le voir.

— Waouh, c'est toi qui as dessiné ça ? C'est si bien fait.

Je regarde la main que j'ai dessinée. Il s'agit d'un de mes croquis rapides faits à partir d'un souvenir au lieu d'un modèle prenant la pose. C'est un de mes talents. Pendant les quelques cours d'art formel que j'ai suivis, il me suffisait d'étudier le modèle pendant quelques minutes sous différents angles. Après, je pouvais faire appel à l'image dans mon esprit quand j'en avais besoin. Cela me permettait de prendre mon temps pour dessiner.

— À qui est cette main ? Chaque petit détail est tellement…

Elle lève alors sa main et la positionne à côté du dessin. Je suppose qu'elle a deviné que le modèle, c'est elle.

— Il s'agit de ma main ?

— Eh bien…

Je ne sais pas comment elle va réagir, alors je ne réponds pas.

Elle montre le majeur sur le dessin, remarquant un ongle cassé.

— Je l'ai abîmé l'autre jour... le jour où je suis venue chez toi. Quand as-tu dessiné ceci ?

— Ce matin.

Elle se redresse, courbant les épaules au-dessus du dessin tout en faisant passer une mèche de cheveux dorés derrière son oreille. Et maintenant, je n'arrive pas à regarder autre chose que cette oreille... sa forme, sa texture. Elle semble douce et délicate comme le reste chez elle. Je dessinerai cette oreille ensuite.

— Comment as-tu fait cela, Wil ? C'est un si petit détail.

— Quand je suis dans le bon état d'esprit, je peux me souvenir de tout ce que je vois. Si je me concentre, je peux également voir les détails.

Elle secoue la tête comme si elle ne me croyait pas. Je déglutis, la gorge serrée. Elle va me défier, me traiter de menteur.

— C'est simplement... incroyable.

Je cligne des paupières.

— Si, c'est vrai.

Elle me regarde à nouveau du coin des yeux.

— Oui, je te crois, William. C'est juste que c'est tellement fascinant. Merveilleux, vraiment. J'aimerais pouvoir le faire. Les souvenirs de certaines choses semblent s'effacer si facilement. Des choses dont j'aimerais mieux pouvoir me souvenir.

— Comme quoi ?

Elle aspire sa lèvre inférieure pour la mordre. Ses lèvres sont rose pâle et un peu brillantes à cause du produit qu'elle a mis dessus. Je me rends compte que j'aimerais connaître la sensation d'appuyer mes lèvres contre les siennes. Je n'ai encore jamais voulu embrasser une femme autant que je veux embrasser Jenna.

Ce soir. Quand, nous serons seuls. Je vais l'embrasser.

Je ne peux cependant pas m'attarder sur cette pensée, car je serais alors tenté de le faire maintenant et non plus tard.

Je répète ma question :

— De quoi aimerais-tu mieux te souvenir ?

Elle hausse les épaules en détournant la tête. Sa jambe sautille dans tous les sens.

— Mon père.

— Cela fait longtemps que tu ne l'as pas vu ?

Elle se lèche les lèvres et frotte son jean comme pour enlever quelque chose qui ne s'y trouve pas.

— Vingt ans. Il est mort pendant la guerre.

— Et tu étais… petite.

— J'avais cinq ans la dernière fois que je l'ai vu. Avant que je vienne vivre aux États-Unis.

Ceci me trouble. Je serais très, très triste si mon père était mort. C'est un très bon père, un homme excellent. Je suis soudain perdu dans ces émotions misérables, redoutant la possibilité de le perdre. Comment est-ce de perdre son père ? Mon père… j'ai de la chance de l'avoir. Son frère est mort jeune. Et s'il mourait, lui ?

— Je t'ai déprimé. Tu vois… je ne devrais jamais parler de mon enfance. C'est un sujet de conversation déprimant.

Je fronce les sourcils.

— Tu as grandi dans une guerre. Tu n'y peux rien si le sujet est déprimant.

Elle s'éclaircit la gorge et refait sauter son genou quelques fois avant de se concentrer sur mon croquis.

— Alors, revenons au dessin… pourquoi as-tu dessiné ma main ? Ce n'est pas une main particulièrement remarquable.

Du bout des doigts, je trace le contour du croquis en faisant attention à ne pas étaler les marques de crayon.

— Tes poignets… ils semblent délicats, mais ils sont forts. Regarde ici…

Sur mon dessin, je montre la bosse en haut de son poignet.

— Ton processus styloïde de l'ulna est protubérant, mais tu as une articulation radio-ulnaire distale très fine. Et là…

— Tu connais toute l'anatomie ?

Je hoche la tête.

— Je dessine des gens… Il est nécessaire que je comprenne l'anatomie.

— Waouh, je parie que Mia se sert de toi comme partenaire d'étude pour la fac de médecine, n'est-ce pas ?

— Parfois. Mais ma connaissance n'a pas besoin d'être aussi profonde que la sienne.

Elle remonte sa manche pour étudier son poignet, puis elle regarde le dessin comme pour comparer les deux.

— Si l'on m'avait dit un jour que mes poignets avaient quelque chose de remarquable, je ne l'aurais pas cru.

— Eh bien, je te le dis maintenant, alors me crois-tu…

Elle lève la main en riant et je me rends compte que j'ai fait comme d'habitude.

— Pardon, encore une fois je ne parlais pas au sens propre. Cela signifie juste que je suis surprise.

Je tourne la page pour en trouver une vierge et je commence à dessiner pendant que nous parlons. Je choisis un sujet plus sûr à dessiner cette fois : le panneau de score qui est accroché au-dessus de la patinoire. Pendant un moment, cela m'aide. Avec Jenna à côté de moi, je parviens à supporter le reste du temps qu'il faut aux gens pour entrer, passer devant nous, s'installer sur les sièges devant et derrière nous. Je parviens même à supporter la présentation des joueurs quand ils patinent sur la glace au moment où sont appelés le numéro de leur maillot et leur nom. Je vais bien tant que je peux me concentrer sur mon carnet et ne lever la tête que de temps en temps.

Il est plus difficile de faire abstraction des lumières vives, des odeurs de nourriture, du bruit des pieds qui bougent tout autour de nous. C'est bruyant et Jenna doit se pencher près de moi quand elle veut me dire quelque chose. Cependant, je veux qu'elle continue à le faire. J'aime la façon dont ses cheveux frôlent ma joue. J'aime son odeur ce soir… comme la pluie sur l'herbe. Comme les poires mûres.

Mais au bout d'un moment, c'est trop dur – et il fait trop sombre – pour me concentrer sur mon carnet, alors je dois le ranger dans ma poche arrière. Le bruit me distrait, tout comme la présence de la foule. J'ai l'impression que des fourmis parcourent ma peau. Je frotte mes mains sur mes cuisses pour me calmer, mais cela ne fonctionne pas non plus.

Jenna me surveille de près. Elle se penche encore une fois et elle dit :

— Ça va ?

— Euh…

— Tu te sens un peu… cornichon ?

Sa phrase ne veut rien dire, mais je me souviens que c'est parce que c'est notre code. Alors je hoche la tête.

— Oui. Cornichon. Cornichon aigre-doux.

Elle lève les sourcils.

— On ne veut pas de ça. J'ai, euh, j'ai, une idée. Cela t'aidera peut-être à te faire penser à autre chose afin que tu puisses regarder le match.

— D'accord.

— Enfin, ça ne sera pas aussi efficace qu'une armure ou même une couverture plombée chez le dentiste.

Elle se lève, puis elle se rassoit tout aussi vite sur mes genoux. Ensuite, elle s'installe avec précaution sur mes cuisses. Je reste figé, ne sachant pas du tout quoi faire. En fait, je suis si perplexe que j'oublie de m'inquiéter de la foule autour de nous et même des bruits du match de hockey.

Elle se tourne et elle me dit :

— Ça ne te gêne pas ? Tu vas bien ?

Je me penche légèrement en avant pour qu'elle puisse entendre ma réponse.

— Oui.

Une femme magnifique est assise sur mes genoux. Comme dirait Jordan, *que demander de plus ?*

Lentement, elle se penche en arrière, s'appuyant contre mon torse. Nous nous touchons à présent depuis ses chevilles en passant par ses jambes et ses hanches qui reposent contre le haut de mes cuisses, jusqu'à son dos qui est appuyé contre mon torse. Sa tête est inclinée sur le côté afin que je puisse toujours voir le match si je le souhaite. Je ne le souhaite pas. Je ne pourrais pas me concentrer dessus, même si j'essayais.

Mon cœur bat à toute vitesse. La sensation de son corps et cette odeur… elle est encore plus forte maintenant. Est-ce son shampooing ? Son savon ? Ou bien est-ce *elle* que je sens ?

— Tu es à l'aise ? demande-t-elle en tournant à nouveau la tête, ses cheveux soyeux frôlant mon visage.

Je ferme les yeux et je profite. Plus besoin de codes.

Ce serait un mauvais moment pour utiliser le mot 'condiment'. Je pourrais rester assis avec elle de cette façon durant toute la nuit.

Je serrais les accoudoirs avec mes mains, mais je les détends lentement. Jenna pose ses bras le long des miens, reposant ses mains sur les miennes. Les siennes sont tellement plus petites, mais ses doigts passent dans les creux entre les miens. Je sens les battements de mon cœur dans chaque centimètre de mon corps pressé contre le sien.

Son cou se trouve à trois centimètres de ma bouche. Il a l'air doux… succulent. J'ai envie de le goûter. Son goût est-il aussi bon que son odeur ? Quelle serait la sensation de sa peau sous mes mains ?

Elle n'aimerait sans doute pas que je fasse cela. Mes mains sont calleuses à cause du travail à la forge et de mes dessins. Elles seraient dures et rugueuses contre sa peau douce et souple.

Soudain, je m'imagine la goûter et la toucher, et mon corps réagit. Je deviens dur à l'endroit où elle est assise sur moi et je ne veux pas qu'elle le sache.

Je dis donc dans son oreille :

— Condiment.

Je ne veux vraiment pas dire ce mot, mais je ne veux pas non plus qu'elle sente mon érection. Mais sa réaction est lente et elle me demande de répéter. Au même moment, la foule bondit sur ses pieds, acclamant les deux joueurs qui se battent sur la glace.

Je me penche et je passe un bras sous ses genoux, la soulevant d'un geste rapide.

— Qu'est-ce que… dit l'homme à côté de moi, mais je n'écoute pas.

Il faut que je sorte d'ici et elle va venir avec moi.

— Wil ! s'exclame-t-elle, mais le reste de ses paroles se perd dans la foule.

Je me fraye un chemin jusqu'au bout de la rangée, jusqu'à l'allée. Puis je monte les marches jusqu'à la zone désertée des buvettes, où je m'arrête, enfin capable de respirer.

Jenna me regarde avec de grands yeux, mais elle ne fait rien pour échapper à mon emprise, alors je ne la fais pas descendre.

Elle fronce les sourcils.

— Je pensais que cela t'aidait que je m'asseye sur tes genoux.

— Cela m'aidait.

D'une certaine façon. Mais cela empirait les choses d'une autre.

— Eh bien, tu as presque réussi à atteindre le premier tiers-temps. C'est bien.

Elle marque une pause, son visage devenant un peu plus rose.

— C'est, euh, une bonne chose que tu sois fort, parce que tu as pu me soulever et partir comme ça.

Elle s'humidifie les lèvres et me regarde dans les yeux. Mon regard se porte sur la sortie la plus proche et je commence à marcher dans cette direction.

— Je n'ai pas besoin d'être très fort pour te porter. Tu ne dois pas peser plus de quarante-cinq kilos.

— Les femmes n'aiment pas parler de leur poids.

— Oui, je me souviens de l'avoir entendu dire, mais je ne le comprends pas.

— Les femmes sont compliquées, Wil. Par exemple, tu ne devrais pas parler de notre apparence dans un jean, non plus.

Je regarde ses jambes, remarquant à quel point son jean moule ses cuisses féminines. Elle est magnifique en jean. Ne devrais-je pas le dire ? Elle m'a averti...

Sa proximité, la sensation de son corps appuyé contre mon torse, son odeur et son sweat moulant les courbes de ses seins... rien de tout cela ne m'aide dans mon état d'excitation. Pas du tout.

Maintenant que nous sommes à l'extérieur des portes en verre, je peux la laisser partir. Je lâche ses jambes et elle atterrit brutalement sur ses pieds.

— Oh ! s'exclame-t-elle en attrapant mon bras pour rétablir son équilibre.

Ne m'attendant pas à cela, je me raidis et j'écarte mon bras. Je la tire avec moi et elle tombe presque avant que je la rattrape.

— Tu m'as surpris, lui dis-je.

Elle souffle.

— Eh bien, c'est toi qui m'as surpris en premier ! Tu ne peux pas soulever quelqu'un au milieu d'une foule, puis la laisser tomber sans ménagement dans le parking, sans un mot.

— J'ai dit des mots. Plusieurs.

Elle jette les bras en l'air.

— Je ne peux pas. C'est impossible !

— Qu'est-ce que tu ne peux pas ?

Elle serre les poings et elle parle en serrant les dents.

— Tu m'énerves.

— Ah, dis-je en clignant des paupières et en m'écartant d'elle.

Elle croise les bras sur sa poitrine et je ne peux penser à rien d'autre que la façon dont le tissu se tend entre ses seins et comment je peux voir la moindre courbe. Je suis obsédé par l'idée d'imaginer à quoi ils ressemblent sous son haut. On dirait qu'elle a de très beaux seins. Aussi beaux que le reste.

— Alors... ne devrais-je pas être énervée ?

Je réfléchis une minute à sa question, mais je sursaute quand elle me frappe le bras.

— Arrête de regarder mes nichons !

J'arrache mon regard à sa poitrine parfaite.

Puis elle la dit. La phrase que je déteste plus que tout.

— Regarde-moi dans les yeux, Wil.

Mes entrailles se nouent et j'ai la nausée. Je déteste que l'on me dise cela. Je le déteste encore plus que lorsqu'ils me traitent d'attardé ou de *Rain Man* ou quoi que ce soit. Parce que les gens qui me disent cela ne sont pas mes ennemis. Ce sont les gens que j'aime, mes amis, ma famille, même. Je déglutis et je fourre mes mains dans les poches, mais je continue à regarder le sol.

— Regarde-moi ! répète-t-elle.

J'inspire profondément, puis, parce que je n'ai pas confiance en ma voix, je secoue la tête, serrant les poings dans mes poches.

Chapitre Sept
Jenna

JE NE SAVAIS PAS VRAIMENT CE QU'IL SE PASSAIT. CELA AVAIT commencé comme une soirée plutôt agréable à un match de hockey, mais les choses s'étaient très vite dégradées. Maintenant, William et moi nous nous disputions dans le parking du Honda Center, et le personnel de sécurité nous regardait bizarrement.

— Lève les yeux, Wil.

À la place, il frotta ses mains sur ses cuisses, puis il tourna les talons et partit.

Sans rien d'autre. À toute vitesse. Comme s'il ne voulait pas que je le rejoigne.

Je dus courir pour le rattraper et à ce moment-là, nous étions déjà sur un trottoir étroit le long d'une avenue animée. Je restai sur ses talons quand nous traversâmes la rivière et que nous arrivâmes dans le parking du cinéma.

Il accéléra dans le parking, comme pour éviter la possibilité que je marche à côté de lui. Comme si cela aurait été terrible.

— William Drake. Arrête-toi tout de suite !

Il s'arrêta, mais il ne se tourna pas.

Je le rattrapai et je passai devant lui.

— Alors ? dis-je.

— Alors, quoi ?

— C'était quoi, ça ? Pourquoi es-tu parti à toute vitesse ?

— Parce que je ne voulais pas dire quelque chose d'impoli et que tu m'as mis en colère.

— Parce que je t'ai demandé de me regarder dans les yeux ?

— Oui.

— Eh bien, j'en ai peut-être assez que tu regardes partout sauf dans mes yeux.

Il cligna des paupières.

— C'est difficile.

— Pourquoi ?

Il secoua la tête.

— Parce que quand je regarde dans tes yeux, je n'arrive pas à entendre ce que tu dis. C'est intense.

— Qu'est-ce qui est intense ? Je sais que je suis belle, mais… plaisantai-je pour alléger l'atmosphère.

— Oui. Tu es belle. Tu es la femme la plus belle que j'ai jamais vue.

Cela me coupa le souffle. *Waouh.* Il l'avait dit d'un ton pragmatique comme s'il disait que le ciel était bleu. Il n'y avait aucune poésie, pas de tentative évidente de me flatter. *Pourquoi avais-je une boule dans la gorge ?*

— Je plaisantais, dis-je en riant, gênée. Je ne me la raconte pas à ce point.

— Je ne sais pas ce que cela signifie. Mais tu ne devrais pas plaisanter au sujet de ta beauté. Ce n'est pas une plaisanterie.

Il enfonça les mains dans ses poches et il attendit.

Je me sentis à la fois mal à l'aise et ravie en même temps. Mes joues étaient brûlantes et – ironiquement – je n'aurais pas pu le regarder dans les yeux même s'il l'avait voulu.

— Je ne m'en suis pas rendu compte, lâchai-je soudain d'une voix tremblante de regrets.

— De quoi ?

— Que c'était si difficile pour toi de me regarder dans les yeux. Je pensais que c'était un mythe. Je ne passe pas beaucoup de temps avec des autistes.

— C'est difficile de regarder dans les yeux de n'importe qui, mais plus facile si je connais la personne.

Je fus très soulagée qu'il puisse en parler.

— Cela m'empêche surtout de me concentrer sur ce qui est dit. J'ai aussi l'impression de violer l'intimité de la personne.

— En la regardant dans les yeux ?

— Comme si je voyais des choses que je ne devrais pas savoir.

Il secoue la tête avant de continuer.

— Cela me fatigue de devoir l'expliquer aux gens. Et tu ne vas pas comprendre, alors...

— Les yeux sont une fenêtre sur l'âme, l'interrompis-je doucement.

— Les yeux ne sont pas des fenêtres.

— C'est une métaphore, Wil. Cela signifie que les yeux d'une personne peuvent montrer ce qu'il se passe sous la surface. Tu as peut-être l'impression d'espionner ?

Il resta silencieux un long moment, se balançant d'une jambe sur l'autre.

— Ouais, alors peut-être que si je te regarde dans les yeux autant que tu le veux, tu me laisseras te regarder par la fenêtre.

J'ouvris la bouche, sur le point de protester, quand je vis le sourire sur son visage. Il était plutôt content de lui-même et de sa blague.

— Ha ha. D'un autre côté, tu regardes déjà assez mes nichons.

— J'aime tes seins.

Son regard se posa sur ma poitrine, et mes tétons se durcirent sous mon tee-shirt.

Je croisai les bras pour cacher ma réaction inconsciente et je ris.

— Je vois ça.

— Et tes fesses. Et tes jambes. Et...

— D'accord, d'accord. J'ai compris. Montons dans ta voiture, dis-je avec un soupir exaspéré.

Typiquement masculin.

William ouvrit la portière de la voiture pour moi, puis il fit le tour avant de se glisser derrière le volant. Quand nous sortîmes du parking, je risquai un coup d'œil à son profil carré.

Je n'étais pas du genre à ne pas être flattée quand un type canon me remarquait. Et manifestement, William m'avait remarqué. Il pensait que j'étais la plus belle femme qu'il ait jamais vue. Ce compliment – présenté comme un fait – me faisait me sentir plus glorieuse et radieuse qu'Aphrodite quand Adonis avait choisi d'être avec elle au lieu de la déesse Perséphone.

On acheta du fast food dans un drive et on le mangea dans la voiture pour éviter la foule. Puis William me ramena chez moi et, comme il prenait ses devoirs chevaleresques très au sérieux, il insista pour me raccompagner en haut des escaliers jusqu'à ma porte.

Je n'étais pas entièrement certaine de la raison pour laquelle je voulais tellement embrasser William – enfin, c'était peut-être parce qu'il était extrêmement canon –, mais s'il y avait une chance de le faire, c'était celle-ci. Alors je me penchai en avant pour un baiser de bonne nuit. Il était beaucoup plus grand que moi et je dus me tenir sur la pointe des pieds, m'attendant à ce qu'il se penche, lui aussi.

Je n'eus pas cette chance.

Il ne dut pas savoir ce que j'essayais de faire, ce qui expliquait sans doute pourquoi il fit un pas en arrière en me voyant avancer vers lui. Je perdis l'équilibre, mais il me rattrapa et ses bras forts m'enveloppèrent un peu plus longtemps que nécessaire. Il y eut quelque chose d'électrique dans cette embrassade – une lourdeur dans l'air, comme avant une averse.

— Est-ce que ça va ? demanda-t-il.

— Euh, oui, dis-je en sentant mon visage brûler. Heureusement qu'il faisait nuit.

— Je, euh, je voulais juste te faire un baiser de bonne nuit.

Une pause.

Il s'éclaircit la gorge.

— Ah. Tu aurais dû me le dire.

Lentement, avec raideur, il se baissa et moi – maintenant mortellement gênée – je tournai la tête et je déposai rapidement un petit bisou sur sa joue. Puis je tendis la main vers la poignée de la porte pour fuir dans mon appartement et panser mes blessures.

Je fus retenue quand William passa sa grande main autour de mon bras.

— Ça, ce n'est pas un baiser de bonne nuit, dit-il.

— Ah bon ? Alors...

Et ce fut tout ce que je pus dire avant qu'il pose sa bouche sur la mienne. J'eus à peine le temps de reprendre mon souffle avant d'embarquer pour le plus incroyable tour de grand huit de ma vie...

J'ouvris les lèvres et soudain quelque chose sursauta en moi, comme un chariot partant à toute vitesse sur les rails d'une montagne russe. Le choc fut tel que je faillis m'écarter.

Je fus vraiment ravie de ne pas l'avoir fait lorsque William glissa ses mains sur l'arrière de ma tête, ses doigts passant entre mes cheveux. Je posai mes mains sur son grand torse quand il appuya mon corps contre le métal froid de la porte. Luttant pour respirer, ce baiser ne fut pas seulement ressenti à la jointure de nos lèvres, mais dans tout mon corps. Depuis les picotements au sommet de mon crâne où étaient posés ses doigts sans jamais me lâcher, jusqu'au frémissement dans mes orteils.

C'était presque *trop*. Et pourtant j'en voulais *encore*. Comme le manque de la poussée d'adrénaline sur un grand Huit après la première descente, je n'allais pas m'arrêter avant que le tour se termine dans un grand bruit de freins.

Presque comme s'il avait entendu cette pensée, la langue de William glissa le long de mes lèvres, lentement, demandant la permission d'entrer de façon séduisante.

Les picotements se transformèrent soudain en douleur. Il ne s'agissait plus d'un simple désir. C'était un *besoin*.

Permission accordée.

En l'espace de quelques secondes, le baiser s'intensifia et la pression de sa bouche s'approfondit. Sa langue glissa dans ma bouche et elle lutta avec la mienne, comme si nous étions sur un champ de bataille. Un petit soupir s'échappa de mes lèvres, contre ma volonté.

Je n'avais pas été embrassée de cette façon depuis des lustres. Ce fut brûlant, lumineux et puissant – de la pure excitation. Je tremblai de peur et d'envie à la fois. Je voulus m'écarter et tout arrêter, tout en souhaitant que cela ne finisse jamais.

William prit la décision pour moi et quand il se retira lentement, je me sentis tout aussi secouée par la séparation que je l'avais été par le début du baiser. Après un long moment de silence, il s'éclaircit la gorge.

— *Ça*, c'est un baiser de bonne nuit.

J'éclatai de rire. Je ne pus pas m'en empêcher. Dès que je commençai, son sourire s'agrandit et mon cœur se serra en le voyant si adorable tout en étant si incroyablement canon. Ma gorge se noua et mon pouls accéléra tandis qu'une peur lointaine se mit à me ronger.

Il y avait tant de raisons qui faisaient que je ne pouvais pas m'engager avec William et le fait que je parte bientôt n'était pas des moindres. Même si j'avais besoin de récupérer la tiare, je ne pouvais pas laisser les sentiments s'immiscer dans la situation. Je... je ne pouvais pas faire ça avec lui. Je ne pouvais le faire avec *personne*. Mon cœur avait été tué et enterré depuis longtemps.

Mais je n'avais pas mis une éternité à me rendre compte que William était différent des autres. Et si Ann avait raison et qu'il avait le béguin pour moi, ceci ne pouvait pas aller plus loin.

Je fis un pas en arrière pour passer le seuil de l'appartement, mais je me cognai bruyamment la tête contre la porte fermée.

— Aïe ! Merde.

J'avais oublié d'ouvrir la porte et dans mon état de confusion, j'avais essayé de traverser le métal. Pas besoin d'être un étudiant en physique pour savoir que ce n'était pas possible.

William me demanda si tout allait bien et je marmonnai à peine assez pour soulager ses inquiétudes avant de lui dire au revoir aussi vite que possible. Puis je déverrouillai la porte et j'entrai avant qu'il puisse dire autre chose.

Non, je ne pouvais pas abaisser le pont-levis et le laisser entrer. Je devais tout garder enfermé en moi – il fallait armer les tours de garde, barricader les portes de la ville. Il pouvait organiser un siège, attendre devant les douves, mais je n'allais pas rester pas assez longtemps pour cela. Contrairement à une forteresse médiévale, Jenna Kovac était un être mobile et en transit.

Et ce serait toujours le cas.

Je ne m'endormis pas avant le début du lever de soleil, car je passai des heures à revivre ce baiser. Je tournai et me retournai dans le lit en me disant que j'étais idiote. Après tout, ce n'était pas la première fois qu'un type beau m'avait embrassée.

Quand je me réveillai samedi matin, il était presque midi. *Pas grâce à ma colocataire.* Il devrait y avoir une loi contre l'aspirateur avant neuf heures du matin le week-end. Et s'il existait une telle loi, j'aurais immédiatement dénoncé Alex.

Heureusement pour elle, elle était partie quand je me levai. Elle avait laissé un mot sur le frigo expliquant qu'elle passait la journée avec sa mère pour l'aider avec un vide-garage. Je mangeais bruyamment un bol de céréales quand mon téléphone sonna.

Je vérifiai la provenance de l'appel et je décrochai immédiatement. Il n'y avait pas moyen que je rate cet appel, que j'aie réussi à émerger ou pas.

— *Ćao*, Helena, dis-je avec un sourire.

— Janja ! Comment vas-tu ? Es-tu libre cet après-midi ? Je serai à Orange County ce soir pour voir des amis. Je me suis dit que j'allais venir plus tôt et t'emmener déjeuner. Tu es libre ?

— Plus maintenant, je déjeune avec toi. Ça fait longtemps que je ne t'ai pas vue.

— Oui, ça fait plus d'un mois et c'est entièrement de ma faute. Mais on se rattrapera au déjeuner, d'accord ?

— Bien sûr.

— OK, je passe te prendre dans une heure.

Lorsque je raccrochai, j'appuyai sur le bouton de mon téléphone et je regardai la date. Le vingt-huit mars. Ce n'était pas un hasard si Helena voulait me voir aujourd'hui – la date anniversaire était dans moins d'une semaine.

Sept ans. Je clignai des paupières pour chasser la douleur et je déglutis, bien déterminée à sortir ma plus belle tenue pour voir Helena. Elle était toujours si élégante, si posée. Pendant des années, j'avais voulu grandir pour lui ressembler.

Mes pensées furent envahies par un souvenir. Le soir où je l'avais rencontrée, cela avait été au bal des anciens élèves de ma première année de lycée. Mon troisième rendez-vous avec Brock. Il m'avait emmenée chez lui pour prendre des photos et rencontrer ses parents et ils avaient été ravis qu'il sorte avec une fille 'du vieux pays'.

Je repensai à ce soir-là en passant deux fois plus de temps que d'habitude à me coiffer et à me maquiller. Je tirai mes cheveux en arrière pour faire une tresse haute et je l'attachai avec le ruban brodé que Caitlyn m'avait donné au dernier marché régional. Elle avait été si contente d'entendre que j'avais accepté de voyager avec la foire de la Renaissance en tant que diseuse de bonne aventure qu'elle m'avait donné le ruban pour fêter ça.

Helena arriva à l'heure et je l'attendais sur le trottoir... à l'endroit exact où William était passé me prendre la veille au soir.

Il aurait sans doute été à la fois surpris et ravi par ma ponctualité. Je souris à cette pensée.

Helena, comme toujours, était parfaite. Une femme de quarante-neuf ans qui semblait avoir au moins dix ans – voire vingt – de moins que son âge, elle avait des cheveux sombres et la peau olive, et elle m'évoquait toujours une actrice sophistiquée des années quatre-vingt.

Ses pommettes étaient hautes et son visage élégant, avec un cou de cygne et une silhouette magnifique. Les vêtements qu'elle portait étaient coûteux, mais sobres et elle attirait des regards admiratifs partout où elle allait.

Il n'y avait aucun doute que son fils avait hérité de sa beauté. Avec ses cheveux bruns bouclés et ses yeux bleu profond, il avait été le plus beau garçon de notre école. Et il m'avait choisie. Ou plutôt, il avait écouté quand les Parques avaient décidé de notre sort.

— Janja !

Comme toujours, Helena me salua en m'embrassant sur les deux joues, gardant vivantes les traditions du vieux pays. Comme moi, Helena était née dans l'ancienne Yougoslavie. Contrairement à moi, Helena était ethniquement une Serbe, alors que j'étais bosniaque croate. Mais nous nous étions rencontrées ici, en Californie, et à présent elle et son mari étaient comme de la famille.

Nous n'avions pas trouvé de restaurant de style Balkan qui puisse satisfaire le manque de notre pays natal, alors cet après-midi elle m'emmena dans un des bistrots à la mode du centre-ville de Fullerton.

— Comment va Vuk ? demandai-je quand on nous apporta nos menus et de l'eau glacée. Est-ce qu'il se sent mieux ?

— Cette dernière frayeur l'a vraiment changé, dit-elle en parlant du diabète de son mari récemment diagnostiqué. Nous faisons du sport ensemble tous les jours et il fait enfin attention à ce qu'il mange. Est-ce que je t'ai dit que nous partons à Belgrade en juin pour voir sa mère ? Il veut perdre du poids avant qu'elle le voie.

— Oh, je suis ravie pour vous. Je viens d'apprendre que Maja va se marier en juin.

Sa fourchette s'arrêta à mi-chemin de sa bouche et elle leva les yeux en plissant le front.

— Où ça ? À Sarajevo ?

Je hochai la tête.

— Quand ? Nous pourrons peut-être prendre le vol ensemble. Vuk et moi nous n'avons pas encore nos billets d'avion.

Je tripotai ma salade pendant un moment et je m'éclaircis la gorge en cherchant une façon de changer de sujet. Je n'avais aucune envie d'en parler avec elle, pourtant c'était moi qui avais abordé le sujet.

— Début juin, je crois.

— Tu y vas en avance ?

Plus de silence et de farfouillements de salade de ma part.

— Janja...

Je soupirai et je détournai la tête.

— Je n'ai pas vraiment l'argent pour acheter un billet maintenant. J'essaie de trouver un moyen.

— C'est simple. Tu viens avec Vuk et moi jusqu'à Belgrade, puis tu prendras le bus jusqu'à Sarajevo pour rejoindre ta famille.

Je réprimai un sourire.

— Merci, je verrai ce que je peux faire.

— Non, tu ne vas pas voir. Vuk a beaucoup d'*air miles* grâce à tous les voyages d'affaires qu'il fait. Cela ne nous coûtera rien d'acheter un billet supplémentaire.

Je fus presque sans voix sous la gratitude. C'était si généreux de sa part, mais ce n'était pas inhabituel pour elle. Cependant, cela me faisait mal de m'imaginer assise à côté d'elle dans cet avion sans la tiare sur mes genoux.

Il fallait que je la récupère. Je ne pouvais pas aller au mariage les mains vides. Décevoir Maja, ce serait exactement comme la fois où j'avais déçu maman il y a toutes ces années.

On finit notre repas et j'utilisai un morceau de pain pour saucer ce qu'il restait sur mon assiette. Helena se moqua de mes manières du vieux monde et je ris en blâmant son fils pour cette habitude.

Nos sourires s'estompèrent juste un petit peu à la mention du fantôme entre nous. Sans la regarder, j'attrapai mon verre d'eau glacée.

— Je n'arrive pas à croire que cela fera sept ans la semaine prochaine...

Les sourcils sombres et élégants d'Helena ne trahirent rien, mais je pus lire la douleur au fond de ses yeux bleus. Cette douleur vive et unique dont j'imaginais ne pouvoir être vraiment comprise que par d'autres parents ayant subi le pire des sorts : vivre plus longtemps que leur enfant. Mais Helena n'était pas une reine Niobé mythique, qui pleurait incessamment ses enfants perdus. Helena, en fait, était l'image même de la force digne. Je l'admirais beaucoup pour cela... entre autres choses.

Elle se mordit les lèvres puis elle frotta la serviette posée sur ses genoux.

— Je vais me rendre au cimetière demain. Je ne serai pas en ville la semaine prochaine, dit-elle d'une voix monocorde.

Je me redressai sur ma chaise.

— Je serai là la semaine prochaine. Je m'assurerai qu'il y a des fleurs fraîches sur sa tombe.

— Tu y vas souvent, dit-elle.

Ce n'était pas une question.

Je hochai la tête.

— Son anniversaire. Les fêtes. L'anniversaire de notre premier rendez-vous. Et...

Je ne prononçai pas le dernier. L'anniversaire de sa mort. La semaine suivante. Sept ans. Sept ans depuis que mon cœur l'avait suivi dans cette tombe.

Elle fronça les sourcils.

— Ça fait quoi ? Tous les mois ? Plus ?

Je haussai les épaules.

— Quelque chose comme ça.

Elle plissa le front en examinant la nourriture qu'elle avait laissée sur son assiette, la piquant avec sa fourchette.

— Jenna, nous avons déjà eu cette discussion, dit-elle en passant à l'anglais.

— Je sais ce que tu vas dire.

— C'est vrai ? Tu vas quand même l'ignorer ? Tu as vingt-cinq ans. Tu as toute la vie devant toi. Je sais qu'il n'aimerait pas que tu vives de cette façon.

— De quelle façon ? Ma vie n'est pas finie. J'ai fréquenté d'autres hommes.

— Oui, et comment ça se passe avec le nouveau ? Douglas, c'est ça ?

Je grimaçai, sachant que cela ne servirait qu'à renforcer son argument.

— J'ai rompu avec Doug le week-end dernier.

— Ah bon, dit-elle en me fixant du regard.

Je rougis. C'était comme si Alex et elle étaient liées psychiquement.

— Braco n'était pas parfait. Ce n'est que la façon dont tu te souviens de lui.

Je déglutis, ma gorge était soudain encombrée. Helena me regarda chasser mes larmes en clignant des paupières.

— Je sais qu'il n'était pas parfait. Il était juste…

— Parfait pour toi, je sais. Mais vous étiez tous deux des enfants. Comment sais-tu que vous ne vous seriez pas éloignés en grandissant ? Jenna… il ne voudrait pas que ta vie finisse en même temps que la sienne. Je te le dis franchement parce que je parle à une personne que je considère comme ma fille adoptive depuis dix ans maintenant.

Je tendis la main et je couvris celle d'Helena.

— Merci. Je comprends ce que tu essaies de faire.

— Alors tu dois m'écouter. Quelque part, il doit y avoir quelqu'un pour toi. Cette croyance que tu as de n'avoir qu'une âme sœur… ce n'est pas vrai. Ce n'est pas possible.

Je secouai la tête, incapable de croire ses paroles.

— Alors tu ne penses pas que Vuk est ton âme sœur ?

— Non, je ne le pense pas. C'est mon ami, mon amant et mon partenaire, mais il n'y a pas d'âme sœur.

— Tu penses que tu pourrais être aussi heureuse avec quelqu'un d'autre qu'avec lui ?

Elle haussa les épaules.

— Peut-être plus heureuse. Il existe peut-être un Vuk qui ne laisse pas ses chaussettes partout ou qui aime faire la vaisselle de temps en temps. Ou qui sait danser.

On se mit toutes les deux à rire.

Lorsque le serveur revint, nous refusâmes le dessert et Helena demanda la note. Comme d'habitude, j'aurais aimé être en mesure de proposer de payer et je me jurai qu'un jour je l'emmènerai manger dans un bon restaurant et que je paierai fièrement la note moi-même.

Après m'avoir reconduite à mon appartement, Helena me fit un long câlin et m'appela *srce moje,* ce qui signifiait 'mon cœur'. C'était ce qu'une mère disait à son enfant. Elle me serra fort et quand je m'écartai, elle serra encore plus fort.

— Pour moi Janja, et pour *lui.* Tombe amoureuse. Tu dois te libérer avant que ce ne soit plus possible.

Je l'embrassai sur les joues, ne permettant pas à mes larmes de couler avant qu'elle parte. Je n'avais pas le cœur de lui dire que je ne pouvais pas me le permettre… que ce n'était pas que moi que je protégeais, mais ceux autour de moi. Un trop grand nombre de mes relations s'était terminé par des gens blessés ou même tués.

J'étais une vagabonde, il n'était pas prévu que je m'enracine. J'avais été arrachée à mon terreau de naissance à l'âge de cinq ans et depuis, j'errais. Pour de nombreuses raisons, c'était ma destinée.

Chapitre Huit
William

Il est à nouveau lundi matin et je suis à mon bureau où je travaille sur le rendu en trois dimensions – encore une fois. Je vérifie essentiellement le travail des artistes, mais je finalise également les détails et les textures. Beaucoup disent que c'est pénible, mais j'aime concentrer mon attention sur de menus détails.

Particulièrement aujourd'hui. J'ai été incapable de penser à autre chose qu'à Jenna depuis le moment où je l'ai embrassée – et qu'elle a répondu à mon baiser.

J'ai passé des heures la nuit précédente à penser à ce baiser. Je n'ai pas réussi à dormir. Je ne pouvais me souvenir de rien d'autre que la façon dont nos bouches ont fusionné, la sensation de son corps appuyé contre le mien. Maintenant, j'essaie de forcer cette image hors de mon esprit en ajustant mes lunettes. Il y a beaucoup de choses à faire aujourd'hui. Des choses dont ma fixation sur Jenna ne fait pas partie.

Et tout comme le lundi précédent, j'ai conscience de quelqu'un à côté de mon bureau. Mais contrairement à Jordan, la personne n'attend pas que j'aie terminé ce sur quoi je travaille avant de parler.

— Liam, dit mon cousin.

J'aurais dû me rendre compte que c'était lui quand mes collègues sont tous devenus silencieux. Adam ne vient pas souvent dans le département artistique, et même si notre bureau est plutôt décontracté, les gens sont intimidés quand le PDG arrive sans être annoncé.

Parfois, moi aussi, même si je ramassais toujours ses caleçons sur le sol de la salle de bains pendant notre adolescence. Il mangeait également toutes mes céréales préférées du petit-déjeuner. En fait, Adam m'irritait grandement quand il est venu vivre avec nous au début. Heureusement, cela a changé assez vite.

Je me redresse et je le regarde.

— Quoi ?

— J'ai besoin de toi une seconde. Allons faire un tour.

Allons faire un tour. C'est sa façon préférée d'avoir une conversation courte et discrète avec un employé. C'était devenu un *mémo* dans le bureau, comme un petit dessin amusant de mon cousin devant le bureau d'un employé demandant à faire un tour.

Quand Adam veut faire un tour, ce n'est généralement pas une bonne chose. Je suppose que c'est une façon logique d'avoir un peu d'intimité dans un open space. Mais si Adam a besoin de me parler, il sait exactement où je vis et il connaît également très bien mon numéro de téléphone.

Sans un mot, je sauvegarde et je ferme mon travail, je retire mes lunettes et je prépare mon bureau de façon à ce qu'il soit parfaitement rangé pour quand je reprendrai après la pause déjeuner. Je traîne derrière lui en ignorant les regards qui nous suivent. Aucun d'entre eux n'osera me demander les détails plus tard, alors je les ignore.

Nous longeons l'étage du département artistique et nous descendons dans un couloir vers la section de recherche et développement, quand il s'arrête une minute et se tourne vers moi.

— Je n'ai pas beaucoup de temps, mais il fallait que j'aie une rapide conversation avec toi. Ce qu'il se passe entre Jordan et toi, quoi que ce soit, cela doit s'arrêter.

Je croise les bras sur ma poitrine et ce geste semble beaucoup l'intéresser.

— Il ne se passe rien entre lui et moi.

— Ce n'est pas une bonne chose. Je comprends qu'il t'ait énervé. Il m'énerve beaucoup aussi, mais c'est un ami. C'est mon ami, et surtout, c'est ton patron.

Je hausse les épaules.

— Toi aussi.

Il lève les yeux au plafond, puis il me regarde.

— Ouais, nous sommes de la même famille. C'est différent. Nous sommes coincés l'un avec l'autre, et si jamais nous nous comportions de cette façon, ton père nous mettrait sans doute des coups de pied au cul. Jordan est un type bien. Il a merdé, mais il se sent sincèrement mal. Et je ne peux pas avoir encore une autre dispute au bureau, Liam.

Il parle de la querelle que j'ai eue avec Gene, un ancien codirecteur du département artistique. Nous avions un différend artistique, et apparemment ces différences avaient été annoncées partout. Les employés des autres départements nous traitaient 'd'artistes caractériels'.

Les choses s'étaient bien passées jusqu'au jour où il avait revendiqué le mérite de mon travail de façon éhontée. À partir de là, j'avais refusé de travailler et même de parler avec lui. Adam avait essayé de faire son possible pour résoudre le problème, mais à la fin, Gene avait trouvé un travail ailleurs. Adam avait fini par admettre que ce n'était pas une grande perte.

— Écoute, tu dois apprendre à séparer le professionnel du personnel.

Adam se redresse avant de poursuivre.

— Jordan ne t'a pas fait un coup de p..

— Si. Il m'a donné un mauvais conseil.

Adam inspire longuement avant de souffler.

— Mais c'est toi qui as choisi de suivre ce conseil. Tu dois travailler sur ce que cela signifie de pardonner à quelqu'un. À la fin, cette attitude peau de vache va uniquement te causer du tort à toi, pas aux autres.

— Je n'ai pas une peau de vache.

Adam détourne la tête et se met à rire.

— Non, je veux dire... écoute, je t'adore, mais tu as un problème dans ce domaine. Depuis que je te connais, tu as toujours été intransigeant.

— Pourquoi ne le serais-je pas ? Si quelqu'un gâche sa chance avec moi, alors c'est fini. Il disparaît. Je n'ai pas besoin de gens comme ça dans ma vie.

Adam se frotte la nuque maintenant et il regarde le couloir dans les deux directions.

— Alors les gens ne peuvent pas être humains et se planter ? S'ils font une erreur, ils sont morts à tes yeux pour toujours ?

Je secoue la tête.

— Je ne vais tuer personne.

— C'est une expression, Liam. Cela signifie que tu agiras comme s'ils étaient morts même s'ils ne le sont pas. Tu couperas toute relation avec eux ? C'était une chose quand c'était avec Gene. Il a prouvé qu'il n'avait aucune morale et il a fini par partir – c'était gagnant-gagnant pour nous. Mais cela ne se passera pas avec Jordan, OK ? Il ne va nulle part et tu dois apprendre à t'entendre avec lui.

Comme je ne dis rien, il soupire et il regarde sa montre.

— Je dois partir pour un déjeuner hors du campus, mais mon vieux, réfléchis à ceci : si ton premier duel avait été ta seule chance de battre l'autre type ? Tu as eu ta seconde chance, donnes-en une à Jordan. C'est tout ce que je demande.

Je réfléchis à cela pendant un moment.

— Je l'ai fait.

Il fronce les sourcils.

— Tu l'as fait ? Que veux-tu dire ?

— Je lui ai dit qu'il pouvait se rattraper en m'aidant à m'entraîner contre un gaucher.

L'expression du visage d'Adam changea.

— C'est super, dit-il en souriant. Tu me fais plaisir.

Je fronce les sourcils.

— Je ne l'ai pas fait pour te faire plaisir, mais je suis content que tu le sois aussi. J'espère juste que Jordan viendra à l'entraînement, sinon il sera comme mort à mes yeux.

— Je vais m'assurer qu'il le fasse. Je viendrai aussi.

— Bien, dis-je. Je n'ai pas beaucoup de temps pour me préparer cette fois.

Adam hoche la tête.

— Nous t'aiderons autant que nous le pouvons, mais... réfléchis à tout cela, d'accord ? Parfois, ce n'est pas une bonne idée de monter sur ses grands chevaux et de se positionner en donneur de leçons.

— Hein ? dis-je, complètement perdu.

Parle-t-il la même langue que moi ? Tout ce que je vois, c'est une bande de cow-boys essayant de monter sur des chevaux trop grands pour donner des cours.

Il soupire.

— Je veux simplement dire qu'être têtu et rancunier n'est pas forcément la meilleure voie. Mais je peux m'asseoir là et te l'expliquer jusqu'à en tomber, et tu n'écouteras sans doute pas. Peut-être comprendras-tu quand tu seras dans une relation. Ou bien tu seras très seul, parce que personne n'est parfait.

Peut-être fait-il référence à Mia et lui-même. Ils étaient loin d'être parfaits et ils ont rompu plusieurs fois avant de finir par être heureux ensemble. Peut-être parle-t-il de ce genre de seconde chance. A-t-il dû lui pardonner quelque chose, ou bien a-t-elle dû lui pardonner ?

C'était peut-être les deux ? Je me demande si le fait d'être dans une relation implique d'apprendre de nouvelles choses sur soi-même. Et de changer. Je n'aime pas le changement.

Je rumine ces pensées en finissant ma journée de travail. Sur le chemin du retour, je m'arrête au stand d'un vendeur de fruits. C'est la saison des fraises en Californie du Sud et il y a des stands partout qui en vendent fraîchement ramassées et chargées dans de grandes caisses. Elles sont rouge sombre et presque de la taille de petites pommes. Je finis par acheter une caisse entière, alors que je sais que je ne pourrais pas tout manger avant qu'elles se perdent. Je m'arrête donc à la maison de mon père pour en laisser à sa femme, Kim, et à lui.

J'appuie sur la sonnette et j'entre, comme toujours, et Kim passe le coin du couloir.

— Liam ! dit-elle.

Elle n'a pas mis longtemps à prendre l'habitude qu'ont tous les autres membres de ma famille de m'appeler par ce surnom. Kim est ma belle-mère depuis peu de temps : presque neuf mois et demi. Et parce qu'elle est la mère de Mia, cela fait de Mia ma demi-sœur.

— J'ai apporté des fraises.

Parce que je sais qu'elle va m'inviter à manger avec eux – c'est ce qu'elle fait toujours –, j'ajoute :

— Mais je ne peux pas rester long...

— Oui, c'est lundi. Je comprends... ton entraînement. Ça ne fait rien, mais viens au moins dire bonjour à ton père. Il est rentré à la maison quelques minutes avant que tu arrives.

Quand il a changé de vêtements, papa sort et nous parlons pendant quelques minutes. Ils me remercient pour les fraises avant que je parte en expliquant que je suis déjà en retard pour mon planning. Heureusement, ils me connaissent assez bien pour ne pas insister.

Je suis presque à la porte quand je m'arrête soudain. C'est quelques secondes après mon passage dans le vestibule, mais quelque chose m'a frappé. Il y a un changement. Je fais demi-tour et je retourne à l'endroit où je l'ai vu... et voilà.

Une peinture nouvellement encadrée est accrochée au mur de l'entrée. Ma gorge se serre inexplicablement. Je n'arrive pas à déglutir.

— Qu'y a-t-il ? demande mon père.

Kim s'excuse rapidement avant de partir, et je suis si stupéfait que je ne peux pas lui dire au revoir.

— Cette peinture. Où l'as-tu trouvée ?

Il y a une longue pause. Mon père ne dit rien. Je me retourne pour examiner l'œuvre d'art. Je la connais. Je l'ai produite quand j'avais quatorze ans. C'est un dessin au trait noir avec de l'aquarelle, et cela fait au moins quatre ans que je n'en ai pas utilisé. Elle montre une scène d'automne dans les collines près de la ville historique de Julian. Il s'y déroule un festival annuel de la pomme et j'avais visité l'endroit peu de temps avant de peindre ceci.

Mais je l'avais jetée il y a quelques années. Trop de colère et de douleur y étaient associées. Je serre les poings en rejouant la scène dans mon esprit. Je peux voir chaque détail et ressentir chaque émotion, y compris la colère froide et la souffrance. Je suis retourné dans ma chambre après avoir été appelé dans la cuisine pour parler au téléphone avec ma mère. Ses excuses – il y avait toujours des excuses – expliquant pourquoi nous ne pouvions pas aller dîner comme elle l'avait prévu plus tôt.

J'avais attrapé cette peinture – qui devait être un cadeau pour elle – et je l'avais jetée à la poubelle. Je n'avais pas pleuré. Et j'avais refusé toute invitation pour la voir après cela.

— Alors ? dis-je en serrant les dents.

— J'ai un grand classeur avec tes œuvres d'art et je l'ai montré à Kim. Elle a adoré celle-ci et elle a voulu l'encadrer pour la montrer dans notre vestibule.

— Mais je l'ai jetée à la poubelle, dis-je doucement en le regardant du coin de l'œil.

— Liam, dit papa.

Je me tourne vers lui et il ne regarde pas mon visage. C'est bien, parce que je ne veux pas qu'il me voie ainsi et je ne veux absolument pas le regarder dans les yeux pendant qu'il me ment.

— J'ai jeté ça à la poubelle, papa. Qu'est-ce que ça fait sur ton mur ?

Il inspire profondément, puis il souffle.

— Je l'ai sauvé de ta poubelle. C'était trop beau pour être jeté.

Confus, je cligne des paupières. Pas parce qu'il l'a sorti de la poubelle, mais parce que je ne sais pas ce que je ressens. La douleur et la colère sont de retour, aussi fraîches qu'avant, contre ma mère qui ne se souciait jamais assez de moi. Ces sentiments sont mélangés à la frustration et aussi à de l'admiration envers un père qui se souciait presque trop de moi.

— Cela te gêne ?

La question de papa interrompt mes pensées désordonnées.

— Kim l'a vraiment adoré. En fait, elle aime tout ton art.

Ma belle-mère aime ce que ma mère n'a jamais vu. N'a jamais voulu voir. J'inspire profondément et soudain la main de mon père se trouve sur mon épaule.

— Liam.

Je me raidis.

— Je dois y aller. J'ai déjà trente-huit minutes de retard sur mon planning.

Sa main glisse de mon épaule.

— D'accord, fils. Je t'aime.

Cette fois, je ne récite pas les mots à mon tour comme je le fais d'habitude. À la place, je dis :

— Au revoir.

Pendant mon entraînement – particulièrement vigoureux afin de rattraper le temps perdu et de canaliser mes sentiments confus –, je pense à toutes les choses qui se sont produites aujourd'hui. Plus précisément, les paroles d'Adam au sujet du pardon et du lâcher-prise. Plus tard le soir, quand papa m'envoie un texto pour me demander si je vais bien, je réponds que oui et qu'il devrait garder la peinture sur le mur.

Chapitre Neuf
Jenna

Tôt le samedi matin, je me rends au cimetière comme promis. Alex a été assez gentille pour me prêter sa voiture, mais parce que je ne voulais pas la laisser coincée à la maison toute la journée, j'étais partie à l'aube.

Je n'avais pas l'argent pour un bouquet professionnel, alors j'avais passé du temps au crépuscule de la nuit précédente à ramasser des fleurs sauvages au bord de la route. Ce faisant, j'avais fait remonter des souvenirs que je préférais garder enterrés... notre premier rendez-vous, notre premier baiser. La fois où il avait dépensé toutes ses économies de son travail à mi-temps dans une pizzeria pour m'emmener dans un beau restaurant et m'acheter un collier pour notre anniversaire. J'avais toujours ce collier, mais la fermeture s'était cassée et je ne pouvais plus le porter.

J'avais attaché les fleurs sauvages avec un joli ruban et je les avais apportées à la tombe de Brock. Là, j'avais retiré le bouquet fané qu'Helena y avait déposé la semaine précédente et je l'avais remplacé par le mien.

Je passai une heure en contemplation silencieuse avant de parler à haute voix. Je faisais cela, parfois, et pas seulement près de sa tombe. Si quelqu'un m'entendait un jour, il me prendrait pour une folle de parler à mon petit ami mort. Mais j'aimais penser qu'il pouvait m'entendre, où qu'il se trouve. Qu'il pouvait toujours ressentir notre lien comme je le sentais. Qu'il savait qu'il me manquait.

Me laissant aller à l'apitoiement sur mon sort, je maudis ma malchance d'avoir trouvé mon âme sœur si jeune puis de l'avoir perdue si tôt. Je me lamentai d'avoir à vivre toute une vie en ne l'ayant que pour souvenir et je pleurai de ne pouvoir m'approcher de Brock que par une plaque sur le gazon vert où je posais des fleurs de temps en temps.

Je me mis à penser à la nuit précédente, où je m'étais tiré les cartes. J'avais voulu confirmer que je faisais le bon choix en partant pour voyager avec la Foire à la fin du mois de juin.

J'avais tiré le fou. C'était si approprié. Tellement moi.

Pas parce que j'étais folle, mais à cause de ce que cette carte représentait : un vagabond, un aventurier. Une personne qui suivait le vent et qui ne s'enracinait nulle part.

La carte montrait un homme portant toutes ses possessions dans un sac sur l'épaule, regardant le soleil radieux. Il marchait tout près du bord d'une falaise, un chien joyeux sur ses talons. Prêt à commencer une toute nouvelle aventure.

Je ressentais cela également et j'essayai d'ignorer d'autres serrements de cœur : l'idée de quitter Alex, mes autres amis. Et pour une raison ou pour une autre, William et ses lèvres surprenantes m'étaient également venus à l'esprit, avant que je chasse le souvenir de notre baiser.

Sur le chemin du retour, je n'arrêtai pourtant pas d'y penser : la sensation des mains de William dans mes cheveux lorsqu'il les avait posées sur l'arrière de ma tête, la façon dont mon corps s'était instantanément réchauffé à ce contact. Je ne pouvais pas ne pas y penser.

Avec un soupir de frustration, j'allumai un de mes podcasts préférés sur la mythologie.

Quelques heures plus tard, j'étais assise à la table de la salle à manger, penchée au-dessus de mon calendrier quotidien, préparant une liste de choses à faire pour la semaine et vérifiant mes rendez-vous. Malgré mon hésitation à me rapprocher de William, j'étais bien déterminée à récupérer cette tiare. Ainsi, je cherchai à voir comment je pouvais passer plus de temps avec lui pour l'aider avec ses problèmes de foule. Si j'avais été très motivée à la récupérer avant, je l'étais encore plus maintenant qu'Helena avait rendu possible mon vol jusqu'à la Serbie.

Alex se laissa tomber sur une chaise en face de moi et elle jeta de la nourriture dans un contenant en papier aluminium devant moi. L'arôme délicieux des enchiladas de Lupe me chatouilla le nez.

— C'est l'heure du déjeuner. Mange. J'ai invité une partie de la bande ce soir et nous allons regarder *Doctor Who* et boire de la tequila.

Malgré le chant de la sirène – la nourriture merveilleuse de la mère d'Alex –, je regardai à nouveau mon agenda. *Sept heures – William : entraînement visualisation et respiration.*

— William est censé venir me voir ce soir.

Elle leva les sourcils.

— Super. Il connaîtra tout le monde. Heath, Kat, Mia et Adam et il y aura également quelques-uns de leurs amis et collègues de travail.

Je pris un morceau à la fourchette directement dans l'aluminium : un délice de viande et de fromage explosa sur ma langue et mon estomac se mit à gronder en en réclamant plus.

— C'est pour ça que tu nettoyais la maison comme une folle quand je suis rentrée. *Encore une fois.* Je pensais que tu avais perdu la tête.

Alex sourit en indiquant son front.

— *Loco como un zorro.*

— Folle comme Zorro ?

— Comme un renard. Et nous savons toutes les deux que je suis aussi rusée et belle qu'une renarde.

Je la lorgnai en observant sa peau lisse et bronzée, ses grands yeux sombres et ses pommettes hautes. Elle avait une mèche rebelle rose dans ses cheveux presque noirs. Sa mère si traditionaliste lui avait remonté les bretelles, mais j'avais convaincu Alex de tenir tête et de la garder.

— C'est vrai. Si j'étais intéressée par les filles, tu aurais des problèmes.

Elle me tira la langue.

— Alors, que se passe-t-il avec William ? Tu sors avec lui maintenant ? Je parie que les filles du clan sont furieuses.

Je ris.

— Non. Non, nous ne sortons pas ensemble.

Nous ne faisons qu'échanger des baisers explosifs sur le pas de la porte. Je rougis en me souvenant de la façon dont nos langues s'étaient mêlées. *Merde.* Ce type savait embrasser. Que dit-on déjà des personnes réservées ? *Il faut se méfier de l'eau qui dort...*

— D'accord... d'abord, tu passes chez lui ensuite un match des Ducks la semaine dernière. Une beuverie ce soir...

— Je ne savais pas que tu avais prévu ça. Nous sommes censés travailler sur la visualisation et la respiration ce soir.

Elle se releva brusquement avec un sourire rusé.

— La respiration *haletante* ?

Je levai les yeux au ciel.

— Calme ta libido, s'il te plaît.

Elle me regarda d'un air sceptique.

— Tu ne le trouves pas mignon ? Particulièrement depuis qu'il a fait toute cette muscu...

— Non, je ne le trouve pas mignon, répliquai-je en ne révélant pas le reste de mes pensées.

William n'était pas simplement 'mignon', il était *canon*.

Et il embrassait comme Éros en personne. Ces mains... la façon dont elles étaient passées dans mes cheveux. Je déglutis et je détournai la tête.

Il n'était pas bien pour moi. Ou plus précisément, *je* n'étais pas bien pour *lui*.

Je ne pouvais pas être bien pour lui. Je partais dans trois mois seulement et mon intuition me disait que si je me le permettais, mon implication avec William durerait plus longtemps que cela.

Nous ne faisions que travailler pour une cause commune. Nous ne pouvions pas la gâcher avec autre chose... que les baisers soient fantastiques ou pas.

— Tu sais ce que cette tiare représente pour moi, dis-je à voix basse pour ne pas la faire trembler d'émotion. Il doit gagner ce duel pour la récupérer, et je dois l'aider.

— Mais il devrait y avoir des baisers, intervint-elle en hochant la tête avec enthousiasme et mon visage brûla encore davantage.

Je fis semblant de tousser dans ma main, comme si la nourriture était trop épicée pour moi. Finalement, Alex ne fit pas très attention à moi.

— Moi, je sortirais avec lui s'il s'intéressait à moi.

— Tout comme la moitié de l'ARRM – la moitié féminine, en tout cas.

— C'est vrai. Mais il a le béguin pour quelqu'un d'autre, rétorqua-t-elle avec un sourire en coin.

Je pouffai.

— Nous sommes seulement amis.

— Les amis peuvent coucher. Tu l'as déjà fait.

Je haussai les épaules.

— Je pars dans quelques mois.

Son visage s'assombrit.

— Oui, je sais. Il est temps pour toi de partir, comme tes ancêtres gitans.

Je me maudis. C'était un sujet qui faisait de la peine à Alex.

— Des ancêtres *Rom*. Ils n'aiment pas qu'on les traite de gitans. Et je ne sais pas du tout si j'ai du sang rom en moi.

Elle haussa les épaules et elle ne croisa pas mon regard. Elle picora ses propres enchiladas. Je mangeai quelques bouchées de plus en la regardant attentivement.

— Ça va ? finis-je par demander en réaction à son silence.

Elle haussa à nouveau les épaules.

— J'ai croisé le Dr Zweitberger l'autre jour quand j'étais dans le bâtiment des sciences.

Je levai les sourcils.

— Toi, tu étais dans le bâtiment des sciences ? Ça ne te déclenche pas de l'urticaire ?

Elle sourit.

— Il y a quelques scientifiques mignons là-dedans. J'y traîne parfois. Bref, ton professeur m'a reconnu. Il a demandé quand tu allais revenir.

J'avais terminé mon repas et je m'occupais en nettoyant tout en évitant son regard attentif.

— Sans doute pas avant longtemps… peut-être jamais.

Alex prit un air sombre.

— *Sérieusement ?* Il te reste quoi ? Deux semestres ?

— Quatre cours. Ça va. Qu'est-ce que j'aurais fait avec un diplôme en physique, de toute façon ?

— Tu aurais enseigné comme tu as dit vouloir le faire.

Je ris.

— J'avais dit ça sur un coup de tête.

Elle me transperça du regard.

— Tu es incroyable avec les enfants du centre pour réfugiés et tu serais une prof de sciences merveilleuse. Je sais que c'est ton rêve d'inciter plus de filles à étudier les sciences.

Je haussai les épaules.

— Cela aurait été bien, mais je suis passée à autre chose.

Elle pinça les lèvres.

— Oui, c'est ta spécialité, n'est-ce pas ?

J'inspirai profondément en cherchant à ne pas être irritée par elle. Alex avait le cœur sur la main et elle disait toujours ce qu'elle pensait. C'était une des choses que j'aimais chez elle.

Elle secoua la tête.

— *Jenna…*

— *Alejandra*, l'imitai-je.

Elle cligna des paupières. Merde. Je vis qu'elle était sur le point de pleurer.

— Pourquoi t'infliges-tu cela ? Pourquoi te punis-tu de cette façon ?

Je secouai la tête en fermant le papier aluminium sur le récipient, préparant les restes pour le frigo.

— C'est la culpabilité du survivant, tu sais, dit-elle d'une voix tremblante. Tu es toujours comme ça quand tu viens d'aller au cimetière. As-tu peur de la mort d'autres gens que tu aimes ? C'est pour cela que tu passes à autre chose ?

Je me laissai retomber sur ma chaise en soufflant comme un pneu crevé. Je me frottai le front.

La culpabilité du survivant. Ce n'était pas la première fois que j'avais entendu cela.

— Ne nous disputons pas, Alex.

Elle secoua la tête.

— Je ne le veux pas non plus. Mais je dois dire que je déteste le fait que tu partes. Tu te sabotes toi-même, tu sais.

— Je pars pour faire l'expérience de la vie... pour vivre de nouvelles choses. Ce n'est pas une punition !

— Et qu'en est-il de toutes les personnes qui se soucient de toi ici ? Moi, Mia, tous les autres. *Tous* tes amis. Et Helena ?

— J'ai déménagé de la maison d'Helena, et nous sommes toujours proches. Ce sera pareil entre toi et moi.

Elle eut un rictus.

— Ouais, c'est ça.

Elle se leva et attrapa brusquement le récipient sur la table puis elle fila à la cuisine. Je pris nos assiettes et je la suivis.

— Puis-je t'aider à préparer la fête ?

Elle répondit rapidement.

— Non, ça va. Ils ne viendront pas avant huit ou neuf heures. Je me disais que nous pourrions regarder des rediffusions ou faire un jeu à boire ou autre. Juste traîner ensemble.

Alex hésita avant d'ajouter :

— Tu viendras avec nous, n'est-ce pas ?

Je haussai les épaules.

— Si j'ai terminé avec William. Nous verrons. Tu sais que je ne suis pas une grande fan de ce nouveau Docteur. Il est sombre et lunatique.

— Hmmm. Je l'adore. Ça doit être à cause de ses sourcils !

Je ris, soulagée que l'atmosphère entre nous se soit un peu détendue.

— Tu es trop bizarre.

Quelques heures plus tard, William frappa à la porte de l'appartement – à sept heures exactement. Je me précipitai pour répondre, mais Alex fut plus rapide.

— William ! Salut. Comment vas-tu ?

Il hocha la tête.

— Bonjour, Alex. Je vais bien. Comment vas-tu ?

Encore une fois, il utilisa ce ton étrange, comme s'il récitait des dialogues mémorisés.

— Super bien. J'espère que tu es prêt à boire plus tard, parce que nous allons regarder *Doctor Who* !

Il fronça les sourcils.

— Des rediffusions ? J'ai déjà vu deux fois chaque épisode en Blu-ray.

— Pas de cette façon, non. Nous allons boire et regarder les épisodes aidés par la magie de l'alcool !

Il regarda Alex comme si elle venait de tout dire en espagnol.

— Laisse tomber. Wil est ici pour travailler.

Je lui fis signe de me suivre dans ma chambre.

— Viens, Alex va être bruyante et nous perturber ici.

— *Wil ?* dit doucement Alex quand je passai à côté d'elle.

Je lui fis signe de se taire et je guidai William jusqu'à ma chambre.

— Désolé, je n'ai pas beaucoup de meubles. Je ne loue pas un aussi bel appartement que toi.

— Tu veux la chaise ou le lit ?

— Je suis propriétaire, répondit-il doucement quand il installa sa grande carcasse au pied de mon lit.

C'était sans doute une bonne chose, car la chaise en osier ne semblait pas assez solide pour le soutenir. J'en conclus qu'il avait sagement décidé de choisir le lit.

— Pardon… quoi ?

— Ma maison. Je suis propriétaire. J'ai terminé de payer mon emprunt l'année dernière.

— Ah… ah, c'est super. C'est une belle maison. Une très belle maison en fait. Je ne savais pas que les artistes étaient si bien payés chez Draco.

Pendant qu'il fixait le poster sur le mur, j'en profitais pour le fixer, lui. Il portait un jean et un tee-shirt bleu sombre qui avait presque exactement la même couleur. C'était beaucoup de bleu, et il n'accordait jamais très bien ses vêtements, mais c'était un peu moins marqué ce soir parce que l'on peut presque tout assortir avec un jean. Malgré tout, il remplissait bien son jean avec ses longues jambes musclées. Et son tee-shirt lui allait bien aussi, étiré sur un torse solide et ses biceps protubérants quand il se pencha en arrière pour continuer à étudier le poster d'un air sérieux. Je faillis soupirer et je ne pus pas m'empêcher d'examiner son cou épais et ses épaules larges.

Puis mon regard remonta vers sa bouche avec le souvenir du goût de ses lèvres. *Ça, ce n'est pas un baiser de bonne nuit*, avait-il dit. Et il avait raison. La chaleur s'étala dans mon corps depuis mes joues jusqu'à ma colonne, et elle finit par s'installer au creux de mon ventre.

Je déglutis et je me forçai à regarder ailleurs avant qu'il me surprenne à le fixer comme une idiote. Comme Écho qui lorgnait le magnifique Narcisse jusqu'à ce que cela devienne une obsession.

Le poster qui le fascinait était une image que j'avais achetée au marché aux puces. Elle représentait une jeune femme dans un jardin, la nuit, le front orné d'une couronne de fleurs. Elle était penchée en avant et elle regardait une fête de fées et d'autres petits êtres, au milieu de boules de lumière colorées. Je l'aimais pour son côté fantaisiste.

— C'est le salaire normal dans le domaine, répondit-il et, je mis quelques secondes à comprendre qu'il répondait à mon commentaire au sujet de son salaire d'artiste. Cependant, je n'ai pas toujours été payé avec de l'argent. Au début, quand il n'y en avait pas beaucoup, Adam me payait avec des actions de l'entreprise.

Je levai les sourcils.

— Waouh... vraiment ? Elles doivent valoir une fortune maintenant.

Il regardait toujours la fiche. Je ne savais pas si elle lui plaisait ou si elle l'horrifiait.

— Cela change en fonction du jour et de la valeur des actions. Je n'y fais pas très attention. La dernière fois que mon comptable en a parlé, mon portefeuille valait un peu plus de cinquante-six millions de dollars, dit-il comme si nous parlions de scores de hockey.

Je faillis tomber de la chaise. Je savais que son cousin était passé de millionnaire à milliardaire, ayant démarré l'entreprise tout seul, mais je ne savais pas que William lui-même était un millionnaire.

— Euh, waouh. Pourquoi travailles-tu encore ?

Il finit par détacher son regard du poster et il regarda mon épaule droite.

— Que pourrais-je faire d'autre ?

Je ris.

— Je ne sais pas… tu pourrais voyager toute l'année ? T'asseoir sur une plage différente chaque semaine et lire des livres ? Je pourrais trouver beaucoup de choses.

— Les couleurs sur cette affiche sont beaucoup trop claires par rapport à ce qu'elles devraient être.

Clairement, parler argent n'intéressait pas William, étant donné la façon dont il avait ignoré ce que je venais de dire.

— C'est une célèbre peinture d'E. R. Hughes, un peintre anglais de tradition préraphaélite, dit-il sans la regarder.

— C'est un vieux poster que j'ai acheté il y a quelques années. Je le donnerai quand je déménagerai.

— Lorsque tu partiras avec la foire de la Renaissance ?

Je m'agitai sur ma chaise et je croisai les jambes. Le regard de William suivit le mouvement et ses yeux se posèrent sur mes mollets exposés. Je restai assise ainsi un instant à le regarder m'observer. Il ne me reluquait pas. Il était simplement… en train de m'étudier. Peut-être mémorisait-il l'apparence de mes jambes en short pour pouvoir les dessiner plus tard sur son carnet de croquis.

Je me souvins du dessin qu'il m'avait montré au match de hockey – celui de ma main. C'était excellent… si réaliste. Et détaillé. Presque avec amour. Je n'avais jamais vraiment pensé que ma main était particulièrement belle, mais il lui avait donné un rendu magnifique. Il l'avait rendue magnifique.

Je clignai des paupières en me demandant d'où venait cette étrange pensée.

— Je n'ai jamais vraiment vécu dans un seul endroit pendant longtemps. Mon amie dit que j'ai ce qu'elle appelle *želja za putovanjem* – la bougeotte. Rien ne peut me clouer sur place.

— Des clous ? N'est-ce pas douloureux ?

Je ris.

— Pardon, non. Je veux dire… j'ai des difficultés à rester au même endroit. Rien ne peut m'empêcher de bouger.

— Rien ? Et… personne ?

Je fronçai les sourcils en réfléchissant un instant. Je pensai à la douleur dans les yeux d'Alex quand je lui avais dit que je partais. Et Mia. En fait, la plupart de mes amis ne comprenaient pas. Contrairement aux gens de la foire. Beaucoup d'entre eux étaient comme moi.

— Je vais travailler à la foire pendant un moment, je vais y tirer les cartes.

L'expression sur son visage ne changea pas.

— Tu y crois ? À la cartomancie ?

— Je crois que les cartes peuvent apprendre aux gens à suivre leur propre intuition. Je suis simplement là pour… les guider un peu. Ma tante tirait beaucoup les cartes. Elle me l'a appris avant de retourner en Bosnie.

Il parla après avoir hésité un peu.

— J'aimerais que tu le fasses pour moi un jour. Je n'y crois pas, cependant, ajouta-t-il rapidement.

Je hochai la tête.

— Je tirerais les cartes pour toi. Mais maintenant, nous devons travailler la visualisation et la respiration. Ce qui est arrivé au match de hockey ne peut pas se reproduire à ton prochain duel, d'accord ?

Il leva brièvement la tête, croisa mon regard, puis détourna la tête. Il sembla presque... se sentir coupable.

— Que se passe-t-il, Wil ?

Il haussa les épaules.

— Je ne suis pas parti à cause de la foule.

Je clignai des yeux. *Ça alors, c'était nouveau.*

— Tu m'as soulevée et sortie de l'arène comme si l'endroit était en feu. Si je m'en souviens bien, tu étais franchement déterminé à sortir de là.

Un sourire passa sur ses lèvres, puis ses yeux s'attardèrent sur ma poitrine avant de repartir aussi vite. Il rougit très joliment. William avait les cheveux et les yeux bruns, mais sa peau était pâle et quand il rougissait elle devenait écarlate.

— Tu vas me dire pourquoi tu rougis ou bien, dois-je deviner ?

William serra la mâchoire et son regard se perdit au loin, par-dessus mon épaule.

— Hmmm, commençai-je en croisant les bras. J'étais assise sur tes genoux et...

Je me souvins de la sensation de son corps sous le mien, de la dureté de son torse contre mon dos. Cela avait été vraiment agréable pour moi et peut-être...

— Oh, d'accord, j'ai compris. Tu as été allumé.

— Allumé quoi ?

Je grognai mentalement. Ce truc de langage était pénible.

— Tu as été... excité ?

Il rougit encore davantage. Il avait sans doute peur de ma réaction en apprenant qu'il avait eu une érection.

C'était à la fois adorable et terriblement excitant. Et drôle. Parce que j'avais été excitée, moi aussi. Sentir ses bras forts sous les miens, sa respiration chaude dans ma nuque. Il m'avait presque été impossible de me concentrer sur le match.

Je me mis soudain à rire.

— Pourquoi ris-tu ?

— Parce que c'est drôle. Penses-tu que j'allais te mettre une gifle ?

Il fronça les sourcils.

— Non. Je pensais juste que tu me traiterais de pervers.

— C'était une réaction naturelle, Wil. Je ne peux pas t'en vouloir pour ça. C'est moi qui ai eu l'idée de m'asseoir sur tes genoux, tu t'en souviens ? Et je sais comment fonctionne l'anatomie masculine.

Il plissa le front.

— À quel point le sais-tu ?

Je regardai son entrejambe d'un air entendu.

— J'en sais assez. Alors c'est pour ça que tu t'es échappé… je veux dire que tu es parti ?

Il frotta une main sur sa cuisse.

— Oui.

— Eh bien, la prochaine fois, dis-le-moi tout simplement. Nous sommes des adultes. Ne sois pas bête, d'accord ?

— Je ne suis jamais bête.

Je m'éclaircis la gorge.

— Et si nous travaillions sur la visualisation maintenant avant que tout le monde arrive…

Je lui demandai de s'asseoir sur le sol en croisant les jambes, nos genoux se touchant. Ou plutôt, mes genoux touchaient ses tibias, parce que ses jambes étaient plus longues que les miennes.

Il sembla se focaliser sur l'endroit où nos jambes se touchaient.

— Tout va bien ? Pas de, euh, réactions soudaines ?

Il grimaça, mais il ne répondit pas.

— D'accord, alors ceci devrait être plus facile pour toi, parce que tu penses naturellement en images. Nous allons procéder à l'ancrage et au centrage en utilisant une image mentale...

— Que dois-je imaginer ? Des chasseurs TIE ? Des speeders à neige ? Des TB-TT de l'Empire ?

— Un arbre.

Il leva les sourcils et sourit.

— Des Ewoks ?

— Non, pas d'Ewoks. Un arbre. Tu es un arbre.

— Mais...

— On fait semblant, Wil. Imagine que tu es un grand chêne et que tu vas te relier à la Terre. Tu vas être aussi solide, robuste et imperturbable qu'un arbre. Tu vas être enraciné si profondément que pas même la tempête la plus violente pourra te renverser. Parce que tes racines s'enfoncent loin dans la terre.

Il me regarda comme si je venais d'une autre planète.

— Non, je ne suis pas folle. Ferme les yeux et imagine des racines qui s'étendent de ton corps jusque dans la terre au-dessous de nous.

— Mais la terre ne se trouve pas sous nous. Nous sommes à deux étages au-dessus du sol.

Je soupirai.

— Fais-le.

Il ferma les yeux.

— Bien. Tends-moi tes mains. Cela pourrait t'aider à te connecter à moi.

Je posai les paumes de mes mains sur les siennes et je fermai les doigts.

— Maintenant, respire et envoie ces racines dans la terre sous toi.

— Par mon cul ?

— Quoi ?

— Les racines sortent-elles de mon cul ?

— Arrête ! Tu ne prends pas ça au sérieux.

J'allais retirer mes mains des siennes, mais il serra les doigts autour des miens. À ce moment-là, quelque chose de surprenant se produisit. Ce fut comme si... une impulsion de chaleur passa de lui à moi.

Si j'étais plus hippie que je ne l'étais, j'aurais appelé cela un échange d'énergie ou bien j'aurais prétendu avoir senti son aura.

Mais non, c'était quelque chose de beaucoup plus basique. Je me léchai les lèvres en admettant cette attraction physique brutale.

William était beau et même s'il était un homme de peu de mots – parfois exaspérants, d'ailleurs – il avait aussi pour habitude d'obtenir ce qu'il voulait. J'essayai encore une fois de retirer mes mains, mais il ne lâcha pas.

— Je n'ai pas envie de te lâcher maintenant, dit-il à voix basse.

J'inspirai profondément par le nez et je le sentis. Il avait une odeur de savon et de propreté agréable. À présent, la tension s'épaissit quand mon regard descendit le long de son cou jusqu'à son torse.

— N'oublie pas de respirer, murmurai-je.

— Je ne l'oublierai pas.

Je ne répondis pas. C'était à moi que je parlais, pas à lui.

— Je ne veux pas que tu partes avec la foire, Jenna, dit-il doucement de son étrange voix monocorde.

— Et toi ? demandai-je. Tu n'as jamais envie de bouger ?

Il secoua la tête.

— Envie, oui. De bouger, non.

L'envie, le désir… il y en avait beaucoup quand je me concentrai sur le torse large de William. Son tee-shirt arborait l'image d'un squelette en armure avec les mots *sapé à mort* en dessous. Je me demandai s'il comprenait le jeu de mots – ou même l'ironie – et je devinai que quelqu'un lui avait offert le tee-shirt.

Je détendis mes doigts en me rendant compte des callosités sur ses mains. William était un homme qui travaillait avec ses mains : il était fait de talent pur et de virilité. Et plus je m'en rendais compte, plus j'avais chaud, et plus j'avais du mal à respirer. Il serra les doigts comme s'il anticipait que j'allais m'écarter.

Je commençai à m'agiter tandis qu'il observa mon cou, puis mon épaule, son regard montant jusqu'à mon menton.

— Pourquoi voudrais-je bouger quand tout ce que j'aime le plus se trouve ici ?

Le manque. La perte. La *douleur*. Quelque chose dans ses paroles me fit mal et je détestais me sentir de cette façon, ce qui expliquait pourquoi je me permettais rarement de me laisser aller à ces sentiments.

— Peux-tu… peux-tu me lâcher les mains, maintenant ? dis-je d'une toute petite voix.

C'est ce qu'il fit, lentement, mais sans retirer les siennes.

J'essayai d'analyser d'où venait cette douleur subite. Mon esprit tourna à toute vitesse pour chercher une façon d'arrêter cela.

Pendant que nous restâmes assis de cette façon, le regard de William retourna vers le poster, puis vers le panneau d'affichage. Il se leva prudemment et il se dirigea tout droit vers le panneau. Quelque chose avait dû attirer son regard.

Il tendit la main et avec son grand index, il traça le contour décoratif de la carte d'invitation au mariage de Maja.

— C'est joliment fait. Dessiné à la main.

— C'est l'invitation au mariage de ma sœur. Apparemment, son fiancé aime dessiner pendant ses loisirs.

Il hocha la tête et il s'approcha pour mieux voir, parcourant le texte du regard. Il s'agissait d'invitations faites à la main avec amour au lieu des cartes chics produites en masse. Et Maja avait pris soin d'en imprimer quelques-unes en anglais pour les envoyer à ses anciens amis aux États-Unis.

— C'est en juin, dit-il doucement. Tu vas y aller ?

Je haussai les épaules.

— Je pensais y retourner pendant quelques semaines… passer un peu de temps avec ma famille avant que la foire monte vers le nord à la fin du mois.

Il hocha la tête, mais il ne dit rien avant de se retourner vers moi.

William avait quelque chose de si rafraîchissant. Sans prétention. Il était bien dans sa peau et il n'essayait pas de se faire passer pour quelqu'un qu'il n'était pas.

Et il ne se vantait jamais. Sa façon désinvolte d'admettre qu'il n'avait pas de problème d'argent le prouvait. La voiture qu'il conduisait, la maison dans laquelle il vivait… toutes les deux étaient jolies, mais pas extravagantes. Rien chez lui ne donnait l'impression qu'il avait besoin de compenser un petit pénis. Il était tout le contraire de Doug dans presque tous les domaines.

Je devais au moins admettre à moi-même que je désirais William. La carte que j'avais tirée la veille me traitait peut-être vraiment de folle. Je fus prise d'une soudaine vague de tristesse.

Je m'appuyai en arrière sur mes bras.

— Je crois qu'un verre me ferait du bien. Et toi ? Tu bois ?

— Parfois. Mais sans excès. Et pas quand je conduis.

— Allons-nous saouler, Wil.

Et avant qu'il puisse répondre, je me relevai et je me tournai pour quitter la pièce. Je ne voulais pas prendre le risque qu'il détecte ma mélancolie – ou la forte attirance que je ressentais pour lui. Avec l'alcool, je pouvais me convaincre que c'était simplement mon état vulnérable et une attraction aveugle pour un bel homme. Rien de plus.

Et comme pour tout le reste, cela finirait par passer aussi.

Chapitre Dix
William

J'ÉTAIS VENU PASSER DU TEMPS SEUL AVEC JENNA – ET AUSSI pour travailler sur ce problème avec les foules, je suppose. Je n'avais pas imaginé que j'allais être assis dans un cercle de mes amis à faire des jeux à boire et à regarder mon cousin devenir ivre pendant que sa fiancée riait. En fait, je n'avais encore jamais vu Adam ivre.

— Je n'ai encore jamais… regardé Star Wars en sous-vêtements, dit Mia avec un sourire en coin en regardant droit dans les yeux d'Adam.

— Oh, merde, dit-il en prenant son verre de bière et en le buvant. La moitié de ça devrait compter pour un shot.

— Pas selon les recommandations de la FDA concernant le contenu alcoolique. Bois, fiston, ou prends un verre pour les vrais durs, dit Heath qui lève son verre à shot et trinque avec la chope de bière d'Adam.

Heath boit son shot pendant que les femmes rient.

— Très bien, soupire Adam, puis il lève sa chope très haut et il rote bruyamment. Tout le monde rit et le taquine, en particulier Mia.

— Bon sang, je vais devoir passer à de la bière plus légère ou à du pipi de chat. Ils ont à peu près le même goût, marmonne-t-il.

— Oh non, on va te saouler ce soir. J'ai l'intention d'utiliser toutes les occasions pour te faire boire, dit Heath. Allez, tout le monde, qui veut voir Adam Drake imbibé ?

Tout le monde lève la main sauf Adam et moi.

— Moi ! Moi, carrément moi ! rit Kat et Mia lui fait une grimace.

— La Force est avec toi, jeune padawan, mais tu n'es pas encore un Jedi, dit Adam à Heath.

Je me demande quel rapport il y a entre cette citation et le jeu à boire.

Et ce jeu est étrange. Nous sommes censés affirmer quelque chose que nous n'avons jamais fait, et si les autres personnes de la pièce l'on fait, alors ils doivent boire. Le but du jeu, bien sûr, est de s'enivrer. Je me demande pourquoi nous avons besoin de jeux pour cela. Pourquoi ne nous asseyons-nous pas tous autour de la table pour boire ?

— C'est à mon tour, alors, dit Adam avec un drôle d'air.

Je l'ai déjà vu faire cette tête... quand il complote quelque chose de sournois.

— Je n'ai encore jamais sucé une bite.

— Ah, allez, c'est pas cool !

Heath et toutes les femmes trinquent et boivent. Adam semble extrêmement content de lui.

Moi, je ne suis pas du tout content. En regardant Jenna rire et boire, je ressens ce même nœud de jalousie en moi. À qui pense-t-elle ? Doug ? Un autre homme ? D'autres hommes ? Soudain, j'ai envie de frapper quelque chose. Je n'aime pas l'imaginer avec d'autres hommes.

Je veux seulement l'imaginer avec moi.

Mais je me suis entraîné à ne pas penser à ça. Si je m'attends à ce que quelque chose se produise, je ne gère pas bien la déception lorsque cela ne se produit pas. Pourtant, soudain, je l'imagine.

Sa tête est levée vers la mienne, ses cheveux pâles tombent en cascade sur ses épaules. Elle a la bouche ouverte et elle m'embrasse comme elle l'a fait le week-end dernier... comme l'héroïne dans un film. Comme quand Arwen a embrassé Aragorn dans *La Communauté de l'Anneau*. Même si nous ne nous trouvons pas près d'une cascade et que cette musique irritante n'est pas jouée à fond en arrière-plan.

Les autres continuent le jeu et j'ignore tout ce qu'il se passe autour de moi, concentré sur cette image.

— La Terre à William ! dit Alex.

Je n'ai pas eu besoin de boire une seule fois ce soir. Je ne pense pas que cela changera maintenant.

— Quoi ?

— J'ai dit : je n'ai jamais couché avec une femme, répète Alex.

Tout le monde me regarde, mais je pense qu'Adam connaît déjà la réponse parce qu'il parle maintenant, il dit que nous n'avons qu'à passer à la suivante. Il essaie de me protéger. Depuis qu'il est venu vivre avec nous quand il avait treize ans et que j'en avais onze, cela s'est toujours passé ainsi. Nous sommes peut-être génétiquement des cousins, mais par de nombreux côtés, il est mon grand frère.

Mais cette fois, au lieu d'accepter son aide, je secoue la tête.

— Moi non plus, dis-je.

Et je passe un autre tour sans avoir besoin de boire.

C'est au tour de Heath. Il jette un regard noir à Alex.

— Eh bien, puisque Alex a volé ma phrase, je dois changer ce que j'allais dire. Alors… je n'ai encore jamais embrassé une fille.

Les autres hommes boivent, tout comme Jenna. Tout le monde fait des bruits de surprise. Quand elle a fini de boire son verre, elle lève la tête en écarquillant les yeux.

— Quoi ?

Alex se met à rire.

— Ne tiens pas compte des hommes, ils sont simplement en train de l'imaginer… et ça les excite.

— Ouais. *I kissed a girl – and I liked it !*

Elle se met à chanter la chanson de Katy Perry et tous les autres rient.

Enfin, j'ai une occasion de boire, alors j'avale mon shot et je commence immédiatement à tousser et à cracher. J'ai déjà bu de la tequila, mais je n'aime pas ça. La bière est vraiment meilleure. Je ferai peut-être comme Adam et je passerai à la bière.

— William ! dit Heath d'une voix traînante. Petit cachottier… des détails ! J'ai besoin de détails.

Je secoue la tête.

— Tu ne les auras pas. Joue à ton jeu. Je te garantis que tu n'arriveras pas à me rendre ivre avant de tomber sous la table.

— Défi accepté ! dit Heath.

C'est à nouveau le tour de Mia.

— Merde… ça devient dur !

— Ça, c'est ce qu'elle a dit tout à l'heure, rétorque Adam avec un sourire en coin.

Mia fronce les sourcils et elle le regarde en plissant les paupières.

— Tu as intérêt à changer ce pronom, monsieur. Et rapidement, sauf si tu veux que j'endommage les parties de ton corps que tu préfères.

— Hé, ce sont aussi tes préférées. D'accord, que dis-tu de… ça, c'est ce que tu as dit ?

Mia rit en faisant du bruit avec son nez.

— Beaucoup mieux. Bon, orientons ce jeu dans une direction qui n'est pas sexuelle…

— Ce n'est pas drôle, dit Jordan qui reçoit un coup de coude de sa petite amie, April.

Elle semble encore rouge et fâchée à cause du tour précédent où Jordan a été le seul à devoir boire pour : je n'ai encore jamais fait l'amour à trois.

Nous finissons par jouer trois tours de plus. Le défi de Jordan 'je n'ai encore jamais embrassé ma cousine par alliance' provoque beaucoup de gros mots et de gestes impolis de la part d'Adam, qui est à présent complètement ivre.

Exactement comme je l'avais prédit, je suis la seule personne sobre à la fin du jeu. Je jubile en silence alors que ça ne m'intéresse pas vraiment.

Plus tard, tout le monde est assis et occupé soit à parler, soit à boire jusqu'à en tomber (Heath), soit à essayer de redevenir sobre en faisant du café (Adam). Je finis par retourner dans la chambre de Jenna pour récupérer mes chaussures et je m'arrête net quand je la trouve roulée en boule sur son lit, en train de pleurer.

Elle ne sanglote pas fort. En fait, elle ne fait presque pas de bruit et le seul bruit qu'elle fait ressemble à celui d'un chaton. Elle ne remarque même pas que je suis là. Est-ce que j'attrape mes chaussures pour partir, ou est-ce qu'il faut que j'essaie de la réconforter ? Je ne sais pas du tout comment la réconforter, et je pourrais empirer les choses. Je reste paralysé d'indécision jusqu'à ce qu'elle s'essuie les joues du dos de la main et qu'elle soupire. Je perçois qu'elle ne pleure plus activement.

Je m'assois sur le lit à côté d'elle et, sans comprendre pourquoi je le fais, je caresse ses cheveux… comme si je caressais un chaton. Elle roule sur le côté et elle me regarde, puis elle renifle bruyamment.

— Éteins la lumière et reviens ici, chuchote-t-elle.

Je fais ce qu'elle dit, puis je reviens à tâtons jusqu'à son lit. Elle tend la main, attrape mon poignet et tire dessus. Je pense que cela signifie qu'elle veut que je m'assoie encore sur le lit. Je le fais, mais elle tire encore sur mon bras.

— Tu veux bien t'allonger à côté de moi ? J'ai juste besoin d'être avec quelqu'un maintenant.

Quelqu'un ? N'importe qui ? Ou… moi ?

Malgré les questions qui tournent en rond dans mon cerveau, je m'allonge à côté d'elle. Mais j'essaie de ne pas la toucher. Elle se décale très vite près de moi, pose la tête sur mon épaule et tire mon autre bras autour d'elle.

Je suis si tendu que je suis certain qu'elle peut le sentir. Elle bouge la tête, s'installant plus près contre moi, et je sens encore une fois ses cheveux. Cette même odeur. Elle me remplit avec… quelque chose. C'est comme si mon sang accélérait et coulait plus vite dans mes veines. Et il m'est aussi difficile d'avaler ma salive.

— Détends-toi, Wil. Respire profondément. Ou bien est-ce que cela te gêne ? Préfères-tu ne pas être touché ?

J'inspire profondément avant de souffler. Elle ajuste sa tête afin de regarder mon visage, mais il fait sombre alors je ne pense pas qu'elle puisse voir quoi que ce soit. Je ne la vois pas très bien, moi non plus, mais je la sens très bien. Le nuage de sa senteur m'enveloppe. Cela suffit à causer le vertige. Et j'ai vraiment l'impression que la pièce tourne.

Je m'éclaircis la gorge.

— Pourquoi pleures-tu, Jenna ? Tu es triste à cause de ta tiare ?

Elle secoue la tête et elle reste silencieuse pendant un long moment, puis elle renifle encore et elle s'essuie la joue avant de s'appuyer contre moi.

— Ça m'arrive parfois quand je bois trop.

— Boire te rend triste ?

— Seulement quand je suis triste avant de commencer à boire. Cela ne fait que l'amplifier.

Je visualise un microphone qui résonne dans une pièce bruyante, crissant, me faisant mal aux oreilles. Sa tristesse lui fait-elle mal de cette façon ?

— Alors tu ne devrais pas boire quand tu es triste.

Elle laisse échapper un petit rire tout doux.

— D'une logique impeccable, Wil. Tu aurais dû être un Vulcain.

— On me l'a déjà dit. Pourquoi es-tu triste ?

Elle est soudain immobile et très silencieuse, puis elle hausse les épaules.

— C'était une longue journée… elle a mal commencé. Ça ira mieux quand j'aurai dormi.

Je tourne la tête très légèrement. Ses cheveux me chatouillent le nez, alors je dois choisir entre détourner la tête ou coller mon visage plus fermement dans ses cheveux. Je choisis cette deuxième possibilité. J'ai déjà entendu les gens parler d'étourdissement – ce doit être dans ce genre de situation.

La main de Jenna bouge sur mon torse. C'est un contact léger, papillonnant, et je déteste que cela me mette mal à l'aise. Je capture sa main avec la mienne pour l'arrêter.

— Tu n'aimes pas ça ?

Je prends un moment pour réfléchir à la question et à ma façon de répondre.

— Je n'aime pas les contacts légers. Cela me donne l'impression que j'ai la peau qui fourmille.

— Alors, tu n'aimes pas du tout être touché, ou bien...

— Je n'aime pas être touché légèrement.

Soudain, la pression de sa main augmente quand elle appuie plus fort. Mon cœur se met à battre vite directement sous sa main, qui repose fermement sur mon sternum.

— Et ça, comment est-ce ?

— Mieux, dis-je d'une voix rauque.

J'ai soudain des difficultés à parler et ma bouche est sèche. Je suis presque obsédé par l'idée de l'embrasser encore.

C'est un mot étrange, embrasser. Il a tant de sens différents que cela m'embrouille parfois. Embrasser, cela peut signifier prendre dans ses bras, englober quelque chose ou donner des baisers. Il peut s'agir d'une chaste pression des lèvres sur une joue pour saluer ou d'une marque d'affection momentanée. Mais ce même mot peut également décrire une passion incroyable, insondable. Comme quand Jack et Rose s'embrassent malgré l'interdiction dans *Titanic*, bien que leur amour se soit mal terminé. Ou l'expression d'un amour éternel et d'une promesse de don de soi comme la promesse d'Arwen à Aragorn quand elle déclare qu'elle abandonnera sa vie immortelle d'elfe afin de pouvoir vivre avec lui en tant que mortelle.

— Était-ce vrai... ce que tu as dit pendant le jeu ? dit-elle d'une petite voix.

— Je ne me souviens pas d'avoir menti pendant le jeu.

— Quand tu as dit que tu n'avais encore jamais couché avec quelqu'un – je veux dire... es-tu vierge ?

Je réfléchis à la façon dont je veux répondre à cette question et le silence s'étire.

Elle bouge et se tourne vers moi.

— Cela ne réduit pas mon estime de toi, si c'est la raison pour laquelle tu ne réponds pas. En fait, c'est exactement le contraire.

— Vraiment ?

— C'est juste que je suis surprise. Tu es très beau. Il y a des femmes dans le clan qui sauteraient sur une occasion de... te sauter dessus.

Cela produit toute une série d'images de personnes qui sautent dans mon esprit – sur des ressorts, sur un trampoline, d'une falaise – même si j'ai vaguement conscience qu'elle parle de sexe et pas de sauts.

— J'en ai eu l'opportunité. J'ai choisi de ne pas le faire.

Elle lève la tête de son oreiller.

— Vraiment ? Tu n'en avais pas envie ?

— J'en ai envie. Avec la bonne personne.

J'attends qu'elle réagisse de plusieurs façons que j'aie déjà entendu... l'incrédulité ou le dégoût ou des questions sur ma sexualité.

— Cela veut dire que le sexe a plus de signification pour toi que pour la plupart des hommes.

Elle a raison et quelque chose se noue en moi quand j'entends ses paroles. On dirait qu'elle admire cette différence, qui a toujours été à la fois une bénédiction et une malédiction dans ma vie. Je suis différent.

Mais Jenna me comprend. Cela ne m'est pas arrivé depuis longtemps.

Et je ne peux plus résister. Je veux plus de ce que nous avons partagé le week-end précédent. Je me tourne vers elle et j'appuie ma bouche contre la sienne. Elle pousse un petit cri et je me serais écarté si je n'avais pas déjà eu désespérément besoin d'elle.

Chapitre Onze
Jenna

LA LANGUE DE WILLIAM S'INTRODUISIT ENTRE MES lèvres, se faufilant sans effort et sans me demander la permission cette fois. Il prit le contrôle et je lui cédai avec plaisir – d'autant plus de plaisir lorsque sa main glissa de ma tête, le long de mon dos, sur ma hanche, puis lentement sur ma fesse.

Que se passait-il ? Mon corps tremblait comme si c'était moi qui étais vierge, pas lui. Soudain, je ne pus plus respirer. Ce moment était si intense que je fus presque submergée par la succession rapide de sensations.

Je n'étais plus ivre à cause de l'alcool. J'étais ivre de lui. Son odeur. Son goût. La sensation de son corps dur et masculin à côté du mien.

Vingt minutes plus tôt, je m'étais isolée dans l'obscurité, accompagnée seulement par des pensées douloureuses au sujet de la visite au cimetière et de ma potentielle vie entière de solitude. Je pansais mes blessures quand William était entré et qu'il s'était immédiatement concentré sur mon état émotionnel. Sa présence ici me donnait une leçon d'humilité, et c'était vraiment sous le coup de l'émotion que j'avais demandé qu'il me réconforte.

Il m'avait offert son réconfort sans chercher à aller plus loin. Il avait caressé mes cheveux et il m'avait tenue dans ses bras, où je me sentais tellement en sécurité. Comme si je pouvais dormir pendant une décennie dans ses bras solides. Comme si j'étais Héra demandant à Hypnos, le dieu du sommeil, le bonheur d'un repos paisible et ininterrompu.

Qu'est-ce que cela voulait dire ? Et pourquoi étais-je encore plus travaillée par le désir qu'avant ? Pour l'amour de la déesse...

Mon cœur battait très vite, mais ce n'était pas seulement à cause du désir. C'était de la peur. Une peur pure et hurlante qui déclencha mon mode de lutte ou de fuite tout en résistant avec acharnement au désir brûlant et affamé qui en voulait plus, toujours plus.

Lorsque la main calleuse de William entoura la peau tendre de mon cou, le désir gagna. La sensation rugueuse de ses doigts me rendait folle, augmentant encore mon désir qui avait déjà été enflammé par nos baisers.

Je posai les mains sur son torse ferme et je les fis glisser sur chaque surface plane. J'avais très envie de passer sous son tee-shirt et je me promis de lui retirer ses vêtements dans la demi-heure qui allait suivre. Cet homme splendide et vierge n'allait pas le rester beaucoup plus longtemps si j'avais mon mot à dire.

J'eus besoin d'être encore plus proche de lui et je pressai mes seins contre son torse. Il poussa un long soupir brûlant contre ma bouche qui fut interrompu par un bruit à la porte. Une autre personne dans la pièce.

— Hé, Jenna, tu as vu mon...?

Je restai paralysée, me rendant soudain compte que William était à présent complètement allongé sur moi. Dans la lumière tamisée qui entrait du couloir, je pus tout juste distinguer Mia, figée sur place.

Lentement, très lentement, je me redressai tandis que mon corps entier protestait de devoir être écarté de William. Il roula sur le dos afin de me libérer, puis il s'assit immédiatement sans regarder directement la fiancée de son cousin. Il regardait le sol comme un écolier venant de se faire gronder et cela m'irrita.

En quoi devions-nous avoir honte ? Nous étions tous deux des adultes consentants et nous n'étions pas dans une relation avec d'autres gens.

On s'assit côte à côte sur le lit et je réajustai mon haut en me disant que s'il avait été un autre homme, il aurait passé ses mains dessous dès la première minute de ce baiser.

Mais à la place, il avait doucement tenu ma tête avec ses grandes mains. *Comme c'était adorable.* Je le regardai, puis je jetai un coup d'œil à la porte, où Mia se tenait toujours avec la bouche ouverte.

Je croisai son regard et je levai les sourcils.

— Euh... ah, pardon. Adam a enfin décidé qu'il ne serait pas assez sobre pour conduire, alors il a appelé une voiture qui vient nous chercher. Heath s'est endormi et nous avons dessiné sur lui avec un feutre indélébile pour tuer le temps. Il va sans doute passer la nuit sur le sol de ton salon. Je suis venue ici pour chercher mon téléphone.

— Il est sur mon bureau. Tu l'as branché sur mon chargeur, tu te souviens ?

Mia regardait fixement la tête penchée de son demi-frère et elle ne répondit pas tout de suite. Elle finit par se secouer.

— Ah, oui... euh. C'est vrai. Pfff... je perds la mémoire à l'âge mûr de vingt-quatre ans.

Je détournai le regard et William s'agita à côté de moi, posant les mains sur la bosse considérable dans son jean. *Ce fut tellement gênant.*

Mia marcha vers mon bureau et retira son téléphone du chargeur, puis elle le rangea dans sa poche arrière. En se retournant vers moi, elle dit :

— Jenna, puis je… te parler une minute ?

William se leva du lit en couvrant toujours son entrejambe sans discrétion.

— Pardon. Il faut que j'aille aux toilettes.

Mia le regarda partir d'un air inquiet, puis elle ferma la porte derrière lui. Je tendis le bras et j'allumai la lampe de bureau. La lumière indésirable me fit cligner des yeux. Mon *amie* me regardait comme une mère réprobatrice qui aurait trouvé des pilules contraceptives dans le sac de sa fille adolescente.

— Puis-je te demander ce qu'il se passe entre William et toi ?

Je serrai les dents. Même si elle était sa demi-sœur, en quoi était-elle concernée par ceci ?

— Tu peux toujours demander.

Elle inclina la tête et elle me fit une grimace.

Je soupirai.

— Eh bien, la seule chose que tu as vue, c'est un baiser, non ? Voilà donc ce qu'il se passait entre nous. Un baiser.

Mia poussa un soupir tout en riant avec gêne.

— Je ne voulais pas être désagréable. Je suis juste… fais attention, d'accord ?

— Nous sommes tous des adultes ici, Mia. Nous savons ce que nous faisons.

Son sourire gêné grandit et elle se balança d'une jambe sur l'autre.

— Je sais... je sais. C'est juste que tu pars bientôt. Et étant donné ton passé amoureux...

J'écarquillai les yeux. Mia poussait désormais la même chansonnette qu'Alex... *et* Helena !

— Le nombre de types avec qui je suis sortie n'a aucune importance. Ce n'est pas parce que tu n'es sortie avec personne avant Adam...

— Ce n'est pas ce que je voulais dire. Je suis désolée. Bien sûr que tu peux sortir avec qui tu veux pendant autant de temps que tu veux, et tu sais que je ne te jugerai pas. Du tout. Je m'inquiète juste de toute la dynamique ici. Que se passera-t-il si vous sortez ensemble puis que vous rompez ? Nous faisons tous partie du même groupe d'amis...

— Oh, tu t'inquiètes pour ça ? Ross et Rachel s'en sont très bien sortis, dis-je en haussant les épaules.

Mia resta bouche bée.

— Ross et Rachel ne font pas partie de la réalité. Ils sont sortis ensemble et ils ont rompu de façon répétée en traînant avec leurs amis communs sans aucune conséquence. La vie n'est pas un épisode de *Friends*, Jenna. Si quelque chose comme cela se produit... cela pourrait tout changer.

Si quelqu'un avait bien appris les dures vérités de la vie, c'était Mia. Elle avait passé une année plutôt horrible l'année précédente, ayant eu une maladie potentiellement mortelle. Je la regardai au fond de ses yeux sombres et je vis une trace de quelque chose que je n'avais pas vue avant : un regard presque hagard à cause de traumatismes non dits que je ne connaissais pas.

— Mais je vais partir quand même.

Pour une raison que je n'examinai pas de près, ma voix trembla.

Mia fit un pas vers moi.

— Je suis désolée d'être pénible. Mais... William est important pour moi et ce sera moi qui ramasserai les morceaux quand tu partiras. Ne le fais pas souffrir, d'accord ?

— Je ne veux pas le faire souffrir, Mia.

Et c'était vrai. Je n'avais aucune envie de lui faire de mal.

Mais je voulais être celle qui le déflorerait. Pourquoi pas ? Il fallait bien que cela lui arrive un jour, et d'après les baisers que nous avions partagés, cela pouvait être très, très agréable.

On frappa à la porte. Pensant que c'était William, je décidai de terminer cette conversation embarrassante.

— Entre !

La porte s'ouvrit et un autre homme aux cheveux bruns – qui ressemblait beaucoup à William – passa la tête dans l'entrebâillement de la porte.

— Tu es prête à partir ? dit Adam. J'ai vraiment besoin de rentrer à la maison et de me coucher.

Mia se tourna vers lui avec un grand sourire.

— Ah, la bière a fini par te rattraper ? Pauvre bébé... même si tu t'endors tout de suite, tu vas te lever toute la nuit pour pisser.

La bouche d'Adam esquissa un sourire oblique et il la regarda avec des yeux endormis pleins d'amour.

— J'adore quand tu me dis des cochonneries.

Mia rit si fort qu'elle fit un petit bruit de cochon et Adam et moi la taquinâmes en retournant dans le salon. C'était comme elle l'avait dit : Heath était couché sur le sol avec des dessins sur chaque centimètre de sa peau exposée. Quelqu'un lui avait fait une moustache en guidon de vélo de style victorien et un bouc pointu, ainsi que des sourcils de Vulcain et un patch de pirate sur un œil. Il avait de l'écriture sur ses bras, son cou et même la partie de son ventre exposée par son tee-shirt qui était remonté.

Je ris.

— Il va être très énervé quand il va se réveiller.

— Mouais... dit Mia en haussant les épaules. Il n'avait qu'à ne pas se saouler autant.

J'examinai le meilleur ami de Mia sur le sol.

— Connor retourne bientôt en Irlande, n'est-ce pas ? Heath avait peut-être vraiment besoin d'être ivre. Est-ce qu'ils vont rompre ?

Mia le regarda avec inquiétude.

— Je ne connais pas tous les détails de ce qu'il se passe entre eux. Heath ne parle pas beaucoup. Mais il nous faudra faire en sorte de ne pas le laisser seul pendant les jours qui viennent.

Adam leva les yeux au ciel.

— Je ne veux officiellement aucune responsabilité de baby-sitting. Kat peut le faire. C'est son colocataire.

William arriva depuis la salle de bains et il vint se tenir à côté de moi en silence.

Adam et Mia proposèrent à Kat de la ramener chez elle, ce qu'elle accepta volontiers.

— Peux-tu t'assurer que Heath rentre à la maison sans problème demain ? lui demanda Mia en sortant.

— D'accord. Je viendrai chercher ce casse-pieds moi-même.

Ils nous dirent au revoir et ils partirent. Comme Heath était ivre mort sur le sol, William et moi étions les seules personnes conscientes dans le salon.

— Alors, euh, te verrai-je demain au marché régional ? lui demandai-je en connaissant déjà la réponse.

Le visage de William s'illumina.

— Oui, je dois livrer quelques objets à des membres du clan. J'ai passé toute la semaine à l'atelier après le travail.

Je le visualisai soudain, donnant des coups de marteau, ses biceps gonflant et fléchissant, et il ne portait rien d'autre que son tablier en cuir par-dessus son jean.

— Est-ce que tu veux que je t'y conduise ?

Sa question innocente me tira de ma vision pleine de désir.

Je déglutis, puis je le regardai du coin de l'œil.

— Avec plaisir… et si nous déjeunions d'abord ?

— À quelle heure aimerais-tu que je vienne te chercher pour le petit-déjeuner ?

Je me mordis la lèvre, étonnée qu'il ne remarque pas mon sous-entendu évident. Puis j'avançai vers lui, je pris sa grande main dans la mienne et je dis :

— Tu pourrais juste… rester pour la nuit.

Sa réaction fut subtile. Avec les yeux rivés sur nos mains enlacées, il baissa ses sourcils sombres comme s'il se concentrait.

— Je ne suis pas certain de ce que tu demandes, mais j'en ai une idée. Et si c'est la mauvaise idée…

— Tu ne m'as pas mal interprété, d'accord ? Je veux que tu restes et que tu passes la nuit avec moi.

Il déglutit visiblement – et bruyamment – et ses doigts se fermèrent autour de ma main.

— Eh bien, comme je te l'ai dit dans la chambre, je n'ai pas…

— Je le sais. Ce n'est pas important pour moi.

En fait, cela rendait même les choses plus excitantes. J'étais très émoustillée à l'idée d'être sa première.

Je fis un autre pas vers lui et mon torse appuya contre le sien. J'inclinai mon visage de manière à ce que mes lèvres se trouvent à quelques centimètres des siennes et je dis :

— Tu l'as senti, toi aussi ? Quand nous nous sommes embrassés ?

Il expira et sa respiration me chatouilla le nez.

— Senti quoi ?

— La connexion entre nous ? Les atomes crochus ?

Sa main se serra autour de la mienne, presque douloureusement.

— Tout ce que je sais, c'est que c'était bon. Et j'en veux encore.

Je frôlai ses lèvres avec les miennes.

— Moi aussi… alors reste avec moi.

Il resta figé sur place pendant un long moment et je fis passer ma main dans son dos pour le caresser comme si j'essayais d'appuyer mon argument.

— Non.

Le mot fut froidement définitif et complètement séparé de toute émotion.

Je fronçai les sourcils.

— Tu n'en as pas envie ?

— Oh si, j'en ai envie.

Le bas de mon ventre le frôla et je le sentis : il avait encore une érection. Je me frottai sans vergogne contre lui afin de lui vendre mon idée.

— J'ai envie de toi, Wil.

Il pencha la tête et il la posa sur mon épaule.

— Je ne veux rien de temporaire, Jenna. Je veux plus que juste une fois.

Je m'immobilisai. William leva la tête, son regard ne croisant pas tout à fait le mien avant de s'éloigner et de se fixer au milieu de mon front. Je m'éclaircis la gorge.

— Eh bien, on n'est pas obligé de s'en tenir à un coup d'un soir.

Il soupira et il fit un pas en arrière en lâchant ma main.

— Je ne coucherai pas avec toi en sachant que la semaine prochaine ou le mois d'après tu seras avec quelqu'un d'autre. Si je suis avec toi, je veux que ce soit permanent. Pour toujours.

Je secouai la tête.

— Je n'ai pas de relations permanentes, William. Jamais.

Il eut un air renfrogné.

— Je comprends. Bonne nuit, Jenna.

Je restai bouche bée. Je ne rêvais pas. Aucun homme n'avait jamais refusé mon invitation à partager mon lit. Je n'offrais pas souvent l'invitation – je n'en avais pas besoin –, mais la réponse n'était jamais 'non'. Jusqu'à maintenant. Que se passait-il ?

William se tourna pour partir, mais ma voix sembla prise dans ma gorge. Son rejet m'affectait beaucoup plus qu'il ne l'aurait dû. Je l'attrapai par la main.

— Attends. Tu ne veux pas simplement… t'en débarrasser ?

Il se figea sur place, le corps tout raide, mais il ne retira pas sa main. Lentement, il se retourna vers moi et dit :

— Je suis surpris que tu ne comprennes pas. Tu as dit dans la chambre que cela signifie beaucoup plus pour moi que pour les autres hommes. Pourquoi crois-tu que ce soit quelque chose dont je veux me débarrasser ? J'ai déjà eu cette occasion et j'ai choisi de ne pas en profiter…

Sa voix s'estompa et il secoua violemment la tête.

— Bonne nuit, Jenna, dit-il en retirant doucement sa main de la mienne. Je passerai te prendre à neuf heures et demie pour le marché régional demain.

— Bonne nuit.

Je sentis une étrange boule dans ma gorge en le regardant partir. William était têtu… déterminé. J'avais déjà découvert cela au sujet de sa personnalité. Mais il était un homme et il était manifestement attiré par moi. Combien de temps allait-il pouvoir tenir ? Après tout, il n'était pas surhumain. J'allais respecter son souhait tout en espérant secrètement qu'il avait un faible quelque part.

Alex sortit de la cuisine quelques instants après que la porte d'entrée se soit fermée. Elle jeta un coup d'œil à Heath qui était étalé par terre et elle dit :

— Ça n'a pas l'air confortable. Peux-tu me rendre service et attraper l'oreiller supplémentaire sur mon lit ? Je vais aller lui chercher une couverture.

Quand je revins dans le salon, elle était accroupie à côté de lui et elle essayait de le pousser.

— Tu peux m'aider avec ça ? Je veux le mettre sur le côté au cas où il serait malade, mais il est tellement immense.

Heath faisait bien un mètre quatre-vingt-quinze et il était très costaud. Il devait au moins peser cent dix kilos. Et Alex ne faisait qu'un mètre cinquante, elle était mince avec des courbes. J'étais plus grande, mais maigre comme un clou. Je ne savais pas du tout comment nous allions le bouger à deux, mais nous le fîmes d'une façon ou d'une autre.

— Je suis épuisée, dis-je en étouffant un bâillement. Et j'ai le marché régional demain. J'espère gagner pas mal d'argent en tirant les cartes.

— Tu m'étonnes ! Vingt dollars la séance en quinze minutes de travail ! Je le ferais aussi si ma mère ne piquait pas une crise quand je joue avec les *cartas del Diablo*. En parlant de ça… quand vas-tu commencer à plein temps ? Et quand vas-tu quitter le centre pour les réfugiés ? Je parie qu'ils sont déçus par ton départ.

Je bâillai bruyamment et je ne la regardai pas dans les yeux en répondant :

— Je suis sur le point de tomber, ma belle. Parlons-en demain.

Je me tournai pour aller dans ma chambre, mais Alex me suivit à l'intérieur.

— Ils ne savent pas encore que tu pars, n'est-ce pas ?

Je passai la main dans mon tee-shirt, je décrochai mon soutien-gorge et je le sortis par les manches.

— Ils l'apprendront… bientôt.

— Tu n'as toujours pas eu le courage de le leur annoncer ?

Je haussai les épaules.

— Ils savent que j'ai besoin d'argent et ils ne peuvent pas me donner d'augmentation. Je n'ai même pas le cœur de leur demander. Ils comprendront quand je leur dirai que je dois partir.

Alex inclina la tête sur le côté.

— Pourtant, ce n'est pas seulement une histoire d'argent, si ? Est-ce que tu ressens vraiment le besoin de bouger ou bien, s'agit-il d'une étrange philosophie de ta part ? C'est comme si tu étais cette femme dans le film *Chocolat*. Elle allait toujours là où le vent la portait.

Je levai les yeux au ciel. Les idées romantiques étaient son gagne-pain.

— Nous en avons déjà parlé. J'ai vraiment besoin de l'argent pour pouvoir assister au mariage de Maja.

— Avec la tiare, si possible.

Mon cœur se noua.

— Oui, si possible.

— Alors, comment s'en sort William ? Est-il davantage préparé à gagner le grand duel ?

Je soupirai.

— Il progresse, mais j'espère le conduire dans un autre endroit bondé. Le problème, c'est qu'il faut quelque chose d'assez divertissant pour l'attirer. Je pense à un film ou... je ne sais pas.

— Pourquoi pas Disneyland ? Ce n'est qu'à huit kilomètres.

Je poussai un soupir rêveur.

— Tu sais à quel point j'adore cet endroit, mais... je n'ai pas l'argent pour y aller en ce moment.

Elle haussa les épaules.

— C'est facile. Je peux toujours taxer des billets moins chers à mes anciens collègues. Je pense que tu devrais le tenter. Après tout, c'est l'endroit le plus heureux sur terre, non ? Qui pourrait refuser d'y aller ?

Chapitre Douze
William

JE SECOUE LA TÊTE EN SERRANT LE VOLANT.

— Non, dis-je encore une fois.

— Mais c'est Disneyland ! Qui peut dire non à Disneyland ? demande Jenna.

— Je viens de le faire.

Je garde les yeux rivés sur la route et je m'arrête au feu rouge. Jenna rit, mais je ne sais pas si c'est à cause de ma réponse ou de moi. Peut-être les deux.

— Quand y es-tu allé pour la dernière fois ?

Le souvenir de cette visite me vient à l'esprit. J'avais six ans. Ma mère avait recommencé à nous accueillir pour des visites régulières, mais elle avait insisté sur le fait de ne pas pouvoir me gérer pendant de longues périodes de temps. Les choses s'étaient bien passées jusqu'à cette horrible traversée d'Adventureland.

Nous marchions très près de l'attraction Jungle Cruise quand il y eut des coups de feu – de faux coups de feu. Le bruit soudain me terrifia et je n'étais pas équipé pour surmonter ma peur. Je ne pouvais pas respirer et quand elle essaya de me faire avancer, je refusai de marcher et je me couchai sur le sol pendant que les autres visiteurs du parc passaient à côté de moi. J'avais hurlé et crié quand elle m'avait traîné à côté d'elle en jurant tout le temps. Comme d'habitude, quand j'avais mes crises – ma mère les appelait des 'crises de nerfs' – elle devenait méchante et elle criait et me disait la même chose que ce que disait les enfants à l'école.

— *Pourquoi dois-tu être aussi idiot, Liam ? Toi et ta sœur, je vous ai conduits ici afin que vous vous amusiez, et maintenant tu gâches tout. Britt pleure à cause de toi. Arrête ça tout de suite.*

Jenna pose une main sur mon épaule.

— Hé, ça va ?

Je me raidis, puis je secoue la tête.

— Je n'ai pas de bons souvenirs de cet endroit. En particulier le Jungle Cruise.

Elle se tourne et me regarde.

— Alors, nous pourrions créer quelques bons souvenirs. Que penses-tu de l'attraction Indiana Jones ? Ou bien la nouvelle version de Space Mountain ? Existait-elle la dernière fois que tu y es allé ?

Je secouai la tête. Nous n'étions jamais arrivés jusqu'à Tomorrowland. Ma mère avait appelé mon père et elle avait insisté pour qu'il vienne me chercher. Elle avait passé le reste de la journée sur place avec Britt et elle l'avait ramenée à la maison le lendemain. Je n'oublierai jamais avoir entendu ma mère dire à mon père à quel point elles s'étaient amusées ensemble une fois que j'étais parti. Ni ce que Britt m'avait dit quand elle m'avait tendu les bonbons qu'elle avait achetés avec son propre argent de poche.

— *Je suis désolée, Liam. J'aurais aimé que tu puisses faire plus d'attractions avec moi.*

Je m'étais toujours demandé pourquoi ma sœur était désolée. Ma mère ne l'était pas.

Après cela, elle n'avait jamais essayé de m'y ramener, mais elle avait continué à emmener Britt plusieurs fois par an. En fait, j'étais rarement invité dans la maison de ma mère, et lorsque c'était le cas, cela n'avait finalement presque jamais lieu. Papa avait fait des efforts afin que je me sente mieux en disant qu'il s'agissait de jours père-fils spéciaux. Mais il n'avait jamais réussi. La seule chose que je ressentais, c'était une cassure... j'étais si cassé que même ma propre mère ne pouvait m'aimer.

— Je suis désolée, Wil. Veux-tu en parler ?

Je cligne des yeux, surpris de me rendre compte que j'ai effectivement envie d'en parler.

— J'ai eu une mauvaise expérience à Disneyland quand j'étais enfant. Et puis ma mère... Elle y emmenait souvent ma sœur, mais pas moi.

Le regard de Jenna se concentre sur la route et sa main glisse le long de mon bras.

— Oh, je suis désolée. Faisait-elle cela souvent ? De favoriser ta sœur ?

— Elle ne savait pas comment me gérer. C'était difficile pour elle.

— Tu n'as pas besoin de lui chercher des excuses, William. Et ce que tu dis donne l'impression que tu te rends responsable de ses défauts à elle.

— C'est le cas. Et en quoi la vérité est-elle une excuse pour elle ?

— Parce que la façon dont tu l'affirmes modèle ta façon de penser à elle et à toi. Quand la voix dans ta tête dit des choses négatives sur toi, alors tu dois trouver une façon de la changer.

— Il n'y a pas de voix dans ma tête, Jenna. Juste des images. Beaucoup d'images.

— Tu as des sentiments.

Au stop, je mets le clignotant à droite et je tourne.

— Oui, j'ai des sentiments, moi aussi.

— Tu as également le pouvoir de réécrire ton histoire, tu sais.

Ses paroles coulent sur moi comme une rivière agitée. Je vois des piles de livres d'histoire et un parchemin avec de l'encre et une plume ancienne.

— Je ne sais pas du tout ce que cela veut dire, dis-je en me garant dans le parking du parc régional de Yorba, un magnifique espace naturel situé le long des zones humides de la rivière Santa Ana.

— Cela signifie que tu peux changer ces associations négatives et ton attitude par rapport aux événements du passé. Tu peux changer ton point de vue. C'est comme… tu peux reprogrammer et cadrer ces souvenirs dans un contexte où tu ne te reproches rien, parce que tu n'étais pas responsable.

Je me tourne vers elle et nos regards se croisent pendant une fraction de seconde. Son regard me transperce comme une lance acérée.

— Est-ce que toi, tu le fais ? Si c'était le cas, tu n'aurais peut-être pas besoin de partir en courant vers un nouvel endroit.

Sa mâchoire tombe puis elle la referme en écarquillant ses yeux bleus. Je ne bouge pas en attendant sa réponse. Son visage devient tout rouge et elle se tourne pour attraper son sac avant de sortir de la cabine de mon camion en claquant la portière – trop fort. Je me glisse de mon siège et je fais le tour de mon camion. Elle m'affronte là, les bras raides, les poings serrés, le visage toujours rouge. Elle est toujours aussi belle et dès que je le remarque, j'ai des difficultés à déglutir et parfois à respirer.

— Ce n'était pas gentil de ta part, dit-elle en serrant les dents.

— Quoi ?

— Ce que tu viens de dire.

— Au sujet de ta fuite ? Pourquoi la vérité te met-elle en colère ?

— Parce que je ne pars pas en courant.

— Alors tu… pars en marchant ?

Elle pousse un soupir et lève les yeux au ciel.

— Tu me rends dingue.

— On me le dit souvent.

Elle lèche sa lèvre inférieure avec sa petite langue rose et je pense immédiatement à ce que cela faisait d'avoir cette langue dans ma bouche. J'ai embrassé exactement trois femmes dans ma vie. L'une était une fille qui disait que j'étais son petit ami au lycée, alors que nous ne sortions jamais ensemble. Une autre avait été ma colocataire pendant quelques années, quand j'avais quitté la maison de mon père. Elle avait essayé de m'embrasser plusieurs fois et elle avait fait une proposition similaire à celle de Jenna la veille. À elle aussi, j'avais dit non.

Et maintenant la troisième : Jenna.

Mais ses baisers étaient différents. J'avais l'impression de me noyer et de me réveiller et de suffoquer et de gagner une victoire impossible, tout à la fois. C'était accablant, mais aussi apaisant. Mon corps était en feu, mais frissonnait comme si j'avais froid, parfaitement immobile, tout en fonçant à toute vitesse.

Je veux encore ressentir cela. Je la veux, elle. Et pas seulement ses baisers. Je veux tout. Tout ce qu'elle m'a offert… et plus.

Mais je ne le veux pas juste une fois. Je ne le veux pas pour une semaine ou un mois, ou même quelques mois. Et c'est ce qui arrivera. Je serai abandonné ici, brûlant de la revoir.

Je n'aime pas me sentir déjà ainsi : elle a trop de pouvoir sur mes pensées et mes sentiments. Je me sens vulnérable. Je n'aime pas cette sensation.

— Je suis désolé que tu sois fâchée, dis-je.

Et je le suis vraiment.

— Je ne fais que dire la vérité. Je dis ce que je pense et je ne sais pas du tout si c'est approprié ou pas.

Elle baisse la tête maintenant, trifouillant quelque chose dans son sac. Je sais qu'elle a apporté les cartes de tarot pour lire la bonne aventure aux gens qui la paient. Je me demande si elle y croit. Peut-être suit-elle ce que les cartes lui dictent ? Peut-être sont-ce les cartes qui lui disent de partir ?

— Ce sont les cartes ?

Elle me regarde.

— Quoi ?

— Est-ce que les cartes te disent de bouger ? Tu es allée dans deux universités différentes et tu viens de laisser tomber ton programme de physique sans terminer. D'après Alex, tu n'as jamais passé plus de trois ou quatre ans au même endroit. Et tu repars bientôt. Alors si tu ne t'enfuis pas, pourquoi bouges-tu ?

Elle hausse les épaules et je commence à sortir des affaires de l'arrière de mon camion. Tout est méticuleusement étiqueté afin que ce soit plus facile à livrer. Des pelles par ci, des boucles par là, des outils de jardin pour Anita, notre herboriste. Elle adore utiliser des outils de jardinage correspondant à l'époque.

Jenna a la tête tournée et elle regarde le parc quand elle commence à me parler en serrant les dents.

— Je ne m'enfuis pas. Peut-être me suis-je donné pour but dans la vie de continuer à me pousser à faire l'expérience de choses nouvelles.

— Peut-être ? Alors tu n'en es pas sûre ?

Elle ferme les yeux et marmonne dans sa barbe. On dirait qu'elle compte. Le visage rouge, elle tourne les talons et elle s'en va en disant par-dessus son épaule qu'elle me verra plus tard quand elle n'aura pas envie de me frapper.

Je ne pense pas qu'elle puisse me frapper très fort, ni même qu'elle en ait vraiment envie. Mais je fronce les sourcils à l'idée de la voir fâchée. Comme d'habitude, je ne sais pas comment j'ai fait.

Une fois que j'ai rassemblé toutes mes affaires, je fais le tour et je trouve mes amis de l'ARRM dans différents stands où ils exposent leurs marchandises. Il y a entre autres une fileuse, un tisserand, une femme qui crée des bas de laine authentiques et un orfèvre qui conçoit des bijoux. Ann, une étudiante internationale de Somalie, a commandé quelques nouvelles boucles pour les ceintures en cuir qu'elle fabrique et qu'elle vend. Je suis encore un débutant alors il m'a fallu quelques essais, mais je suis content du résultat final.

La ville nous a donné la permission d'étaler nos marchandises sur des tables dans un coin du parc. Le public passe pour regarder les stands, tout comme les membres d'autres clans d'ARRM de la région, qui apportent leurs propres affaires à vendre ou à échanger. Je ne vends pas mes objets, car je n'ai pas besoin de l'argent. Je le fais pour le plaisir d'apprendre à fabriquer des choses de façon authentique. Cela fait plaisir aux autres membres de mon clan et je n'ai pas beaucoup d'amis, alors je prends ceci très au sérieux. Ce sont des amis que je ne veux pas perdre, alors j'essaie de ne pas penser à la possibilité que si je perds ce duel, je les perde eux aussi.

Je vois Doug au loin. Il se sert d'une pierre pour aiguiser des armes et des outils. Comme moi, il n'a pas besoin de cet argent, mais il se fait payer quand même. Il a affirmé de nombreuses fois que les gens n'accorderont pas de valeur à son travail s'il ne les fait pas payer.

Quand je passe de table en table, les gens me posent des questions au sujet du duel. Ils ont appris que je serais banni de la communauté si Doug gagne. Beaucoup sont fâchés contre lui pour avoir exigé des conditions aussi inhabituelles. Mais je les ai acceptées, car si je perds encore, je ne me considérerai pas comme assez méritant pour être parmi eux de toute façon.

— Sieur William ! dit Thomas, notre meunier et boulanger qui vend du pain artisanal fraîchement préparé sur son stand.

Il me tend un pain sucré.

— Rompt ton jeûne avec moi.

— Bien le bonjour, Thomas. Je n'ai pas le temps. Beaucoup de livraisons aujourd'hui.

Il hoche la tête et il me regarde un long moment.

— Est-ce vrai, ce qu'ils disent au sujet des termes de ton duel avec Sieur Douglas ?

Je hoche la tête, sans surprise, car c'est la troisième fois que l'on me pose une version de cette question.

— C'est vrai.

Il commence à parler et ses mots roulent comme des vagues sur la plage, car je viens d'apercevoir les cheveux blond éclatant de Jenna sur un stand de l'autre côté. Elle parle avec Agnès, notre maître-couturière et elle admire les robes accrochées à son stand. Il y a beaucoup de tissus éclatants et magnifiques, mais la robe qui semble avoir attiré son attention est faite de différentes teintes de bleu. Elle est de la couleur du ciel en haut puis elle s'assombrit progressivement jusqu'à un bleu céruléen profond, puis se termine par un bleu de minuit en bas. Elle possède des lacets dans le dos et de longues manches flottantes dans le style d'une robe de dame médiévale. Une brise joue avec la robe et je regarde Jenna passer sa main sur le tissu avec admiration.

Je l'imagine la portant. Comme la couleur de bleuet à la taille de la robe s'accorderait au bleu de ses yeux. Comme le bleu du ciel au niveau du col ferait briller sa peau. Elle est déjà belle, mais dans cette robe elle ressemblerait à un ange… ou à une princesse-fée. Je pourrais peindre son portrait comme si elle portait cette robe, mais ce serait mieux de la voir la porter en réalité.

Elle rit avec Agnès avant de se tourner pour partir. Quand j'ai terminé ma conversation avec le meunier, je me rends au stand de la couturière.

— Sieur William ! Je vous donne le bon jour, dit-elle en me saluant dans le style médiéval.

— Bon jour, bonne dame.

— Je crains de ne pas avoir de commandes pour toi aujourd'hui. Les cintres et les crochets que tu as faits pour moi il y a quelques mois fonctionnent très bien. Je pense que tu deviens si doué que tu n'auras bientôt plus de travail.

Ses mots me surprennent.

— Je ne ferais jamais moins bien que ce que je peux faire de mieux.

— Bien sûr, bien sûr. Que puis-je faire pour toi, Sieur William ? Cherches-tu un nouvel affublement ? Un pourpoint, peut-être ?

Je regarde la robe exquise que Jenna vient d'admirer.

— Je veux acheter cette robe.

— Je pense qu'elle ne t'ira pas, dit Agnes en souriant.

— Non, ce n'est pas pour moi. J'aimerais que tu la tailles de façon à ce qu'elle aille à damoiselle Kovac.

Son expression de visage change, mais je ne sais pas comment la déchiffrer.

— J'adorerais faire cela. Voudrais-tu que ce soit une surprise ? Je pourrais trouver une excuse pour connaître ses mensurations.

J'y réfléchis un instant. Je n'aime pas du tout les surprises, mais je sais que ce n'est pas le cas de tout le monde. Et ce serait agréable de voir l'effet de cette surprise sur elle. Je pourrais peut-être la convaincre de rester. Car depuis la nuit précédente et les longues heures que j'ai passées à me souvenir de la sensation de son corps contre moi, je sais que j'en ai besoin. Qu'elle reste. Qu'elle soit mienne.

Et je ferai ce qu'il faut pour que cela arrive, même si je ne sais pas pour l'instant ce que cela peut être.

— J'aimerais qu'elle puisse l'avoir à temps pour le bal de Beltane au festival. Est-ce possible ?

Agnes fait un grand sourire.

— Plus que possible. Je pourrais même te créer des vêtements assortis.

J'y réfléchis un instant, ne sachant pas comment Jenna interpréterait un tel geste. Si nous portons des vêtements accordés, cela pourrait lui faire penser que je désire la posséder. D'un autre côté, je veux qu'elle soit mienne.

Si elle doit essayer de s'enfuir et ne plus jamais revenir, alors c'est à moi de rendre cette décision impossible, ou du moins extrêmement difficile.

— Oui, ce serait bien, dis-je à Agnes.

— Merveilleux. Je prendrai tes mesures à la réunion suivante.

Je sors mon portefeuille et je lui tends deux billets de cent dollars pour acompte.

— Je te facturerai l'ensemble à la livraison.

— Oui, m'dame.

Avant de partir, je me rappelle ce que je dois dire :

— Merci.

Je regarde jusqu'au bout de l'allée et je vois que Jenna est à présente assise à une table avec son amie, Caitlyn, qui trace les silhouettes des gens pour une somme modeste. Jenna mélange ses cartes de tarot, mais elle regarde autre chose. Je suis son regard et je vois qu'elle observe Doug qui parle avec un nouveau membre de notre groupe, une femme aux cheveux bruns nommée Glynnis.

Je me demande ce que pense Jenna. Est-elle fâchée de voir son ancien petit ami parler avec une autre femme ? A-t-elle toujours des sentiments pour lui ? Quelle était la force de ses sentiments pour lui ?

Je décide que je ne veux pas le découvrir et que je ferais tout en mon pouvoir pour qu'elle l'oublie. Même si cela signifie que je dois le faire disparaître de la baronnie d'Anaya. Je ne veux pas prendre le risque de la perdre à nouveau.

D'un pas déterminé, je me dirige vers son stand, je me laisse tomber sur le tabouret en bois dur devant sa table et je dépose un billet de vingt dollars. Je ne crois pas du tout à la divination, mais ce en quoi je crois, c'est regarder tout ce que fait Jenna et écouter chaque mot quand elle lira mon avenir.

Chapitre Treize
Jenna

— QUE SOUHAITES-TU DE LA PART DE DAME Jenna ? demandai-je en essayant de ne pas sourire.

Le visage de William était dénué d'expression, mais il y avait également une sorte de défi, comme pour dire 'montre-moi de quoi tu es capable'.

— Je cherche la réponse à une question, répondit-il sans hésiter.

Je levai légèrement les sourcils de surprise. Il avait dit l'année précédente qu'il était sceptique et j'étais certaine que ma réponse brève expliquant que les cartes fonctionnaient comme un objet de méditation n'avait pas dissipé ses doutes.

Je sortis un de mes plus anciens jeux : le Rider-Waite. C'était un classique, avec des couleurs vives et des images au rendu magnifique. C'était un des jeux de tarot les plus anciens et les plus connus. Et quelque chose chez William appelait le classique.

— Prends ça et manipule les cartes pendant quelques minutes en pensant à ta question. Tu peux mélanger le jeu, couper les cartes, comme tu veux. Il faut juste que tu les manipules et que tu te concentres sur ce que tu veux savoir.

Je faillis rire en voyant l'expression sur son visage – une incrédulité claire et manifeste –, mais il fit ce que je demandais.

— Dois-je te dire ma question ?

— Si tu veux. Ce n'est pas obligé.

Quand il eut mélangé les cartes pendant un moment, je les repris et je fis un tirage classique en croix celtique. Les résultats furent… extrêmement surprenants. Il n'y avait presque pas de cartes d'arcanes mineures.

Les yeux de William glissèrent sur chaque carte.

— Ce sont de beaux dessins.

Il tendit la main et traça le contour de l'un d'eux : le Pendu. Un atout.

— Les détails sont magnifiques, souffla-t-il.

— Ce jeu est conçu autour d'un voyage. Il raconte une histoire très complexe, mais chaque partie du voyage est marquée par des archétypes. Cela peut être compliqué, mais tu peux juste les regarder comme des… inspirations pour réfléchir à ta propre vie. Pendant que tu fais ton propre voyage à travers la vie.

Son doigt tapota le coin du Pendu, qui représentait exactement cela : un homme pendu à un arbre par un pied tandis que l'autre passait par-dessus la branche, les mains dans son dos et ses cheveux pendant mollement vers le sol.

— Et que représente-t-il ?

— Le Pendu est une stagnation, un enlisement, un besoin de changement ou d'apprendre quelque chose de nouveau. Dans la mythologie nordique, le dieu Odin est resté pendu à l'arbre du monde pendant neuf jours pour acquérir des connaissances.

— Alors tu es en train de me dire que je devrais apprendre quelque chose de nouveau ?

Je haussai les épaules.

— Eh bien, en réalité il faudrait toutes les lire dans l'ordre, ce que je peux faire. Mais d'abord, je voudrais te faire remarquer que le seul arcane mineur que tu as tiré est le roi des coupes.

— Il y a des suites de nombres ? Comme avec les cartes à jouer ?

— Oui, mais au lieu des cœurs, piques, carreaux, etc., il y a les coupes, les bâtons, les épées et les pentacles.

— Et pourquoi le roi des coupes est-il significatif ?

— Parce que dans ce tirage et à cet endroit, il représente la personne qui cherche une réponse. Toi. Et le roi des coupes représente un homme émotionnellement stable, un homme qui vit par l'honneur, calme, gentil et digne de confiance.

C'était vraiment bizarre que cette carte atterrisse exactement à cet endroit. Était-ce la Fortune ? Me chuchotait-elle quelque chose ?

— Ma déesse, murmurai-je en me rendant compte que ce tirage de cartes était autant pour moi que pour William.

La carte le représentait peut-être, mais à ce moment précis c'était à moi qu'elle parlait.

Je tendis la main pour toucher la carte exactement au même moment que William, dont la bouche était ouverte pour poser une autre question. Nos doigts se rencontrèrent et je ressentis à nouveau une décharge électrique faisant remonter un frisson le long de mon bras. Lentement, délibérément, William posa sa main sur la mienne, sans me regarder. Il piégea mes doigts sous sa grande main calleuse.

Je pus à peine me forcer à avaler à travers les battements de mon cœur que je sentais dans ma gorge.

— Je prends l'honneur très au sérieux, dit-il.

J'inspirai en tremblant, incapable d'arracher mon regard à son cou solide à l'endroit où il émergeait de son haut d'époque.

— Tu prends beaucoup de choses très au sérieux, répliquai-je d'une voix rauque en pensant à nouveau à ma détermination de la nuit précédente, quand j'avais voulu l'attirer dans mon lit. Si c'était possible, je le voulais encore plus maintenant.

Je tremblais comme si j'avais froid, alors que nous étions tous deux assis au soleil.

— Par la déesse...

Je fermai les yeux.

— Tu crois en une déesse ?

Je rouvris les yeux quand il posa la question.

— Tu dis ça souvent.

Je m'éclaircis la gorge.

— S'il existe un être supérieur, je préférerais considérer que c'est une femme. Mère Nature. Notre mère la Terre. J'ai été élevée en tant que catholique et j'ai toujours eu une grande estime pour la vierge Marie. J'arrivais à me sentir proche d'elle, alors quand j'ai grandi et que j'ai eu besoin de prier, je priais à elle. Quand mes croyances se sont éloignées du patriarcat, j'ai continué à considérer la divinité comme une femme. Et j'ai toujours été fascinée par la mythologie. Alors mes croyances au sujet d'une puissance supérieure sont un peu comme mes croyances au sujet des cartes. Des archétypes. Des modèles et des histoires dont on peut s'inspirer, tirer du courage... de la force.

Il fronça les sourcils.

— Tu as ta propre force.

Je clignai des yeux et je restai immobile en réfléchissant. Je ne savais pas quoi dire en réponse, et même si c'était le cas, l'émotion soudaine qui me serrait la gorge ne l'aurait pas permis. Quand j'en fus enfin capable, je me rendis compte que nous n'étions plus seuls.

— Sieur William ! Dame Jenna, dit Caitlyn.

Elle sourit avant d'attraper un tabouret à sa table où elle avait pris des commandes de silhouettes. Cette fois, Ann était avec elle.

— Qu'avons-nous là ?

— C'est un tirage de cartes ordinaire, mentis-je en haussant les épaules.

J'essayai encore de chasser l'étrange sensation que les cartes me parlaient tout autant qu'elles lui parlaient. Mais que disaient-elles ? Qu'essayait de me dire mon cœur ?

— Alors, William, dit Caitlyn en battant des paupières. Comment va ton *épée* ?

— Je n'ai pas apporté mon épée. Pas de combat aujourd'hui.

— Mais c'est une belle et *longue* épée, n'est-ce pas ?

Elle jeta un regard enjoué dans ma direction.

— Tu as remarqué, Jenna ? Que l'épée de William est assez longue ? Je parie qu'elle est plus longue que celle de Doug.

Je lui jetai un regard qui tue, qu'elle évita facilement en se concentrant sur William. Ann, néanmoins, essaya vaillamment de lutter contre le rire derrière sa main.

— Je suis plus grand que Doug, alors oui, je porte une épée plus longue. Elles sont faites sur mesure en fonction de notre taille et de la longueur de nos bras.

— Ah. Je *parie* que tu as une épée plus longue. Je verrais peut-être un jour comment tu l'utilises.

William la regardait comme si elle était une extraterrestre.

— Tu as vu l'épée. Tu as vu l'épée longue et la plus courte que j'utilise avec le bouclier...

— Alors tu peux sans doute m'expliquer les parties de l'épée ?
Il y a une *lame*, n'est-ce pas ?

— Caitlyn... l'avertis-je.

— Oui, la lame fait partie de l'épée, dit-il en hochant la tête. Il y a également la garde, la fusée et le pot...

— Et la partie arrondie tout au bout... la boule ?

Ann se plia en deux, les larmes coulant sur son visage.

— Ça suffit, Caitlyn ! aboyai-je. Je suis au milieu d'un tirage de cartes.

— Jenna a peut-être un fourreau dans lequel tu peux mettre ton épée...

Je me levai et je poussai son épaule.

— Va-t'en avant que je doive te faire enfermer et que l'on te jette des tomates.

— Tiens tiens, c'est donc ici que se passe la fête, dit une voix familière juste derrière mon épaule. Qui aurait cru que Sieur William se trouve au milieu ?

Je refusai de me retourner pour le regarder, mais les deux autres femmes saluèrent Doug avec une froideur polie.

— Salut, Doug, dit Caitlyn.

— Sieur Douglas.

Ann inclina la tête et fit une courbette très respectable.

Il y eut un silence gêné et je supposai que Doug attendait que je me tourne pour lui dire quelque chose. Je ne le fis pas.

— Que se passe-t-il, Jen ? Tu ne me parles plus ?

Je croisai les bras sur ma poitrine, refusant toujours de le regarder.

— Tiens-tu toujours ma tiare en otage ? Si oui, alors tu as raison. Je ne te parle pas.

Du coin de l'œil, je le surpris faisant un geste théâtral en ouvrant les bras, paumes vers l'avant.

— Hé, nous avons un accord parfaitement juste. Je pense que nous pouvons tous nous comporter comme des adultes.

— Trop tard pour toi, grognai-je.

Doug s'approcha de moi et je détectai un mouvement de l'autre côté de la table.

— Allez, Jen, il faut vraiment que tu sois comme ça ?

La main de Doug atterrit sur mon épaule et je reculai violemment en me tournant vers lui. Mais William arriva le premier.

— Éloigne-toi d'elle, dit-il d'une voix calme aussi mortelle que le poison.

— Du calme, Forrest Gump. Je ne lui fais pas mal. J'ai le droit de parler à ma petite amie.

Je me raidis en essayant de contenir la rage que je ressentis soudain.

— Ex, corrigeai-je. Totalement ex. Et si tu l'appelles encore une fois comme ça, je vais commencer à parler de la véritable raison pour laquelle tu as besoin de compenser en agissant comme un connard tout le temps.

Je levai la main en écartant mon pouce et mon index d'environ deux centimètres, ce qui fit rire Caitlyn et Ann. Il pinça les lèvres.

— Bref. Je vois que tu as baissé tes exigences. Tu traînes avec Rain Man.

Caitlyn devint rouge comme une tomate.

— Casse-toi, Doug. T'es qu'un connard.

— Je dis ce que je vois. Et peut-être que je m'inquiète simplement pour Jen qui commet une énorme erreur.

— J'ai déjà fait une énorme erreur quand j'ai accepté de sortir avec toi, marmonnai-je. Maintenant, va-t'en.

Il leva les mains pour feindre la capitulation.

— Waouh. Je vois. Je t'ai traitée comme une princesse pendant des mois et maintenant tu me tournes le dos et tu agis comme si tu n'avais pas de cœur. Crois-le ou pas, j'ai des sentiments que tu sembles aimer écrabouiller.

Il reporta son attention sur William.

— Que cela soit une leçon pour toi, parce qu'elle te fera la même chose. Elle te mènera en bateau jusqu'à ce qu'elle en ait assez de toi, et alors elle te jettera.

William le dévisagea de haut en bas.

— Tu agis comme une pourriture, alors pour quelle raison ne pas te jeter aux ordures ?

La réplique mordante de William fut énoncée si calmement qu'il semblait discuter de techniques à l'épée.

Doug devint tout rouge et il ouvrit la bouche, puis il la referma comme un poisson. Il se tourna pour me dire quelque chose, mais William pointa un doigt vers le milieu de son visage avant qu'il puisse dire un mot.

— Ne lui parle pas. Elle ne veut pas te parler. Et ne me parle pas non plus. Ne respire pas mon air.

Ann et Caitlyn se mirent toutes les deux à rire et Doug tourna brusquement la tête dans leur direction. Mais au lieu de partir, il croisa les bras sur sa poitrine et il regarda William d'un air de défi.

William ne le regarda pas dans les yeux, mais il fit un pas menaçant vers Doug. J'étais à deux doigts de m'interposer entre eux et d'interrompre leur petit combat de coqs quand Doug se raidit, surpris par l'attitude menaçante de William.

Doug fit un pas en arrière et il fut possible de voir la peur dans ses yeux. Puis il fit un geste de la main en disant :

— Bref. Vous êtes tous une bande de loosers.

Il se tourna alors et il partit.

— Waouh, dit Caitlyn. Il devient fou.

Les poings serrés, William regarda Doug battre en retraite. Il scruta chaque mouvement de l'autre crétin.

— Wil ? Ça va ? demandai-je.

Il serra si fort la mâchoire que je la vis gonfler. J'étudiai sa posture, son physique. Il était si canon que c'était presque douloureux de le regarder trop longtemps. Et il n'était jamais aussi séduisant que lorsqu'il me défendait.

— Hé, dis-je en posant doucement la main sur son épaule.

Il s'écarta immédiatement de mon contact et je me souvins qu'il aimait être averti avant d'être touché.

— Pardon…

Il s'humidifia les lèvres.

— Je dois aller marcher et me calmer. Je suis très en colère. S'il revient ici, envoie-moi un texto.

Je me mordis la lèvre inférieure.

— Il ne va pas revenir. Mais s'il le fait, je te préviendrai. Je te le promets.

Il fronça les sourcils et il me regarda avec intensité – partout, sauf dans les yeux, bien sûr – comme pour m'inspecter afin de s'assurer que j'allais bien. Puis il hocha la tête, se tourna et partit.

— Putain de merde, souffla Caitlyn avant de tourner sur son tabouret. Il y a beaucoup de testostérone dans l'air. C'est quoi le problème de Doug ?

Anne me regardait droit dans les yeux, la tête inclinée.

— Doug est jaloux. Je l'ai regardé pendant que tu tirais les cartes à William et il vous a observé tout le long.

Caitlyn fronça les sourcils.

— C'est vrai, alors ? Tu fréquentes William maintenant ?

Elle ne semblait pas entièrement ravie et je me souvins de son commentaire, il y avait à peine quelques semaines.

Laissez-en quelques-uns pour nous, les filles ordinaires et sans charme.

Je m'étais demandé si elle n'avait pas le béguin pour William. Ce n'était pas improbable. Après tout, il avait sa propre section de fangirls.

— Je travaille seulement avec lui pour l'aider à surmonter sa peur de la foule. De cette façon, il arrivera mieux à battre l'autre crétin au prochain duel.

Ses épaules se détendirent un peu. *Oh oh.* Elle aurait tout aussi bien pu dire : 'merci, mon Dieu'.

Ann s'assit à la place que William avait quittée. Je ramassai soigneusement mon jeu de tarot Rider-Waite et je le glissai dans sa pochette en satin. Nous passâmes les heures suivantes à parler d'autre chose, surtout de travail et de la nouvelle double majeure d'Ann : les études africaines et les études européennes à l'université de Cal State Fullerton.

Je tirai les cartes pour quelques personnes de plus : des membres du clan, des courtisans d'autres clans de l'ARRM et des 'mondains', des visiteurs modernes du parc qui ne participaient pas à la reconstitution. Je gagnai pas mal d'argent dans la journée.

Et heureusement, William revint sain et sauf de sa promenade et je le vis recommencer à visiter les stands et à parler avec d'autres membres du clan comme si rien ne s'était passé.

Ann me surprit à le regarder juste avant que ce soit l'heure de fermer.

— Je ne crois pas que ce serait une mauvaise chose que tu sortes avec William, murmura Ann.

Je ne répondis pas et je jetai un regard discret en direction de Caitlyn, qui était occupée à ranger ses activités de son côté du stand. Elle rit toute seule après quelques minutes de tension.

Ann tourna la tête vers Caitlyn.

— Quoi ?

— Je parie que Jenna pourrait sortir avec William et il ne saurait même pas qu'ils sortent ensemble.

Je me raidis.

— Il n'est pas idiot.

— Oh non. Pas du tout. Je veux simplement dire qu'il est… adorablement ingénu. Par exemple, il m'a rejetée un jour et je crois qu'il ne s'en est même pas rendu compte.

Je rangeai mes cartes dans le sac avec les autres jeux et je déposai mes recettes de la journée dans le porte-monnaie en cuir à ma ceinture. Normalement, j'aurais demandé à Caitlyn de développer son histoire, mais je ne le fis pas, étant donné l'objet de la conversation.

Ann me regardait toujours tandis que je me débattais avec le tissu qui recouvrait ma table.

— Pourquoi ces deux-là se détestent-ils autant ?

Caitlyn et moi nous levâmes la tête pour la regarder.

— Qui ? Doug et William ? demanda Caitlyn.

Moi aussi, cela m'intriguait. Ann hocha la tête et nous regardâmes toutes les deux Caitlyn en attendant une réponse. Cela faisait plusieurs années qu'elle était membre du clan et elle connaissait tous les ragots. Elle s'éclaircit la gorge.

— William est un des piliers du clan presque depuis le début. Il soutient toujours les gens du clan. Presque tous les membres ont un respect fou pour lui. Mais les choses ont changé quand Doug est apparu. Il a su comment lécher les bottes et plaire rapidement aux autres.

Y compris à moi, pensai-je. Même si Doug était beaucoup plus charmant et intrigant de loin qu'il ne l'était de près. Il avait été élogieux et extrêmement flatteur et comme j'avais été un peu déprimée, j'avais aimé l'intérêt qu'il me portait.

— Alors, il hait William depuis le début ? demanda Ann.

Caitlyn secoua la tête.

— Non… pas du tout. En fait, il a essayé de faire de la lèche à William, si tu peux me croire. Mais William ne réagit pas bien à cela et Doug a fini par être particulièrement offensé par la personnalité franche et directe de William.

Elle rangea ses fournitures artistiques dans un sac en tissu et elle se leva, posant doucement la table pliante sur le côté afin qu'elle soit prête à être chargée dans le camion.

— J'ai toujours aimé William. C'est un type super.

Elle resta silencieuse un instant avant de hausser les épaules et de continuer.

— Je dois admettre que j'ai un peu utilisé la dispute avec Doug pour me rapprocher de lui, vous voyez ? Lui parler, lui donner des conseils. Et un soir, après l'une de nos réunions, je lui ai proposé de l'aider à rassembler ses affaires s'il voulait bien me ramener chez moi. Il a accepté. Mais quand nous sommes arrivés chez moi, il était concentré sur le fait de rentrer chez lui et monter chez moi pour 'une tasse de café ou une bière' ne l'intéressait pas du tout. Il a dit qu'il était trop tard pour boire et il m'a remerciée. Puis il est parti.

Ann ricana.

— Il ne savait vraiment pas que tu le draguais ?

Caitlyn fit un sourire gêné.

— J'ai été vexée pendant environ cinq minutes, puis j'ai ri et je me suis promis d'être plus explicite. Cela n'a pas fonctionné non plus, dit-elle avec un regard appuyé dans ma direction. Il était intéressé par quelqu'un d'autre.

Ann suivit son regard et je m'occupai en attrapant deux tabourets.

— Nous devrions apporter cela au camion.

— As-tu déjà envisagé que c'était pour cette raison que Doug t'a demandé de sortir avec lui ? demanda Ann lorsque Caitlyn ne fut plus à portée de voix.

— Quoi ? demandai-je.

Elle porta le troisième tabouret et nous nous dirigeâmes vers le camion.

— Beaucoup de gens savaient que William s'intéressait à toi. Je me demande simplement si Doug n'a pas essayé de se venger de William en t'invitant.

Je levai les sourcils.

— Alors je suis quoi, moi ? Une vieille chaussette ? Il ne pourrait pas m'apprécier pour ce que je suis ?

Ann leva les yeux au ciel.

— Non, ce n'est pas ce que je voulais dire. Pardon. Bien sûr qu'il est attiré par toi, mais… tu sais comment sont les hommes.

Je soupirai.

— Les hommes souffrent d'un empoisonnement à la testostérone et cela leur fait faire des choses stupides tout le temps.

Comme de, défier son ennemi juré en duel alors qu'ils ont peur des foules. Comme passer en mode de bête protectrice quand il existait la moindre menace à l'encontre du sexe faible dans les environs. Comme refuser des propositions parfaitement censées de coucher avec une femme. *D'accord, peut-être pas ça...*

Chapitre Quatorze
William

URANT LE TRAJET JUSQU'À CHEZ ELLE, JENNA NE DIT pas un mot. Peut-être est-elle toujours contrariée par la confrontation avec Doug. Il a dit des choses vraiment méchantes et j'aimerais être capable de les effacer de ses souvenirs.

Mais il s'agit peut-être de ce que je lui ai dit avant le marché. Je n'étais pas méchant, simplement franc. C'est malheureux, car je ne sais pas du tout comment déchiffrer les subtilités de son humeur.

— Alors... nous devons parler de la tendance de Doug à te provoquer, dit-elle en brisant enfin le silence.

— Que devons-nous dire ?

— Juste que tu ne devrais pas le laisser appuyer là où ça fait mal de cette façon.

Soudain, des images me passent par la tête : un doigt qui appuie sur une blessure, des hématomes...

— Oh, pardon, ce n'est peut-être pas la meilleure façon de le formuler. Ce que je veux dire, c'est... qu'il est évident que Doug essaie de t'énerver. Tu dois l'ignorer.

J'écarquille les yeux.

— Je ne veux pas l'ignorer. S'il offense quelqu'un à qui je tiens, je veux le faire payer. Une fois que quelqu'un ne me plaît pas, c'est pour la vie.

— Pour la vie ? Vraiment ? Tu ne pardonnes jamais ?

Je réfléchis à cela.

— Je ne vois aucune raison de donner une deuxième chance de me blesser à une personne mauvaise. De me blesser moi, ou quelqu'un à qui je tiens.

— Ah, ça donne l'impression que tu es assez borné.

— Je suis borné. Et j'en suis fier.

Elle pousse un soupir et elle marmonne en secouant la tête.

— Les hommes…

Je fronce les sourcils.

— Les femmes disent souvent cela.

— C'est parce que les hommes ont souvent tendance à nous irriter.

Je mets le clignotant et je prends la sortie de l'autoroute.

— Mia dit la même chose.

Jenna croise les bras sur sa poitrine.

— C'est une alliée, même si elle est passée chez l'ennemi.

— Quel ennemi ? Les hommes ? m'enquis-je.

Jenna regarde par la fenêtre, mais j'observe son visage du coin de l'œil. Je vois qu'elle sourit.

— Non, les relations amoureuses. Une fois que les gens entrent dans une relation amoureuse, ils changent.

Je réfléchis à cela un instant.

— Penses-tu que c'est à cause de l'autre personne ? Que le fait d'être avec cette autre personne les change ?

Elle fronce les sourcils et elle tourne la tête vers moi. J'ai les yeux rivés sur la route, mais je vois qu'elle fixe mon profil. Je serre le volant un peu plus fort et je suis si distrait que je mets presque trop longtemps à freiner au feu rouge.

— Je pense que cela change les comportements et les perceptions. Je ne pense pas que cela puisse changer les personnes elles-mêmes. Cependant, je suppose que c'est différent quand on est avec son âme sœur. Et personne ne peut dire qu'Adam et Mia ne sont pas faits l'un pour l'autre.

— Les âmes ne peuvent pas avoir de sœurs…

— Les gens peuvent être faits l'un pour l'autre. Ils ont leur unique et véritable amour, répond-elle.

Je vois soudain une image de Jenna et moi sur son lit, son corps contre le mien. Je me demande à quoi ressemble la sensation de sa peau. Est-elle aussi douce qu'elle en a l'air ? J'ai envie de le savoir.

Je pense à ce qu'elle vient de dire et je secoue la tête.

— Cela me paraît ridicule. Et si ton âme sœur était née sur un autre continent ? Ou cinquante ans après toi ?

Elle hausse les épaules, puis elle les détend.

— C'est juste ce que je crois.

— Et toi ? Penses-tu que tu le saurais si tu rencontrais ton âme sœur ?

J'espère soudain – même si je ne crois pas à ces histoires – qu'elle pense que je suis son âme sœur. Cela faciliterait tellement les choses. Cela lui donnerait une raison de rester.

— Je l'ai déjà rencontrée… il y a longtemps.

Une chape de plomb me tombe dans l'estomac. Est-elle amoureuse de quelqu'un d'autre ? Alors pourquoi n'est-elle pas avec lui ? Peut-être ne veut-il pas d'elle. Non, ce n'est pas possible. Je ne crois pas qu'il y ait quelqu'un d'assez idiot pour ne pas vouloir d'elle.

Mais j'ai la gorge serrée. Je ne peux pas le lui demander. J'ai envie de changer de conversation, alors je le fais.

— Mon père et ma belle-mère font un repas de famille ce soir. C'est le cas tous les dimanches, et en général j'y vais seul. Veux-tu m'accompagner ? Adam et Mia seront là. Et tu pourrais rencontrer ma sœur et mon beau-frère avec mes deux neveux.

Elle reste silencieuse un instant.

— Pourtant, nous n'avons pas beaucoup avancé dans notre travail. J'aimerais essayer le yoga.

— Je connais un peu de yoga. Mon entraîneur d'arts martiaux s'en sert pour l'échauffement.

— D'accord. Je viendrais au dîner à condition qu'ensuite nous allions chez toi pour essayer de travailler sur quelques nouveaux exercices.

— Marché conclu. Je viens te chercher à cinq heures et demie ?

— Parfait.

Je la dépose quelques minutes plus tard et je rentre à la maison en essayant de ne pas penser à Jenna et son *âme sœur*. L'impossible semble m'échapper et je ne peux pas risquer de le laisser partir hors de ma portée, sinon je vais perdre espoir.

Chapitre Quinze
Jenna

WILLIAM PASSA ME PRENDRE EXACTEMENT À l'heure – évidemment. Il portait un polo et un jean et il était encore plus beau que dans ses vêtements médiévaux.

On se gara dans l'allée d'une grande maison dans les collines de North Tustin. Je remarquai avec surprise que j'avais des papillons dans le ventre en sortant de la voiture et je dus me rappeler que je rencontrais seulement la famille d'un *ami*. En général, j'étais assez décontractée quand je rencontrais les parents. J'avais eu assez de relations de courte durée pour savoir que cela arrivait environ autour du dixième rendez-vous, peut-être au bout d'un mois ou deux de relations. Il était facile de mesurer l'enthousiasme d'un homme à la vitesse avec laquelle il vous présentait à ses parents. Premier rendez-vous ? Carrément pas. Ce genre de type était un harceleur potentiel, ce qui signifiait qu'il fallait rompre et courir *vite*. Si le type attendait trop longtemps ou faisait des excuses vagues quand le sujet était abordé, alors il avait quelque chose à cacher.

Heureusement, j'avais l'excuse parfaite – même si elle était horrible – pour ne jamais avoir à les présenter à mes parents. Au moins, je n'avais pas eu besoin de décevoir mes parents en leur faisant rencontrer un futur ex.

Mais ceci… je ne savais pas ce que c'était. William et moi nous ne sortions pas ensemble. Nous traînions ensemble. Nous travaillions ensemble vers un but commun. D'accord, on s'embrassait aussi. Il y avait bien eu des baisers.

William me conduisit dans la maison sans un mot et je fus saluée à la porte par la mère de Mia – la nouvelle belle-mère de William – Kim. Je l'avais déjà rencontrée et elle me fit un câlin chaleureux.

— Jenna, je suis ravie de te voir.

— Je suis contente, moi aussi. Vous êtes magnifique !

Et c'était le cas. Le mariage lui allait bien.

La mère de Mia avait rencontré l'oncle d'Adam, qui était également le père de William, peu de temps après qu'Adam et Mia avaient commencé à sortir ensemble. Ils étaient tombés amoureux et ils s'étaient mariés, devançant ainsi Adam et Mia. Certains de nos amis – Jordan en particulier – aimaient taquiner Mia et Adam parce qu'ils étaient devenus des 'cousins qui s'embrassaient'. Pour ma part, je trouvais tout cela merveilleux. Apparemment, on pouvait rencontrer son âme sœur à n'importe quel stade de sa vie.

J'aurais aimé que ma mère soit prête à aimer à nouveau, mais papa avait été son âme sœur et pour elle, c'était donc terminé. Pourquoi chercher quelqu'un d'autre ? J'étais d'accord avec elle.

Mia apparut à côté de sa mère. Elles se ressemblaient beaucoup, brunes toutes les deux, les yeux marrons, grandes et minces. Mais Mia ne souriait pas, elle affichait plutôt une grimace figée.

— Jenna ! Quelle surprise de te voir ici !

Elle regarda William. Elle se pencha et il s'abaissa pour que sa joue soit à la bonne hauteur pour un baiser.

— William, tu ne nous as pas dit que Jenna venait. Je vais ajouter une assiette à table.

Puis, sans même me regarder, Mia tourna les talons et elle partit.

— Allons te présenter aux gens que tu n'as pas rencontrés. Peter est dans la cuisine, dit Kim en me prenant par le bras.

— Liam, Adam voulait te parler, mais il est au téléphone en ce moment. Quelque chose au sujet du travail.

Je regardai nerveusement autour de moi. Je me rendis soudain compte que j'avais commis une erreur en venant ici avec William. Tout le monde allait mal interpréter la chose et naturellement, William n'avait pas su le prévoir à cause de sa myopie des situations sociales. Il ne faisait qu'imiter les autres membres de sa famille, qui avaient sans doute emmené leurs partenaires de temps en temps. Soudain, les papillons devinrent des guêpes.

J'entrai dans la cuisine bondée et je fus immédiatement assaillie par une bonne odeur de fromage, de viande et d'ail. Mia me tournait le dos, elle sortait des ustensiles d'un tiroir. Un grand homme, début de la cinquantaine, fut facilement reconnaissable comme étant un Drake et il y avait une autre femme qui semblait avoir environ trente ans.

Kim commença les présentations.

— Peter, voici l'amie de Mia, Jenna. Elle est venue avec Liam.

Peter me parut du genre calme et stoïque, un peu comme son fils, bien qu'il n'ait pas de problèmes à regarder les gens dans les yeux. Malgré tout, ils étaient clairement père et fils.

— Je suis content de te rencontrer, Jenna. J'ai entendu parler de toi par Mia. Que des bonnes choses. Bienvenue, et j'espère que tu aimes les lasagnes.

— J'adore, merci.

— Voici Britt, la grande sœur de Liam, poursuivit Kim.

— S'il te plaît, n'utilise pas le mot 'grande' pour me décrire. C'est 'grosse' que l'on entend. Mon Dieu, dit-elle en posant les mains sur ses hanches, j'ai déjà assez honte de mes poignées d'amour et je n'ai toujours fait aucun progrès avec le nouveau régime du printemps !

Contrairement à Peter et William, Britt n'était pas grande. Elle avait des cheveux blond foncé et des yeux bleus et je supposai qu'elle ressemblait à sa mère. Elle parlait vite et elle riait bruyamment. Tout le contraire de son jeune frère.

— Tu vas voir deux petits hooligans quelque part qui s'étripent sans doute sur la Xbox. Ce sont les miens.

— Je suis très contente de tous vous rencontrer, dis-je à l'ensemble de la pièce avec une fausse joie.

Britt s'essuyait les mains sur son tablier. Elle sourit, mais elle fronça légèrement les sourcils.

— Tu es donc la raison pour laquelle Liam redouble d'efforts pour les duels à l'épée ?

J'écarquillai les yeux et ma bouche s'ouvrit. Je ne sus pas comment répondre.

— Euh...

Elle balaya mes craintes d'une main.

— C'est bien. Ça me fait plaisir. En réalité, les combats lui font du bien. Tout cet entraînement l'éloigne un peu de ses obsessions. Il est terriblement doué, mais en dehors du travail, je ne pense pas qu'il a souvent une excuse pour quitter la maison. Il a installé tout son studio et sa forge. Parfois, les semaines passent et je me demande si j'ai encore un frère.

— Eh bien... je... suis ravie de l'aider. Et c'est tout ce que je fais, vous savez. Je l'aide.

Mon visage se mit à rougir. *Par la déesse.*

Trois paires d'yeux me fixaient à présent. Oh, merde. Maintenant, ils allaient penser que je ne m'intéressais pas à William et ils seraient sur la défensive ou... oh merde.

Cette rencontre familiale gênante sembla avoir un plus gros enjeu que les précédentes. En effet, pour une fois, je me souciais de ce que les gens pensaient de moi.

— Je déménage bientôt. Je vais voyager avec la foire de la Renaissance qui commence au début du mois de juin. Nous montons le long de la côte jusqu'à la Californie du Nord pendant une grande partie de l'été, puis au nord-ouest. La foire voyage dans tous les états de l'Ouest. Il me tarde.

À présent, je rougissais tellement que mes joues étaient devenues radioactives.

Britt hocha la tête.

— C'est super... alors tu ne vas pas à l'université ?

Peter regarda sa fille d'un air de reproche, mais elle l'ignora.

— Euh, j'y étais. J'ai étudié la physique.

— Ah, alors tu vas continuer jusqu'à quel niveau ? demanda Britt.

— Euh, j'ai besoin d'emprunter Jenna une minute, dit Mia en me tirant par le coude.

Très soulagée, je la suivis hors de la cuisine et le long d'un couloir jusqu'à une des chambres.

— Merci, murmurai-je.

— Tu avais besoin d'être sauvée. Britt est merveilleuse, mais elle peut être très brutale quand elle est en mode d'interrogatoire poussé. Elle travaille pour le département de la justice.

— Ouille, c'était comme de se faire interroger par la CIA.

— William n'amène pas tous les jours une femme ici. Ni aucun jour, d'ailleurs.

Je secouai la tête.

— Je ne comprends pas. Il y a une demi-douzaine de filles dans le clan qui sont amoureuses de lui.

— Également quelques-unes à son étage au bureau. Mais il ne sort jamais avec personne.

— Ah.

— À moins que…

Elle se tourna vers moi en levant les sourcils.

En parlant d'interrogatoires de la CIA. Mia était sur le point de m'en infliger un elle-même.

Pas si j'avais mon mot à dire.

— Alors, qu'est-ce que c'est tout ceci ? demandai-je en regardant la table à dessin, les peintures et les étagères. Nous étions dans une chambre sans lit.

— C'était la chambre de William. William, Adam et Britt ont grandi dans cette maison. Quand il est ici – en particulier pour les grandes fêtes de famille –, il revient parfois dans sa vieille chambre et il bricole pour éviter la foule.

— Je vois.

Je fis le tour de la table pour regarder ce qui était posé dessus. Un énorme carnet à dessin et quelques aquarelles. Il y avait quelques gribouillages et quelques esquisses, mais rien de majeur. Ce que je vis montrait toutefois l'incroyable talent dont j'avais tant entendu parler et dont j'avais pu avoir quelques petits aperçus.

— Britt a dit que William a une sorte de studio d'art ?

— Oui, chez lui. Mais je ne pense pas que tu le verras un de ces jours, dit-elle d'un air entendu.

Elle n'allait pas laisser tomber le sujet de l'implosion du monde si William et moi commencions à sortir ensemble.

Je soupirai.

— Je suis déjà allée chez lui pour l'aider avec ses problèmes de foule.

Mia ouvrit la bouche pour en dire plus, mais Adam apparut dans l'encadrement de la porte, rangeant son téléphone dans la poche de sa chemise. Comme son cousin, Adam était grand, brun et très beau. La famille Drake avait décroché le gros lot dans la loterie génétique.

— J'ai été envoyé en tant que messager pour vous faire savoir qu'il est l'heure de manger.

— Super, dit Mia.

Elle se colla contre lui près de la porte et elle attrapa le téléphone dans sa poche.

— J'arrive, dès que j'aurai jeté ça dans la piscine.

Il rit et il l'embrassa sur le nez.

— Ne sois pas grognon. C'était important.

— Tu as promis…

Il poussa un long soupir.

— D'accord. Éteins-le, alors.

Il n'eut pas besoin de le lui dire deux fois. Elle éteignit le téléphone, puis elle le glissa dans son soutien-gorge en riant avant de partir au pas de course.

— Je vais me faire un plaisir de le récupérer tout à l'heure, dit-il en se tournant pour la suivre.

Je fermai la marche, toujours émerveillée par ce que j'avais vu sur le carnet de croquis de William. Nous allions chez lui après le dîner et j'allais faire tout mon possible pour voir son studio.

Si j'arrivais un jour à sortir de l'enfer des interrogatoires familiaux…

***

Quelques heures plus tard, William et moi étions assis sur le tapis au milieu de sa salle de sport/salon, prêts à travailler sur l'art de la méditation.

Mon plan était de le détendre à tel point qu'il accepte d'aller à Disneyland avec moi. J'étais persuadée que si nous pouvions conquérir le chaos de Main Street USA et pénétrer dans le château de la Belle au bois dormant sans avoir à nous rendre, nous aurions sûrement une chance de vaincre la phobie des foules de William.

— Tu joues à Donjons et Dragons, n'est-ce pas ? demandai-je. Nous allons aborder ceci comme tu le ferais dans un jeu de D & D.

Je vis encore une fois cet air sceptique sur son visage.

J'aperçus un éclat dans ses yeux bruns de la couleur du chocolat noir. Il avait des yeux incroyables bordés de cils sombres. Même s'il ne regardait pas vraiment au fond des miens, ils étaient toujours agréables à regarder. En fait, je ne m'arrêtais jamais d'apprécier la beauté de William.

— En quoi est-ce comme D & D ?

Je haussai les épaules.

— Eh bien, tu visualises ce que le maître de jeu te décrit, n'est-ce pas ? *Tu entres dans une pièce qui est si sombre que tu ne vois qu'à quelques mètres autour de chaque torche. L'air est empli d'une odeur de renfermé et tu entends des gouttes d'eau tomber au loin.* Etc. Il s'agit de créer l'histoire dans ton esprit comme tu la vis dans la campagne de ton maître de jeu. Ce que nous allons faire s'en rapproche.

— Mais en moins drôle et sans lancer les dés, dit-il.

Je ris.

— Effectivement. Mais tu vas pouvoir te servir de tes talents à D & D pour établir une façon de faire partie d'une foule sans en être affecté. Il te suffit de visualiser ton scénario préféré, peut-être un scénario où tu es un héros qui combat le mal.

Il fronça les sourcils en réfléchissant, puis je repassai ce que je venais de dire dans ma tête.

— Et tu sais, c'est vraiment ça. Tu es vraiment un héros qui combat le mauvais ex, ajoutai-je en riant. En tout cas, c'est ce que tu es à mes yeux.

Il se concentra sur mes doigts tandis que je traçais des formes au hasard sur le tapis devant moi.

Je me redressai.

— Maintenant… respire profondément et détends-toi. Ferme les yeux et imagine-toi dans une pièce avec cinq autres personnes.

— Quel genre de pièce ?

— Cela n'a pas d'importance. N'importe quelle pièce. Une grande pièce.

— D'accord… la salle à manger de la maison d'Adam.

J'inspire en me forçant à être patiente avec lui.

— Très bien. Tu es là-bas avec cinq autres personnes.

— Dois-je te dire de qui il s'agit ?

— Non… contente-toi de les imaginer. Vous êtes debout en train de parler.

— Je n'aime vraiment pas discuter debout.

Argh. Je commençais à avoir les oreilles qui chauffaient. Je me forçai à me détendre en grinçant des dents.

— D'accord, tu es debout dans la salle à manger d'Adam avec les mains dans les poches et tu observes les autres gens dans la pièce comme un pervers.

Silence de sa part. *Bien.* S'il m'avait posé une autre question, j'aurais perdu toute patience.

— Maintenant, cinq autres personnes entrent dans la pièce.

— Est-ce que je connais ces gens ou bien s'agit-il d'inconnus ?

Par la déesse ! J'allais lui arracher les yeux.

— Est-ce que ça a une importance ?

— Pour moi, oui.

Évidemment. *Du calme, Jenna. Tu te trouves dans un grand champ…*

— D'accord… euh… tu connais ces gens. Il y a maintenant dix personnes dans la pièce.

— Onze.

Je faillis crier de frustration.

— Quoi ?

— Il y a onze personnes dans la pièce. Moi plus les cinq du début, cela fait six. Puis cinq autres. Onze.

Il parut extrêmement content de lui-même.

— OK, bref. Concentre-toi, Wil. Tu es dans cette pièce avec onze, je veux dire avec dix autres personnes. Comment te sens-tu ?

— Je vais bien. La salle à manger est grande. Elle n'est pas remplie.

Bon, nous avancions un peu.

— Très bien. Maintenant, dix autres personnes arrivent. Il y a maintenant…

Je cherchai le nouveau total.

— Vingt et une…

— Vingt et une personnes dans la pièce.

Il hésita.

— La pièce commence à être bien remplie.

— Bien… maintenant, concentre-toi. Je veux que tu respires.

— C'est ce que je fais. Je me serais évanoui sinon.

Il allait peut-être s'évanouir si je l'assommais, ce dont j'avais plutôt envie.

— Non, respire de la façon spéciale, celle qui est appropriée…

— La *bonne* façon ?

— Oui, imagine-toi dans cette pièce avec vingt et une autres personnes…

— Vingt autres personnes.

— Tu viens de me dire qu'il y avait vingt et une personnes dans la pièce.

Putain, on aurait dit un sketch comique d'Abbott et Costello.

— C'est le cas. Moi et vingt autres personnes.

J'ouvris les yeux et je soufflai en me laissant tomber sur le dos pour regarder le plafond.

— Ça ne fonctionne pas.

Il ne dit rien pendant un long moment.

— Es-tu fâchée contre moi ?

On respire profondément. Ce qui est bon entre, ce qui est mauvais sort.

— Non. Je suis seulement frustrée. Cela ne va manifestement pas fonctionner avec ta… façon de penser littérale. Nous allons devoir trouver une autre façon qui fonctionnera pour toi.

— Ce n'est pas grave. On m'a déjà dit que j'étais énervant.

— Je ne vais pas te dire que tu es énervant.

Il se raidit.

— Tu penses que je suis une cause perdue.

J'inclinai la tête sur le côté et je le regardai.

— Pas du tout. Je ne laisse pas tomber les gens si facilement. Je suis une battante, tu te souviens ? Je suis née au milieu d'une guerre.

Je tapotai le tapis.

— Viens t'allonger ici à côté de moi. Essayons autre chose.

Il obéit lentement jusqu'à ce qu'il soit allongé à côté de moi sur le tapis de sol. Je pus le sentir à nouveau, il avait cette odeur propre et masculine. Elle me rappelait les baisers brûlants que nous avions partagés l'autre soir sur mon lit.

Je déglutis, sentant soudain revenir cette tension sexuelle, comme un poing qui se serrait juste au-dessous de mon nombril. La sensation était douloureusement agréable. Il me fallait peut-être faire un peu d'ancrage et de centrage moi-même. Ce type me rendait tendue de bien des façons différentes.

Je me tournai vers lui et je pliai le bras au niveau du coude pour poser ma tête sur ma main.

— Qu'est-ce qui te perturbe avec les foules ? Y a-t-il une origine particulière à ta peur ?

Il tourna la tête pour me regarder, mais lorsque ses yeux croisèrent les miens, il se remit sur le dos en regardant le plafond.

— Quand j'étais à l'école primaire, je détestais la récréation à cause de tous les enfants. Ils s'en prenaient à moi. Ils m'entouraient.

J'ouvris la bouche, scandalisée.

— Ils te harcelaient ? Pourquoi était-ce permis ?

— Ils ne me frappaient jamais... pas à cette époque-là. Cependant, ils aimaient me faire peur. Ils se plaçaient en cercle tout autour de moi et ils criaient ou chantaient différentes choses. Ils trouvaient que c'était drôle de me voir perdre mes repères. Quand des adultes demandaient ce qu'il se passait, ils disaient que nous jouions tous à un jeu... et que j'étais d'accord. Il m'arrivait d'avoir des crises de panique quand la cloche sonnait et que l'institutrice insistait afin que j'aille en récréation.

En écoutant son histoire, un malaise grandit en moi. Il me racontait tout cela d'un ton neutre et presque sans émotion, comme s'il me parlait d'une histoire qu'il avait lue dans le journal. Je clignai des paupières, au bord des larmes. Je ressentis la douleur et la confusion d'un enfant qui essayait de faire la part des choses, submergé par toutes les stimulations sensorielles qu'il recevait de force. Je pouvais me mettre à sa place d'une certaine façon, puisque j'étais entrée à l'école ici aux États-Unis sans parler un mot d'anglais. J'avais été accablée, isolée. Et je me souvenais de mois de panique et d'incertitude. Mais cela s'était estompé à mesure que je m'étais adaptée. J'avais eu les capacités nécessaires à apprendre rapidement la langue. William n'avait pas été aussi chanceux.

— Merde, c'est horrible, dis-je d'une voix tremblante.

Il continua à regarder le plafond, mais il ne dit rien. Sur un coup de tête, je tendis la main et je touchai son bras.

— Hé... tu es ici maintenant... pas là-bas.

Il se tourna et il me regarda, et cette fois il ne détourna pas le regard. C'était presque comme s'il n'avait pas conscience de me regarder droit dans les yeux. Moi j'en fus consciente et ma respiration s'arrêta. Notre lien crépita silencieusement dans l'espace entre nous. J'eus les larmes aux yeux en regardant sa vulnérabilité accompagnée d'une bonne dose de mépris de lui-même au fond de ce reflet sombre.

William était pur – et pas seulement sexuellement. Ses sentiments, ses émotions, ses perceptions. Pourtant il semblait que toute la noirceur qu'il avait vue et vécue, il l'avait intériorisée et perçue comme étant de *sa* faute. Cette logique tordue était une part du poids qu'il avait chargé sur ses épaules. Et à ce moment-là, je vis qu'il était troublé.

Je posai la main sur sa joue râpeuse.

— Ils ont eu tort d'avoir fait ça. Tu ne pouvais pas contrôler tes réactions. Tu n'es pas inférieur à eux.

Je sentis sa joue gonfler sous ma main et il s'écarta immédiatement en s'asseyant.

Je me rassis à côté de lui.

— Qu'est-ce qui ne va pas ?

— Je n'ai pas besoin d'être rassuré comme un enfant. Je suis un homme.

Je marquai une pause, ne sachant pas quoi dire. J'avais l'impression d'avancer en terrain miné.

— J'éprouvais de l'empathie, Wil. Je trouve ça affreux que tu as été harcelé à l'école. Aucun enfant ne devrait subir cela. Tout comme aucun enfant ne devrait vivre dans une ville bombardée.

Il resta assis un long moment, toujours tendu. Je m'agenouillai et je posai une main sur son épaule. Il s'écarta.

— Je ne veux pas être touché en ce moment.

— D'accord. Je suis désolée.

— La guerre est une tragédie. L'autisme n'est pas une tragédie.

Je hochai la tête.

— Je suis d'accord. En réalité, d'une certaine façon, je pense que c'est une bénédiction.

Il me regarda du coin de l'œil, essayant sans doute de déterminer si j'étais sérieuse ou pas.

— Parfois, j'aimerais voir le monde comme toi, expliquai-je. J'aimerais avoir ta sensibilité, même quand elle est si intense que cela fait mal. J'aimerais pouvoir concentrer mes talents comme tu le peux. Je suis désolée… je ne voulais pas t'insulter.

Il tourna la tête et il regarda mon menton, puis mon nez, puis ma bouche. Son regard s'arrêta là.

— Jenna, dit-il.

— Oui ?

— Je veux t'embrasser.

— Aide-moi à visualiser ce que tu veux dire. M'embrasserais-tu sur les lèvres… ou sur la joue ? répondis-je, ne pouvant pas résister à l'envie de le taquiner.

Ses yeux restèrent fixés sur mes lèvres avec une concentration sans faille.

— Sur tes lèvres. Mes lèvres et tes lèvres.

Oh oui, s'il te plaît. Je souris.

— Pendant combien de temps ? Serait-ce pour cinq secondes ou plutôt une minute ?

Il hésita, mais il ne détourna pas le regard. Je léchai mes lèvres, juste pour le torturer un peu.

— Nos bouches seraient-elles ouvertes ou fermées ? Ou peut-être à demi ouvertes ? Mettrions-nous la langue ? Combien de langue ?

Une autre longue pause.

— Tu me taquines.

— J'essayais juste d'être rigolote… tu es fâché ?

Il grogna et il passa la main derrière ma nuque, tirant ma tête vers la sienne. Et ce baiser. *Ce baiser.*

Waouh.

Ses lèvres caressèrent les miennes, puis elles forcèrent ma bouche à s'ouvrir. Sans perdre un instant, sa langue s'y glissa, sûre d'elle. Nos baisers précédents avaient été incroyables, mais celui-ci…

Il m'embrassa comme s'il l'avait fait tous les jours de sa vie d'adulte. Nos langues s'emmêlèrent et se tortillèrent et ma pression sanguine bondit de cent points. J'avais chaud partout. L'excitation s'épanouit en mon centre, humide et brûlante, m'irradiant à chaque mouvement de sa bouche, chaque frottement de sa langue délicieuse. Il me rendit rapidement esclave de lui.

Même s'il venait de me dire qu'il ne voulait pas être touché, je tentai le coup, me disant qu'il avait peut-être changé d'avis. Je me penchai en avant, posant les mains contre son torse que je caressai jusqu'en bas. Son torse était dur, solide, fort : un torse de forgeron. Je continuai à le toucher fermement comme il le préférait.

Soudain, je sentis sa main glisser contre mon ventre, me caressant avec cette même pression. Mon ventre fit un tour sur lui-même et je m'assis face à lui, mes jambes sur ses cuisses.

Il m'embrassait toujours, sa langue explorant ma bouche, aussi intrépide qu'un astronaute dans un Nouveau Monde, plus poussé par le besoin d'expérimenter de nouvelles choses que retenu par la nécessité de rester en sécurité.

Pendant que sa main continua à caresser mon ventre, je remarquai qu'à chaque fois elle s'approchait un peu plus du bas de mon soutien-gorge avant de redescendre. Je passai mes mains sur ses tétons sans la moindre honte, les frottant à travers son tee-shirt, et je fus récompensée par l'accélération de sa respiration.

J'arrachai ma bouche à la sienne et je me mis à embrasser sa mâchoire rugueuse, puis sa gorge, jusqu'en bas du col de son tee-shirt avant de remonter. Sa pomme d'Adam se souleva sous mes lèvres et ses mains glissèrent sur mes omoplates, me tenant fermement contre lui.

— Wil, soufflai-je. Il ne répondit pas, mais il continua à m'embrasser depuis ma mâchoire jusqu'à mon oreille, puis il prit mon lobe dans sa bouche et il me caressa amoureusement avec sa langue.

— Touche-moi… touche ma poitrine.

Ma voix sembla trembler de désir.

Ses mains se figèrent dans mon dos et sa bouche retrouva le chemin jusqu'à la mienne. Nous nous embrassâmes encore et sa main vint entourer mon sein. Mon téton se durcit immédiatement à son contact. Sa paume frotta le bouton déjà sensible, envoyant des pointes de chaleur depuis mon sein jusqu'en mon centre, concentrant ce désir comme une pointe de laser.

— Wil, chuchotai-je entre deux baisers.

— Oui ? dit-il.

— J'ai un autre sein. Et tu as une autre main.

Je n'eus pas besoin de le lui dire deux fois. Son autre main glissa autour de mon corps et commença à prêter attention au sein négligé. Quand il fit glisser ses deux pouces sur mes tétons, je cambrai le dos, poussant ma poitrine contre ses mains. Les terminaisons nerveuses de mon corps étaient si tendues que l'on aurait pu en jouer comme un archet sur des cordes de violon.

J'avais besoin de sentir la chaleur de son corps à côté du mien, cette sensation divine de la peau contre la peau. Mes mains tombèrent à sa taille, glissèrent sous son tee-shirt et sur son ventre plat. Il ferma brusquement les yeux et ses mains s'immobilisèrent. Je ne savais pas si c'était le moment qu'il choisirait pour arrêter, alors je tirai profit de mon avantage.

— Enlève ton tee-shirt.

Il ouvrit les yeux, regardant à nouveau ma bouche et ses mains quittèrent mes seins assez longtemps pour tirer sur le col de son tee-shirt et pour l'enlever par-dessus sa tête.

Je n'avais pas eu besoin de beaucoup l'encourager.

Je souris, ravie d'être plus proche de mon but d'une nouvelle couche de vêtements.

— Maintenant…

Mais il tendait déjà les mains vers mon tee-shirt qu'il tirait par le col. Je posai ses mains en bas du tee-shirt à la place.

— Voici comment font les filles.

— Je ne suis pas une fille.

Je ris.

— Mais moi, si.

Il sourit et il prit lentement l'ourlet de mon tee-shirt qu'il releva par-dessus ma tête. Puis ses yeux se fixèrent sur mes tétons serrés apparents à travers le tissu fin de mon soutien-gorge.

C'était en train de se passer. Réellement.

Sans d'autres indications de ma part, les mains de William retournèrent à mes seins, les entourant par-dessus mon soutien-gorge. D'une main, je tirai sa tête vers le bas pour l'embrasser, tout en caressant de l'autre main son torse que j'avais envie de lécher. Waouh… qui aurait cru qu'un forgeron moderne devenu chevalier guerrier pouvait être aussi canon et sexy ?

— Jenna, murmura-t-il contre mes lèvres quand on fit une pause pour respirer.

Ses syllabes étaient entrecoupées, alors je sus qu'il essayait de ralentir les choses, ce qui m'indiquait qu'il était temps d'appuyer sur l'accélérateur.

Je descendis ma bouche jusqu'à sa poitrine, déposant des baisers jusqu'à un de ses tétons sur lequel je fis ensuite passer ma langue. Il avait un goût sucré et salé, comme un caramel au beurre salé.

Sa respiration siffla entre ses lèvres et ses doigts s'emmêlèrent dans mes cheveux.

— C'est si bon, chuchota-t-il en tremblant.

Je me décalai pour lécher et sucer l'autre téton. Il poussa un grognement satisfaisant, que je ressentis jusqu'à mes orteils. Chaque nerf et chaque muscle de mon corps hurlaient à présent de désir.

— Wil, j'ai envie de toi, dis-je en l'embrassant jusque dans le cou.

— J'ai envie de toi, moi aussi.

Je passai un bras dans mon dos et je décrochai mon soutien-gorge d'une main – c'était un talent que je maîtrisais grâce à la pratique – et je le laissai glisser le long de mes bras. Il posa ses mains sur mes seins quelques secondes après les avoir libérés de mon soutien-gorge et le contact rugueux et calleux se fit sentir sur ma peau sensible.

Je me redressai pour l'embrasser. Ses baisers devinrent plus sauvages, sa langue plongeant dans ma bouche, forçant la mienne à se soumettre par la férocité de son ardeur. Quand nous nous écartâmes, je respirais fort, tout comme lui. Son beau visage était rouge, ses yeux sombres de désir. Je vis qu'il était sur le point de perdre le contrôle.

Mon plan pour séduire ce canon d'homme vierge ? *Jusqu'ici, il se passait bien.*

William baissa lentement la tête et il enveloppa mon téton avec sa bouche brûlante.

— Oui, soufflai-je en l'encourageant, ayant déjà appris que les subtilités ne servaient à rien avec lui. J'aime beaucoup ça. Je...

Les mots s'éteignirent dans ma gorge. Il n'y avait pas de mots. Même pas de pensées, seulement le plaisir perçant et intense de sa bouche suçant mon téton. Je dus oublier de respirer, car je me sentis submergée. Le désir me parcourut comme un éclat de tonnerre.

J'attrapai la tête de William, passant mes doigts dans ses cheveux épais afin de la tenir en place. Si je ne l'avais pas fait, je me serais sans doute laissée tomber en une flaque impuissante de chaleur sexuelle sur le sol. *Bordel de merde.* Ce n'était pas seulement les baisers. C'était son contact. C'était tout. C'était électrique... et j'étais ensorcelée.

— Oh, Wil, je le veux. Tel-le-ment.

Sa bouche s'arrêta un instant, puis il s'écarta – de seulement quelques millimètres, mais ce manque suffit à me couper la respiration.

— C'est quoi 'le' ?

— Quoi ?

— Tu as dit que tu *le* veux. C'est quoi 'le' ?

J'avais recommencé, j'avais supposé que ce qui était évident pour moi était clair pour lui.

— Ceci… nous. Je veux que nous soyons ensemble.

— Nous sommes ensemble.

— Non, je veux dire… ensemble comme dans… l'acte sexuel.

Une autre pause. Sa respiration ondula sur la surface de mon téton sensible et mon corps pulsait de la perte de son contact. Je caressai ses cheveux, puis je frottai mon pouce sur sa joue.

— Tu as le droit de le vouloir, Wil.

Il recula et je remarquai que son visage était rouge. Il dit en regardant ma gorge :

— Dis-moi que tu restes et que tu ne vas pas voyager avec la foire de la Renaissance.

Ma tête se mit à tourner.

— Je… quoi ?

— Je t'ai déjà dit que nous n'allions pas coucher ensemble si je dois ensuite te regarder partir. Si nous le faisons, je veux que tu promettes de rester.

Il parla d'une voix froide et sans émotion, et cela anéantit tous mes espoirs sexuellement chargés. Je me laissai retomber sur mes jambes et je le regardai. Il se tourna, attrapa son tee-shirt et le glissa sur sa tête, mais il l'avait mis dedans dehors. Avec un léger juron, il se rendit compte de son erreur et je pus profiter d'une autre vue de son torse pendant qu'il se rhabillait.

Je refusai de considérer ceci comme une impasse. Je savais qu'il le voulait. Je savais qu'il était comme tous les jeunes hommes au sang chaud. Il était très clairement excité… pouvait-il vraiment être si déterminé ?

Je m'appuyai en arrière sur mes bras et je gonflai ma poitrine pour le séduire. Je fus récompensée quand William fixa mes seins, puis je regardai la lutte intérieure sur son beau visage. Il finit par fermer les yeux.

— Habille-toi, dit-il.

J'ignorai sa demande.

— Pourquoi ne veux-tu pas… ?

— Je n'ai jamais dit que je ne le voulais pas.

Effectivement, d'après l'érection toujours manifeste dans son jean, il ne pouvait pas vraiment le nier.

— Alors…

— Mais nous n'allons pas le faire. Pas avant que tu me le promettes. Et sinon, nous ne ferons rien.

J'allais le faire changer d'avis, tôt ou tard. Aucun homme, quel que soit son niveau d'entêtement, n'était si fort. En outre, il ne se rendait pas compte du service que je lui rendais en ne m'engageant pas. Des choses terribles avaient tendance à arriver aux gens qui m'aimaient…

Je déglutis et je chassai cette pensée de mon esprit.

— Ce n'est pas le Moyen Âge, Wil. Tu n'es pas responsable ou engagé auprès de quelqu'un juste parce que tu couches avec lui.

Il se raidit.

— Si tu penses que c'est la raison, alors tu ne me comprends pas du tout.

Je levai les sourcils, un peu secouée par le ton de défi dans sa voix.

Je tendis les bras pour attraper mon tee-shirt et mon soutien-gorge et je les posai sur mes genoux. Après un long moment, il ouvrit les yeux, pensant sans doute que je m'étais habillée. Quand il vit que ce n'était pas le cas, il ne referma pas les yeux.

— Alors même si nous pouvions prendre du plaisir ensemble…

— Ce n'est pas une histoire de plaisir. C'est le fait que tu partes en courant après.

Revoilà sa remarque. Elle m'avait irritée quand il l'avait sortie au parc plus tôt dans la journée. Maintenant, elle me rendit furieuse.

— Tu ne sais rien au sujet de moi ou de mon passé, alors c'est impoli de dire que je pars en courant.

Il secoua la tête.

— Les gens disent toujours que mes affirmations honnêtes sont impolies. Je ne veux pas t'insulter. Mais qu'est-ce que c'est alors, quand il y a des gens qui tiennent à toi comme Alex et Mia... comme moi, et que tu pars simplement sans avoir l'intention de revenir un jour ?

— Je...

Comment l'expliquer ? J'avais toujours envisagé cela comme un déplacement jusqu'à l'arc-en-ciel suivant. Pour apprendre, grandir en tant que personne. Faire l'expérience de la vie. Ne pas s'enfermer... s'attacher. Car les liens pouvaient blesser et assassiner des parties du cœur, les déchiqueter de la façon la plus douloureuse qui soit quand ces liens se rompaient pour toujours.

Il ne comprendrait pas.

Il ne *pouvait* pas comprendre.

Cela ne servait à rien d'insister alors, je fis ce pour quoi j'étais très douée. Je changeai de sujet.

Je m'étirai pour prendre une nouvelle pose et je gonflai ma poitrine nue.

— Wil, je veux que tu me dessines comme une de tes Françaises.

Son regard glissa le long de mon corps, réchauffant les parties de moi sur lesquelles il se posait.

— Je l'ai déjà fait.

J'humectai mes lèvres et je souris.

— Comme ça ?

Il ne répondit pas, mais il rougit.

Je me redressai.

— Tu l'as fait ?

Son visage resta stoïque.

— Je refuse de répondre, car cela pourrait m'incriminer.

— Tu invoques le cinquième amendement ? Mmm, maintenant je vais devoir les regarder. Je te propose un marché. Je remets mon tee-shirt si tu me les montres.

Il réfléchit longtemps.

— Je pourrais simplement tenir jusqu'à ce que tu aies envie de rentrer chez toi. Tu seras obligée de remettre ton tee-shirt pour ça.

— C'est vrai. Mais jusque-là, je me baladerai torse nu dans ta maison. Peut-être même que je te frôlerai, ou que je tomberai contre toi. Je serais dévergondée, quoi.

Il continua à fixer mes seins comme s'il était ensorcelé.

— Tu as encore envie de les toucher, n'est-ce pas ?

Il se leva.

— Je te montrerai quelques dessins si tu enfiles ton tee-shirt.

Je fis ce qu'il demandait avec un petit bruit triomphal. En réalité, j'aurais gagné dans tous les cas. Qu'il me touche à nouveau les seins avec ses grandes mains calleuses ne pouvait pas être considéré comme un échec par qui que ce soit.

William me fit faire la version courte du grand tour de sa maison de style ranch. Quand il me conduisit dans son studio d'art, qui, chose intéressante, se trouvait dans la chambre à coucher, il m'expliqua que non seulement, il s'agissait de la plus grande chambre de la maison, mais également que la luminosité était la meilleure à cet endroit. Il avait même installé un lavabo de taille industrielle et un séchoir dans la salle de bains afin qu'il puisse laver ses fournitures.

La pièce était extrêmement bien équipée avec des outils spéciaux et des objets que je ne reconnaissais même pas. Le sol était en béton ciré et la lumière était diffuse grâce à des filtres et des stores qui permettaient d'ajuster la luminosité. Toutes les fenêtres avaient également des rideaux opaques. C'était une pièce merveilleuse et elle aurait fait une très belle chambre, mais en tant que studio d'art, elle était incroyable.

Des meubles de rangement et des équipements bordaient les murs tout comme un rouleau de toiles de fond différentes accroché au plafond. Une grande table à dessin de luxe dominait la pièce, située juste au-dessous d'une fenêtre de toit. Sur cette table se trouvait une variété de pinceaux, de palettes, de boîtes de fusains, de pastels et de pots de crayons et de gommes, l'ensemble parfaitement organisé. Je tendis la main pour attraper une règle en métal brillant.

— Ne touche pas, gronda-t-il.

Quand il eut plissé le front avec sévérité, il ajouta :

— S'il te plaît.

J'écarquillai les yeux et je retirai ma main. Apparemment, le studio était sacré.

— Contrairement à ta forge, je ne vois aucune de tes règles affichées ici.

— C'est parce que les gens n'ont pas le droit d'entrer ici – en dehors de moi.

Je clignai des paupières.

— Mia a dit qu'elle était venue ici.

— Elle reste dans l'encadrement de la porte, comme tout le monde. Je n'aime pas avoir des gens dans cet espace.

— Veux-tu que j'aille me mettre à côté de la porte ?

— Non. Juste… si tu ne touches à rien, c'est mieux.

Je fus un peu bouleversée par le statut spécial qui m'était accordé en ayant le droit d'entrer dans le temple de l'artiste alors que ses proches ne le pouvaient pas. Cela révélait-il un certain niveau de confiance spéciale ? J'eus une boule dans la gorge à cette pensée.

Je m'agitai sur place, puis je fourrai les mains dans mes poches comme pour le rassurer, que j'allais bien me comporter.

— Marché conclu.

Il se rendit près d'un de ses chevalets et il en enleva une toile qu'il posa soigneusement sur le sol. Puis il ouvrit un grand meuble et il chercha un cadre parmi d'autres sans regarder. C'était comme s'il savait exactement ce qu'il cherchait et, où cela se trouvait.

Il marcha des meubles jusqu'au chevalet maintenant vide et il y posa lentement un cadre en hésitant. Une fois que j'aperçus ce qu'il y avait sur ce cadre, je faillis tomber à la renverse. Je ne pouvais plus respirer.

C'était une peinture acrylique absolument exquise de moi… *Putain de merde.*

Alors qu'il avait laissé entendre qu'elle pouvait être scabreuse, elle ne l'était pas du tout. L'image était un gros plan de ma tête et de mes épaules et elle me représentait regardant par-dessus mon épaule nue. Je ne portais pas de haut, mais comme je tournais le dos aux spectateurs, il n'y avait pas de détails anatomiques. Même s'il avait choisi d'être plus explicite, je n'aurais pas pu me sentir plus spéciale à ce moment-là si Degas lui-même m'avait peinte entièrement nue.

Il avait dû mettre un temps fou et la peinture était si amoureusement détaillée – l'éclat dans mes yeux, les mèches de cheveux étalées sur mes épaules, la courbe du lobe de mon oreille. Je dus faire un effort pour respirer.

— Je ne me souviens même pas que tu aies pris une photo de moi. Comment... comment as-tu fait ?

Il sembla étonné par ma question, mais il répondit :

— Je ne peins pas à partir de photos. Les photos n'ont que deux dimensions. Ma mémoire se souvient de tout en trois dimensions. Et je t'ai vue assez souvent pour me souvenir des détails afin de créer cette image.

— C'est donc pour cela que tu n'as pas fait un portrait de face ? Parce que tu ne m'avais pas vue nue ?

Il détourna les yeux en haussant les épaules.

Je n'arrivais pas à arracher mon regard à cette peinture. Elle me faisait une drôle de sensation à l'intérieur... je me sentais spéciale, comme une reine. *Janja, ti si kraljica.* Ces mots dans la voix de papa se firent entendre dans ma tête. Il me disait que j'étais une reine. Je ne m'étais jamais sentie reine depuis ce moment-là... jusqu'à ce jour. Je déglutis.

— Elle te plaît ? demanda-t-il.

J'essayai de chasser les larmes en clignant des paupières. *Si elle me plaît ?*

— C'est stupéfiant. Je suis juste tellement...

— Quoi ?

— Bouleversée...

Je secouai la tête.

— Tu es incroyable, Wil.

Il ne répondit pas, mais il se tourna pour regarder la toile.

— Me peindrais-tu si je posais pour toi ?

— Nue ?

Je ris en voyant son visage choqué, ce qui fut une bonne chose. J'étais ravie de pouvoir dissiper ces émotions fortes. Car ces souvenirs étaient toujours accompagnés de douleur. Et je ne voulais pas me rappeler. Pas à ce moment-là.

— Oui, nue… tu n'as clairement pas besoin de moi ici pour un portrait de ma tête.

Son regard passa de mes épaules à la toile, et inversement.

— Je n'ai pas besoin que tu sois ici pendant que je peins.

Je souris.

— D'accord, alors je pose pour toi juste maintenant ?

Je fis comme si j'allais à nouveau retirer mon tee-shirt, essentiellement parce que j'avais envie de l'embêter, mais aussi parce que je n'arrivais pas à surmonter mon admiration. Il débordait de talent et j'étais un peu perdue, ne sachant pas comment réagir.

Il leva les sourcils, alarmé.

— N'enlève pas encore une fois ton tee-shirt. Je viens juste de tout reprendre sous mon contrôle, dit-il avec un coup d'œil en direction de son entrejambe.

— Je suis désolée… je fais l'idiote parce que je suis mal à l'aise.

Je soupirai en laissant tomber mes bras.

— Tu sais, ce n'est vraiment pas juste.

— Qu'est-ce qui n'est pas juste ?

— Que tu sois beau, intelligent *et* méga talentueux. Je ne sais pas du tout pourquoi tu sembles avoir l'impression de devoir prouver ta valeur à qui que ce soit.

Il baissa les yeux et son visage fut assombri par le même regard troublé. Allait-il enfin en parler ou garderait-il à nouveau la bouche fermée ? Et quel était le rapport avec sa mère et Disneyland ?

Je me dis que c'était un moment comme un autre de le lui annoncer.

— J'ai une idée… nous devrions aller à Disneyland pour nous amuser tout en travaillant sur ton problème avec la foule.

Il se raidit et il serra les poings.

— Je n'irai pas à Disneyland.

— Hé, si tu veux que je t'aide, tu dois rester ouvert à mes suggestions. Nous ne sommes pas obligés de nous approcher d'Adventureland ou de Jungle Cruise, OK ? Pour être honnête, ce ne serait pas une grosse perte pour moi. Ils racontent des plaisanteries ringardes et je n'ai vraiment pas besoin de les entendre encore une énième fois.

Quand il ne dit rien, j'insistai.

— Allez, Wil. C'est l'endroit le plus heureux sur terre. Tu peux y aller avec moi, non ? Nous n'irons que pour quelques heures.

Il inspira profondément avant de souffler.

— Si tu ne dis pas oui, je retire encore mon haut.

Il leva la main.

— D'accord, d'accord. Oui, je viendrai.

— Mince, grommelai-je. J'avais assez envie que tu les touches encore.

Cette fois, il me récompensa par une couleur vive sur ses joues.

— Tu aimes trop me taquiner.

Je ris.

— Eh bien, tu vas devoir apprendre à me taquiner en retour.

Son expression sérieuse se dissipa en un sourire doux qui me noua l'estomac.

— Quand irions-nous ?

— Je dirai le week-end prochain, mais je dois travailler toute la journée samedi. Un jour de semaine serait mieux – et il y aurait beaucoup moins de monde –, mais c'est toi qui dois travailler.

— Je peux prendre un jour de congé, annonça-t-il. Ils ne diront rien parce que je ne prends jamais de jours de congé. Nous pouvons y aller mercredi.

— Alors nous perturberons ton emploi du temps régulier et nous travaillerons sur les foules. D'une pierre, deux coups. Ça me plaît.

Son visage s'assombrit à nouveau, alors je poursuivis.

— Le matin, je dois travailler au centre de soutien pour les réfugiés. La session de thérapie de groupe se termine à dix heures. Si tu viens me chercher tôt, tu pourrais y assister, si tu en as envie.

Il sembla sur le point de refuser, alors je m'avançai vers lui et – très lentement, de sorte qu'il sache ce que je faisais – je passai les bras autour de son cou. Puis je me levai sur la pointe des pieds et je l'embrassai sur la joue.

— S'il te plaît ?

Il poussa un gros soupir.

— Je serai là. Donne-moi juste l'adresse.

Un peu plus tard, il me ramena chez lui, et après avoir passé presque le week-end entier avec lui j'eus un peu l'impression d'avoir un trou de la forme de William dans ma vie. J'étais étonnée et un peu effrayée de voir à quel point il me tardait d'être mercredi.

Chapitre Seize
William

COMME JENNA L'A DEMANDÉ, JE SUIS ARRIVÉ TÔT AU centre de soutien des réfugiés. Quand je donne mon nom à l'accueil et que j'explique pourquoi je suis là, ils me disent que je suis attendu. Ann, son amie que je connais déjà de l'ARRM vient me montrer le chemin.

— Elle est occupée en ce moment. Les choses sont devenues un peu trop émotionnelles ce matin, alors même si je pense qu'elle voulait que tu assistes au cercle de parole, je pense qu'il ne vaut mieux pas.

Je dois admettre que je suis soulagé. J'ai fait quelques sessions de soutien de groupe quand j'étais adolescent et elles ne se sont pas bien passées.

Quand je passe la porte, je me trouve dans une grande pièce installée comme une salle de classe avec des bureaux et des chaises. Il y a des ordinateurs le long du mur ainsi que des groupes de canapés et de fauteuils près d'étagères chargées de romans et de livres pratiques. Dans un coin au fond se trouve une ronde de chaises avec six personnes qui parlent doucement.

Près de là, juste en face du cercle de soutien, Jenna se tient à côté d'une jeune femme, la tête penchée. Elles parlent doucement et l'autre fille – une adolescente, je pense – s'essuie les yeux avec un mouchoir.

Ann apparaît à côté de moi et dit doucement :

— Anchali ressent de l'angoisse à cause de mauvais souvenirs qui sont remontés dans cette session. Jenna la calme. Cela prendra un petit moment.

Je regarde Jenna réconforter la jeune femme en lui touchant le bras comme elle le fait avec moi. Je me rends compte que ces choses que j'apprécie sont des choses qu'elle partage aussi avec d'autres. Et alors que cela aurait pu me donner l'impression d'être moins spécial, ce n'est pas le cas.

Jenna aime aider les autres. Elle a l'esprit ouvert et elle voit tout sous des angles différents. Pourtant, le week-end dernier, elle m'a dit souhaiter voir le monde comme moi. Cette pensée me réchauffe au centre de la poitrine.

Quand je la regarde maintenant, je peux voir qu'elle aime aider les gens. Et cela ne doit pas être facile d'aider les gens ici, dans un centre pour réfugiés, alors qu'elle a encore tant de souvenirs terribles de la guerre qu'elle a vécue. Mais elle écoute les histoires d'autres personnes et elle les aide comme elle peut.

Exactement comme elle m'aide. Et même si je sais que c'est dans son intérêt, j'aimerais penser qu'elle m'aiderait dans tous les cas, même si sa tiare n'était pas en jeu.

Ann me parle maintenant.

— Peux-tu m'aider avec Raul ? Jenna lui a demandé de faire un panneau, mais j'ai besoin que la salle de classe soit prête pour notre session suivante.

Elle indique un jeune homme aux cheveux noirs et à la peau bronzée assis à une table à dessin.

Je suis sur mes gardes en approchant d'un inconnu, alors je marche lentement, essayant de formuler ce que je peux dire. De quel genre d'aide a-t-il besoin ? Il semble dessiner quelque chose. Lorsque je m'approche, il lève les yeux puis il détourne le regard.

— Bonjour. Je m'appelle William Drake. As-tu besoin d'aide ?

Il hausse les épaules sans me regarder. Je reste debout un instant et je le regarde travailler. Il crée des lettres complexes dans un style très moderne et urbain, un peu comme les tags les plus artistiques que j'ai pu voir sur des murs en béton ou sous des ponts de l'autoroute. Ann a dit qu'il s'agit d'un panneau pour le centre de soutien et on dirait qu'il trace les contours.

Je mets les mains dans les poches, ne sachant pas très bien quoi faire. Je continue à me tenir là avant d'offrir une suggestion.

— Tu as créé une police de caractère intéressante. Mais si tu veux superposer les lettres de cette façon, alors le bas du 'n' devrait se trouver sur le 'g' et non dessous, comme tu l'as fait. Esthétiquement, c'est plus agréable si toutes les lettres se superposent de la même façon.

Le jeune homme recule et étudie ses lettres pendant un moment en inclinant la tête.

— Je suppose que ce serait pas mal.

Je me penche pour attraper un petit bout de papier et un crayon à la mine terriblement usée, puis je dessine rapidement ce que je veux dire.

— Je ne suis pas très doué en art urbain, mais cela pourrait ressembler à ceci.

Le jeune homme regarde chaque mouvement que je fais sans rien dire.

— Comment as-tu fait ça si vite ?

Il parle avec un accent hispanique très fort.

— C'est juste un schéma, mais tu peux également prendre soin de centrer ton mot sur la page en comptant le nombre de lettres du mot. Ensuite, tu prends la lettre du milieu et tu commences au milieu de la page. Comme ceci.

Pendant que je lui explique, il pose le crayon pour se concentrer sur ce que je fais.

— Où as-tu appris cela ? demande-t-il.

— Je dessinais beaucoup – comme toi. Je n'ai jamais été bon à l'école en dehors des cours d'arts plastiques. J'ai essayé l'université, mais ce n'était pas pour moi. Une enseignante là-bas m'a dit que je pouvais étudier dans des cours privés avec elle et un groupe d'autres étudiants. On pouvait étudier avec des amis et apprendre en commentant le travail des autres. C'est surtout de cette façon que j'ai appris.

— Je suis encore au lycée.

— Commence par un cours d'arts plastiques là-bas.

— Mais n'apprennent-ils pas seulement des choses que l'on n'a pas envie de faire ?

— Tu dois apprendre les exercices de base pour pouvoir faire ce que tu veux. Il s'agit de développer tes compétences et ta technique.

Je donne quelques autres conseils, puis il sort des feuilles d'une chemise et il me montre une partie de son travail. C'est impressionnant. Je lui pose des questions au sujet de certains choix et je m'aperçois que j'apprends moi aussi de nouvelles choses.

— Je m'appelle Raul, dit-il soudain en tendant la main.

Je la regarde quelques secondes avant de me rendre compte qu'il veut que je la serre. Je n'aime pas trop serrer les mains, alors je tends la mienne comme pour faire 'tope-là' et c'est ce qu'il fait.

— Je m'appelle William.

— Vas-tu enseigner ici ?

— Je suis ici pour passer prendre Jenna. Je ne suis pas un enseignant.

Il incline la tête sur le côté.

— Tu le devrais.

Quelque chose dans la façon qu'il a de le dire me fait plaisir. Il se tourne vers sa feuille et il recommence à travailler sur un nouveau panneau en utilisant mes suggestions comme des exemples. Puis Jenna arrive à côté de moi et elle le regarde.

— Salut, R, dit-elle. Désolée de ne pas avoir pu venir te voir plus tôt. Je devais aider Anchali.

Raul lève la tête.

— Aucun problème, ton petit ami m'a aidé. Il est doué. J'ai juste besoin de savoir comment écrire certains de ces mots pour le panneau que tu veux.

Jenna me regarde du coin de l'œil pendant qu'elle se penche afin d'écrire une phrase pour Raul. Elle rougit. La supposition de Raul me donne une impression de chaleur, au niveau de la poitrine. Jenna pense-t-elle aussi à cela ?

Je la regarde pendant qu'elle est penchée, la courbe de ses jambes, ses fesses, ses hanches. J'ai envie qu'elle soit ma petite amie. Je le veux vraiment. Mais ce n'est pas que pour embrasser ou coucher avec une femme que je trouve incroyablement désirable. Je veux passer du temps avec elle. Je veux passer mes journées avec elle autant que mes nuits.

Soudain, j'ai envie de lui tenir la main, alors je la prends dans la mienne. Elle tourne brusquement la tête vers moi, puis elle sourit. Ses doigts se ferment autour des miens et la sensation de chaleur dans mon torse commence à s'étaler.

— Que penses-tu de notre centre ?

Je hoche la tête.

— C'est un endroit très intéressant. Je parie qu'ils sont tristes que tu partes.

Raul lève la tête.

— Tu pars ?

La tête de Jenna se tourne brusquement vers le garçon.

— Ne t'inquiète pas, R. Je ne pars pas dans l'immédiat.

— Mais...

Je suis interrompu par Jenna.

— Wil, il est temps de partir. Au revoir, Raul !

Elle me tire derrière elle et elle salue Ann de la main tout en lui donnant des instructions. Puis elle attrape ses affaires et ne parle plus jusqu'à ce que nous nous trouvions dans le parking.

En poussant un soupir, elle dit :

— Si tu reviens ici, s'il te plaît ne parle pas de mon départ, d'accord ?

Jenna me tient encore la main, alors je la serre plus fort.

— Ils ne sont pas au courant ?

— Ils n'ont pas besoin de le savoir. Pas encore. Je les préviendrai. La foire ne quitte même pas la région avant deux mois et demi.

— Tu n'as pas le courage de leur dire maintenant ?

Elle fronce les sourcils.

— Ce n'est pas une histoire de courage. Bon sang, William. Parfois, tu peux être si...

— Irritant ?

J'ai déjà entendu ça.

— Si critique des choix des autres. J'ai de bonnes raisons valables pour partir.

J'ajoute mentalement : *pour fuir.*

— Tu as également de bonnes raisons valables pour rester, dis-je à haute voix.

Elle lâche ma main et elle pousse un soupir.

— Montons en voiture.

Assise avec les bras croisés sur sa poitrine, elle reste silencieuse pendant la majorité du trajet jusqu'à Disneyland. Je commence alors à lui parler de l'art urbain créé par Raul et je lui montre quelques exemples de cet art que je vois en traversant Anaheim.

Une partie n'est constituée que de tags sommaires et très laids, mais il y a quelques exemples d'expression artistique vraiment magnifique. Cela me fait espérer que les créateurs de cet art apprendront un jour à pousser leurs talents jusqu'à un niveau professionnel. Je me rends compte à quel point c'était agréable d'apprendre un peu de ce que je sais à quelqu'un d'autre – et que cette personne apprécie la connaissance que j'ai partagée.

— J'ai aimé enseigner à Raul.

— Bien. L'enseignement, cela peut être amusant.

Elle sourit et je pourrais jurer que la lumière dans la voiture est devenue plus vive.

— As-tu déjà pensé à devenir enseignante ?

Elle me regarde longuement.

— Oui, à vrai dire. Je pense que peut-être, un jour… quand j'aurai comblé mon besoin de voyager.

Je fronce les sourcils. Moins nous parlons de cela, mieux c'est.

— J'ai été surpris de voir Ann. J'avais oublié qu'elle travaillait avec toi.

— Oui. C'est là que nous nous sommes rencontrées et quand j'ai commencé à me rendre à l'ARRM, elle s'y est vraiment intéressée, elle aussi.

— Est-elle aussi une réfugiée de guerre ?

Jenna hoche la tête.

— Oui. Elle vient de Somalie. Sa famille et elle se sont échappées de la guerre en fuyant jusqu'au Kenya avant d'arriver aux États-Unis.

Je pense à cela pendant que nous continuons notre trajet.

— Et Raul, d'où vient-il ?

— Du Honduras. Sa mère a été tuée au cours de leur voyage jusqu'ici, qui a été presque entièrement fait à pied, depuis l'Amérique centrale. Cela a été horrible.

J'imagine Ann et Raul et leurs familles traverser des jungles ou des déserts pour trouver un endroit sûr et je suis soudain triste que d'autres naissent dans des situations aussi malheureuses. Comme Jenna, par exemple. J'imagine qu'elle a vu plus de mort et d'horreur au cours de ses cinq premières années de vie que moi de toute ma vie – même si j'inclus les films que j'ai vus. Je me rends compte de ma chance, en particulier quand je pense aux reportages sur les réfugiés de Syrie qui fuient dans des circonstances similaires.

— Comment s'est déroulé ton voyage ? m'enquis-je.

— Hein ? Ah, tu veux dire depuis la Yougoslavie ?

— Oui, est-ce que c'était comme ça ? À pied ?

Elle marque une pause et elle regarde par la vitre.

— Non, nous avons été mises dans un camion à Sarajevo – ma tante, ma sœur et moi – et on nous a conduits jusqu'à Zagreb en Croatie. Il y a eu un check-point en chemin, et...

Elle frissonne et elle secoue la tête.

— Bref, ça n'a pas du tout été comme pour Raul. Nous avions de la famille à Zagreb et nous sommes restées là-bas jusqu'à ce que nous puissions prendre un vol pour l'Amérique. J'ai eu de la chance.

Après avoir entendu son histoire et une partie des choses qu'elle a traversées, je ne pense pas qu'elle ait autant de chance que ce qu'elle ressent. Je pense simplement qu'elle est forte. Incroyablement forte. Et belle – pas seulement à l'extérieur, mais au plus profond de ce qui fait son identité. Jenna aide les gens et elle éprouve de la compassion... pas besoin d'un artiste professionnel pour apprécier cette beauté.

J'espère qu'en prouvant ma valeur je la convaincrai de rester. Car plus je passe de temps avec elle, plus je veux qu'elle reste avec moi pour toujours.

Mais à présent, mes pensées changent de direction quand nous arrivons dans l'immense parking 'Mickey and Friends' prévu pour les visiteurs du parc. Mon ventre se noue, mon cœur se met à battre plus vite et ma respiration s'accélère. Et même si ce n'est pas comparable à ce qu'a enduré Jenna, je crains malgré tout l'idée de revivre quelques-unes des horreurs de ma propre enfance.

Chapitre Dix-sept
Jenna

NOUS AVIONS CHOISI DE NE PAS PRENDRE LE TRAM bondé partant du parking. De cette façon, pendant que nous marchions, la transition serait plus progressive, moins à même de causer de l'anxiété. Heureusement, il n'y avait pas beaucoup de visiteurs, car c'était le milieu de semaine en avril et le parc n'était pas aussi fréquenté qu'en pleine saison.

Malgré tout, William semblait tendu, alors je décidai de le faire penser à autre chose qu'à ses craintes.

— Alors, comment se fait-il que ton père et Adam t'appellent 'Liam' ? Tu n'as pas l'air de beaucoup aimer ça.

— C'est un surnom de famille.

— Ah, seulement de la famille ?

— Les membres de ma famille et les vieux amis m'appelaient Liam quand j'étais jeune. Ils y sont habitués. Mais je préfère William.

— Ah, je ne devrais pas t'appeler Wil, alors.

— Wil me va – quand c'est *toi* qui le dis.

Je souris.

— Je suis donc la seule qui peut t'appeler Wil ?

— Eh bien, je ne peux pas vraiment empêcher quelqu'un de m'appeler Wil s'il le veut.

J'inclinai la tête vers lui en levant un sourcil.

— Voudrais-tu m'en empêcher ?

— Ça dépend.

— De quoi ?

— De la façon dont tu le dis. Si tu parles d'un ton fâché ou si tu cries, je préférerais que tu ne l'utilises pas du tout.

Je ris et il sourit. Puis il tendit la main et je la pris en la serrant pour le rassurer. Ce fut ma façon silencieuse de dire 'tu t'en sors très bien'.

— Techniquement, Jenna est mon surnom, poursuivis-je en remarquant qu'il était plus à l'aise pendant qu'il me parlait. Mais c'est devenu mon nom légal quand j'ai été naturalisée comme citoyenne des États-Unis.

Il tourna la tête vers moi, surpris.

— Vraiment ?

— Oui, je l'ai choisi quand je suis venue ici et que j'ai commencé à aller à l'école. C'est assez proche de mon véritable prénom, Janja. Les gens le prononçaient mal. Cela ressemble à Jan-ja mais il faut le prononcer Yan-ya. J'étais petite et cela m'embêtait, alors je l'ai changé.

Je haussai les épaules.

Il fronça les sourcils, mais il ne dit rien.

— Qu'est-ce qui ne va pas ?

Il secoua la tête pendant que nous marchions, sa main libre fourrée dans sa poche.

— Je viens de me rendre compte qu'il y a tant de choses que je ne sais pas à ton sujet. Et cela m'a rendu triste de comprendre qu'il y a tellement d'autres choses que je ne saurais jamais.

Je clignai des paupières, soudain consciente d'une vague douleur dans ma poitrine, et la petite voix dans ma tête me dit que c'était mieux ainsi. Que je souffrirais moins .

— Comment dis-tu mon nom en bosniaque ? demanda-t-il.

— Vilijam, répondis-je.

— Et tu raccourcirais cela en 'Vil' ? Je n'aimerais pas que l'on m'appelle ainsi. Je préfère Wil.

Je ris, soulagée par sa légèreté. William pouvait être drôle, ce qui contrastait fortement avec son attitude stoïque et silencieuse. Je riais plus avec lui qu'avec la plupart des autres types avec qui j'étais sortie.

Nous approchions rapidement de l'entrée du parc.

— Bon, la première difficulté sera à la billetterie, dis-je en serrant sa main. C'est un tourniquet, alors les gens seront alignés. Il y aura peut-être une petite foule.

Quand nous sortîmes de Downtown Disney, William regarda droit devant lui, au-delà des magasins et des restaurants, jusqu'à l'entrée du parc.

— D'abord, ils vont fouiller ton sac à cette étape-là, dit-il en pointant du doigt le poste d'inspection des sacs. Puis ils prendront nos tickets au portail. J'ai regardé tout le processus en ligne pour être préparé et anticiper toute possibilité. J'ai également mémorisé un plan de l'endroit.

Je suivis son regard.

— Effectivement. Et après ça, nous passerons les fleurs Mickey Mouse juste au-dessous de la gare, puis nous traverserons le tunnel jusqu'à Main Street USA. Il y a généralement un groupe de gens prenant des photos là-bas.

Il hocha la tête.

— Tu connais très bien cet endroit.

— Alex travaillait ici. Elle me faisait entrer tout le temps. Enfin, une fois que je lui ai raconté l'histoire.

— Quelle histoire ? demanda-t-il en inclinant la tête, manifestement intéressé.

— Quand ma mère et mon père m'ont dit pour la première fois qu'ils allaient envoyer ma sœur et moi vivre ici, je ne voulais pas partir.

Je haussai les épaules avant de continuer.

— Alors ils m'ont fait asseoir et ils m'ont dit que je vivrais près de Mickey Mouse, n'était-ce pas merveilleux ?

— Cela t'a convaincu ?

Tu dois être courageuse, ma petite fille. J'avalai ma salive quand la voix de papa envahit mes pensées. L'histoire de Disneyland était celle que je racontais en général à tout le monde. C'était la vérité. Mais pas toute la vérité. D'après ce que savaient mes amies, c'était pour cela que j'avais accepté de quitter mes parents et mon pays.

Mais ce n'était pas toute l'histoire.

— Oui, plus ou moins.

Je haussai encore les épaules, souhaitant subitement changer de sujet. L'idée de mentir à William me mettait mal à l'aise. Mais il était curieux, je le voyais bien, et nous étions sur le point de traverser la billetterie sans incident. Je continuai donc à parler.

— Je voulais être une princesse, comme Ariel ou Jasmine. Apparemment, je ne parlais de rien d'autre, même si je ne m'en souviens pas. Maja me le rappelait constamment quand nous étions plus jeunes.

— Alors Maja a vécu ici aussi. Quand est-elle repartie ?

— Nous sommes allées passer un été là-bas quand j'avais seize ans et, elle vingt-deux. Ma mère nous a demandé de rester et c'est ce qu'elle a fait. Je suis revenue aux États-Unis.

— Alors ta mère a pu te convaincre d'aller vivre aux États-Unis quand tu avais cinq ans, mais elle n'a pas réussi à te convaincre de rester en Bosnie quand tu avais seize ans ?

Je lui jetai un coup d'œil furtif, impressionnée par sa perspicacité.

— Oui. J'étais bien déterminée à rester ici.

— Pourquoi ?

— Eh bien…

Je le regardai, puis je détournai le regard en lui faisant signe de passer devant moi dans la file.

Nous étions sur le point de passer le tourniquet quand William s'arrêta. La personne derrière moi dans la queue me heurta et je vins toucher l'arrière musclé de William. Cela ne me gêna pas. Il avait un cul superbe.

— Pardon ! Ça va ? demandai-je.

— Hmm, fut tout ce qu'il dit.

Il se mit à frotter ses cuisses. *Paniquait-il ?*

Je me tournai rapidement vers les gens derrière moi et je leur fis signe de passer dans le tourniquet à côté de nous, puis je vins me tenir à côté de William.

— Hé ! Tu n'as pas encore entendu la fin de mon histoire. Je vais passer par le tourniquet et si tu veux entendre la fin, tu vas devoir me suivre.

Il fronça les sourcils en regardant le tourniquet. Je tendis nos deux tickets à la dame de la billetterie puis je traversai lentement. Ensuite, je me retournai en appelant :

— Ne pense pas à ça, Wil. Contente-toi de penser à quel point, tu veux entendre mon histoire.

Il leva la tête et il me regarda courageusement dans les yeux. Je souris en hochant la tête et je le vis déglutir. Puis, il s'avança dans le tourniquet sans le toucher avec les mains.

Nous ignorâmes la dame de la billetterie qui nous regardait comme si nous étions des extraterrestres. William s'approcha de moi, ne me quittant jamais des yeux, puis il sourit.

— Maintenant, raconte-moi cette histoire.

Chapitre Dix-huit
William

— Tope là ! dit-elle en levant la main et je le fais. Puis elle s'avance pour me faire un câlin. Je recule instinctivement, pas parce que je n'aime pas les câlins, mais parce que je ne réagis pas très bien aux câlins par surprise. C'est effrayant quand les gens tendent les bras pour m'attraper sans me prévenir.

Jenna écarquille les yeux quand elle voit ma réaction.

— Je suis désolée.

— Je préfère que l'on me demande d'abord.

— Pour un câlin ? D'accord. C'est noté.

Nous avançons jusqu'à l'un des deux tunnels qui passent sous la voie de chemin de fer et qui mènent à la place principale. Il y a des affiches sur les murs : des peintures stylisées des années cinquante et soixante pour faire la publicité de différentes attractions du parc. Je m'arrête pour les admirer un instant et elle vient se tenir à côté de moi.

— Tu pourrais faire mieux que ça.

C'est vrai, je le pourrais. Mais je n'ai pas oublié pourquoi j'ai traversé ce fichu tourniquet où la menace de rester coincé est toujours aussi forte que lorsque j'avais six ans et que ma mère irritée m'avait traîné à travers.

— Alors, vas-tu me dire pourquoi tu as décidé de revenir aux États-Unis ?

Elle me regarde.

— Oh, eh bien, c'est plus ou moins la fin de l'histoire.

— Mais tu as dit que tu allais me dire pourquoi.

Elle hoche la tête et elle se tourne en montrant que nous devrions sortir du petit tunnel. Il nous conduit à Town Square, qui est une place circulaire. De là, une rue mène au reste du parc. Un tram tiré par des chevaux passe dans le virage et je fais un grand détour. Les chevaux me mettent également mal à l'aise, en particulier les grands comme ce cheval de trait noir et brillant.

Je note mentalement les bâtiments situés le long de la courte 'route' en me disant que j'aimerais peindre cette scène un jour. Je ne le ferai pas ici, bien sûr. Je mémorise donc autant de détails que possible afin de m'en souvenir plus tard. Cela m'aide également à ne pas remarquer les gens un peu partout. Heureusement, il n'y en a pas suffisamment afin que l'on puisse considérer qu'il s'agisse d'une foule.

— Je suis revenue parce que j'étais amoureuse.

Je regarde soudain le visage de Jenna. Il est difficile de dire si elle plaisante, mais elle ne sourit pas et elle ne rit pas non plus. Je dois vraiment connaître une personne pour comprendre son langage corporel. J'arrive à peu près à déchiffrer Adam, Britt et mon père, mais Jenna est encore un mystère à soixante-dix pour cent.

— De qui étais-tu amoureuse ?

Elle haussa encore les épaules.

— Un garçon. Hé, nous devrions aller à City Hall pour trouver quelles attractions possèdent des tourniquets afin de les éviter. Sauf si… tu veux aussi travailler là-dessus aujourd'hui ? Je fronce les sourcils, visualisant le tourniquet, revivant la peur d'être coincé ou coupé en deux. Je secoue la tête.

— Une seule chose à la fois.

— Je reviens tout de suite.

Au bout de quelques minutes, elle revient avec une liste dans la main.

— Apparemment, tu es loin d'être la seule personne à avoir un problème avec les tourniquets ! Cette liste était toute prête.

Je suppose qu'elle dit ça afin que je me sente mieux, comme si le fait de savoir que tous ces autres gens ont la même peur devrait atténuer la mienne. J'y réfléchis un instant, surpris de voir que d'une certaine façon, c'est le cas. Jenna est douée pour me mettre à l'aise, pour m'aider à me sentir moins bizarre que je ne le suis.

Nous remontons bientôt le long d'un des trottoirs sur Main Street jusqu'au célèbre magasin de bonbons. Je sens la vanille dans l'air.

— Savais-tu que Walt Disney avait conçu cette rue pour qu'elle donne l'impression d'être plus longue qu'elle ne l'est en réalité ? demande-t-elle.

— Je le sais. Et tu as changé de sujet.

Elle me jette un regard puis elle détourne les yeux en mettant les mains dans les poches arrière de son pantalon.

— C'est vrai. Parce que franchement, il n'y a pas grand-chose de plus à cette histoire. Il y a eu un garçon. Nous nous sommes rencontrés au lycée. Cela faisait quelques années que nous sortions ensemble quand je suis retournée en Bosnie pour la visite. J'avais décidé de retourner aux États-Unis tandis que ma sœur et ma tante sont restées là-bas. Quand je suis revenue, j'ai emménagé avec lui et avec sa famille. Deux ans plus tard, il a été tué dans un accident de voiture.

Je fronce les sourcils.

— C'est triste. Il était jeune.

— Oui.

J'observe son visage en essayant de déterminer si elle est triste. La souffrance que l'on ressent à la perte de quelqu'un est étrange. Elle est coupante comme un couteau pendant quelques jours et quelques mois après, puis elle s'émousse pour devenir une douleur, puis un léger sursaut de souvenirs et de regrets.

— Comment s'appelait-il ?

— Il s'appelait Braco, mais ici il se faisait appeler Brock. Sa famille vient de Serbie, mais elle vit ici. Je suis toujours proche d'eux. C'est comme ma propre famille.

Je ne sais pas comment réagir, alors je continue à marcher et elle se remet à parler.

— En fait, je prends un vol pour Belgrade avec eux cet été, puis je voyagerai jusqu'à Sarajevo pour le mariage.

— Mais tu reviendras afin de pouvoir voyager avec la foire de la Renaissance ?

— Oui.

Elle pointe du doigt le château devant nous.

— Regarde, Sieur William, on dirait qu'il y a un château à défendre ! Et si nous allions voir si tu peux retirer l'épée dans la pierre.

Je glousse.

— C'est pour les enfants.

— Tout le monde est un enfant à Disneyland, Wil. C'est la beauté de l'endroit.

— Eh bien, je n'aime pas les gens costumés. Ils me fichent la trouille.

— Les personnages ?

Je frissonne.

— Oui, nous devons rester loin d'eux.

Elle rit. J'adore le bruit de son rire. Il est musical. C'est dans des moments comme celui-ci que j'aimerais pouvoir peindre ou dessiner un bruit ou une émotion – pouvoir les enregistrer aussi clairement que ce que je vois.

Nous passons l'épée dans la pierre devant le carrousel du Roi Arthur et nous traversons le reste de Fantasyland sans incident. Et heureusement, sans personnage.

Je m'aperçois que mes problèmes avec les foules sont les plus marqués quand nous devons attendre dans de longues files pour les attractions les plus populaires. Jenna utilise ces occasions pour pratiquer la visualisation avec moi, et je suis heureux de dire que cela fonctionne pour la majeure partie.

Une des attractions sans tourniquets qu'elle a trouvée est Pirates des Caraïbes, et cela me plaît beaucoup. Ma partie préférée est de regarder Jenna assise à côté de moi, chantant tout le long sur la musique. À la fin de l'attraction, je suis heureux que nous soyons venus. Cela n'a pas été aussi affreux que je le croyais.

Cependant, nous ne nous approchons pas d'Adventureland, et après le repas du soir nous décidons de faire Space Mountain et Star Tours quelques fois de plus. Je crois qu'elle est épuisée.

Nous sortons de la maison hantée quand tout change subitement.

Il y a des bruits comme des éclairs et du tonnerre au-dessus de nos têtes. Surpris, nous levons tous les deux la tête et je me bouche les oreilles. Je cherche tout ce que je peux pour me calmer quand je remarque du coin de l'œil que Jenna s'effondre en boule sur le sol.

Est-elle malade ? Blessée ?

Elle est roulée en boule et elle serre les genoux contre sa poitrine. Les gens qui sortent de l'attraction passent à côté de nous en nous bousculant, mais je suis trop inquiet pour y faire attention. Je me penche à côté d'elle et je demande :

— Tu vas bien ?

Elle se balance d'avant en arrière en tremblant et en gémissant, tête baissée. Mon sang se glace dans mes veines tandis que je cherche quoi faire.

Chapitre Dix-neuf
Jenna

— **J**ENNA...

Même avec sa bouche collée contre mon oreille, j'entendis à peine William à travers le brouillard de ma terreur.

Mon esprit était figé vingt ans en arrière, tenu en otage dans les moments séparant chaque explosion. Les yeux fermés, je sursautai à chaque boum fracassant et ma respiration devint si rapide que j'en eus le tournis. Juste au moment où je me dis que j'allais m'évanouir, des bras m'enveloppèrent fermement.

— Papa ! Papa ! Pomozi nam !

C'est le troisième bombardement de la semaine. Nous n'avons pas pu aller chercher de l'eau depuis jeudi dernier. Maman dit que nous ne pouvons pas prendre de bain tant que les choses ne se calmeront pas. Nous n'avons presque plus de bougies, alors je pleure toutes les nuits au coucher du soleil par peur de l'obscurité. Et cette fois, le bombardement a lieu dans l'obscurité...

Je fus soudain en mouvement, mais cela ne venait pas de moi. Ces bras m'entouraient toujours, me serrant fort contre un torse large et musclé. Je sentis la respiration chaude de William sur mon visage mouillé.

— Je suis désolé, monsieur. Vous ne pouvez pas passer par ici...

— Nous retournons à l'intérieur, dit-il avec une détermination féroce. Elle a peur des feux d'artifice.

Les voix me parurent très éloignées et je ne pus penser à rien d'autre qu'à la force qu'il me restait pour respirer. C'est incroyable comme des bruits pouvaient vous ramener directement à votre pire cauchemar et lorsque c'était le cas, il était impossible de voir au-delà et entendre autre chose. C'était comme si j'étais de nouveau là-bas, dans ce petit appartement, essayant d'appeler Maja qui ne me répondait pas. L'odeur du plâtre et de la vieille colle de papier peint envahit mes narines.

— Suivez-moi, nous allons passer par la sortie, dit une voix.

Les boums, les craquements et les crépitements continuèrent, mais ces bruits terribles s'estompèrent. J'ouvris juste assez les paupières pour voir que nous étions revenus dans la dernière salle de la maison hantée.

William parlait doucement et il m'embrassait dans les cheveux. Je me blottis contre lui avec un gémissement, ne souhaitant pas redevenir adulte tout de suite. Je fermai les yeux et j'appuyai ma joue contre sa clavicule.

— Wil...

— Tiens-toi à moi aussi longtemps que tu en as besoin, chuchota-t-il contre mon oreille.

J'eus entièrement conscience de la foule qui passait à côté de nous. Les battements de mon propre cœur et le désespoir de ma propre respiration étaient les seuls bruits que je pouvais entendre.

— S'il te plaît, ne me laisse pas, dis-je en claquant des dents.

— Je ne te laisserai pas. Jamais.

— Pouvons-nous... pouvons-nous rester ici jusqu'à ce que cela s'arrête ?

Il y eut une autre discussion avec quelqu'un que je ne pouvais pas voir, puis William à nouveau dans mon oreille.

— Les feux d'artifice devraient s'arrêter dans environ six minutes.

— Merci ma déesse, dis-je.

— Veux-tu te remettre debout ?

— Non... si cela ne te gêne pas.

— Tu n'es pas plus lourde que mon armure. Ça ne me dérange pas.

— Merci beaucoup.

Je profitai de la sensation de ses bras solides autour de moi, de son torse dur appuyé contre ma joue. Je me détendis et je fermai les yeux.

Je restai là et j'aurais aimé le laisser me tenir pendant une semaine, mais ses bras seraient sans doute tombés avant. Il aurait essayé quand même. Cette idée me fit sourire.

— Je n'ai presque rien fait, répondit-il.

J'eus un petit sourire forcé.

— Nous sommes venus ici aujourd'hui pour t'aider et c'est toi qui as fini par m'aider.

Il marqua une pause pendant un instant, puis il demanda doucement :

— Tu vas mieux maintenant ?

Je hochai la tête, la sensation floue des vieux souvenirs s'estompant en même temps que ma panique.

— J'avais oublié le spectacle de feux d'artifice. En général, je me trouve soit dans un magasin ou dans une attraction, soit dans l'autre parc, California Adventure, où les feux d'artifice sont plus loin. Cela fait remonter beaucoup de souvenirs. De mauvais souvenirs.

— Les bombardements faisaient à peu près ce bruit-là ?

Maintenant que les bruits étaient moins forts, je pouvais penser plus objectivement à ce qu'il s'était passé, en parler comme je le faisais toujours, comme si c'était arrivé à quelqu'un d'autre.

— C'était presque exactement le même bruit. Et je les entends parfois encore dans mes cauchemars.

Je poussai un soupir avant de continuer.

— Tous les jours, nous entendions parler d'un voisin ou d'un ami dont la maison avait été complètement détruite. Nous avions l'impression d'être des cibles faciles, attendant notre fin.

Il m'embrassa à nouveau dans les cheveux et je fondis contre lui. Et apparemment, une fois que j'avais commencé à parler, je ne pouvais plus la fermer.

— Et des snipers… il y avait des snipers aussi. Un jour, nous étions au parc et Zora, la meilleure amie de ma sœur, a été abattue. Sans raison. Juste devant nous. Elle est morte en l'espace de quelques minutes. Je ne savais même pas ce qui était arrivé et maman n'a pas voulu me le dire.

Il serra les bras autour de moi et je me rendis compte à ce moment-là que je ne voulais pas qu'il me lâche, même si j'avais dépassé ma panique initiale. C'était trop agréable. Il ne dit rien, ce qui m'encouragea à continuer.

— Une nuit, le bâtiment à côté de celui où nous vivions a été bombardé. Le plafond de la chambre dans laquelle ma sœur et moi dormions s'est effondré. Nous avons été enterrées sous le plâtre. Ce n'était pas sérieux et nous n'avons pas été blessées, mais c'était terrifiant. Je me souviens d'avoir eu l'impression que j'allais mourir. Il n'y avait pas d'électricité et tout était plongé dans le noir complet. Tout ce que je pouvais entendre, c'était la respiration et les gémissements de ma sœur. Ce fut la dernière goutte pour mes parents.

— Mais tu as survécu, dit-il en m'embrassant dans les cheveux. Tu es en sécurité. Tu es ici maintenant.

Je secouai la tête.

— Je n'arrive pas à croire comme cette unique chose – le bruit des feux d'artifice – a pu me ramener à cette nuit.

— La guerre est une chose terrible. En particulier pour les enfants.

Je levai la tête pour le regarder. Le bruit à l'extérieur s'était calmé, mais on ne bougea pas. Puis je me penchai en avant et je l'embrassai longuement et passionnément. Quand on s'arrêta enfin pour respirer, son visage était tout rouge.

— Tu as encore une fois été mon champion, Wil. Merci.

Il resta silencieux, mais il sourit, l'air très content de lui.

Je retournai son sourire.

— Si je te donne pour mission de me conduire à l'attraction *It's a Small World*, le ferais-tu ?

Il fronça les sourcils.

— Pas de poupées qui dansent. Un homme a ses limites.

— Tu veux rentrer à la maison, alors ?

— Oui.

— Bien. Chez toi ou chez moi ?

— Tu essaies de me séduire, n'est-ce pas ?

Je haussai les épaules.

— Tu céderas bien tôt ou tard. Un homme a ses limites, comme tu viens de le dire. Je ne vais pas changer d'avis.

Il serra les bras autour de moi.

— Moi non plus.

Je levai le menton. Prête à relever le défi.

— Je suppose donc que le plus têtu de nous deux gagnera ?

— On dirait bien, répondit-il.

Nous partîmes peu de temps après et le trajet du retour se fit en silence. William se gara devant mon trottoir, mais il ne sortit pas tout de suite. Une demi-heure – et une session de baisers brûlants – plus tard, je sortis de la voiture lui concédant une défaite temporaire dans ma quête de le faire monter chez moi.

Normalement, il m'aurait accompagné jusqu'à ma porte, mais ce soir, je remarquai qu'il ne le proposa même pas.

Peut-être étais-je plus près du but que je ne le pensais.

Chapitre Vingt
William

ELLE NE SAIT VRAIMENT PAS À QUEL POINT ELLE EST PRÈS du but.

J'essaie de le cacher, mais cela devient de plus en plus difficile de dire non. Car en passant du temps avec elle, je me rends compte qu'elle n'est pas qu'un joli visage et un corps magnifique. Elle est la force et la compassion. Elle est une avocate féroce pour ceux qui ne savent pas se défendre.

Et elle se soucie des autres. La dernière fois que j'étais chez elle, j'ai remarqué un volume de *Penser en images* de Temple Grandin dans sa chambre. Grandin est une porte-parole connue pour les gens atteints d'autisme, car elle a le syndrome Asperger elle-même et elle a eu beaucoup de succès dans son domaine de prédilection. Sans même me dire quoi que ce soit, Jenna avait obtenu une copie de son livre pour le lire. Je suppose que c'est dans le but de mieux comprendre comment fonctionne mon cerveau.

Mais est-ce seulement une façon d'obtenir ce qu'elle veut ? Souhaite-t-elle tellement récupérer sa tiare qu'elle est prête à faire n'importe quoi pour m'aider à la récupérer ? Si c'est le cas, que deviendrai-je une fois que je réussis ?

Ce sont quelques-unes des questions que je me pose en m'entraînant avec mon professeur d'arts martiaux européens le samedi suivant. Comme d'habitude, Adam est venu m'aider. Il reste généralement pendant une heure, mais aujourd'hui il reste plus longtemps parce que Jordan a décidé de nous rejoindre. Et bien que je déteste l'admettre, Jordan est étonnamment doué pour un débutant. Il a un équilibre incroyable grâce aux années qu'il a passées sur une planche de surf et il est sans doute un athlète naturel, contrairement à moi. J'ai dû m'entraîner et travailler dur pour compenser.

Nous faisons une pause pour boire de l'eau quand Jordan me demande comment vont les choses avec Jenna. Je lui jette un regard de travers en essuyant mon visage avec une serviette. Je ne sais pas du tout quelle est la motivation de Jordan d'après le ton de sa voix. Même si je le connais depuis longtemps, j'ai plus de mal à déchiffrer Jordan que d'autres personnes.

Je suis tenté de l'ignorer et de lui dire de partir, car je suis toujours fâché contre lui, mais je me souviens de la conversation récente que j'ai eue avec Adam.

— Elle m'aide avec mon ochlophobie.

Il fronce les sourcils.

— Ah, dit-il comme s'il avait compris, alors que je sais que c'est faux. J'espère que son *aide* t'apporte de nombreux orgasmes ?

Je secoue la tête.

— Non, pas d'orgasmes.

— Tu, euh, as besoin d'aide dans le domaine ?

Je fis la grimace.

— Pas de ta part.

Il se met à rire.

— Non, pas... euh.

Quand il regarde mon visage et remarque sans doute mon dégoût, il se met à rire encore plus fort.

— Je ne me proposais pas.

Adam rejoint notre groupe après un voyage aux toilettes.

— Qu'est-ce qui est si drôle ? demande-t-il à Jordan.

— J'aidais notre jeune protégé avec les femmes.

Adam écarquille les yeux et il se tourne vers moi.

— N'écoute pas ce qu'il te dit. Ses conseils sont de la merde.

Jordan lui fait un doigt avant de se tourner vers moi.

— Alors, tu as envie que les choses prennent cette tournure avec elle, n'est-ce pas ?

— Quelles choses ? m'enquis-je.

Jordan et Adam échangent un regard.

— Il parle de sexe, Liam.

— Oh, j'en ai envie, mais cela n'aura pas lieu.

Adam fronce les sourcils.

— Attends, pourquoi pas ?

— Parce qu'elle va partir pour voyager avec la foire de la Renaissance à la fin du mois de juin.

— Mais c'est dans plus de deux mois. Beaucoup de choses peuvent se passer en si peu de temps, dit Adam en souriant. Beaucoup de choses *très* agréables.

— À mon avis, c'est même le kit de démarrage parfait, intervient Jordan. Tu y vas, c'est fait. Profitez-en, et comme vous savez qu'il y a une date d'expiration, il n'y aura pas de conséquences... pas besoin de se demander si cela deviendra sérieux ni à quel moment il faut rompre.

Adam secoue la tête en regardant Jordan.

— Bon sang, mon vieux, tu étais vraiment blasé avant de te caser.

— Dit le type qui avait sa propre liste de copines pour le sexe avant de se caser lui-même.

— La ferme, ordonne Adam qui se retourne vers moi. Alors, Liam, en supposant que tu ne considères pas tout ceci comme une manœuvre stratégique, contrairement à notre ami cynique ici... elle doit sûrement revenir un jour, non ? Ou peut-être que si vous vivez quelque chose de bien, elle ne partira pas.

Cela avait également été ma pensée, mais je n'allais pas coucher avec Jenna avant qu'elle s'engage à rester.

— Tu crois que je devrais le faire, même si elle ne s'est pas encore engagée ?

Adam écarquille les yeux.

— Nous ne sommes pas en 1899, Liam. Tu n'as pas besoin d'un engagement pour coucher avec une femme, tant qu'elle est consentante...

— Et d'âge légal, ajoute Jordan.

Nous nous tournons tous les deux pour le fixer. Il nous regarde l'un après l'autre.

— Quoi ? Certaines de ces jeunes filles ont l'air beaucoup plus âgées qu'elles ne le sont réellement.

Adam secoue la tête et il se retourne vers moi.

— *Bref.* Il n'y a aucun mal à ne pas fermer la porte sur cette éventualité, tu sais.

Je fronce les sourcils un instant et les images d'une porte vitrée coulissante, de la porte d'entrée de ma maison, d'une porte à moustiquaire se succèdent rapidement dans mon esprit.

— Je ne crois pas pouvoir prendre ceci à la légère.

Jordan pose une main sur mon épaule. Quand je grimace et que je regarde sa main d'un œil noir, il l'enlève vite.

— Tu es un homme en bonne santé, au sang chaud, dans la vingtaine. Il faut que tu le fasses… et rapidement.

Je regarde Adam pour voir s'il ignore le commentaire de Jordan, mais ce n'est pas le cas. Il acquiesce à la place.

— Si elle en a envie – et je suppose que c'est le cas –, tu devrais le faire. Considère-le comme une nouvelle expérience, si tu veux.

— Oui, ajoute Jordan en hochant la tête. Vis dans le présent, William. *Carpe diem.*

Un sifflet retentit et nous nous remettons au travail. Nous nous battons avec des épées d'entraînement en métal et du rembourrage qui se porte sous les armures, mais au bout d'un moment nous avons trop chaud alors nous passons à des épées plus légères en bambou et nous enlevons nos tee-shirts. Je gagne beaucoup d'expérience avec Jordan, ou 'Fausse patte', comme l'appelle Adam pour plaisanter parce qu'il est gaucher.

Je le bats facilement, le touchant trois ou quatre fois quand il ne me touche qu'une seule fois. Il jure abondamment quand je le frappe dans les côtes ou à la taille et Adam rit jusqu'à ce que ce soit mon tour de le combattre. À ce moment-là, il ne rit plus autant.

En fait, je m'en sors très bien, n'étant pas même distrait par la bizarrerie de mon cousin et de Jordan me donnant des conseils pour le sexe. Du moins, c'est le cas jusqu'à ce que les femmes reviennent pour regarder la fin de l'entraînement.

Je suis gêné, car nous sommes tous torses nus et elles font des commentaires au sujet de la 'belle vue'. April siffle même quand Jordan lui montre ses biceps, puis il demande :

— Jeune femme, avez-vous apporté vos tickets pour le spectacle des Chippendales ?

Je ne sais pas ce que ça veut dire.

De mon côté, je suis rapidement couvert de marques rouges sur tout le torse quand Adam et Jordan se vengent de s'être fait ratatiner plus tôt.

— Tu as perdu toute ta confiance, vieux, dit Jordan.

— Je suis juste un peu… distrait.

Jordan jette un coup d'œil vers l'endroit où Jenna est assise pour me regarder.

— Oui, j'avais remarqué.

Plus tard, quand nous nous habillons dans le vestiaire, Adam vient vers moi et sans m'avertir, il pose la main sur mon épaule.

— Il faut que tu baises, Liam. Occupe-toi de ça, d'accord ? Cela pourrait même aider ton combat.

Et en disant cela, il place un préservatif dans ma main.

Jordan hoche la tête en voyant cela.

— Hé, j'ai quelque chose pour la deuxième manche.

Il sort son portefeuille de la poche arrière de son jean et il en extrait un préservatif. Puis il ouvre son sac de sport et il en sort encore un. Il en enlève un de son étui à lunettes de soleil, puis il me tend les trois.

— Je n'en ai plus besoin.

Adam se moque de lui et il hausse les épaules.

— April prend la pilule maintenant. Mais quand je les utilisais, j'aimais être préparé.

Il fait un clin d'œil.

— Crétin, marmonne Adam.

— C'est juste que tu détestes quand j'ai l'avantage sur toi. Deux de plus que toi, répond Jordan en riant jusqu'à la porte.

Je réfléchis beaucoup à leur conseil en rentrant à la maison avec Jenna, tout courbaturé de l'entraînement rigoureux. Elle vient chez moi pour l'après-midi afin de décider de nouveaux exercices sur lesquels il faudra travailler et de nouveaux endroits où aller. Cette idée ne me fait pas plaisir – Disneyland était déjà suffisamment difficile –, mais je suis déterminé à aller jusqu'au bout.

Je suis passé d'une ignorance presque totale du combat à une quasi-victoire sur Doug alors que cela fait des années qu'il s'entraîne. Je réussirai ceci également. Je ne vais pas me reposer tant que Jenna n'a pas récupéré sa tiare.

D'ailleurs, elle n'en a pas parlé dernièrement. Je lui demande donc pourquoi quand nous sommes assis côte à côte sur le canapé dans mon salon.

Elle hausse les épaules.

— Je me disais simplement que tu n'avais pas besoin de pression supplémentaire.

Je fronce les sourcils en y pensant.

— La pression est une bonne chose. Elle me force à travailler plus dur.

Elle incline la tête en me regardant.

— Pourquoi insistes-tu pour être aussi dur avec toi-même ? Est-ce à nouveau cette histoire de valeur ? Tu as l'impression de ne pas être méritant ? Parce que tu me parais incroyablement méritant de là où je suis.

Je souris.

— Ma valeur change en fonction de l'endroit où tu te trouves ?

Elle rit.

— Tu es très drôle, William, tu le sais ? Un homme très drôle, adorable et très beau.

Mon Dieu, comme j'ai envie de l'embrasser maintenant. Mais à la place, je m'enfonce dans le canapé, je penche la tête en arrière et je regarde le plafond en poussant un grognement.

— Ça va ? demande-t-elle. Tu n'arrêtes pas de te frotter la nuque et de grogner dès que tu bouges.

Je hausse les épaules, gêné de lui dire que Jordan et Adam m'ont tellement battu que j'ai mal partout.

— Je suis juste un peu courbaturé.

— Tu as mal *partout* ? demande-t-elle.

Elle a un regard que j'aurais pu interpréter comme de l'inquiétude, mais il y a également un étrange sourire.

— Eh bien, pas partout... seulement dans certains groupes de muscles.

— Des groupes de muscles ? Où par exemple ? Montre-moi.

— Il y a mon épaule droite...

Avant que je puisse la pointer du doigt, Jenna tend la main et fait courir les bouts de ses doigts sur mon épaule douloureuse.

— Ici ?

— Oui.

Elle se penche vers moi et je ne peux m'empêcher de la sentir. J'ai des frissons dès que je sens son odeur de cannelle et je n'ai pas le temps de me rendre compte de ce qu'elle fait quand elle dépose un baiser sur mon épaule. Je baisse le regard quand elle recule pour voir mon visage et dit :

— C'est tout ?

Sans réfléchir à ce que je suis sur le point de lui dire – alors que l'on m'a prévenu si souvent que je le devrais – je laisse échapper :

— Que fais-tu ?

— Je te soigne avec un bisou.

Elle semble sérieuse, mais elle a parfois ce regard quand elle est sarcastique.

— Tu ne penses pas sérieusement que je me sentirai mieux grâce à cela ?

Elle doit encore me taquiner. Faire des bisous sur les bobos, c'est ce que font les mères à leurs petits-enfants.

Elle fait un grand sourire en montrant une rangée de dents blanches et régulières.

— Ça ne peut pas faire de mal, si ?

Je fronce les sourcils, un peu perdu.

— Bien sûr que ça ne fera pas de mal, mais…

— Wil, montre-moi, c'est tout. Où as-tu mal ?

J'hésite.

— Eh bien, j'ai aussi mal au bras.

— Le haut du bras ?

Ses doigts appuient exactement sur le bras en question. Puis elle se penche et dépose un chemin de baisers depuis mon épaule jusqu'à mon coude. Quand elle touche ma peau nue, c'est comme un feu glacé. C'est la seule façon que j'ai de le décrire. Cela brûle et gèle à la fois. J'ai entièrement conscience de chaque cellule de ses lèvres douces qui touche les cellules de ma peau.

J'ai la bouche sèche et la zone sous ma ceinture devient inconfortable.

— Est-ce que la douleur s'arrête là ? dit-elle en levant lentement la tête pour me regarder.

Je remarque que ses joues sont rouges, comme le jour où nous étions torse nu dans ma salle de sport. Le jour où j'ai touché ses seins et sucé ses tétons et qu'elle a fait ces bruits tout au fond de sa gorge.

Maintenant, elle dépose d'autres chemins de baisers à l'intérieur de mon bras, depuis mon coude jusqu'à mon poignet. Elle prend ma main dans les deux siennes et elle porte ma paume de main jusqu'à sa bouche, ouvrant les lèvres pour y déposer des baisers brûlants.

Je ne peux pas respirer. Enfin, bien sûr que je respire, sinon je m'évanouirai, mais j'ai vraiment l'impression que c'est plus difficile.

Elle me jette un coup d'œil.

— D'autres zones blessées ?

Je suis figé sur place parce que j'ai vraiment envie de lui mentir et d'inventer des blessures. J'ai envie que sa bouche et ses mains soient partout. J'ai soudain l'impression d'avoir besoin de les sentir partout.

— Euh...

Je montre nonchalamment le bas de mon cou en me souvenant à quel point cela avait été agréable la dernière fois qu'elle m'y avait embrassé. Avec un sourire, elle se penche en avant, et dépose un baiser brûlant, bouche ouverte, sa langue se faufilant pour lécher ma peau. Mon pouls s'accélère. Quand elle s'écarte, l'endroit qu'elle a embrassé me semble froid.

Mes mains se posent dans son dos, la maintenant en place. Un de ces petits soupirs s'échappe de ses lèvres et cela me fait comme un coup de tonnerre le long de ma colonne vertébrale.

Je suis dur comme de l'acier forgé froid et je dois ajuster ma position pour soulager la pression. C'est agréable et douloureux à la fois. Je veux que ceci dure des heures et en même temps, je veux que cela s'arrête.

— As-tu mal à la bouche ?

Je me souviens soudain de la scène célèbre des *Aventuriers de l'arche perdue*, quand Marion essaie de réconforter Indiana Jones. Elle lui demande à quel endroit il n'a pas mal et quand il montre des parties du corps, elle y dépose un baiser. Ils sont sur un bateau, en train de s'embrasser, et soudain la scène s'estompe, mais on sait qu'ils couchent ensemble et que ce n'est pas montré au spectateur.

Et même si je n'ai pas répondu, Jenna m'embrasse sur la bouche maintenant, comme Marion a embrassé Indy. Et comme Indy, je ne la repousse pas. Nous ne sommes pas des idiots, après tout. Nous savons tous les deux le reconnaître quand quelque chose de bon arrive à nos lèvres.

J'ouvre la bouche et sa langue s'y glisse presque au même instant, comme si nous nous étions mis d'accord à l'avance. On dirait qu'elle connaît déjà toutes les procédures d'entrée et tous les mots de passe. Je n'ai plus aucune barrière.

Elle semble également savoir comment chaque caresse de sa jolie langue rose me fait céder. J'adore sa façon de me goûter et j'ai de plus en plus envie de la goûter, moi aussi. Plus ce désir grandit, plus j'ai des difficultés à m'imaginer arrêter ce que nous faisons. Parce que c'est si bon.

Si bon.

Jenna fait maintenant courir ses mains sur mon torse en m'embrassant, mais contrairement à la dernière fois, elle est silencieuse. Je commence à sentir le danger de cela, car si elle ne parle pas, alors elle ne me force pas à me concentrer sur ce qu'elle dit, ce qui me fait penser à autre chose.

À présent, sa main sur mon ventre descend de plus en plus bas tandis que sa langue continue à caresser la mienne. Sa paume glisse sur mon nombril, descendant pour se poser sur ma cuisse.

Et je ne peux m'en empêcher. Quand elle me touche à cet endroit-là, peu importe que ce soit léger et rapide, je bloque ma respiration.

Mon ventre est parcouru de chaleur qui me brûle de l'intérieur. Je suis ravi qu'elle ne puisse pas voir les pensées dans ma tête, des pensées de ses mains sur moi, de sa bouche sur moi.

Elle hésite, sa main caressant ma cuisse à travers le pantalon. J'ai envie qu'elle me touche davantage, mais également envie de repousser sa main. Cette sensation est si puissante qu'elle menace de me contrôler, et le plus effrayant, c'est que je m'en moque.

Mes mains sont emmêlées dans ses cheveux clairs, tenant sa tête contre la mienne. Je ne me souviens pas de quelle façon elles sont arrivées là. Tout ce que je sais, c'est que je veux ses lèvres sur la mienne et nos langues qui se mêlent… pendant des heures. Puis sa main bouge, glissant sur mon érection.

Et elle reste là. Je me raidis, ne sachant pas quoi faire.

— Wil, laisse-moi te toucher, chuchote-t-elle.

La laisser. Comme si je pouvais lui dire d'arrêter.

Je m'allonge sur le canapé, la tirant avec moi de façon à ce que nos bouches restent connectées. Elle est à moitié à côté et à moitié sur moi, et sa main me caresse à travers le tissu fin de mon pantalon. Je me demande si je peux interrompre ceci avant que nous passions ou sexe. Je sais que j'ai établi cette limite en espérant qu'elle me protégera.

Mais pour l'instant, j'ai le besoin tout puissant de la toucher. Je veux toucher ses seins de mes mains, sentir ses tétons se durcir sous mes doigts.

Quand mes mains trouvent ses seins, elle soupire encore et je frotte ses tétons jusqu'à se sentir cette texture de perle quand ils se durcissent. Je suis fasciné d'avoir appris ceci au sujet de son corps après une seule fois. Je sais ce qu'elle aime, et je veux en apprendre davantage.

Je veux connaître son corps comme je connais la toile d'un projet sur lequel je travaille depuis des mois... je vis avec, je le regarde, conscient de ses textures et de ses contours, des couleurs et des mélanges nécessaires à le remplir.

Je veux *la* remplir.

Je ne sais peut-être pas quand elle est sarcastique, mais je sais lire les signes et je sais exactement ce qui l'excite. Et je me demande si ce procédé est le même à chaque fois. Je vais devoir découvrir ce qui obtient les meilleurs résultats de façon régulière.

Elle me caresse plus vite maintenant, et j'ai l'impression que la friction démarre le processus de combustion tout au fond de moi. Chaque caresse de sa main est comme une décharge électrique dirigée tout droit en mon centre.

— J'aime te toucher, Wil, dit-elle.

Sa voix est différente. Douce et dure à la fois.

J'avale ce qui me donne l'impression d'être une boule énorme dans ma gorge. *Moi aussi, j'aime ça.*

— Tu aimes ça ? Quand je te touche ?

— Oui, gémis-je.

Les lèvres de Jenna planent au-dessus des miennes.

— Bien. Je veux que tu te sentes bien, Wil.

Je remonte l'ourlet de son haut comme elle me l'a montré la dernière fois. Elle retient sa respiration, puis elle lève les bras afin que je puisse retirer le vêtement, ce que je fais avec empressement. Le soutien-gorge en dentelle qui couvre ses seins magnifiques est la barrière suivante, et je n'ai pas la moindre idée de la façon dont il faut le retirer. Je meurs d'envie de goûter encore ses tétons, alors je pousse la dentelle sur le côté et ma bouche se pose sur un téton en l'espace de quelques secondes. Elle cambre le dos et passe ses doigts dans mes cheveux.

— C'est si bon, Wil. Tu me fais me sentir si bien.

Ma langue trace le contour de son téton perlé, encore et encore. Je suce avec force et elle pousse un cri. Un cri de plaisir, je crois ? Elle ne s'écarte pas.

Je glisse mon doigt dans l'autre bonnet de son soutien-gorge et je joue avec ses tétons. Elle est à cheval sur moi à présent, se balançant contre moi. Chaque fois que son bassin appuie contre le mien, je suis de plus en plus excité.

Mais je ne veux pas l'arrêter. Alors je tourne la tête pour sucer l'autre téton et elle continue à me chevaucher, s'appuyant contre mon pénis en érection d'une façon qui fait presque mal tant elle est intense.

— Si tu continues à faire ça, je vais jouir, finis-je par lui dire d'une voix étranglée.

La honte se fraye un chemin dans mon torse et se mêle à cette chaleur qui est si agréable.

Elle recule pour regarder mon visage et j'ai presque peur de la dévisager. Quand je le fais enfin, elle me sourit. Je ne l'ai pas choquée. Elle ne se sent pas dégoûtée. En tout cas, c'est ce que je crois.

— C'est l'idée, dit-elle avec un petit rire.

— Ça ne te gêne pas ?

— J'ai dit que je voulais que tu te sentes bien. Que penses-tu que je voulais dire ?

J'inspire profondément, puis je souffle.

— J'essaie de ne pas supposer ce que les gens veulent dire quand ils utilisent des mots et des expressions, car j'ai souvent tort.

— Eh bien, tu n'as pas tort cette fois.

Sa main est sur le bouton de ma fermeture éclair et je me raidis.

— Puis-je ? demande-t-elle en se mordant la lèvre.

Je ris.

— Penses-tu vraiment qu'il y ait la moindre chance pour que je te dise non ?

Son sourire s'élargit et elle rit.

— On ne sait jamais, Wil. Tu m'as déjà surprise.

Elle glisse de mes genoux, tournant le poignet afin de défaire le bouton de mon pantalon. Puis sa main se glisse à l'intérieur et...

Si j'avais pensé que c'était agréable avant, soit j'avais tort, soit je n'avais aucune idée de ce que ceci allait me faire. Sa peau sur ma peau, caressant doucement puis augmentant lentement la pression, c'est divin. J'attrape une poignée de ses cheveux et je tire brutalement sa tête vers la mienne. J'ai besoin que ses lèvres se mêlent aux miennes, nos langues ensemble. Cette sensation quand elle me touche est presque plus que je ne peux supporter et j'ai l'impression d'être sur le point de subir un court-circuit.

Pendant qu'elle continue, j'ai envie de mettre une partie de mon corps dans le sien. Je suis pris du désir de me sentir enveloppé par elle, chaude et humide. J'ai envie que nous roulions sur le côté maintenant et que nous le fassions enfin : que je m'enfonce profondément en elle. Mais je dois me contenter d'enfoncer ma langue dans sa bouche tandis que ses doigts fins et féminins se ferment autour de moi.

— C'est si bon, finis-je par lâcher entre deux halètements.

Je suis content de remarquer qu'elle respire tout aussi fort que moi.

— Jenna… tu es…

J'inspire brusquement et quand j'écarte à nouveau ma bouche de la sienne, je murmure férocement contre ses lèvres :

— J'aurais aimé savoir ce que cela fait d'être en toi.

Ses doigts ralentissent et elle commence à faire courir sa bouche brûlante le long de mon cou.

— Je peux te montrer à quoi ça ressemble.

Quand je commence à protester, elle m'interrompt.

— Non, ce n'est pas ce que tu penses.

Soudain, elle m'embrasse depuis mon cou jusqu'à mon torse, suçant mes tétons à travers le tissu de mon tee-shirt avant de le retirer, avec mon aide. Maintenant, elle lèche mes abdos en descendant jusqu'à mon nombril. Je retiens soigneusement ce qu'elle fait, car je suis bien décidé à le lui faire, moi aussi. Je déposerai des baisers sur sa poitrine, son ventre et son nombril, puis je ferai courir ma langue à l'intérieur de ses cuisses et je l'écouterai gémir mon nom. Et puis, je…

Oh, elle m'embrasse *là*.

Maintenant, je commence à me sentir gêné par ce qui pourrait arriver – et très vite, en plus. Mais c'est si bon que je suis presque paralysé par l'intensité du plaisir que donne sa bouche.

Malgré cela, je pense qu'il est temps d'arrêter les choses avant qu'elles aillent trop loin, mais l'idée de tout arrêter me rend malade. J'essaie de retirer doucement sa tête, mais elle écarte ma main.

— Tout va bien Wil. Laisse-moi faire, s'il te plaît.

— Mais je pourrais…

— C'est le but, Wil. Tout va bien.

Sa langue se faufile alors de sa bouche pour tourner autour de mon gland et je suis pris d'un élan brûlant de désir.

— J'ai déjà fait ça.

Avant que je puisse dire quoi que ce soit, ou même penser à être jaloux qu'elle ait fait cela pour un autre homme, sa bouche s'ouvre et enveloppe ma verge tendue. Et voilà, toute autre pensée a disparu de mon esprit. Je ne peux me concentrer que sur le plaisir.

Mon seuil de plaisir vient de changer : ceci est le maximum. Jusqu'à quelques secondes plus tard, quand elle glisse sa langue le long du bas de mon pénis et que mon seuil change encore une fois.

Je sais que cela doit être encore meilleur de m'enfoncer en elle. De sentir ses muscles se serrer autour de moi, me maintenant en place. De sentir ses cuisses douces posées contre mes hanches quand je glisse en elle. Je l'imagine avec beaucoup de détails.

Mais si j'y pense trop, je vais vouloir jeter tous mes principes par la fenêtre et le faire. En fait, je tremble du besoin de le faire. Comme si j'avais passé des jours sans manger et que j'avais besoin de nourriture, ou que j'avais passé des heures dans un désert brûlant sans boire et que j'ai besoin d'eau.

J'ai *besoin* d'être en Jenna.

Et chaque caresse de sa langue, chaque mouvement de sa tête, chaque déplacement de sa bouche modifient mon point de vue sur ce qui était incroyable dix secondes avant. Les sensations sont multipliées, intensifiées… magnifiées. La bouche de Jenna commande toutes mes pensées, elle me commande moi.

Je halète maintenant, à peine capable de reprendre mon souffle. J'essaie de m'écarter, car je suis à quelques secondes de jouir, mais elle ne me laisse pas faire.

— Jenna, je vais…

Et tout est terminé, car maintenant je jouis et je ne veux pas qu'elle retire sa bouche. Même si elle l'essayait, je serais tenté de la tenir là. Heureusement, elle ne le fait pas.

Car ceci...

Une incroyable sensation brûlante me parcourt, passe sur mes cuisses, mon ventre, mon torse. Tout mon corps se raidit, épaissi par le plaisir, et j'éjacule. Cela continue, continue et je suis paralysé, mon esprit engourdi par rapport à tout sauf ceci.

Quand mon orgasme passe, Jenna s'écarte lentement de moi. Je ne peux rien faire d'autre que regarder le plafond et profiter de cette sensation incroyable, stupéfiante, pendant qu'elle se lève pour aller à la salle de bains.

Elle revient quelques minutes plus tard et s'allonge à côté de moi sur le canapé, penchée contre moi. J'ai à peine bougé. Je suis couvert de sueur et j'ai l'impression d'être drogué – du moins, j'imagine que c'est ainsi que l'on se sent quand on est drogué.

Faisant partie des quatre-vingt-quinze pour cent d'hommes adultes qui se masturbent régulièrement, j'ai déjà vécu de nombreux orgasmes. Certains sont très bons et d'autres juste bons. Mais ce que Jenna vient de faire pour moi... c'est presque comme si ce mot ne pouvait pas être appliqué toutes les autres fois. Comme si cela ne pouvait appartenir au même vocabulaire.

Je me tourne et je regarde au fond de ses magnifiques yeux bleus, n'ayant plus peur d'envahir son âme.

— Tu viens juste de gâcher tous les orgasmes que j'aurais un jour.

Chapitre Vingt-et-un
Jenna

JE M'ASSIS, PRÉOCCUPÉE.

— Tu n'es pas sérieux, si ? Qu'est-ce qui ne va pas ?

Ses yeux continuaient à suivre les miens et cela me plaisait et me dérangeait à la fois. C'était inhabituel qu'il me regarde dans les yeux. Cela m'inquiétait presque.

— Tout va bien. C'est juste... je pense que maintenant tout autre orgasme sera décevant.

Je ris, soulagée.

— C'était ta première fois pour le sexe oral, non ? Ou même la première fois que quelqu'un d'autre te faisait ressentir un orgasme ? J'ai presque toujours un meilleur orgasme avec un partenaire que quand je le fais moi-même.

Ses traits s'assombrirent.

— C'est toujours mieux ?

— Eh bien, oui... quand j'ai un orgasme, oui.

— Tu n'en as pas toujours ?

Je haussai les épaules.

— Non. Parfois, je ne veux pas. Parfois, le partenaire ne sait pas ce qu'il fait.

J'ajoutai mentalement : comme Doug. Doug, le navet.

— Et parfois, je fais semblant afin que ce soit terminé.

Le visage de William fut sérieux quand son regard alla se poser au plafond. Il passa les doigts dans mes cheveux et dit :

— Ça n'a pas l'air très agréable.

— Ça va.

Il secoua la tête.

— Non… ça ne va pas. Tout homme ayant la chance de pouvoir te toucher de cette façon doit faire tout ce qu'il peut afin que tu te sentes bien.

Je souris. Pas de ruses. Pas de faux-semblants. Pas de jolies paroles mielleuses pour essayer d'obtenir ce qu'il voulait. Je pouvais faire confiance à William parce qu'il me dirait toujours exactement ce qu'il pensait.

Je roulai sur le côté et je posai une main sur sa joue rugueuse.

— Tu es adorable.

Il me regardait à nouveau dans les yeux et je me demandai si c'était un effet secondaire de l'orgasme. Je ne voulais pas qu'il regarde ailleurs. Pour la première fois, je vis que ses yeux n'étaient pas d'un brun aussi sombre que je l'avais pensé au début. Ses iris foncés étaient parsemés de taches dorées plus claires. Je déglutis, émue qu'il me laisse regarder aussi profondément dans ses secrets.

Soudain, il se leva sur un coude et il posa une main sur mon épaule pour me faire rouler doucement sur le dos. Il baissa la tête pour appuyer sa bouche contre la mienne, me coupant le souffle, envahissant ma bouche avec sa langue.

Puis il s'écarta.

— J'ai envie que tu te sentes aussi bien que ce que tu m'as fait me sentir. *Mieux.*

Sa main libre entoura mon sein et son pouce frotta mon téton à travers le soutien-gorge. Je poussai un petit cri quand le désir insatisfait entre mes jambes s'enflamma à nouveau. Mes yeux roulèrent en arrière jusqu'à ce que je ferme les paupières.

— Oh, soufflai-je en arquant le dos.

Au bout de quelques secondes, il tira sur mon soutien-gorge.

— Je ne vais même pas essayer de faire semblant de savoir comment fonctionne cette chose.

Je ris et je l'enlevai pour lui, puis je regardai ses yeux s'assombrir en glissant sur ma poitrine nue. Il passa doucement ses doigts sur chaque téton durci.

— C'est un rose si pâle, comme une rose hivernale.

— Une rose hivernale… c'est magnifique.

— C'est loin d'être aussi magnifique que toi, Jenna.

Il abaissa la bouche jusqu'à ma poitrine, me prenant dans sa chaleur humide et brûlante. Je poussai un long gémissement en me poussant plus loin dans sa bouche. Ses mains serrèrent presque douloureusement ma taille et ce fut si bon.

J'avais vraiment envie de jouir, et je voulais que cela vienne de William. D'un seul coup, sa main fut sur mon jean et il ouvrit le bouton du haut tout en continuant à donner beaucoup d'attention à ma poitrine.

Sa bouche retourna sur la mienne, sa main torturant mes tétons sensibles tandis que l'autre main glissa dans mon jean.

Je voulus enlever mon jean, alors je défis la fermeture éclair et je battis des jambes pour l'enlever aussi vite que possible. Dès que mes jambes furent libres, William passa une des siennes sur la mienne pour la maintenir en place, puis il remit la main au même endroit, me caressant à travers le tissu fin de ma culotte.

— Je n'ai encore jamais fait ceci… mais j'ai fait beaucoup de recherches, murmura-t-il.

Avec un gémissement, je répondis :

— Je dirais que jusque-là, tu as A+, Wil.

Il s'écarta de ma bouche pour l'explication inévitable.

— Je t'expliquerai plus tard. Plus de bouche, dis-je.

Il se pencha pour m'embrasser à nouveau et la pression de ses doigts devint plus forte. Comme s'ils me brûlaient. Je sentis cela dans mes yeux, sous ma cage thoracique, dans mes orteils. À chaque mouvement de sa main, il me caressait partout ailleurs, possédant mon corps sans même s'en rendre compte.

Sa bouche revint sur mon téton et me tourmenta une fois de plus. Je poussai un soupir quand la tension entre mes jambes augmenta. Mon désir s'épaissit en gémissements rauques.

— Je vois que cela te plaît, dit-il.

— Oui, dis-je en soupirant profondément. Encore.

Il glissa lentement la culotte le long de mes jambes. J'étais pressée de sentir ses mains sur moi, mais je ne voulus pas le précipiter. Il n'avait sans doute encore jamais enlevé la culotte d'une femme. Pour lui, c'était une première fois de tant de façons et je voulais qu'il la savoure.

— Elle semble si délicate que l'on pourrait la déchirer.

Je souris en me disant que ce serait assez sexy qu'il décide de me l'arracher un jour. Une fois qu'il l'eut retirée de mes chevilles et soigneusement déposée sur mon jean, William se retourna vers moi en examinant mon corps de la tête aux pieds.

Encore une première fois… j'étais nue devant lui.

— Es-tu en train de me mémoriser pour pouvoir me peindre plus tard ? plaisantai-je.

Il fronça légèrement les sourcils.

— Je serai toujours capable de me souvenir de ton apparence à ce moment précis, allongée sur mon canapé sans vêtements.

Je souris, sur le point de répondre lorsqu'une main se déplaça jusqu'à l'extrémité de mes cuisses et l'autre prit mon poignet et le coinça au-dessus de ma tête. Ses doigts furent doux en continuant à m'explorer, caressant délicatement le dessus de mon sexe avant de s'enfoncer plus profondément.

Puis il trouva mon clitoris et je faillis faire un bond d'un mètre.

— Ici ? C'est ton clitoris…

— Euh, oui, tout à fait. C'est un *très* bon endroit à toucher.

— Je sais.

Sa bouche se posa sur la mienne et ses doigts appuyèrent plus fort.

— Écarte un peu plus les jambes, chuchota-t-il entre deux baisers et je lui obéis avec plaisir. Maintenant, il y avait deux – non, trois – doigts qui me touchaient et qui me caressaient, tour à tour, doucement et rapidement, puis lentement, puis fermement. Tout cela exactement dans les bons endroits.

Il avait vite appris.

Deux doigts glissèrent en moi, explorant mon ouverture puis s'enfonçant plus profondément en caressant constamment. Comme si cela ne suffisait pas, il reposa la bouche sur mon sein, suçant et éraflant mon téton avec les dents. *Par. La. Déesse.*

En l'espace de quelques minutes, j'étais devenue une esclave à bout de souffle soumise à ses doigts et à sa bouche. Et il ne s'arrêta pas.

— Comment saurais-je quand tu auras joui ?

— Oh, tu le sauras, dis-je. Mais ne t'arrête pas.

Il s'arrêta. Quand j'ouvris les yeux, il dit :

— Je veux faire ce que tu as fait et utiliser ma bouche. Es-tu d'accord ?

Si j'étais d'accord ? Ce serait le putain de paradis.

— Je t'en prie, dis-je et, il descendit immédiatement jusqu'à la jointure de mes cuisses. Il commença par de petits baisers, puis il se mit à lécher mon clitoris. En même temps, deux doigts glissèrent à nouveau en moi, s'enfonçant profondément.

Où avait-il bien pu apprendre cela ? pensai-je avec surprise tandis que mon corps se cambra docilement aux ordres de ses mains. S'il avait été n'importe quel autre homme, je l'aurais soupçonné de mentir en disant qu'il était vierge.

J'avais mal à la gorge à force de gémir. Entre ce que me faisait sa bouche et ses doigts qui s'enfonçaient plus loin – sans parler de sa main libre qui serrait toujours mon poignet – je ressentais une véritable extase.

Je retins ma respiration quand tout mon corps eut des convulsions de plaisir brûlant. Il s'arrêta légèrement trop vite et je dus prendre sa main et l'appuyer contre mon clitoris jusqu'à ce que l'orgasme s'estompe. Quand il fut passé, je me laissai tomber sur le canapé, le corps luisant de transpiration.

Il vint s'allonger à côté de moi.

— Je me suis écartée parce que je voulais regarder ton visage dans l'orgasme. C'était peut-être une des plus belles choses que j'ai jamais vues.

Je faillis rire, mais je décidai de ne pas plaisanter au sujet des têtes que l'on fait pendant l'orgasme. À la place, je me tournai et je regardai à nouveau au fond de ses yeux. Il soutint mon regard quelques secondes, puis il baissa lentement la tête pour regarder mon menton.

— C'était incroyable, soufflai-je. Merci.

Un léger sourire apparut sur ses lèvres, comme s'il était fier de lui, et je m'aperçus que bien qu'étant entièrement satisfaite, j'avais vraiment envie de l'embrasser encore une fois. J'en voulais plus. Et maintenant qu'il avait eu un aperçu de ce que cela pourrait être entre nous, et comme j'étais déjà nue…

Je me soulevai sur un coude et j'attrapai sa bouche pour un baiser.

— Ce n'est pas juste que tu aies pu me voir nue et pas moi. Mais tu sais… nous ne sommes pas obligés de nous arrêter là.

Il ne dit rien, mais il rendit mes baisers avec une passion grandissante. Ma main glissa sur son entrejambe pour, euh, vérifier la température, on va dire.

Il était à nouveau en érection.

— William, dis-je contre sa bouche alors qu'il continuait à m'embrasser. Je prends la pilule et je suis *clean*.

Le baiser fut interrompu quand il recula la tête.

— Pourquoi ne serais-tu pas 'propre' ? Tu prends régulièrement des douches.

Je souris.

— Non, je veux dire que je n'ai pas de maladie sexuellement transmissible. Je me fais régulièrement contrôler. Et comme tu n'as jamais… pas besoin de nous inquiéter avec un préservatif.

— J'ai des préservatifs.

Je levai les sourcils. *Vraiment…*

— Mais il ne se passera rien, sauf si…

Je me laissai retomber sur le canapé et je levai les yeux vers lui. Il avait un regard très déterminé, merde.

— Dis que tu vas rester, Jenna.

Je m'humidifiai les lèvres et je restai silencieuse. Un sentiment de culpabilité tenace émergea et je me demandai d'où il pouvait bien venir. Quand je parlai, ce fut à peine plus qu'un chuchotement.

— La vie est trop courte pour s'inquiéter de choses comme l'engagement. Nous devrions simplement profiter l'un de l'autre.

— C'est de ça que tu as peur ? Que la vie est trop courte ?

Je fermai les yeux.

— Des gens que tu as aimés sont morts. C'est pour cela que tu penses que la vie est courte. C'est pour cela que tu dois t'enfuir et faire autant d'expériences que tu le peux. C'est pour cela que tu te laisses contrôler par la peur.

J'ouvris les yeux et je poussai son torse pour l'écarter de moi.

— Descends, s'il te plaît, dis-je. Je ne suis pas lâche.

Il s'assit et il me regarda attraper mes vêtements et les enfiler.

— Tu as raison. Tu n'es pas lâche.

Je clignai des paupières, sentant soudain les larmes me brûler. Il était plus près de la vérité que je ne voulais l'admettre. La vie était courte. Les gens que l'on aimait mouraient et nous abandonnaient. Je me mordis la lèvre et je refusai de laisser ces larmes s'échapper.

— Jenna…

Je fus sur le point de descendre du canapé quand il passa une main autour de ma taille.

— Je ne voulais pas te blesser.

— C'est pourtant ce que tu as fait.

Il m'embrassa dans les cheveux.

— C'est ainsi que je suis. Je dis ce que je pense. Je suis désolé.

Je me laissai tomber contre son torse dur et son autre bras me serra contre lui. Tout en moi me faisait mal. J'avais tellement envie d'être avec lui que c'en était littéralement *douloureux*.

Et le plus effrayant, c'était que je commençais sérieusement à envisager de lui dire que j'allais rester, en voyant ce que ceci pouvait devenir. Mais j'avais des promesses à tenir, envers les autres et envers moi-même.

Si notre relation devenait quelque chose, alors mes croyances et tout ce que je pensais savoir sur le monde allaient passer par la fenêtre. Je me retrouverais dans un territoire inconnu. Pas de carte. Pas de plan. Pas même mon jeu de tarot pour me guider.

Il avait raison. J'avais peur. En fait, j'étais terrifiée de ce que ceci pouvait devenir.

Chapitre Vingt-deux
William

QUELQUES JOURS PLUS TARD, MON TRAVAIL EST interrompu par un SMS inattendu de Jenna. C'est étrange, car je pensais justement à elle.

Mia et Adam nous invitent à Medieval Times avec eux. Voulais savoir si OK pour toi.

Je n'y suis jamais allé. D'après ce que j'ai vu dans les publicités, c'est un dîner-spectacle avec des chevaliers et des joutes – tout cela en armures et avec des armes anachroniques.

Je sais qu'il vaudrait mieux que je poursuive nos progrès à Disneyland par un endroit de ce genre, mais je n'en ai vraiment pas envie. Je préférerais largement passer du temps seul avec Jenna.

Mais rester seul avec Jenna causerait d'autres circonstances frustrantes comme l'autre soir : car j'avais vraiment voulu coucher avec elle et j'avais néanmoins tout arrêté.

Parfois, je pense que je ne suis pas très intelligent.

Moi : *Je ne sais pas.*

Elle : *J'aimerais bcp te revoir. On pourrait se moquer des faux combats. Peut être amusant et surtout bon pour tes problèmes avec les foules.*

Moi : *Je n'aime pas les combats pas authentiques.*

Elle : *Je porterai mon chemisier médiéval décolleté et mon corset push-up...*

Moi : *Marché conclu.*

Pendant les jours qui s'écoulent jusqu'à la revoir, je passe beaucoup de temps à réfléchir à mes convictions. J'envisage sérieusement de les abandonner. J'ai pensé à ce qu'Adam a dit... et même à ce que cet idiot de Jordan a dit.

Dès qu'Adam et moi sommes seuls ensemble, j'aborde le sujet du sexe et je lui demande des conseils détaillés. Je suis soulagé que Jordan ne soit pas là pour nous interrompre avec sa pléthore de préservatifs et ses mauvais conseils.

Il n'y a que mon grand frère adoptif et moi.

Il est mercredi soir et je m'entraîne dans sa salle de sport parce qu'il a des machines que je n'ai pas. Il choisit d'utiliser son tapis de course au lieu d'aller courir dans les rues ou le long de la plage, comme il préfère le faire. Après, nous montons à sa cuisine pour boire de l'eau et nous asseoir. Il sort une pomme d'un bol de fruits près de lui, la lave et mord dedans.

— À quoi penses-tu ? dit-il sans me regarder.

Je cherchais comment aborder la question et il semble l'avoir deviné d'après mon comportement. Je l'envie de pouvoir sentir les choses d'après mes gestes et mes regards. Je l'ai également vu dans son observation des autres. Nous pouvons nous trouver dans la même pièce et participer tous les deux à la conversation, pourtant quand nous en parlons après, il aura remarqué une longue liste de nuances et d'impressions que j'ai complètement ratées.

Cela fait longtemps que je suis reconnaissant d'avoir Adam pour allié. Il est incroyablement intelligent et il l'a toujours été. Moi aussi, mais son intelligence n'est pas la même que la mienne. Nous nous complétons grâce à cela.

— Je veux effectivement te parler de quelque chose, dis-je en confirmant sa pensée. Mais cela pourrait te mettre mal à l'aise.

Une partie de sa bouche remonte en un sourire.

— Vas-tu encore me casser les pieds parce que nous n'avons pas fixé la date du mariage ? Parce que nous sommes d'accord. Je sais ce que je veux. C'est Emilia qui se dérobe tout le temps.

Comme d'habitude, il parle de sa fiancée en utilisant son prénom entier au lieu de dire Mia, ce que font tous les autres.

— Je ne te casse pas les pieds. Tu aurais trop mal.

Adam grimace en réaction à ma tentative d'humour, puis il dévisse sa bouteille d'eau pour boire.

— Je voulais te poser des questions sur le sexe. J'ai beaucoup de questions, et les sources pornographiques que j'ai consultées…

Adam s'étrangle avec son eau. Peut-être était-ce à cause de la référence à la pornographie. Mais comment pourrais-je apprendre quoi que ce soit sur le sexe si je ne regarde pas comment font les gens ?

— N'utilise pas le porno pour t'éduquer, Liam, finit par dire Adam en toussant. Ils font des choses dans le porno – même le sexe 'vanille' – qui ne peuvent ni ne doivent être tentées dans la vraie vie.

Je me frotte le menton.

— Vanille ? Le porno possède des arômes ?

— Cela signifie, euh, le sexe conventionnel. Pas de bizarreries. Quoi qu'il en soit, beaucoup de ce qu'ils font dans les vidéos pornos n'est pas réel. Ce sont des acteurs, ils utilisent beaucoup de techniques créatives. Beaucoup de positions étranges afin de tirer profit des meilleurs angles de la caméra.

Je hoche la tête en enregistrant cela.

— Je comprends l'aspect mécanique. Et je sais qu'il est plus facile d'atteindre l'orgasme pour un homme. Mais ce que je veux savoir, c'est comment, cela se passe si un des partenaires a beaucoup moins d'expérience que l'autre. Par exemple, comment traiter la première fois de cette personne ?

Adam inspire puis il souffle en regardant sur le côté.

— Eh bien, tant que chaque partenaire connaît un peu le passé sexuel de l'autre... particulièrement dans un cas spécial comme celui-là...

— Qu'en est-il de ta première fois ? l'interromps-je. Avait-elle plus d'expérience que toi ?

Adam cligne des paupières en redevenant écarlate.

— Euh, oui. Elle était plus âgée et elle avait eu quelques partenaires avant moi.

— Plus âgée de combien ?

— Six ans, répond-il en regardant par-dessus son épaule comme s'il avait peur que quelqu'un l'écoute.

Pourtant, nous sommes seuls, car Mia est sortie avec sa mère ce soir. Adam s'agite sur son siège et tripote sa bouteille d'eau en la faisant craquer bruyamment.

— Six ans ? Alors Lindsay était ta première partenaire ? Je pensais qu'elle était venue après.

Adam écarquille les yeux. Je sais que ce regard signifie la surprise. Il est sans doute surpris par ma déduction.

— Je ne savais pas que tu étais au courant.

— Ce n'était pas un secret très bien gardé, Adam. Vous avez tous les deux travaillé pour mon père, et puis quand tu es allé à l'université, elle est souvent venue à Pasadena pour aller te voir. Il est difficile de cacher un secret qui dure deux ans à tous vos amis communs.

Il pince les lèvres.

— Je le suppose.

— C'est juste que je ne savais pas qu'elle était ta première. Cette information est utile. A-t-elle dit ce qu'elle voulait ? Ce qu'elle aimait ?

Adam fait tourner la queue de sa pomme et ne lève pas la tête.

— Euh, oui, plus ou moins. Et j'ai découvert des choses petit à petit. J'apprends vite.

Il a effectivement dû apprendre vite. Je me souviens avoir entendu d'autres personnes jaser à son sujet quand il était célibataire, et il ne manquait apparemment jamais de partenaires sexuels.

— Et Mia ?

Adam a ce regard étrange que je ne sais pas du tout déchiffrer. Il bondit de sa chaise en se frottant la nuque.

Au bout d'une longue minute, je suis sur le point de répéter ma question au cas où il ne l'aurait pas entendue la première fois, quand il parle enfin.

— Qu'y a-t-il avec elle ? demande-t-il doucement.

— Avait-elle plus d'expérience que toi ?

Ses joues gonflent comme s'il serrait la mâchoire, et il s'intéresse soudain beaucoup aux aimants sur le frigo.

— Non, dit-il simplement.

— Je devrais peut-être lui parler. Peut-être qu'un de ses partenaires précédents n'avait pas autant d'expérience qu'elle.

Je vois à nouveau ce regard étrange sur le visage d'Adam.

— Ça ne sert à rien. Emilia était vierge.

Je me gratte à nouveau le menton.

— Ah, euh.

— Tant pis pour le point de vue d'une femme, alors. Elle n'a donc jamais été avec quelqu'un d'autre que toi ?

Il semble se tenir avec raideur maintenant.

— Non.

— Cela ne t'inquiète pas ? m'enquis-je.

Il fronce les sourcils.

— M'inquiéter ? Pourquoi cela m'inquiéterait-il ?

— Eh bien, quand vous vous marierez tous les deux, elle ne pourra jamais être avec quelqu'un d'autre – sans doute pour le reste de sa vie. Elle n'a pas l'impression d'avoir manqué quelque chose ?

Adam pousse un soupir et il se tourne en ramassant sa serviette. Il ne me répond pas pendant un moment.

— Je suppose que je n'avais jamais envisagé les choses sous cet angle. Cela ne semble pas la déranger.

— Tu devrais lui poser la question.

— Ou alors, dit-il en se retournant vers moi, je pourrais ne jamais en parler. Et toi non plus tu ne le devrais pas, en particulier tout ce qui concerne Lindsay.

— Pourquoi ? Croit-elle que tu as des sentiments pour Lindsay ? J'espère que tu n'en as pas. Mais si c'est le cas, mon prochain duel sera contre toi.

Je plaisante. Je sais qu'il ne ressent rien pour Lindsay, bien qu'ils se voient encore parfois en tant qu'amis.

— Emilia connaît déjà l'idée générale de tout cela. Mais cela l'ennuierait d'en parler. Les gens n'aiment pas entendre parler des anciens amants de leurs partenaires.

— Alors je suppose que tu as de la chance qu'elle n'en ait pas dont tu puisses entendre parler.

Adam regarde le plafond pendant quelques instants, mais il ne dit rien.

— Pourquoi ? dis-je alors.

— Pourquoi, quoi ?

— Pourquoi les gens n'aiment-ils pas entendre parler des anciens amants de leurs partenaires ?

— Peux-tu imaginer Jenna avec un autre homme ?

Je visualise immédiatement la chose : Jenna dans les bras de Doug. Lui tenant la main. Se faisant embrasser par lui. Soudain, je me sens inexplicablement furieux. Mon visage devient tout rouge. Adam le remarque évidemment, car il hoche alors la tête.

— Tu vois ? Maintenant, tu comprends.

— Tu as de la chance de ne jamais avoir à t'inquiéter de cela.

— J'ai de la chance pour beaucoup de raisons. J'ai la plus incroyable femme au monde. Tu peux avoir la deuxième meilleure, dit-il en riant.

— Pourtant cela ne devrait pas me rendre dingue. Je sais qu'elle hait Doug maintenant. Il a été insensible et impoli avec elle. Elle ne veut même pas lui parler. Je n'ai aucune raison d'être jaloux.

— Mais les imaginer ensemble, même si c'est le passé, suffit à te mettre en colère. Et peut-être a-t-elle fréquenté d'autres types avant cela.

— C'était avant que je la connaisse. Mais même ça me met en colère. Je ne comprends pas.

Adam sourit.

— Je crois que tu es sévèrement atteint.

— De quoi ?

— Je crois que tu es tombé très amoureux de cette fille. Fais attention, d'accord ? N'investis pas trop d'espoir là-dedans. Emilia dit...

Puis il s'interrompt en détournant les yeux.

— Que dit-elle ?

Adam secoue la tête.

— Eh bien, certaines personnes aiment être dans des relations à long terme et d'autres pas. Et tu as mentionné le fait que Jenna a l'intention de déménager bientôt.

Je hausse les épaules et je détourne moi aussi le regard. Les paroles d'Adam reconfirment ma décision de ne pas coucher avec Jenna. Même si c'était l'expérience la plus agréable de ma vie, la douleur de son départ fait que cela n'en vaut pas la peine.

— Je comprends. Je n'ai pas l'intention de coucher avec elle.

Adam a encore une fois cet étrange sourire.

— Tu devrais prendre les choses comme elles viennent, Liam. Vois où cela te mène. Ne te retiens pas. Parfois, des choses arrivent sans qu'elles soient prévues.

— Cela ne t'arrive jamais, dis-je. Tu as toujours tout prévu à l'avance.

Adam rit, mais je ne sais pas pourquoi.

— Il est impossible de tout prévoir dans la vie. C'est le cas de l'amour, si c'est effectivement de cela qu'il s'agit.

Je me demande ce qu'il veut dire et je continue à réfléchir à ce grand mystère appelé 'amour'. Qui aurait pu croire que quelque chose que l'on ne peut pas voir, entendre ou toucher et encore moins définir peut à ce point prendre le contrôle de notre vie ?

Chapitre Vingt-trois
Jenna

C'ÉTAIT ENFIN LE WEEK-END ET IL ME TARDAIT D'ALLER voir Medieval Times avec William, Adam et Mia. Comme promis, je portai mes vêtements médiévaux avec un corset par-dessus mon chemisier décolleté qui ne couvrait pas mes épaules. Mia portait mon autre tenue – j'avais fait du troc avec l'une de nos couturières pour l'obtenir –, mais comme Mia était plus grande, la tenue était un peu courte. Cependant, elle accorda la robe avec des bottes et l'effet fut superbe.

Les garçons avaient refusé de faire comme nous, choisissant à la place des vêtements très ennuyeux du vingt et unième siècle. Cependant, Adam apprécia le décolleté créé par le costume de Mia et il leva les pouces pour l'approuver avec enthousiasme.

J'avais été très surprise quand Mia était venue me voir avec l'idée de Medieval Times, en disant qu'elle voulait aider William contre sa peur des foules. Il me semblait que ce jeune couple influent ne devait pas avoir le temps pour ce genre de choses. Adam était un milliardaire très occupé et Mia était tout aussi surchargée par la fac de médecine. Apparemment, j'avais tort. Adam nous fit même le plaisir d'un trajet en limousine et il avait acheté les tickets pour les meilleures places.

Medieval Times était situé sur la grand-rue à Buena Park, le long d'autres salles de spectacle proches du parc à thème concurrent de Disney, Knott's Berry Farm. Le bâtiment était grand comme un entrepôt, mais il était décoré avec des tours et d'autres accoutrements qui lui donnaient l'apparence d'un château. Il y avait même de fausses tourelles et un pont-levis, tout comme des fanions aux couleurs vives au-dessus des murs crénelés. Cependant, l'effet était gâché par le panneau lumineux clignotant qui cherchait à attirer les passants sur le boulevard bondé.

Nous donnâmes nos tickets et on nous expliqua où nous asseoir en nous donnant des couronnes en papier avec des codes de couleurs qui montraient que nous serions assis dans la section rouge de l'arène.

Je soupirai quand nous trouvâmes nos places le long des murs de l'entrée.

— D'où vient cette fascination masculine pour les seins ? Mes yeux sont *ici*, bon sang ! dis-je quand le quinzième regard masculin se posa sur mon buste.

Mia et moi avions beaucoup attiré l'attention dans nos vêtements d'époque.

Adam haussa les épaules en passant un bras autour des épaules de sa fiancée et en savourant la vue de son décolleté.

— Tu devrais être contente que les hommes n'aient pas de seins. S'ils en avaient, ils ne quitteraient jamais la maison.

William se mit à expliquer à quel point cette idée était bête, puisque les mammifères mâles ne faisaient pas de lait pour leurs petits. C'était amusant de regarder Adam et Mia lutter pour ne pas rire à cause de cette petite tirade.

Le hall principal à l'extérieur de l'arène était un paradis capitaliste. Partout où l'on regardait, il y avait des ornements de princesses, des fanions et des épées en plastique de style médiéval. À côté du hall principal se trouvaient les étables où les invités pouvaient admirer les magnifiques destriers que les chevaliers allaient chevaucher pendant les joutes. Mia, ayant grandi avec des chevaux, s'y intéressa de près en nous faisant remarquer à quel point ils étaient beaux et bien élevés. Nous pûmes également explorer les mues où se trouvaient les oiseaux de proie : des faucons et des aigles portant des chaperons et des jets en cuir attachés à leurs serres.

En marchant à côté de William, j'entendis quelques bribes de la conversation entre Adam et Mia. Je les entendis parler d'une sorte de 'pari' en même temps que leurs taquineries habituelles.

De retour dans le hall d'entrée, William se plaça contre le mur pendant que nous continuâmes à attendre. Il observa la salle en croisant les bras sur la poitrine, inspirant profondément – comme je le lui avais montré – et apparemment conscient de chaque détail de ce qu'il se passait. Je lui proposai mes écouteurs et des musiques de ma playlist afin d'étouffer le bruit de la foule, ce qui le calma visiblement.

Adam partit nous acheter des boissons.

— Alors... comment cela se passe entre William et toi ? demanda Mia.

— Bien, répondis-je en hochant la tête. On s'amuse bien.

La tête de Mia se pencha vers moi et elle fit un sourire en coin.

— Vraiment... en faisant quoi ?

Je fronçai les sourcils.

— Comme d'habitude.

— Comme d'habitude pour deux amis qui traînent ensemble, ou… comme d'habitude pour toi ?

— Par la déesse, Mia, tu parles comme si j'étais une femme déchue, pour le dire en termes médiévaux.

Elle haussa les épaules.

— Je suis juste curieuse.

Je baissai les paupières.

— C'est ce que tu as dit. Tu es *extrêmement* curieuse. Toi *et* ton futur mari.

Après notre affaire sur le canapé, j'avais demandé où William avait eu les préservatifs et il m'avait dit qu'Adam les lui avait donnés avec quelques conseils.

Mia rougit et changea de sujet de conversation. C'était mieux, car elle n'avait vraiment pas besoin de savoir à quel point William avait aimé jouer avec mes seins… ni même à quel point, j'avais aimé qu'il le fasse. C'était notre petit secret.

On ne dit rien de plus jusqu'à ce que l'on nous demande de rejoindre la section rouge de la grande arène. C'est là que nous allions applaudir le Chevalier Rouge. Le terrain de jeux était divisé en six couleurs différentes : vert, noir, blanc, rouge, jaune et bleu, chacune ayant son 'champion'.

— C'est notre jour de chance ! Le rouge est ma couleur préférée, dis-je. Quelle est la tienne, Wil ?

— Toutes, répondit-il avec sérieux.

— Ah… je suppose que c'est un truc d'artistes.

Il regarda les couverts.

— Il n'y a pas de fourchette.

— Nous sommes à Medieval Times. Nous mangeons comme les médiévaux, plaisanta Adam.

— Ce repas et cette façon de manger ne sont pas du tout authentiques. Tout comme le terme 'médiévaux', dit William. Je ne vais pas manger avec les mains.

— En quoi n'est-ce pas authentique ? demandai-je.

— Eh bien, regarde le menu. Des pommes de terre aux fines herbes et de la bisque de tomates. Les pommes de terre et les tomates viennent du Nouveau Monde. Les Européens ne pouvaient pas en consommer pendant le Moyen Âge. Et je ne parlerai même pas du Pepsi.

Adam rit en se cachant derrière sa main et Mia frappa son bras sans même le regarder.

— Je vais demander une fourchette pour toi, William. Mais pas pour Adam. Il mange comme un homme de Neandertal, de toute façon.

— Hé, répliqua Adam en feignant l'irritation avant de laisser paraître un grand sourire.

Je profitai de cette occasion pour poser une question qui m'intriguait.

— Avez-vous le temps de sortir tous les deux malgré vos emplois du temps surchargés ?

Ils se regardèrent l'un l'autre et Mia eut un sourire contrit.

— Non, pas vraiment. Nous sommes déjà comme un vieux couple marié.

— C'est pour cela que nous devrions fixer une date, dit Adam. Elle leva les yeux au ciel.

— Toi et tes idées fixes. Quelle différence y aurait-il ?

— Nous verrons bien, n'est-ce pas ? dit-il en lui jetant un regard mystérieux. Et j'aurai le droit de fixer cette date.

— Dans tes rêves.

Intriguée par leur conversation énigmatique, je regardai William, mais il ne les écoutait pas. Il regardait l'arène d'un œil torve, s'attardant en particulier sur les chevaux et les chevaliers qui étaient entrés pour 's'échauffer' en faisant quelques acrobaties. Il marmonna de façon répétée que les jeux et les défis des chevaliers n'étaient pas authentiques. Il utilisait beaucoup ce mot.

On nous servit nos repas : un délicieux poulet rôti avec les pommes de terre anachroniques déjà mentionnées et même une très bonne tarte aux pommes en dessert. Après avoir mangé, les chevaliers commencèrent leurs jeux de tournois pour faire plaisir au 'roi' et à la 'princesse' assis sur une plate-forme au-dessus de l'arène. William critiqua les blasons, les armes et tout particulièrement les 'simulacres d'armures' en disant :

— Si je portais une armure pareille pour un tournoi, je serais en état de mort cérébrale ou physiquement handicapé au bout de quelques minutes.

Quand les plats furent enlevés, Adam et Mia penchèrent la tête l'un vers l'autre pour une conversation privée. J'essayai de les entendre sans la moindre honte. J'entendis à nouveau le mot 'pari' qui fut suivi par un regard furtif en direction de William et moi. C'est alors que je compris.

— Par. La. Déesse ! m'exclamai-je à voix haute dès que la conclusion me sauta au visage. Vous avez fait un pari à notre sujet, n'est-ce pas ?

William tourna la tête et il me regarda.

— Un pari ? Quel genre de pari ?

Il ne répondit même pas à ma question. J'avais raison. Je le vis à la façon dont Adam regardait ailleurs comme si je n'avais pas parlé et au fait que Mia devint aussi rouge qu'une tomate non médiévale.

Adam finit par me regarder et dit :

— Un pari ? C'est bête. Quel genre de pari pourrions-nous faire sur vous ?

Je plisse le front.

— Eh bien, je suppose que celui qui gagne a le droit de fixer la date du mariage… et que vous pariez sur le fait que William et moi couchons ensemble ou pas.

Le sang-froid d'Adam le quitta juste un instant, mais ce fut la réaction de Mia qui me donna toutes les informations dont j'avais besoin. Elle écarquilla les yeux et sa culpabilité s'inscrivit sur son visage.

— Quoi ? dit William en bondissant de sa chaise pour tous nous surplomber.

Il jeta un regard noir à son cousin.

— C'est pour cela que tu m'as donné des conseils utiles ? Tu avais ta propre raison ?

Adam tendit une main ouverte vers son cousin.

— Assieds-toi, mon vieux. Nous pouvons en parler plus tard. La princesse est sur le point d'être capturée par le méchant.

À la place, William attrapa une épée en plastique – je ne savais pas du tout d'où elle sortait – et il la pointa sur son cousin. Adam écarquilla les yeux, mais il attrapa le bout de l'épée et il l'écarta.

— Hé ! Pointe ça ailleurs.

La pointe de l'épée revint se mettre devant le visage d'Adam.

— Dis-moi la vérité… sur quoi portait le pari ? demanda William.

Adam leva les yeux au ciel.

— C'est moi qui te ramène à la maison. Ne m'énerve pas, sinon je t'abandonne ici.

William frappa l'épaule de son cousin avec l'épée. Cela ne fit sans doute pas mal, mais Adam se leva.

— Liam, calme-toi.

William le frappa encore avec sa fausse épée. C'est à ce moment-là que j'entendis un enfant s'écrier :

— Hé ! Ce monsieur a mon épée.

Adam fit un pas en arrière en marmonnant et Mia rit, disant à Adam qu'il recevait ce qu'il méritait. William fondit encore sur lui et les deux hommes se dirigèrent à toute vitesse vers le haut des marches, sortant par les doubles portes qui menaient au hall d'entrée. Mia et moi échangeâmes un regard, puis on attrapa nos affaires et on les suivit.

— Qui a parié quoi ici ? lui demandai-je quand nous nous précipitâmes dans les escaliers à la poursuite des deux combattants.

Elle poussa un soupir.

— Je savais que c'était une mauvaise idée. Cela avait commencé comme une blague. Mais Adam était certain qu'il allait gagner.

— Et l'enjeu ?

— Tu avais raison. Le gagnant décide de la date du mariage. Adam a dit que William allait 'conclure' avec toi – ce sont ses mots. Et j'ai dit non, que William ne s'intéresse pas aux plans cul.

— Eh bien, merci de me traiter de 'plan cul'. Je pense que je suis du côté d'Adam pour ça.

— Je suis désolée, Jenna. Je ne voulais pas le dire comme une insulte, mais… tu sais tout autant que moi comment tu es. Toutes les relations ne sont que temporaires pour toi.

— Et alors ? N'est-ce pas positif que Wil puisse enfin la perdre ?

— C'est plus important que ça pour lui.

— C'est un homme. Je peux te garantir que cela ne signifie pas plus pour lui que pour les autres.

Alors que je savais que c'était faux, je le dis quand même. Surtout parce que je l'espérais.

Nous poussâmes les portes et nous entendîmes immédiatement le bruit du plastique dur frappant du plastique dur. Apparemment, Adam avait trouvé une épée et il paraît les coups de William.

— Arrête de jouer à Inigo Montoya sinon je vais vraiment devoir te faire mal, dit Adam en rythme avec les coups agressifs de William contre son épée.

Adam ne put parer toutes les attaques de William et le plat de l'épée frappait sa cuisse ou son épaule.

— Comment oses-tu ! dit William en serrant les dents.

— C'était une blague. Merde. Putain… ça fait mal, Liam. Bon sang !

Et Adam commença alors à rétorquer vraiment.

Mia s'avança avant que je puisse dire quoi que ce soit. Non pas que j'en avais eu l'intention. J'étais complètement stupéfaite par ces deux hommes solides qui s'attaquaient de toutes leurs forces avec des épées en plastique.

— Arrêtez-vous ! dit Mia, mais ils l'ignorèrent complètement.

Cela me surprit, car ils l'adoraient tous les deux, alors j'avais pensé que ses paroles faisaient loi. Mais ils n'écoutaient pas, se poussant et se frappant tour à tour.

Les gens au bar et dans les boutiques de souvenirs étaient venus voir et du coin de l'œil je vis un garde de sécurité en uniforme se diriger vers eux.

— Les gars, vous êtes sur le point de vous faire arrêter... commençai-je.

— Allez faire ça dehors ! cria Mia plus fort qu'avant.

Ils écoutèrent cet ordre-là.

— Est-ce qu'ils ont payé ces épées ? demandai-je en passant les portes en verre qui menaient au parking.

— J'ai jeté un billet au vendeur quand j'ai pris mon épée, dit Adam en serrant les dents tout en jetant un regard noir à son cousin. Et j'ai demandé qu'ils en apportent une nouvelle au gamin à qui Liam a volé la sienne.

— Allons-nous pouvoir rentrer à la maison dans la même voiture ? leur demanda Mia. Parce que je ne veux pas être prise entre deux cents kilos de crétins qui se battent dans la limousine.

— Vous devriez vraiment économiser toute cette énergie accumulée pour votre entraînement demain, dis-je en réprimant un rire à l'idée d'une représentation 'Épées en Plastique, Volume 2' dans la salle d'arts martiaux. Vous pourrez alors vous taper avec de véritables épées. Et si tout va comme tu veux, William, tu lui feras si mal qu'il ne pourra pas fixer une date pour le mariage, même s'il gagne le pari.

— De toute façon, pourquoi lances-tu un pari pour déterminer quelque chose d'aussi important que la date du mariage ? souffla William. Ce n'est pas la première fois que vous vous êtes comportés de façon si puérile. Vous devriez me laisser fixer la date.

Mia resta bouche bée.

— Eh bien, c'était plus ou moins l'idée, rétorqua Adam et, Mia lui donna un coup de coude dans les côtes.

Ce fut très gênant.

Le trajet de retour se fit en silence. Mia osa enfin dire quelque chose avant d'arriver chez moi.

— Je suis désolée. Nous ne voulions pas créer un malaise entre vous deux.

William et moi échangeâmes un regard.

— Ce n'est pas gênant pour *nous*, dit-il.

Mia leva les sourcils.

— Ah… bon…

Il poursuivit.

— En revanche, c'est bizarre entre vous. Adam veut se marier cette année. C'est ce qu'il m'a dit. Toi tu veux attendre d'avoir terminé la fac de médecine. Même s'il agit comme une tête de nœud, je suis d'accord avec lui.

Adam fit la grimace.

— Une tête de nœud ?

J'essayai de retenir le rire qui monta dans ma gorge tandis que Mia regarda William avec de grands yeux. Ils venaient tous les deux de se faire moucher, et ils le savaient.

— Arrêtons-nous là, d'accord ? dis-je avant que les choses se dégradent à nouveau. Nous devrions peut-être déposer Wil en premier.

— Je pense que je pourrais les contrôler pendant dix minutes, dit Mia. D'autant plus qu'ils pourront se battre pour de vrai demain.

Adam et Wiliam ne se regardèrent pas et heureusement je descendis en premier. Dès que nous arrivâmes chez moi, je me précipitai hors de la limousine comme si elle était en feu.

***

— Et la dame derrière la femme en robe rayée ?

William était encore une fois assis à côté de moi sur le canapé tristement célèbre. J'étais assise en face de lui avec un grand livre ouvert sur mes genoux et penché de façon qu'il ne puisse pas voir la peinture que je regardais. Je n'avais pas mentionné le nom ni quoi que ce soit d'autre, uniquement le numéro de la page du livre que j'avais pris au hasard sur ses étagères.

Il avait la tête appuyée contre le mur, les yeux fermés.

— Celle en noir, avec le bonnet ?

— Euh, oui, elle.

Il serra les paupières plus fort.

— C'est plus difficile à faire avec les scènes en deux dimensions, mais… voyons voir. Sa main est posée sur l'épaule devant elle. Elle porte une robe noire et son bonnet comporte des fleurs bleues et orange. Elle porte un collier ras du cou avec un pendentif à camée corail.

Merde, c'était presque effrayant. Son souvenir était à la fois juste et détaillé. J'observai toute la peinture – *Bal du Moulin de la Galette* par Auguste Renoir – qui représentait des centaines de personnes dans une guinguette un dimanche après-midi à Paris. Les lumières et les couleurs de la peinture étaient exquises.

— Voudrais-tu savoir autre chose ? Je peux te parler des couples qui dansent derrière, si tu veux. Ou de la foule en arrière-plan.

Je fermai doucement le livre.

— Non, ça va. Je suis suffisamment intimidée.

Il ouvrit les yeux et il me regarda.

— Intimidée ? Pourquoi ? Parce que j'ai une bonne mémoire ? demanda-t-il en haussant les épaules.

Bonne, ha !

— Ce n'est rien de spécial. Je panique toujours dans les foules.

— Ce n'est pas vrai. Tu t'en es très bien sorti au cinéma aujourd'hui.

— Il m'a fallu faire des pauses, dit-il en faisant référence aux nombreuses fois qu'il était sorti de la salle pour avoir un peu de répit.

— Mais les poses étaient de moins en moins fréquentes à mesure que le film avançait. Je suis fière de tes progrès.

Il ne répondit pas, alors je lui donnai un coup de coude.

— Je suis sincère, Wil. Tu te pousses beaucoup. Tu t'en sors bien. Pas besoin de diminuer tes talents merveilleux juste parce que tu as quelques défauts. C'est notre cas à tous.

Ses yeux marron me fixèrent, observant mes cheveux, mes lèvres, mon menton.

— Tu as des défauts ? Je pensais que tu étais parfaite.

Je rougis.

— Arrête. Tu sais que ce n'est pas vrai.

Il fronça les sourcils et il caressa ma joue et ma mâchoire avec son pouce.

— Je ne le sais pas. Je vois… une femme forte qui est pure et bonne, et déterminée à aider les autres. Pas seulement belle à l'extérieur, mais aussi à l'intérieur.

Je m'humectai les lèvres quand ma gorge se serra.

— Arrête. Tu me gênes.

Il sembla vraiment étonné.

— Il n'y a que toi et moi ici. Pourquoi es-tu gênée ? La vérité n'est pas gênante, Jenna.

Je posai le livre sur le sol à nos pieds. Il se pencha immédiatement, le ramassa et le replaça exactement à l'endroit où je l'avais pris vingt minutes plus tôt.

— Pourquoi n'aimes-tu pas entendre des choses positives à ton sujet ? demanda-t-il en se laissant tomber à côté de moi, un peu plus près cette fois.

Je haussai les épaules.

— C'est pour cela que tu ne veux pas rester ? Parce que tu ne penses pas mériter la permanence ?

— Wil, l'avertis-je avec un soupir.

Il était comme un chien avec son os, ne pouvant ou ne voulant pas lâcher.

— Dis-moi, Jenna. Je veux sincèrement comprendre.

Je secouai la tête.

— Je ne pense pas pouvoir t'aider à comprendre. C'est juste... mon destin, je suppose ? Mon intuition me dit que c'est ce que je dois faire.

Il réfléchit à cela pendant un moment, puis il passa les doigts dans mes cheveux.

— Ton destin peut-il changer ? Si tu trouvais quelqu'un... même si ce n'est pas ton âme sœur...

Sa voix trembla d'émotion avant de se briser.

Je fermai les yeux.

— Je n'ai pas toutes les réponses. Je ne sais que ce que je sais... et ce n'est pas une fuite. Je te le promets...

Je disais ces mots, mais mon cœur n'y était pas aujourd'hui. Je voulais simplement qu'il me tienne dans ses bras. Je voulais que nous profitions d'être ensemble.

— J'ai appris de la façon la plus dure que les choses ne sont pas permanentes. Que tout est temporaire.

— Effectivement, elles finissent par être temporaires si tu passes à autre chose avant qu'elles puissent devenir permanentes, dit-il. C'est une prophétie auto-réalisatrice.

— Je ne m'attends pas à ce que tu comprennes.

— Tu devrais peut-être m'en donner l'occasion.

Je me penchai en m'écartant de lui, m'appuyant contre le dossier, et sa main tomba de mes cheveux sur ses genoux.

— Tu sais déjà à peu près tout... jusqu'à mes cinq ans, j'ai vécu dans un pays complètement différent qui s'est fait bombarder. Ma sœur et moi avons été envoyées ici. Mon père a fait toutes sortes de promesses, mais elles ne se sont jamais réalisées. Je ne l'ai jamais revu. Fin.

William me regardait intensément à présent. Il se déplaça de façon à se mettre en face de moi.

— Il ne pouvait pas savoir qu'il allait mourir.

Je soufflai en tremblant.

— Il aurait pu venir avec nous. Alors il ne serait pas mort dans cette guerre merdique et insensée. À la place, il m'a dit d'être courageuse. 'Pars pour l'Amérique' a-t-il dit. 'Tu seras en sécurité et nous serons bientôt à nouveau ensemble.' Il a menti.

Je me sentis soudain submergée par l'émotion. Je me couvris le visage, pas seulement pour cacher les larmes, mais aussi pour cacher ma honte vis-à-vis de ce que je venais de dire. *Je ne le pensais pas, papa. Pardonne-moi.*

Je sentis le poids des bras de William autour de mes épaules. Je me penchai contre lui, les larmes coulant silencieusement le long de mes joues. Quand il était si près, je ressentais le même sentiment de sécurité que la nuit de ma panique à cause du feu d'artifice à Disneyland. Sa solidité était réconfortante. Je lui dis alors des choses que je n'avais encore jamais dites... à qui que ce soit.

— Et puis nous sommes venus ici. Nous avons beaucoup bougé à cette époque-là, nous sommes restés un an ou deux chez un parent éloigné, nous avons eu notre propre appartement pendant un moment. Puis nous avons vécu avec des amis de la famille quand nous avons perdu cet endroit parce que le loyer avait augmenté. Et, comme je te l'ai dit, j'ai rencontré Brock et je suis tombée amoureuse de lui quand j'étais adolescente.

Je reniflai.

— Maman voulait que je rentre : 'rentre à la maison, il est temps' disait-elle. Mais je ne le pouvais pas, parce que ce n'était pas ma maison. Je ne suis pas plus bosniaque maintenant que je ne suis allemande ou canadienne. Brock était ici et maman était furieuse que je laisse passer la chance de vivre avec ma propre famille. Mais j'étais si bête et jeune et amoureuse que rien d'autre ne m'importait. Alors j'ai blessé ma maman et je suis restée ici. Brock et moi nous allions vivre ensemble. Je comptais là-dessus jusqu'à ce que...

Ma voix s'étrangla quand je fus encore une fois accablée par les émotions.

— Jusqu'à ce qu'il meurt.

— Oui. Il semblerait que les gens meurent autour de moi.

La noirceur en moi s'éleva et elle m'aveugla.

— Quoi, tu penses que tu es maudite ?

J'inspirai profondément puis je soufflai en tremblotant.

— C'est moi qui aurais dû le ramener cette nuit-là. C'était ce qui était prévu. Nous étions allés à une fête et tout le monde buvait. Mais j'étais fatiguée. Nous nous sommes disputés et je lui ai dit que je rentrais à la maison pour dormir. J'étais sobre.

J'aurais pu le conduire. À la place, il est rentré à la maison plus tard avec un ami qui avait trop bu. Je... je n'ai pas été là pour lui.

Il secoua la tête.

— Ce n'est pas logique de t'en vouloir pour quelque chose que tu n'aurais pas pu prédire. Personne ne peut connaître l'avenir.

— Mais je connais mon avenir. C'est le changement. Toujours le changement. Quand quoi que ce soit se met à devenir permanent, je commence à me sentir nerveuse... à avoir la bougeotte.

J'étouffai un sanglot et je reniflai comme un bébé. Ma gorge se bloqua.

— J'ai vécu avec la famille de Brock pendant un moment après sa mort. J'étais déprimée, mais d'une façon ou d'une autre j'ai terminé le lycée. Je ne voulais pas partir pour aller à l'université, jusqu'à ce que sa mère dise que je le devais. Que ce serait mieux pour moi, afin que je puisse passer à autre chose. J'ai donc fait cela... mais passer à autre chose signifiait encore une fois déménager.

Je soupirai profondément.

— Il y a une légende dans ma famille. Baba – c'est ainsi que nous appelions ma grand-mère – avait pour habitude de dire que nous avions des racines gitanes. Les Roms sont des nomades. Ils n'ont pas de maison et parfois je me sens liée à cette partie de moi. Comme si je n'étais pas faite pour être prisonnière d'un endroit. Que ces choses dans ma vie se sont produites pour me l'apprendre.

Il se moqua de moi.

— C'est plus facile de déménager dans le but d'oublier le passé quand il est douloureux. Essayer de l'oublier, du moins.

Je le regardai en me posant des questions au sujet de sa perspicacité étrange et correcte, chose rare chez lui. Parlait-il d'expérience ?

— Alors tu penses toujours que je m'enfuis ?

— Je pense que parfois une personne peut croire si fort que cela devient réel.

Je fronçai les sourcils.

— Comme de, ne pas être méritant. Une personne peut croire qu'elle ne vaut rien.

William cligna des paupières.

— Je suppose que tu as raison.

— Nous nous ressemblons peut-être plus que tu ne le crois, dis-je avec un semblant de sourire. Même si je suis neurotypique.

— Je ne t'en veux pas pour ça, dit-il avec un sourire rusé.

Je ris malgré mes larmes.

— Heureusement.

Il me caressa doucement les cheveux.

— C'est peut-être la permanence qui t'effraie.

Je haussai les épaules.

— Peut-être.

Mais si c'était le cas, pourquoi me sentais-je vide à l'intérieur ? Il me manquait l'excitation habituelle que je ressentais juste avant de déménager.

— Je veux que tu restes, Jenna. Je veux que tu sois avec moi.

Je levai un sourcil et je le regardai.

— Tu veux dire, pour le sexe et tout ?

— Plus que ça. Nous pourrions… avoir une relation.

Je souris.

— Mes relations ne durent pas longtemps non plus. Doug a duré trois mois. C'est à peu près la moyenne.

Je détournai le regard, déconcertée par la façon dont William semblait étudier mon visage sans me regarder dans les yeux.

— Es-tu toujours celle qui rompt ?

Je réfléchis un instant en faisant un rapide inventaire de mes ex-petits amis. À chaque fois, c'était moi qui avais tout arrêté. Ma mâchoire tomba.

— Waouh…

— Quoi ?

— C'est effectivement moi qui ai rompu chaque fois.

— Au bout de trois mois ?

Je haussai les épaules.

— Plus ou moins.

Il se détourna, mais pas avant que je puisse voir son froncement de sourcils.

— Qu'est-ce qui ne va pas ?

Il secoua la tête.

— Je préférerais ne pas être avec toi si cela devait durer si peu de temps. Je pense qu'à la fin ce serait trop dur.

Je déglutis en m'écartant de lui. Il n'avait pas tort.

— Tu es du genre tout ou rien ?

— J'aime les absolus.

Je plissai le front en réfléchissant. Avais-je brisé le cœur de ces types ? Je n'avais jamais laissé les choses devenir assez sérieuses, et en général j'étais passée à autre chose sans problème. Mais j'avais l'impression que peu importe ce que je disais à William et peu importe à quel point j'essayais de le préparer, il ne se remettrait jamais facilement de mon départ.

Il avait raison et il fallait que j'arrête d'insister. Il voulait quelque chose de plus que ce que je pouvais donner… et je ne pouvais pas exiger qu'il attende moins que ce qu'il voulait.

Il me voulait. Et même si c'était un sentiment incroyable et merveilleux, je ne pouvais pas lui donner ce qu'il voulait. C'était mon échec, pas le sien.

J'étais coincée dans ce cycle infini de satisfactions momentanées. À la poursuite de ce qui attirait mon attention, au gré des vents. En *fuite*...

Chapitre Vingt-quatre
William

J E ME SENS MÉLANCOLIQUE EN LA CONDUISANT CHEZ ELLE CE soir, incapable de me débarrasser des émotions que nous avons soulevées : un étrange mélange de bonheur et de tristesse, d'espoir et de perte et de fort désir.

Cette lourdeur ne semble jamais partir. C Dès que je la regarde, le poids augmente et s'agite et me coupe un peu le souffle. C'est comme si je perdais déjà quelque chose alors qu'elle est toujours là. Alors qu'elle n'a jamais été mienne.

Mais je ne peux pas m'en empêcher. Je veux qu'elle soit mienne. Et au moment où je l'ai conduite à l'orgasme avec mes mains et ma bouche et ma langue, elle est devenue mon œuvre d'art. Elle est devenue mienne. Pendant les quelques minutes au cours desquelles elle s'était donnée à moi, je l'avais prise sans hésiter. C'était un sentiment puissant. Et addictif.

La voiture ne bouge plus, Jenna non plus. Elle regarde son immeuble par la vitre avec les mains toujours sur ses genoux. Je garde les mains sur le volant en position de dix heures dix, comme si je conduisais encore. Je regarde droit devant moi à travers le pare-brise. Je ne sais pas du tout ce que je veux dire.

— Es-tu inquiète ? dis-je soudain.

Elle tourne lentement la tête jusqu'à me regarder.

— À quel sujet ?

— Que je perde le duel. Que tu ne récupères pas ta tiare.

Elle sourit légèrement et elle pose doucement la main sur mon bras. Je résiste à l'envie de chasser sa main, alors que ça m'horripile. Car je ne crois pas pouvoir refuser son contact.

— Tu ne vas pas perdre, affirme-t-elle. Je crois en toi.

— La tiare est très précieuse.

Ce n'est pas une question, et cela fait un moment que je m'interroge sur sa valeur. Sa valeur personnelle.

Elle hoche la tête.

— Est-elle faite de diamants et de pierres précieuses ?

— Pas des diamants, non. Elle a une certaine valeur monétaire, mais ce n'est pas pour cela qu'elle est importante pour moi. Il s'agit plus de sa valeur sentimentale.

— Quelle est cette valeur sentimentale ?

Elle humidifie ses lèvres et elle me regarde un long moment. En fait, le silence s'étire à tel point que je pense qu'elle ne répondra pas.

Après un long soupir, elle s'éclaircit la gorge et elle parle.

— Je n'ai jamais parlé de ça à qui que ce soit en dehors de ma propre famille, alors c'est un peu difficile à mettre en mots. C'est si profondément enraciné dans les émotions que je ne suis pas certaine que tu comprends.

— Je ne suis pas un robot, Jenna. Je ressens des émotions.

Elle sourit.

— Je sais.

Elle entortille une longue mèche de ses cheveux d'ange autour de son index, puis elle la fait passer derrière son oreille. Je suis captivé par le geste. Je ne veux pas seulement dessiner et peindre cette oreille, je veux également sentir une nouvelle fois son lobe doux dans ma bouche et entre mes dents.

— Il est difficile pour moi de juste…

Elle secoue la tête en reniflant.

— Quand j'étais petite, je ne voulais pas venir aux États-Unis. Je te l'ai dit. C'était effrayant et mes parents ne venaient pas avec moi. Je t'ai aussi raconté que ma mère avait expliqué que j'allais vivre à côté de Mickey Mouse, mais ce n'est pas la vraie raison pour laquelle j'ai accepté de partir.

Je fronce les sourcils.

— Ah bon ?

— Enfin, c'est arrivé, mais ce qui m'a vraiment convaincu, c'était mon père. Il m'a fait asseoir et il a inventé cette histoire insensée selon laquelle j'étais une princesse secrète et que la tiare était ma couronne. Il est vrai que la tiare est transmise de génération en génération depuis longtemps. Elle avait été donnée à ma grand-mère qui l'a donnée à son enfant unique, mon père. Mon père me l'a donnée ce jour-là, le dernier jour où je l'ai vu. Il a dit qu'il voulait que je sois en sécurité et que je devais donc me cacher dans un autre pays pendant un moment pour grandir et apprendre et m'éduquer afin de pouvoir revenir et devenir reine un jour.

Maintenant, des larmes coulent des coins de ses yeux, mais elle rit en même temps. Cela me laisse complètement perplexe. Est-elle heureuse ou triste ? Ou peut-être les deux ?

— Sais-tu combien de temps j'ai cru à cette histoire ?

Elle se recroqueville à sa place.

— Beaucoup plus longtemps que je ne pourrais l'admettre sans mourir de honte.

— C'est logique, dis-je en hochant la tête. Quand nous sommes petits, nous voulons vraiment croire à tout ce que nos parents nous disent.

J'essaie de visualiser les événements tels qu'elle me les a décrits. J'imagine son père, un homme de la trentaine, peut-être aussi blond qu'elle, ou peut-être brun avec une mâchoire forte. Il caresse ses magnifiques cheveux d'ange et il lui dit qu'elle sera reine un jour, mais son visage est sérieux et il ne veut pas qu'elle sache qu'il a peur.

Je me sens soudain encore plus triste.

— Cette tiare a été son dernier cadeau ?

Elle baisse la tête et regarde ses mains, toujours croisées sur ses genoux.

— Je ne le vois pas exactement de cette façon, mais oui, c'est vrai.

— J'avais compris qu'elle avait de la valeur pour toi, mais je ne savais pas qu'elle avait une telle valeur sentimentale. Pourtant, il y a quelque chose que je ne comprends pas.

— Quoi donc ?

— Si elle est si importante pour toi, pourquoi l'as-tu mise en gage ?

Elle pince les lèvres.

— C'était un dernier recours. Je l'ai fait pour Maja, ma sœur. Elle voulait se marier, mais la famille de son fiancé ne voulait pas le permettre tant que la famille de la mariée ne pouvait pas payer le mariage. Elle n'a jamais demandé d'argent, mais elle ne sait pas non plus ce que j'ai dû faire pour l'obtenir. Je ne lui dirai jamais. Elle s'attend à ce que je rapporte la tiare en Bosnie pour qu'elle puisse la porter le jour de son mariage.

— Pourquoi ne le lui as-tu pas dit ?

Elle hausse les épaules et elle se penche en avant en frottant son visage avec ses mains.

— Pourquoi poses-tu autant de questions ?

— Je suis désolé. Parfois, je ne comprends pas les choses qui sont évidentes pour les autres.

Elle se tourne vers moi.

— Pendant tout ce temps, tu as pensé qu'il ne s'agissait que d'un vieux bijou de valeur sans lien émotionnel. Pourtant tu as promis de la récupérer sans savoir pourquoi je l'avais fait et pourquoi c'était important pour moi.

Je ne sais pas du tout quoi dire, alors je ne réponds pas. Ce n'était pas une question de toute façon.

— Ces dernières semaines d'entraînement, de travail avec moi...

Sa voix s'éteint et elle secoue la tête.

Je sais qu'elle pense qu'il s'agit de sacrifices désagréables pour moi, mais je ne peux pas dire que passer du temps avec elle est une punition.

— Tu as dû croire que j'étais superficielle et frivole de l'avoir mise en gage de cette façon.

— La raison n'était pas importante, Jenna. Ce qui compte pour moi, c'est que tu voulais la récupérer et que c'était important pour toi. Je n'avais pas besoin de savoir pourquoi.

Une émotion passe sur son visage, je ne sais pas exactement ce que c'est, mais elle mordille sa jolie lèvre rose avec ses dents blanches.

— Tu es adorable.

— Tu le dis très souvent.

Elle sourit.

— Parce que c'est vrai.

— C'est peut-être vrai, mais j'ai une très bonne mémoire. Il n'est pas nécessaire de le répéter.

Elle rit. C'est ce son musical et magnifique que j'adore.

— Et si je le disais pour me le rappeler à moi-même ?

Maintenant, je suis vraiment perplexe.

— Tu dois te rappeler que je suis adorable ?

Elle jette la tête en arrière en riant et je ne peux pas arracher mon regard à ce long cou pâle que je veux goûter encore une fois.

— Je suppose que oui.

Elle se tourne vers moi et en se penchant en avant, m'embrasse sur la joue. J'incline la tête pour capturer ses lèvres avec les miennes.

Au début, son baiser est incertain, hésitant. Comme si elle ne savait pas si elle voulait s'écarter ou pas. Avant qu'elle le puisse, je lève les mains et je tiens sa tête contre la mienne.

Mais elle résiste en gardant la bouche fermée et il me vient l'idée étrange que si j'arrivais à lui faire ouvrir – à s'ouvrir à moi – alors je pourrais l'apprivoiser et elle serait mienne.

J'ai besoin qu'elle soit mienne. J'ai besoin d'elle.

Je trace la ligne de ses lèvres douces avec ma langue, mais elle ne les ouvre pas assez vite alors je décide de l'assiéger. Pour pénétrer ses défenses, ma langue passe la barrière de ses lèvres en ne rencontrant qu'une légère résistance. Puis elle soupire et elle se détend contre moi.

J'attrape ses épaules et je la tire contre moi. Soudain, nous sommes fusionnés ensemble, sa chaleur et la mienne. La sensation de son corps contre moi est si agréable.

— Wil, chuchote-t-elle. Viens à l'étage avec moi.

Je ne veux pas y penser ni avoir cette dispute – et je sais que ce sera une lutte tant qu'elle n'aura pas admis que j'ai gagné. En attendant, je ne peux pas céder.

— Reste ici et sois ma petite amie, dis-je alors.

Je veux la toucher encore une fois. Tout son corps. Je veux la faire gémir. Je veux cette tension douloureuse dans mon corps qui exige qu'elle la soulage.

Mais plus que tout, je veux qu'elle soit mienne.

Elle pose la main sur mon torse et elle me repousse en évitant mon regard. Ce qui n'est pas plus mal, car je ne veux pas la regarder dans les yeux. Mon estomac me donne l'impression d'avoir avalé quarante kilos d'acier.

— Je dois y aller, souffle-t-elle.

Puis elle se penche lentement en arrière, ouvre la portière et descend encore plus lentement, comme pour me laisser l'occasion de changer d'avis.

Je ne le ferai pas.

Je ne le *peux* pas.

Le temps presse, mais je peux encore y arriver.

***

Le dimanche suivant, Jenna et moi partons pour le zoo de Santa Ana à la recherche de la foule. Ensuite, nous finissons à la maison de mon père pour un autre repas de famille. Kim a invité tous ceux à qui elle a pu penser, apparemment. En plus de notre groupe habituel, il y a quelques amis de Mia, y compris Heath – qui reste essentiellement assis à boire de la bière dans un coin – Alex et Kat. Jenna passe la majeure partie de la soirée avec les filles et je suis coincé à la regarder de loin.

Au bout d'un moment, je ressens le besoin de me retirer alors, je prétexte devoir aller aux toilettes puis, je me glisse dans mon ancienne chambre à l'arrière de la maison. J'y fais un inventaire de mes figurines Donjons et Dragons et je les dépoussière. Cela fait plus de huit mois que je n'en ai fait aucune. Mon travail, la forge et l'entraînement à l'épée ont occupé la majeure partie de mes journées. J'arrange les figurines sur leur étagère lorsque Jenna entre et regarde autour d'elle.

— Mia avait raison ! Elle a dit que tu serais ici.

— Elle me connaît bien.

J'indique la seule chaise de la pièce.

— J'étais assis dans cette chaise quand je l'ai rencontrée pour la première fois il y a vingt-deux mois.

Quelque chose que j'ai dit l'amuse, car son sourire s'élargit et je vois ses dents. Je ne sais jamais si quelqu'un me trouve amusant ou ridicule, alors je continue sans en tenir compte.

— La nuit où je l'ai rencontrée, j'ai su qu'Adam était sérieux par rapport à elle. C'était la première fois qu'il invitait une femme avec lui pour un dîner de famille.

— Eh bien, étant donné qu'ils vont se marier, je dirais que tu avais raison.

Je me retourne vers les figurines.

— J'ai rarement raison pour ce genre de choses, mais je suis content de ne pas avoir eu tort au sujet de Mia et Adam.

— Il semblerait que tu ne sois pas le seul. Non seulement Adam a trouvé une fiancée, mais ton père a trouvé une nouvelle femme quand il a rencontré sa mère. C'est tellement cool. Je pense que Mia et Adam sont du même avis – tant que Jordan ne soulève pas le sujet des cousins par alliance.

Elle me regarde un instant, puis elle dit :

— Je ne pense pas que tu aies besoin de t'inquiéter au sujet de leur mariage. Ils ont traversé beaucoup d'épreuves. Si cela ne les a pas brisés, rien ne le fera.

Je hausse les épaules.

— Je pense simplement que c'est logique de rendre les choses officielles. Je ne suis pas un expert, mais j'aime que les choses soient finalisées et bouclées.

— Eh bien, dit-elle avec un petit rire en levant la main pour tripoter un bouton de ma chemise, il y a toujours leur pari…

Je me raidis et mon visage devient tout rouge.

— Ne parle pas de ce pari !

Elle rit encore, mais ne retire pas son doigt. J'attrape son poignet et je maintiens sa main. Elle lève la tête et je n'ai qu'une fraction de seconde pour éviter son regard.

— Je n'aime pas que les choses ne se déroulent pas selon le plan. Adam et Mia devraient se dépêcher s'ils savent ce qu'ils veulent faire. Pourquoi attendre ? J'aime que tout soit établi à l'avance. J'aime être certain de l'avenir.

Elle se mord la lèvre.

— La vie ne se déroule pas toujours de cette façon, Wil. J'ai pensé savoir exactement ce que me réservait l'avenir autrefois, mais…

sa voix se brise et j'entends sa tristesse.

Je peux sentir ses cheveux quand elle se tourne pour regarder les figurines. Je note mentalement celles qu'elle admire. Je lui en donnerai peut-être quelques-unes plus tard. Je me rends compte que je tiens toujours son poignet et qu'elle ne cherche pas à s'écarter.

— Par la déesse, cela fait une éternité que je n'ai pas joué à D & D. Ça me manque. Je n'ai jamais collectionné les figurines comme tu le fais, mais j'ai beaucoup, beaucoup de dés.

Je jette un coup d'œil à la commode derrière ma table de travail.

— Mes vieux dés sont ici.

— Vraiment ? Puis-je les voir ?

— Tu veux voir mes dés ?

Elle sourit.

— Oui, comme toute geekette qui se respecte, je suis obsédée par les dés.

Je m'éloigne d'elle pour fouiller dans les tiroirs afin de trouver mon vieux sac de dés, puis je vide le sac en velours usé sur la table. Une pile de dés roule sur la table rayée et tachée. Ils sont tous de couleurs différentes et – comme il s'agit de dés de Donjons et Dragons – ils sont également de taille et de formes différentes.

Par une étrange coïncidence, Jenna attrape mon dé 20 porte-bonheur. Il est de couleur ambrée avec des nombres noirs sur ses faces. Le dé à vingt faces, le plus célèbre de tous les dés utilisés dans D & D, est un icosaèdre : un polyèdre symétrique à vingt faces.

Elle le roule sur la table et... elle fait un vingt naturel. Elle se mit à rire.

— Nat 20. C'est mon jour de chance. Dommage que nous ne jouions pas.

— Nous pourrions jouer, toi et moi.

Elle lève les sourcils.

— Maintenant ? Du genre... nous pourrions faire une sorte de jeu de rôle ?

Je hausse les épaules.

— Je n'ai pas été maître de jeu – je n'arrivais pas à inventer des histoires. Mais je pourrais être un personnage moyen, peut-être un forgeron qui travaille parfois comme chevalier.

Elle me dévisage de haut en bas.

— Tu es loin d'être moyen.

Elle croise les bras sur sa poitrine d'une façon qui resserre le tissu de son haut sur ses seins. Je me souviens immédiatement de l'image d'elle allongée sur mon canapé, faisant des bruits de plaisir quand je touchais et que j'embrassais ses seins. Ce souvenir suffit à me faire bander. *Douloureusement.*

Je lutte contre moi-même pour chasser cette image avant qu'elle éloigne entièrement mon attention de la réalité debout devant moi. J'arrache mon regard de sa poitrine, j'ajuste la façon dont je me tiens et j'espère qu'elle ne remarque pas que je suis maintenant sexuellement excité alors que je ne le devrais pas.

— Je pourrais être une diseuse de bonne aventure ambulante et une magicienne secrète. Nous sommes dans une auberge quelque part et nous nous croisons. Que me dis-tu ?

Je souris en voyant son enthousiasme à jouer.

— Je me demande quelles sont les chances afin que tu m'embrasses.

Elle lève à nouveau les sourcils. *Bien, je l'ai surprise.* Elle se retourne vers ma pile de dés et elle en sort un à dix faces. Un tir de ces dés détermine un score. Si un personnage a un certain pourcentage de chances de faire quelque chose, le score sur les deux dés montrera sa probabilité de réussir.

— Disons qu'en ce moment, tu as cinq pour cent de chances d'obtenir un baiser de ma part en tant qu'inconnu. Souhaites-tu faire cette tentative ? demande-t-elle.

Je réfléchis un instant.

— Puis-je faire quelque chose pour améliorer mes chances ?

— Bien sûr, il s'agit d'un jeu de rôle ! répond-elle en souriant. Mais je ne vais pas te dire comment.

— Bien sûr que non. Le jeu ne vaudrait pas la peine d'être joué si tu le faisais. Je vais te proposer de t'acheter une boisson.

Je m'arrête et je réfléchis.

— Ensuite, je fais signe au barman d'offrir ce qu'elle veut boire à la dame magnifique.

Elle considère cela pendant un moment en manipulant les dés.

— D'accord… c'est gentil. Y a-t-il une limite à ce que tu es prêt à payer ? Et si je souhaitais le verre de champagne le plus cher ?

— Je commanderai un verre de Dom Perignon pour ma dame, dis-je.

Elle sourit encore et je vois briller ses dents.

— Cela a augmenté des chances de quinze pour cent. Tu as maintenant vingt pour cent de chances d'obtenir un baiser de ma part.

Je fronce les sourcils.

— Cela ne fait qu'une chance sur cinq. Je n'aime pas ce rapport. J'aimerais les augmenter. Et si je te disais à quel point tu es belle ?

— D'accord. J'attends, dit-elle en penchant la tête sur le côté. Que veux-tu me dire ?

— Que tes yeux sont du même bleu que l'eau des célèbres marais salants turcs de Pamukkale. L'eau dans les bassins en travertin est un pur reflet du ciel : elle est pâle et immaculée. Exactement de la même couleur que tes yeux.

Elle déglutit et je continue :

— Et tes cheveux sont brillants et dorés comme des cheveux d'ange. Et ta peau est douce…

— Attends, comment sais-tu que ma peau est douce ? Nous venons de nous rencontrer.

— Parce que…

J'hésite, essayant de trouver quoi dire, outre le fait que j'ai caressé cette peau. J'ai touché son ventre lisse, ses seins ronds, ses cuisses douces. Ces pensées ne m'aident pas à gérer mon érection.

— Elle semble douce, dis-je, comme de la soie.

— D'accord, dit-elle en hochant la tête. Et je ne connaissais pas ces... ces bassins de sel turcs.

— Pamukkale. Cela signifie 'château de coton' à cause des concrétions blanches. Mais l'eau est bleue. Comme tes yeux. J'ai vu des photos et chaque fois que je regarde tes yeux, je pense à ces bassins.

Elle cligne des paupières.

— Ah...

— Autrefois, les gens se baignaient dans l'eau, car ils pensaient que cela leur apporterait des bienfaits spéciaux.

— Es-tu en train de dire que tu veux te baigner dans mon eau ?

Je fronce les sourcils.

— Euh…

Elle rit.

— Laisse tomber.

Elle tripote à nouveau les dés dans sa main.

— Tes chances ont augmenté. Cinquante pour cent maintenant. Veux-tu risquer le coup et lancer les dés ?

Je préfère mettre toutes les chances de mon côté, alors je prends une mèche de ses cheveux célestes et je la fais passer derrière son oreille. Elle écarquille ses grands yeux bleus en regardant mon visage. Nos regards s'évitent de justesse tandis que je baisse la tête vers l'endroit où le tee-shirt couvre une poitrine qui bouge plus vite à cause de sa respiration accélérée.

— Tu es si belle que parfois j'ai du mal à respirer quand je te regarde.

Elle chancelle un instant vers moi, comme si elle était attirée contre sa volonté. Je rétablis son équilibre en posant une main sur son épaule et ses paupières tombent. Elle s'humidifie les lèvres.

— Waouh. Tu, euh… tu trouves très vite ce que tu dois faire.

Nous nous tenons tout près maintenant et je sens les battements de mon cœur dans ma gorge. Jenna avala sa salive et elle tousse.

— Si tu lances les dés maintenant, je te donnerai quatre-vingt-cinq pour cent de chances de pouvoir m'embrasser.

Je tends la main, paume vers le haut. Cette probabilité me convient. Je rate rarement quand j'ai autant de chances. Elle pose deux dés dans ma main et je les jette rapidement sur la table sans arrêter de la regarder. Elle tourne la tête pour voir le résultat et je l'entends prendre sa respiration.

— Quatre-vingt-onze. *Merde.*

Je vérifie.

— Non, c'est dans l'autre sens. Dix-neuf. Le dé bleu est le premier chiffre.

Elle soupire.

— Merci déesse, murmure-t-elle en posant les mains de chaque côté de mon visage.

Je me raidis immédiatement, puis je les enlève et j'indique qu'elle devrait plutôt les faire passer dans mon cou. Je passe mes mains autour de son dos et j'attire fermement son corps contre moi. Ses seins appuient contre mon torse et elle serre les bras autour de mon cou quand nos bouches se rencontrent.

Contrairement à l'autre soir dans la voiture, elle s'ouvre immédiatement à moi.

Je la goûte et je me noie, mais je déborde également de puissance à la façon d'un superhéros. C'est comme mourir et renaître chaque seconde.

Sa langue bouge et je suis poignardé de plaisir dans tout le corps. Mes mains glissent de son dos jusqu'à son cul bien fait.

Nos têtes bougent ensemble pendant longtemps, mais je sais que mon corps en veut davantage. Je suis prêt pour elle, et d'après la chaleur de son corps contre le mien, elle est prête également.

Je la veux vraiment, *vraiment*.

En gros, s'il n'y avait personne dans cette maison, je la pousserais au sol et je la déshabillerais tout de suite. Je le lui demanderais d'abord, bien sûr, mais ensuite je le ferais.

Même si elle n'a pas changé d'avis sur son départ, je trouve que c'est une bonne chose qu'il y a du monde dans la maison maintenant.

Jenna se lève sur la pointe des pieds pour appuyer encore plus contre moi et mes mains entourent ses fesses rondes, frottant le denim raide de son jean. Elle fait des petits bruits qui me rappellent comment c'était quand je lui ai donné un orgasme.

Soudain, j'entends des pas dans le couloir. Jenna et moi nous écartons, puis nous nous tournons face au visiteur. Je regarde droit dans le visage étonné de mon cousin, qui fait un pas en arrière, sur le point de partir, mais apparemment il ne le peut pas, car il heurte quelqu'un juste derrière lui : Mia.

Jenna baisse la tête en s'essuyant la bouche du dos de la main, mais je vois qu'elle rit. Je ne sais pas si je dois rire ou être fâché. La seule chose qui me réconforte, c'est que mon cousin semble horrifié.

Mia passe la tête autour de son épaule et jette un coup d'œil par la porte. Elle examine la pièce, puis elle regarde Adam.

— Qu'est-ce que j'ai raté ?

— Euh, me dit Adam en ignorant sa question. Je voulais juste, euh, te dire que Mia et moi devons partir. Je voulais dire au revoir et m'assurer que, euh, tout va bien entre nous.

Sa voix est bizarre, mais au moins il n'a plus cet air choqué.

Jenna est maintenant toute rouge et elle rit très fort, si fort qu'elle en pleure. Néanmoins, je sais qu'elle n'est pas triste.

Mia la regarde.

— Ça va ?

Jenna se contente de hocher la tête. Maintenant, Adam rit en regardant Jenna.

— Eh bien, je vous dirais bien de continuer, mais Liam pourrait me poursuivre avec une autre épée.

— Je pense qu'il vaut mieux que tu ne dises rien, l'avertis-je en indiquant ma vieille épée en acier accrochée au mur pour la décoration.

Adam lève les yeux au plafond un instant, comme il le fait quand il ne sait pas quoi dire.

— D'accord, Liam. On se voit demain au travail. Au revoir, Jenna.

Il se tourne et il part en contournant Mia qui nous regarde avec de grands yeux.

— Bon, j'ai raté quelque chose, mais je voulais juste dire au revoir et te souhaiter bonne chance, William. Je sais que ton grand duel a lieu le week-end prochain, et je ne vais pas pouvoir être là pour notre petit-déjeuner cette semaine, car j'ai cet examen qui arrive.

Je hoche la tête, troublé par le changement de plan.

— D'accord. Envoie-moi un texto plus tard, alors.

Maintenant, Mia regarde Jenna qui s'est enfin remise. Elles paraissent toutes deux communiquer sans parler. Mia lui jette un regard, Jenna le lui retourne en secouant la tête, mais soudain le sourire s'efface de son beau visage et elle fronce les sourcils. Je jette un coup d'œil à Mia qui semble à présent contrariée ou fâchée – les deux expressions de visage sont semblables chez Mia. Et je suis soudain irrité par elle. Quoi qu'elle ait fait, cela a perturbé Jenna, et cela ne me plaît pas.

Pour la centième fois, je souhaite vraiment savoir déchiffrer les expressions de visage.

— Eh bien, au revoir, dit Mia en faisant un pas en arrière.

— Ouais, au revoir, répond Jenna en me regardant puis en tournant le dos à la porte pour examiner les figurines.

Mia disparaît.

Je me tourne vers Jenna qui tripote les figurines, mais j'ai l'impression qu'elle ne les regarde pas vraiment.

— Que s'est-il passé ? Êtes-vous fâchées ?

Elle me regarde et lève les sourcils.

— Non… non. C'est juste…

Elle secoue la tête, puis elle hausse les épaules.

— Pas besoin de t'inquiéter, William. Dans un mois, cela n'aura même plus d'importance…

Sa voix s'estompe et elle fronce les sourcils.

Je serre la mâchoire, mécontent que l'on me rappelle encore une fois qu'elle s'en va. Je me tourne et je prends mes vieux dés que je jette dans leur sac en velours, puis j'ouvre le tiroir et je les range.

— Qu'est-ce que c'est tout ça ? demande-t-elle par-dessus mon épaule.

Je baisse les yeux pour voir que le tiroir est plein d'enveloppes fermées de couleurs différentes. Chacune m'est adressée dans une écriture familière. Je m'agite sur place. Je ne veux vraiment pas parler de cela maintenant – ni jamais.

Elle se penche plus près.

— Ces enveloppes sont toutes cachetées. Tu ne les as jamais ouvertes.

Je hausse les épaules avant de fermer brusquement le tiroir.

— Je n'ai jamais voulu les ouvrir.

— Que sont-elles ? De qui viennent-elles ? Si ce n'est pas indiscret...

Mon cœur bat vite et j'ai la nausée.

— Ce sont des cartes d'anniversaire et elles viennent de ma mère.

— Et tu ne les as jamais ouvertes ?

Je serre les poings.

— Je n'avais pas une bonne relation avec ma mère.

Je tourne le dos à la commode.

— Veux-tu en parler ?

— Non.

— D'accord.

Il y a un long silence. Je fourre les mains dans mes poches, incapable de trouver quoi dire. Jenna s'approche de moi et pose fermement une main sur mon bras.

— Tout va bien. Nous avons tous des relations parentales compliquées.

— *J'avais.* Ma mère est morte il y a cinq ans, quand j'avais vingt et un ans.

— Oh, je suis désolée.

— Pourquoi es-tu désolée ? Tu n'es pas responsable.

Elle hausse les épaules.

— C'est juste quelque chose que les gens disent. Je suis désolée que tu aies vécu ce drame.

Je fronce les sourcils en y réfléchissant. Je me demande pourquoi je ne le savais pas.

Tout ce dont je me souviens, c'est de sa voix dans ma tête. Sa voix désapprobatrice me disant qu'elle ne sait pas du tout quoi faire de moi ni même comment communiquer avec moi. *Quelle mère dit cela à son enfant ?*

J'ai l'estomac noué et du mal à respirer. Je refuse de me laisser submerger.

De laisser une conversation sur le passé – sur elle – gâcher mon moment avec Jenna. Ou bien a-t-il déjà été gâché ?

Chapitre Vingt-cinq
Jenna

J E NE SAVAIS PAS DU TOUT QUOI DIRE NI MÊME S'IL AVAIT besoin de réconfort. Sa bouche était pincée et les muscles de son bras puissant étaient tendus comme des ressorts.

— Wil, tu devrais en parler.

Il s'écarta si brusquement de moi que cela me coupa le souffle. Il passa une main dans ses cheveux bruns de façon répétée jusqu'à ce que ses cheveux soient dressés de tous les côtés sur sa tête. Mais comme il devait me contourner pour sortir de derrière la table, je le coinçai. Il se balança alors d'une jambe sur l'autre.

— Je *devrais* en parler ? Est-ce différent de 'tu *dois* en parler' ou même 'tu *veux* en parler' ?

Je soupirai.

— Tu es énervé et perturbé. Je peux peut-être t'aider à travailler cela ?

Il haussa les épaules.

— Je ne suis plus perturbé par ma mère.

Je refoulai un rire – apparemment, même les types autistes faisaient les machos quand l'opportunité se présentait. Il pouvait faire semblant que tout allait bien, mais il était clair que c'était faux.

— Tout le monde a un problème avec sa mère. C'est mon cas… je t'en ai parlé, n'est-ce pas ? Cela se passe bien maintenant, mais elle a été très fâchée contre moi pendant un moment parce que je suis revenue aux États-Unis pour être avec Brock.

Il secoua la tête.

— Ne parle pas de lui.

Il ouvrit et referma encore les poings.

— D'accord, chuchotai-je.

— Je ne sais pas pourquoi, mais cela me met en colère quand tu parles de lui. Comme si j'étais jaloux de lui. Je ne devrais pas être jaloux parce qu'il est mort. Mais je suis jaloux et c'est perturbant, alors je préfère ne pas y penser.

Pour une raison ou pour une autre, son aveu honnête me mit les larmes aux yeux. *Je ne devrais pas être jaloux parce qu'il est mort.* Soudain, mon cœur se serra et je sentis une boule dans la gorge. Je n'aurais su dire exactement pourquoi : était-ce le rappel de la mort de Brock, ou bien s'agissait-il d'autre chose ?

Peut-être était-ce l'aveu sincère de William qui ne s'était même pas rendu compte de ce qu'il venait de révéler. Il était parfois si innocent que j'en étais foudroyée.

Je me penchai vers lui malgré son agitation et en me levant sur la pointe des pieds, je passai mes doigts dans ses cheveux sombres et épais exactement au même endroit que lui quelques instants avant. Il ferma les paupières et détendit les mains.

— Wil, puis-je t'aider ? Acceptes-tu de me laisser faire ?

— Comment penses-tu pouvoir m'aider, exactement ? demanda-t-il doucement sans me regarder.

— Peut-être en en parlant ? Nous avons tous des problèmes avec nos parents. Je te le promets. Les tiens sont peut-être plus difficiles parce que ta mère est décédée et que tu ne peux pas lui parler.

— Si elle était en vie, je n'aurais rien à lui dire. Je ne lui ai jamais beaucoup parlé.

— Quel âge avais-tu quand ton père et elle ont divorcé ?

— Cinq ans.

Il n'y avait aucune émotion dans sa voix. Il parlait vraiment comme un robot, bien qu'il maintenait ne pas en être un.

— Et ta sœur et toi vous avez vécu avec ton père quand ils se sont séparés ?

— Oui.

Des réponses minimales... à ce rythme, j'allais mettre longtemps à tout lui faire dire. Je poussai légèrement son bras dur et épais pour qu'il se tourne vers moi.

— Wil, parles-en. Comment était-ce ? Étais-tu content de vivre avec ton père au lieu d'elle ?

Son visage était aussi neutre que sa voix. S'agissait-il d'un mécanisme de défense ?

— Cela n'a jamais été une possibilité. Elle est partie. Elle a fait comprendre qu'elle ne voulait pas avoir de relation avec moi.

Je plissai les yeux, étonnée.

— Mais ta sœur...

— Oh, elle voyait Britt tout le temps. Chaque semaine. Ma mère lui a même demandé de vivre avec elle quand Britt a eu treize ans, mais Britt a dit non. Je pense que ma sœur s'est toujours sentie mal pour moi et elle n'a jamais voulu me quitter.

Il haussa les épaules avant de poursuivre :

— Je lui ai dit qu'elle devait partir si elle en avait envie. J'aime mon père et j'étais content de rester avec lui.

Je souris.

— Ton père est un type assez fantastique.

Il serra la mâchoire.

— Oui. Il méritait mieux que ce qu'il a eu, dit-il en secouant la tête.

— Tu veux dire que ta mère ne l'a pas bien traité ?

— Je suis certain qu'ils ont été heureux ensemble au début, peut-être avant que je naisse ou avant que je sois compliqué à gérer.

Ah, nous voilà au cœur du problème.

— Attends, tu ne crois quand même pas que tu es la raison pour laquelle ils se sont séparés, si ?

Il se détourna légèrement de moi, dirigeant ses paroles vers le mur.

— Il s'agit d'un fait prouvé par les statistiques que les parents d'enfants autistes ont plus de chance de divorcer.

Je me mordis la lèvre en essayant de trouver quoi répondre, mais il continua à parler.

— Non pas que le taux de divorce aux États-Unis soit bon de toute façon, cependant il est plus élevé parmi les couples avec des enfants autistes.

— Alors c'est pour cela que tu penses qu'ils se sont séparés ? À cause des statistiques ? Wil... certaines personnes paniquent et ne peuvent pas gérer le fait d'être parents ni même juste être mariés en général.

Il se retourna vers moi, mais toujours sans me regarder.

— Son deuxième mariage était très bien. Elle s'est remariée moins d'un an après nous avoir quittés et elle est restée mariée jusqu'à sa mort.

— Eh bien, dans ce cas, on l'emmerde. C'est son problème, pas le tien. Tu ne dois jamais te sentir responsable. Quel genre de personne abandonne ses enfants ?

— Elle ne nous a pas abandonnés...

Je m'avançai vers lui et je repris son bras dans ma main. J'avais envie de le secouer, de lui montrer à quel point sa façon de penser était mauvaise et nocive.

— Wil, elle t'a abandonné, toi. Peut-être pas ta sœur, mais toi elle t'a abandonné. Elle ne s'en est jamais rendu compte ou bien, ne s'est jamais souciée à quel point, cela pourrait te blesser qu'elle favorise ta sœur par rapport à toi.

Il déglutit, mais il resta silencieux en regardant par-dessus mon épaule. Je posai les mains sur ses joues. Il écarta la tête.

— Pas mon visage…

— D'accord.

Je déplaçai ma main sur son épaule en appuyant bien.

— Tu mérites d'être aimé. Et tu méritais d'être aimé par elle. Et le fait qu'elle n'ait pas pu le faire, c'est un échec de sa part, pas de la tienne.

William se lécha les lèvres et après de longues secondes, ses yeux sombres croisèrent enfin mon regard. J'avais envie de le prendre dans mes bras, de le tenir, de l'embrasser, de le réconforter, mais je ne savais pas du tout si c'était ce dont il avait besoin à ce moment-là. J'en avais besoin, mais ses besoins étaient beaucoup plus importants que les miens.

Sa tête tomba légèrement en avant et son front toucha le mien. Je pus sentir sa respiration brûlante sur mon visage pendant que nous nous tenions ainsi silencieux. Quand je regardai ses yeux, je vis qu'ils étaient fermés, ses longs cils foncés posés calmement sur ses joues.

— Sais-tu ce que nous devrions faire ? dis-je d'une petite voix.

Il ne m'aurait jamais entendu si l'arrière de la maison n'avait pas été aussi calme.

— Quoi ? demanda-t-il sans ouvrir les yeux.

— Nous devrions ouvrir ces cartes. Nous devrions les lire et voir ce qu'elles disent.

Il ouvrit soudain les yeux. L'idée sembla presque le rendre malade et il écarta lentement son front du mien.

— Je ne veux pas le faire.

— Pourquoi ?

— Parce que… parce que je préfère imaginer ce que je veux qu'elles disent.

— Et qu'aimerais-tu qu'elles disent ?

— J'aimerais imaginer qu'elle était désolée. Qu'elle présentait ses excuses dans chaque carte et que j'ai eu la possibilité de les accepter, mais que je ne l'ai pas fait.

— Est-ce que cela te ferait ressentir autre chose pour elle ?

— Je ne le sais pas.

— Pouvons-nous le découvrir ?

Il resta encore une fois longtemps silencieux.

Je me tournai et je marchai jusqu'au tiroir que j'ouvris doucement en lui laissant le temps de protester. Il ne dit rien, alors je sortis les cartes : il y en avait seize. Je commençai à ranger les enveloppes colorées du plus ancien cachet de la poste au plus récent, tous tamponnés au mois d'octobre. Le premier datait de 1994. Il avait six ans.

— Quel est le jour de ton anniversaire ?

— Le quatorze octobre, maugréa-t-il en me regardant trier les cartes.

— Ah, une Balance. C'est logique. Passionné, artistique, doux et sensible.

— Il n'y a rien de logique dans ces machins astrologiques, répondit-il.

— D'accord, bref. Voici celle de ton sixième anniversaire, dis-je en lui tendant l'enveloppe jaune vif. Veux-tu l'ouvrir ?

— Je ne veux en ouvrir aucune.

— Puis-je ouvrir celle-ci, alors ?

Il hocha lentement la tête. Je glissai un ongle sous le rabat de l'enveloppe et je la déchirai. C'était une carte banale et criarde pour petits garçons avec des images de trains et de camions en couleurs primaires très vives. Cela faisait jeune, même pour un petit garçon de six ans. Quand j'ouvris la carte, quelques billets en tombèrent.

Il y avait une courte note à l'intérieur, que je lus à voix haute :

Pour Liam,

Je te souhaite un joyeux sixième anniversaire. Je te promets de t'emmener manger une glace très bientôt.

Bises, Maman

Je me tournai vers William.

— Alors, est-ce qu'elle t'a emmené manger des glaces ?

Il haussa les épaules.

— Je ne m'en souviens pas. Peut-être.

Je posai encore une fois une main sur son bras.

— Ça va ?

Il s'écarta légèrement.

— Pourquoi est-ce que cela n'irait pas ? Cette carte n'a absolument rien dit.

— Veux-tu que j'ouvre la suivante ?

Il haussa encore les épaules. Je posai les six billets d'un dollar – un pour chaque année de sa vie – sur le bureau et j'attrapai l'enveloppe suivante. Les quelques années qui suivirent ressemblèrent à la première. Toujours un cadeau en espèces égal à son âge et un simple souhait d'anniversaire avec une promesse de le voir ou de l'emmener quelque part bientôt.

William se détendit un peu, bien qu'il soit de plus en plus déçu. Autour de son quinzième anniversaire, il se souvint qu'elle avait assisté à quelques moments importants, comme sa première exposition d'art amateur, mais en règle générale, ses visites étaient rares. Quand il devint plus grand, elle promit de l'emmener au restaurant et il me fit savoir qu'elle ne l'avait jamais fait.

Il regardait fixement les deux dernières cartes sur la pile et il était difficile d'évaluer son humeur. Avec un long soupir, il attrapa l'avant-dernière carte, l'ouvrit rapidement et la déplia sans même regarder le dessin et le message formel à l'extérieur. Un billet de vingt dollars immaculé qui n'avait jamais été utilisé tomba de la carte. Je l'ajoutai à la pile de billets sur la table.

D'une voix monotone, il lut :

Cher Liam,

Je sais qu'il est sans doute trop tard pour te l'expliquer. Je ne sais pas si je le peux. Tu es un homme, maintenant. Un homme adulte que je ne connais même pas... mais j'espère que tu le comprendras un jour.

Bises,

Ta Maman

Il souffla comme s'il venait de recevoir un coup de poing dans l'estomac.

— Elle ne savait pas encore qu'elle était malade. Je crois qu'elle l'a découvert l'année suivante.

— De quoi est-elle morte ?

— D'insuffisance rénale.

J'attrapai la dernière carte et je la lui tendis.

— Elle était au courant quand elle a envoyé celle-ci. Tu y trouveras peut-être ce que tu cherches ?

Il me regarda puis il fixa la carte.

— J'en doute.

— Eh bien, laisse-moi juste dire ceci : elle n'était pas une personne parfaite. Elle avait des défauts, comme nous tous. Tu ne peux plus te réconcilier avec elle, mais tu peux lui pardonner.

Il plissa le front.

— Pourquoi le ferais-je ?

— Parce que tu te sentiras mieux. Bouddha a dit un jour que rester en colère, c'est comme de boire un poison et de s'attendre à ce que l'autre personne meure.

Il avala sa salive et il déchira la dernière enveloppe sans même répondre. Puis il ouvrit la carte, en sortit l'argent et la referma immédiatement.

— Tu ne vas pas lire celle-là ?

Il inspira profondément.

— Pas encore. Je ne suis pas prêt.

Je hochai la tête.

— D'accord. Tu as besoin d'un câlin ?

Il fronça les sourcils.

— Non.

— Puis-je tenir ta main, alors ?

Il hocha la tête. Je glissai ma main dans sa main rugueuse et elle se ferma sur la mienne en la serrant fort – presque douloureusement. Je serrai moi aussi.

Nous regardâmes tous deux la pile d'argent.

— Ça fait deux cent seize dollars, dis-je. Tu devrais les dépenser pour quelque chose d'amusant.

— Comme quoi ?

Je haussai les épaules.

— Oh, je ne sais pas. Que penses-tu de la Fun Zone à Newport ? Ou nous pourrions aller jouer aux jeux vidéo à Dale & Boomers.

Il se figea.

— Il y a beaucoup de monde là-bas.

— Tu dois toujours travailler ça.

Il pinça les lèvres. En retirant sa main de la mienne, il attrapa l'argent et il mit l'épaisse liasse de billets dans son portefeuille.

— Ce sera donc Dale and Boomers. Tu voudras bien m'accompagner ?

— Bien sûr. Je suis ton amie, non ?

Il me regarda droit dans les yeux.

— Je veux que tu sois plus que mon amie.

Il remit son porte-monnaie dans sa poche, puis il se concentra entièrement sur moi en attrapant mon poignet. Son regard était si intense que je fis un pas en arrière.

Il fit un pas en avant.

Je refis un pas en arrière et il me suivit.

— Jenna, souffla-t-il.

— Wil...

Je fus interrompue en heurtant le mur derrière moi. Sa tête fondit sur la mienne et il serra mon poignet avec plus de force, l'autre main se posant dans mes cheveux.

Il ne fut pas brutal, mais il ne fut pas doux non plus, et même si je trouvai cela très excitant, je me demandai ce qui lui avait pris.

Malgré tout, quand nos langues se mêlèrent et que mon corps se réchauffa contre le sien, je souhaitai oublier tout sauf la nuit torride que nous avions partagée quelques semaines plus tôt quand je m'étais déshabillée avec lui. Tout ce que je savais, c'est que j'en voulais davantage... je n'avais jamais arrêté de le désirer. J'avais simplement arrêté d'insister.

Apparemment, c'était maintenant son tour.

Il pressa son torse contre le mien et il pencha la tête à mon niveau, ses lèvres me taquinant et suçant les miennes, me mordillant avec ses dents. Il avait envahi mes sens, il avait capturé mon désir et il l'avait retourné contre moi comme une armée étrangère prenant une forteresse. La main qui était sur mon cou glissa pour prendre mon sein et mon téton se leva, heureux d'obéir à ses doigts curieux. Je fermai les yeux quand sa joue râpeuse se frotta contre la mienne.

Par la déesse. C'était si bon. Sa bouche glissa de la mienne et il déposa des baisers sur ma joue et le long de ma mâchoire.

— Reste avec moi, Jenna.

Mon premier instinct – je l'avais au bout de la langue – fut de dire 'oui'. Mais je déglutis et je fermai la bouche. À ce moment-là, le lobe de mon oreille était dans sa bouche brûlante et il raclait ses dents dessus. Je faillis m'effondrer contre lui.

— Dis-moi que tu restes. Promets-le-moi.

— Je ne le peux pas, chuchotai-je en tremblant. Mais cela ne signifie pas que nous ne pouvons pas nous voir jusqu'à ce que je parte...

Il se figea, le corps aussi raide que s'il avait été taillé dans la pierre. Il retira lentement sa bouche de mon cou.

— J'ai besoin que tu restes.

Je déglutis.

— Tu ne le penses pas.

Il rougit et ses traits magnifiques se tordirent de colère.

— Ne me dis pas ce que je pense et ce que je ne pense pas. Tu ne sais pas ce qu'il y a dans ma tête, grogna-t-il en serrant les dents.

Je posai la paume de ma main contre son torse dur pour le pousser doucement, mais il leva la main pour balayer la mienne comme s'il s'était agi d'un insecte.

— Wil…

— Non, tu as raison. Pourquoi voudrais-je une personne qui préfère partir quand les choses deviennent difficiles ? Tu as tout à fait raison.

Il aurait tout aussi bien pu me gifler. Je clignai des yeux en retenant mes larmes.

— Mais…

— Pas besoin de t'expliquer. Tu as été franche depuis le début. Tu n'es ici que pour une seule raison. Tu as besoin de ta tiare.

Je restai bouche bée.

— C'était peut-être la raison au début, mais…

Il leva la main pour m'interrompre.

— Tu n'as pas besoin de m'épargner. Le marché a été clair depuis le début. J'avais tort de m'attendre à davantage de ta part.

Je fronçai les sourcils.

— Que veux-tu dire ?

Il enfonça les mains dans ses poches.

— Cela signifie que tu n'as pas besoin de gaspiller plus de ton temps pour me réhabiliter. Il reste moins d'une semaine. Je vais échouer ou réussir sans toi.

Je pâlis devant sa colère.

— Mais je veux…

— Pas besoin non plus de me faire plaisir. Je vais récupérer ta tiare et puis nous n'aurons plus l'obligation de nous voir.

Je clignai des yeux.

— Je ne te vois pas parce que j'y suis obligée, et je sais…

Il tourna les talons et il s'éloigna avant que je puisse terminer… *Je sais que tu vas réussir, Wil. Je crois en toi.*

J'eus l'impression que le sol se dérobait sous mes pieds.

— Wil… s'il te plaît, ne sois pas fâché.

Il secoua la tête.

— C'est juste que… ça fait mal.

Je souffrais à l'idée de ne plus le revoir. J'essayai de ne pas m'attarder sur la signification de la sensation de vide qui s'étendait au milieu de ma poitrine.

Il s'arrêta à la porte et il se retourna vers moi.

— Je n'aime pas ce sentiment, Jenna. Je ne le ferai plus. Tu dis que je mérite d'être aimé. Mais apparemment pas par *toi*.

J'eus le souffle coupé.

— Ce n'est pas vrai. Tu es… et je… mais je ne peux pas. Car je crois sincèrement avoir déjà rencontré mon âme sœur. Il est mort alors…

— Ça facilite les choses.

Soudain, mon visage se mit à brûler. J'essayai de me dire qu'il agissait ainsi parce que je l'avais blessé, mais cela ne lui donnait pas le droit de m'attaquer de cette façon.

— Cela n'a rien de facile, Wil. Je me suis résignée à…

— Dans ton esprit, il est parfait. Le parfait amant, le parfait partenaire. Et rien ne viendra jamais contredire cela, car il ne te décevra jamais : il ne peut *pas* te décevoir. Mais tu seras déçue dans tes autres relations, et cela ne fera que renforcer la croyance ridicule qu'il n'existait qu'une seule personne pour toi. Ou une seule personne pour tout le monde sur cette planète.

— *Ridicule* ? Pourquoi es-tu si méchant ? Je ne t'ai jamais rien de ce genre.

Je vis sa mâchoire gonfler quand il la serra et il tenait le cadre de la porte avec tant de force que les articulations de sa main étaient toutes blanches.

— C'est sans doute mieux que tu crois cela. Personne ne peut rivaliser avec une personne morte et gagner.

Je levai les mains au ciel.

— Pourquoi y aurait-il compétition ? Pourquoi parles-tu de cette façon ? Est-ce à cause de tes cartes d'anniversaire ? Tu as le droit d'être fâché contre ta mère, mais…

William sortit ses clés de la poche de son pantalon et se tourna brusquement.

— Il faut que tu rentres chez toi.

Il quitta la pièce. *Merde.*

J'étais encore furieuse contre lui quand je le suivis dans le couloir. Lorsque je pénétrai dans la pièce où se trouvait la famille, je vis Britt et Kim parler sur un canapé, chacune avec un verre de vin dans la main. Peter débarrassait la table.

— Il y a du gâteau pour le dessert… commença-t-il, mais sa voix s'éteignit quand il vit le visage de son fils.

— Je dois partir. Je ramène Jenna chez elle.

— Je vais emballer un morceau pour vous deux.

Son père partit à la cuisine et William croisa les bras sur sa poitrine en attendant.

Sur le canapé, sa sœur fronça les sourcils, puis elle me regarda directement.

— Que se passe-t-il, Liam ? Ça va ?

— Je vais bien, aboya-t-il avant de tapoter du pied pour montrer son impatience.

Je restai abasourdie par son comportement impoli.

Kim se leva et marcha vers nous en posant son verre.

— Hé, William, je voulais te demander les détails de ton duel. L'heure et l'endroit et peut-être quelques indications ? Nous aimerions venir t'encourager.

Il secoua la tête, mais il ne dit rien... il ne la regarda même pas.

Par la déesse, c'était gênant.

— Je, euh, je vais attendre dans la voiture. Bonne nuit, tout le monde, et merci pour le repas merveilleux.

Je tournai les talons et je sortis en trombe.

Dans l'air frais du soir, j'inspirai profondément et je laissai les larmes déborder sur mes joues avant de les essuyer rapidement. Une partie de moi bouillait de colère contre lui. Mais la plus grande part de moi était furieuse contre moi-même.

Ceci avait commencé comme une situation mutuellement bénéfique. J'avais besoin de l'aider à récupérer ma tiare, il avait besoin de mon aide contre ses problèmes de foule. Seulement, j'avais commencé à apprécier sa compagnie.

J'avais commencé à l'apprécier, lui.

Et je n'étais pas prête à ce que ceci soit terminé.

Le trajet du retour fut tendu. William ne dit absolument rien. À chaque kilomètre qui passait, je me sentais de plus en plus mal. Il s'arrêta devant mon immeuble et il laissa tourner le moteur, ne me regardant même pas.

Je me tournai vers lui et je posai la main sur son bras.

— Wil.

Il retira violemment le bras.

— Je te verrai au festival, Jenna. En attendant, bonne soirée.

Ma gorge se serra de douleur. Je n'allais pas craquer devant lui. Mais je ne pouvais pas non plus ouvrir la portière et partir sans rien de plus.

— Tu es exactement comme ce Pendu, tu sais. C'était la carte parfaite pour toi.

Il prit un air renfrogné.

— Je t'ai dit que je ne croyais pas à ces histoires de cartes.

— Le Pendu est en état de stase, comme toi. Tu es retenu par ta colère envers ta mère. Tu laisses cela être l'arbre auquel tu te pends.

Il resta silencieux en serrant fort le volant. Et moi, je fus à nouveau sur le point de fondre en larmes. Plutôt que de lui permettre de les voir, je sautai de la voiture aussi vite que possible.

Je parvins à retenir mes émotions en grimpant les marches et même au cours de ma conversation avec ma colocataire, qui était en train de regarder *The Walking Dead*. Puis je me faufilai dans la chambre, habillée pour la nuit, et je m'endormis en sanglotant quand je ne pus plus me retenir.

Parfois, une bonne crise de larmes était apaisante, cathartique, mais pas celle-ci. Les larmes salées coulèrent dans le trou béant qui venait de se déchirer dans mon cœur, et au lieu d'atténuer la douleur, celle-ci ne fit qu'augmenter.

***

— Que se passe-t-il, Jenna ? Tu as l'air un peu à l'ouest, cette semaine, me dit Alex.

C'était quelques nuits avant que je parte pour le festival de Beltane et oui, 'à l'ouest' était une bonne façon de décrire ce que je ressentais. À côté de la plaque en était une autre.

William me manquait terriblement. Depuis que nous avions commencé à traîner ensemble, j'avais passé une semaine sans le voir, mais jamais sans textos ou sans courtes discussions au téléphone. Ceci me semblait pire qu'une rupture – parmi celles qui m'avaient affectée.

Et plus je pensais à ses mots, plus je commençais à m'interroger sur ce défaut que j'avais. Plus précisément, je me demandais si j'avais blessé d'autres gens à cause de mes propres défaillances. Mes propres peurs.

Des peurs que j'avais cachées derrière mes croyances.

Et en parlant de faire souffrir les autres… j'avais donné ma démission au centre de soutien des réfugiés. J'avais eu une boule dans la gorge en voyant le regard de ma chef. *Le choc. La déception. La tristesse.* Mais à la fin, elle me souhaita bonne chance.

Alors oui… j'étais à l'ouest. J'avais des raisons.

Je haussai les épaules en picorant ma nourriture. Des restes de spaghetti réchauffés. Avec le ramen, c'était devenu mon repas de base.

— Es-tu angoissée à cause du duel ? demanda-t-elle en fronçant les sourcils. Penses-tu que William va perdre la tiare ?

Je secouai la tête.

— Je pense qu'il va gagner. Il a travaillé très dur.

— Alors, souris !

Les mains tremblantes, je posai ma fourchette et je regardai mon assiette en clignant des paupières pour retenir des larmes soudaines.

— Que fais-je, Alex ? Où vais-je ?

Elle ferma son manuel de cours avec un claquement – contrairement à moi, elle faisait ses devoirs – et elle posa son crayon.

— On dirait que tu as besoin d'aller au stand des conseils.

C'était une blague entre nous. Alex aimait conseiller les gens et les guider. Mes amis et moi avions commencé à lui faire comprendre qu'il lui fallait un stand, avec une boîte de conserve pour la monnaie comme Lucy dans le strip comique de *Charlie Brown*.

— Parle-moi, dit-elle quand je levai la tête.

— Je ne sais pas… c'est juste que… jusqu'à la semaine dernière, j'étais tellement certaine de ce que je voulais.

Alex leva ses sourcils sombres.

— Mais tu ne l'es plus ?

Je savais qu'Alex ne me dirait jamais 'je te l'avais bien dit'. Ce n'était pas dans son ADN. Je ne craignais donc pas de partager ce changement d'avis avec elle. Je me penchai en avant en me massant le front.

— Je suis tellement perdue.

— Le reste de la population de notre âge est perdu la majeure partie du temps. Ce n'est pas grave. Personne ne connaît toutes les réponses.

Je soupirai.

— J'essayais d'être plus enthousiaste au sujet du déménagement, mais…

— Mais la réalité de ce que cela signifie de quitter tout le monde vient de te frapper ?

— Je…

Mon regard se perdit dans le vague tandis que je réfléchis à ce qu'elle venait de dire. Puis je hochai la tête.

— Ouais.

— Jenna, mon *abuelita* avait un proverbe. Elle disait que le chêne avait les racines les plus profondes et les plus fortes et que quand soufflent les vents de Santa Ana, les chênes vivants sont les plus difficiles à renverser. D'un autre côté, les eucalyptus qui poussent partout ici, tu sais, ceux qui sont vraiment vraiment grands ? Ils courent toujours le danger d'être renversés par ce même vent, et c'est parce que leurs racines sont superficielles.

Je jouai avec la nourriture sur mon assiette en l'écoutant attentivement.

Elle poursuivit.

— En d'autres mots, plus les racines sont profondes, moins tu as de risques de te faire renverser. Et si tu te déracines et que tu déménages tout le temps, tes racines ne peuvent pas descendre profondément.

Je souris.

— Pourquoi ai-je l'envie soudaine de grimper dans un arbre ?

Elle haussa les épaules.

— Tu m'as demandé des conseils.

— Pas vraiment, en fait, mais merci. Ton *abuelita* était d'une grande sagesse.

Ses grands yeux sombres devinrent sérieux.

— Elle l'était. Elle m'a appris beaucoup de choses.

Je ris.

— Tu ne vas pas essayer de lire mon crâne, si ?

Elle ricana.

— Non, mais tu devrais peut-être lire tes cartes.

C'était une excellente idée...

Et plus tard ce soir-là, c'est exactement ce que je fis. Je sortis mon paquet le plus fidèle – celui que j'avais utilisé pour

William – j'étalai une couverture sur le sol et je m'assis les jambes croisées. Je laissai mes pensées vagabonder en battant les cartes, mais dès que je fermais les yeux, *il* était là. Son beau visage, ses grandes mains qui tenaient ma tête quand il m'embrassait, la sensation de son corps contre le mien.

J'avalai la boule dans ma gorge et je fis un simple tirage à neuf cartes sur trois rangées. La rangée du haut représentait le passé. Celle du milieu, le présent. Celle du bas, le futur. Je gardais mes tirages plus élaborés pour les autres. Dans tous les cas, les cartes semblaient à la fois m'aider à me vider l'esprit et me chuchoter de nouvelles histoires.

Parfois, les cartes me 'parlaient', et d'autres fois non. Ce soir, elles semblèrent presque crier. La première rangée me sauta aux yeux : le Valet de pentacles, la Maison-Dieu, le cinq de coupes. Waouh, c'était presque comme ma propre biographie en trois cartes.

Mes mains tremblèrent quand je touchai le Valet de pentacles : *Brock*. La carte représentait une jeune personne pleine de potentiel, à l'esprit pratique, prévenante, réfléchie et consciencieuse. Je souris. Oui, c'était lui.

Cette carte fut suivie par la Tour : la carte universelle de la catastrophe. Il était toujours difficile d'avoir une telle carte, mais je me réconfortai en sachant que c'était dans le passé. Que l'événement terrible – la perte de Brock et de tout ce que j'avais planifié pour le futur – avait eu lieu longtemps avant. Six longues et douloureuses années plus tôt.

Cela me conduisit au cinq de coupes. La perte et ma réaction. L'impact qui avait envoyé des ondes de douleur jusque dans le présent et l'avenir. Ma gorge se serra et je ne pus avaler ma salive.

Les coupes représentaient tout ce qui était lié aux émotions. Et il y en avait tant qui étaient liées à cette perte et aux événements qui avaient suivi. Des pertes plus profondes encore que celle de Brock. *Papa...*

L'image des trois coupes renversées, deux coupes encore pleines, montrait trois coupes d'eau perdue : le deuil. Et pourtant... deux coupes restaient pleines. Pour la première fois de ma vie, je vis cette carte comme un espoir. Quelle drôle d'idée...

J'inspirai en tremblant et je passai à la rangée suivante : mon présent. Le trois d'épées : la carte classique de la tourmente émotionnelle et du conflit. C'était tellement vrai. Tout était mélangé, tout débordait.

Je passai mes cheveux hirsutes derrière mes oreilles. *Wil...* Ses paroles, cette pure franchise. *Ça fait mal,* avait-il dit.

En luttant contre les larmes brûlantes qui me piquaient la gorge, je me rendis compte qu'il avait raison. Ça faisait effectivement mal. On aurait dit que c'était le coût de vivre sur cette terre, de respirer cet air, d'exister. Il n'y avait pas de bonheur sans douleur.

Mais fallait-il que la perte d'une personne sur laquelle nous avions fondé tous nos espoirs signifie que nous ne pouvions plus jamais être heureux ?

Était-ce ce que je faisais ? Me punissais-je de vivre alors que Brock était mort ? Et papa ?

Elle était là... la carte suivante de la ligne du milieu, me regardant droit dans les yeux. Le huit d'épées. *La peur. Le blocage. L'entrave.* Je déglutis. Et elle était suivie par la carte Lune : un avertissement de malhonnêteté, de tromperie ou de confusion.

Peut-être les trois. J'étais perdue. Me mentais-je à moi-même ? Avais-je été convaincue que c'était ma destinée de vagabonder... de ne jamais aimer ? De ne jamais être aimée ? J'avais souvent considéré que la carte qui me représentait le mieux était le Fou. Et j'avais peut-être effectivement été folle de différentes façons. Une folle qui se mentait à elle-même.

Les larmes coulèrent le long de mes joues et je clignai des paupières pour passer à la troisième rangée, le regard flou. C'était le futur. J'avais la gorge serrée et du mal à respirer, car...

Cette première carte.

Le roi des coupes.

Je me souviens de ce que j'avais dit à William au marché régional. *Le roi des coupes représente un homme émotionnellement stable, un homme qui vit par l'honneur, calme, gentil et digne de confiance.*

William... posé là au début de mon avenir.

Je me mordis la lèvre et je ramassai tout le tas, soudain submergée par les émotions. N'ayant aucune envie d'examiner les significations plus profondes, je rangeai les cartes dans leur sac puis je le fourrai au fond de mon tiroir. Je me promis de ne plus les toucher pendant plusieurs mois. J'allais peut-être aussi les baigner dans de la fumée de sauge blanche pour faire bonne mesure. Je prendrais d'autres cartes au festival.

Je mis des heures à m'endormir, et quand je réussis enfin, je rêvai de cartes géantes de la même taille que moi qui me pourchassaient, mais qui n'arrivaient jamais à m'attraper.

Chapitre Vingt-six
William

CELA FAIT UNE SEMAINE DEPUIS QUE J'AI DIT AU REVOIR À Jenna et j'ai résolument continué mon entraînement tous les jours. J'ai soulevé de la fonte, couru et je me suis rendu au studio d'arts martiaux. J'ai même médité et pratiqué les trucs de visualisation débiles de Jenna.

Le plus dur a été de me forcer à passer du temps dans des endroits fréquentés. Britt et Mia m'ont accompagné au centre commercial, mais Adam m'a lâché en disant que même pour m'aider, il était hors de question qu'il aille faire les magasins. Pendant que nous marchions dans la zone entre les magasins, j'avais essayé encore une fois la technique de visualisation : au lieu d'une rivière de gens coulant vers moi, j'imaginai une véritable rivière et une cascade turbulente. Cela me coûta des efforts, mais je finis par me sentir entrer dans une zone de calme, où je fus capable de voir la situation comme si j'étais à l'extérieur de mon corps.

Et bien que je déteste cela, j'ai déjeuné tous les jours dans la cantine bondée au travail. Au lieu de voir des gens penchés autour de tables rondes en train de parler et de faire des bruits de couverts, je commençais à les voir comme des animaux sauvages : un groupe de zèbres ou de gazelles dans le veld africain. C'était bizarre, mais cela fonctionnait.

Malgré les progrès accomplis, ce que je n'ai pas su faire, c'est de ne plus penser à Jenna. Elle m'a manqué et j'ai eu envie de lui dire que les choses commençaient à se mettre en place. Lui dire que j'entendais sa voix dans ma tête – la façon dont elle m'encourageait et croyait en moi – et quand je me heurtai à un obstacle, je me rappelais comment elle m'avait aidé à le contourner.

Nous travaillions si bien ensemble. Mais ce n'est pas pour cette raison que je souffre chaque fois que je pense à elle. Ou que mon cœur bat plus vite quand je pense à la prochaine fois que je la verrai. Et même si le festival signifie l'inévitable duel avec Doug et l'incertitude du résultat, je me suis surpris à compter les jours, les heures et les minutes avant de la revoir.

Il y a 1140 minutes dans une journée. Nous ne nous sommes pas vus depuis dimanche soir à environ vingt et une heures, et je la reverrai vendredi soir vers dix-huit heures environ. Cela signifie qu'il y a environ 7020 minutes entre le moment où nous nous sommes quittés en mauvais termes et le moment où je pourrai essayer de me rattraper.

Cela se passera mieux. C'est obligatoire.

Car vendredi marque le début du festival, et une fois que celui-ci se termine, la foire de la Renaissance commencera au même endroit et elle y restera jusqu'à la fin du mois de juin. Une fois que la foire de la Renaissance bougera, Jenna partira pour de bon.

Vendredi, nous avons voyagé jusqu'à une petite communauté juste au nord de la 'Grapevine' dans le comté de Kern, à environ deux heures de route de là où nous vivons. C'est une zone de Californie du Sud où il y a beaucoup de grands espaces vides. Nous nous réunissons une fois par an dans un grand campement niché entre les ondulations de collines desséchées qui entourent notre site légèrement boisé. Je n'avais rien à apporter cette fois en dehors de mon armure et de mon équipement de combat, ainsi que ma tente authentique cousue main et le nécessaire de base.

Notre clan s'est installé au bord sud-ouest du campement que nous occupons plus ou moins toute la semaine. Tout le monde réserve des endroits pour les tentes personnelles, les cuisines et les stands où seront exposées les marchandises. Vers le nord dans un petit canyon se trouve une grande arène ovale avec des tribunes en béton montant de chaque côté. C'est ici qu'auront lieu les combats : des équipes s'y affronteront et il y aura également les duels comme celui que je dois faire contre Doug.

Je marche dans l'arène et je regarde les tribunes vides en essayant de trouver une stratégie de visualisation. Pendant que j'essaie d'imaginer à quoi ressemblera le combat dans deux jours, je remarque une autre personne de l'autre côté de l'arène. D'après sa taille, sa silhouette et ses couleurs, il est facile de déterminer qu'il s'agit de Jenna.

Je sens soudain mon cœur battre dans ma gorge et j'ai la bouche sèche, comme si j'avais vraiment besoin de boire. Ce qui est déroutant, c'est que je veux en même temps l'éviter et la revoir. Ces sentiments me tirent dans deux directions différentes comme un tir à la corde immense.

Et elle est là à me regarder, ce qui signifie qu'elle ne médite clairement pas. Peut-être m'a-t-elle même cherché. Je tape lentement dans les mottes de terre au bord de l'arène et je me dirige vers elle, mon pouls accélérant à mesure que je m'approche. Elle ne s'avance pas pour me saluer, mais elle ne se tourne pas non plus pour partir. À chaque pas, je me rends compte que je meurs d'envie de revoir son visage, de lui parler, de la tenir, de l'embrasser.

Mais quand je parviens enfin à sa hauteur, je m'arrête et je regarde le sol entre nos pieds.

— Bonjour, dis-je.

Elle inspire profondément.

— Salut.

— Je suis content que tu sois arrivée sans encombre.

— J'ai fait du covoiturage avec Caitlyn et les filles.

Je hoche la tête, pas étonné par cette information.

— C'est bon de te revoir.

Sa bouche esquisse un petit sourire et elle dit :

— Tu m'as manqué.

Elle m'a manqué aussi. Je voulais la voir tous les jours. Penser à cela maintenant me rappelle à quel point cela a été douloureux de ne pas la voir. Je ne sais pas quoi dire.

— Wil...

Sa voix tremble et elle détourne la tête. Je la vois serrer les poings.

— Oui ?

— Pouvons-nous redevenir amis ? *S'il te plaît ?*

Je ferme les yeux, puis je les rouvre.

— Nous sommes amis, Jenna.

— J'ai détesté ne pas pouvoir te parler cette semaine.

Je songe à cela pendant un long moment.

— Moi aussi, j'ai détesté ça.

Elle fait un pas vers moi. Puis un autre.

— Puis-je te faire un câlin ?

Je fais un pas en avant et je la prends dans mes bras. Je ressens cette pointe de douleur lancinante, puis une sensation de justesse. Comme si nous nous complétions parfaitement.

Elle bouge la tête et je sens ses cheveux : la cannelle. Une vague d'émotions et d'impulsions monte à la surface. Sans m'en rendre compte, je serre les bras autour d'elle en la collant contre moi. Cette odeur a fait renaître des souvenirs : la tenir tremblante, dans mes bras à Disneyland, l'embrasser sur son lit quand elle pleurait, la sensation de sa petite main lorsqu'elle l'avait glissée dans la mienne.

J'avale ce qui ressemble à un rocher dans ma gorge.

— Passons un peu de temps ensemble ce soir, dis-je.

Elle soupire et je sens sa respiration chaude passer à côté de mon bras. Elle frotte sa joue contre le tissu de mon tee-shirt, créant une tension dans chaque centimètre de mon corps.

Je la veux. Et pas seulement en tant qu'amie.

Le temps que nous avons passé loin l'un de l'autre ne nous a pas aidés du tout. Ces sentiments sont aussi forts qu'avant. Plus forts que jamais.

Nous mangeons le repas du soir ensemble – de la soupe et du pain complet – puis j'installe son stand pour elle. Elle le décore avec des morceaux de tissus scintillants et une grande banderole sur laquelle est écrite. *Maîtresse Jenna – cartomancienne.* Nous parlons de ce que nous avons fait au cours de la semaine passée et je lui raconte mes progrès dans la visualisation. Elle écoute attentivement et elle me pose des questions, mais je suis anxieux.

Et si je n'arrivais pas à récupérer sa tiare ?

Je m'inquiète de la décevoir si je ne gagne pas. Mais je n'ai encore jamais été aussi prêt que je le suis pour ce combat. Et je dois gagner, car je ne peux pas la décevoir.

Je dois lui montrer que je mérite son amour.

Chapitre Vingt-sept
Jenna

— **A**S-TU FAIT QUELQUE CHOSE DE BIEN cette semaine ? demandai-je en fourrant le dernier morceau de pain dans ma bouche.

La soupe de maïs était épicée et délicieuse.

Il haussa les épaules.

— Juste un projet artistique mineur. Il m'a aidé à me détendre.

Pendant que William vidait son deuxième bol, mon regard parcourut ses bras bien taillés : pas une trace de graisse. Ses veines s'entrecroisaient sur ses muscles comme une carte de niveau sous sa peau, et je voulus tracer chacune du bout des doigts… puis de la langue.

Mon regard se posa sur son beau visage.

— Quel projet ? Une peinture ?

Il resta silencieux un moment en se tournant les pouces. Il finit par dire :

— C'est quelque chose pour toi. Une sorte d'excuse pour mon comportement de dimanche…

Je me redressai.

— Quoi ? Tu as fait quelque chose pour moi et je ne peux pas le voir avant que nous rentrions à la maison ? Comment…

— Je l'ai apporté. Ce n'est pas très grand. Je n'avais pas beaucoup de temps.

Je me lève du banc de pique-nique où nous étions assis.

— Tu l'as apporté ici ? Pourquoi ne me le montres-tu pas tout de suite ?

Il écarquilla les yeux et il me regarda comme si j'étais devenue folle.

— Calme-toi.

Je secouai la tête et je tapai le banc du plat de la main.

— Je ne vais pas me calmer. Tu as fait quelque chose de joli pour moi. Je veux le voir !

— Tu ne sais pas si c'est joli.

Je posai les mains sur mes hanches.

— William Drake, si tu l'as fait, alors c'est joli. Je le sais déjà. J'ai vu ton travail.

Il se leva lentement du banc et un sourire satisfait se concrétisa sur son visage, mais il secoua la tête comme s'il était exaspéré par moi et mon enthousiasme.

— C'est toi qui as abordé le sujet, alors tu dois me le montrer maintenant, dis-je avec un sourire en lui tendant la main. Allez, viens…

Je savais qu'il voulait me le montrer, mais il était modeste, alors je lui pris doucement la main et je l'encourageai. William me conduisit jusqu'à sa tente, un pavillon qui ressemblait beaucoup à ce qu'un noble occupait sur le champ de bataille au Moyen Âge. Le sol était couvert d'un épais tapis du Moyen-Orient, il y avait des coussins et de quoi dormir sur un côté, une table et quelques caisses en bois de l'autre. Son armure était posée sur un support dans le coin près d'un petit râtelier.

Le soleil était couché, alors William alluma une lanterne de camping moderne à propane. Nous étions tous d'accord pour dire qu'il était nécessaire d'utiliser des lumières modernes pour la nuit dans nos campements. Les éclairages authentiques comme les bougies ou les torches nous auraient exposés aux incendies et à d'autres risques de sécurité. Et bien que le reste de sa tente semble sortir tout droit de l'époque médiévale, ce n'était pas le cas de la lanterne qu'il fixa à un crochet en haut de sa tente.

William sortit un tube à posters en cuir et il en retira une toile enroulée. Ses mouvements furent lents et hésitants, comme s'il craignait ma réaction. Il avait peut-être décidé de faire ce nu de moi, finalement...

Mais non, l'image qu'il déroula sur son couvre-lit en patchwork de soie et de satin n'était pas du tout une peinture de nu. Il ne me fallut que quelques secondes pour comprendre ce que c'était, et quand ce fut le cas, mon cœur s'arrêta de battre et mes yeux se brouillèrent de larmes. Je ne savais pas du tout comment ni quand j'allais pouvoir me remettre à respirer.

C'était une vue de Main Street USA à Disneyland, aux magnifiques traits noirs et à l'aquarelle. Mais au lieu d'une rue bondée, il n'y avait que deux personnes. Elles se tenaient par la main en longeant la rue vers le château de la Belle au bois dormant, les dos tournés vers le spectateur. Il était impossible de ne pas reconnaître Mickey Mouse qui tenait la main d'une petite fille aux cheveux blond presque blanc : moi.

Cette histoire que je lui avais racontée... tirée de mon enfance. Il s'en était souvenu. Et il l'avait représentée avec tant de détails minutieux que cela me faisait mal de la regarder.

Les larmes coulèrent le long de mon visage et je n'étais même pas gênée qu'il puisse les voir. En fait, il se tint à côté de moi et il les essuya avec ses grands doigts.

— Je ne voulais pas te rendre triste, dit-il doucement.

Je secouai la tête en reniflant, ne sachant même pas ce que j'étais. Étais-je heureuse ? Étais-je triste ? Étais-je si incroyablement émue ?

— C'est magnifique, Wil. Tu ne m'as pas rendue triste. Mais je dois t'avertir que je vais te faire un très gros câlin maintenant – si tu veux bien.

— Je veux bien, dit-il en ouvrant les bras.

Je serrai mes bras autour de sa taille de toutes mes forces. Cela signifiait qu'il avait pensé à moi au cours de la semaine que nous avions passée loin l'un de l'autre.

Nous continuâmes à nous tenir pendant un long moment, puis je me tournai pour revoir la peinture. Je m'accroupis sur le lit et je l'étalai autant que je le pus – les coins n'arrêtaient pas de s'enrouler – et j'examinai chaque détail.

— Tu es incroyable, Wil.

Il se laissa tomber sur le lit à côté de moi.

— Toi aussi.

Je secouai la tête.

— Non, je ne le suis pas…

— Si. Tu as traversé tant d'épreuves, pourtant tu es toujours une personne positive. Tu aides les autres. Tu es forte et courageuse et tu te soucies des autres. Tu t'es souciée de moi, Jenna. Tu es comme un rayon de soleil qui chasse l'obscurité.

Je me tournai et je posai ma tête contre son épaule. Il leva la main et il la posa sur ma tête. Nous restâmes allongés ainsi en silence pendant un moment. Puis, quand mes paupières devinrent lourdes, je lui demandai d'une voix ensommeillée si je pouvais passer la nuit dans sa tente.

William s'assit et il m'aida à enlever le couvre-lit. J'ôtai mes chaussures pendant qu'il éteignit la lampe. On rampa sur le lit moelleux où je me pelotonnai contre lui tandis qu'il me tenait dans ses bras solides. Et je dormis si paisiblement. Cela faisait une éternité que je n'avais pas dormie ainsi.

Le lendemain matin, je me réveillai dans le lit de William. Il dormait sur le côté, le dos tourné vers moi, mais il avait enlevé son tee-shirt à un moment au cours de la nuit. J'étudiai les muscles de son dos, la façon dont sa cage thoracique s'étalait et se contractait lentement. Je voulus me pencher et l'embrasser, faire courir ma main sur son dos musclé.

Mais je me retins... tout juste. Je ne voulais pas commencer quelque chose qu'il allait interrompre. Le désaccord fondamental entre nous n'avait pas été résolu.

J'avalai la boule qui s'était soudain formée dans ma gorge. *Le serait-il un jour ?*

Je me glissai discrètement hors du lit et j'enfilai mes chaussures. Il fallait que je me rende à la tente que je partageais avec mes amies afin de me changer pour le grand jour.

C'était le premier mai, ce qui dans notre groupe de reconstitutions historiques correspondait au premier jour du festival de Beltane. Autrefois, cette journée marquait le début de la saison estivale et honorait la fertilité. Il y aurait des festins, de la danse traditionnelle et une célébration autour de l'arbre de mai. Une fois la nuit tombée, le bal de Beltane se tiendrait autour d'un grand feu de joie.

Il me tardait.

Quand j'arrivai à la tente, quelques-unes de mes amies me jetèrent des regards curieux. Bien entendu, Caitlyn me demanda où j'avais passé la nuit.

— Je, euh, enfin ce n'est pas aussi excitant que vous le pensez. J'étais avec William...

Elle leva les sourcils et j'eus encore une fois ce sentiment étrange de sa part : quelque chose comme une vague jalousie.

— Alors c'est tout à fait aussi excitant que ce que je pense. Sieur Sexy MacBeau aime les femmes, finalement.

Je n'avais aucune envie de remuer le couteau dans la plaie. Caitlyn était une bonne amie et je ne voulais pas la blesser, alors je choisis mes mots avec soin.

— Effectivement... et cela aurait été excitant si nous avions enlevé nos vêtements, mais ce n'est pas le cas.

Elle eut un rictus.

— Ben ça alors, c'est nul.

Mais je vis qu'elle n'était pas tellement déçue par la nouvelle.

Je m'éloignai pour poser mon sac sur mon lit et mon regard fut attiré par la boîte posée là.

— Qui a laissé ses affaires sur mon lit ?

— C'est pour toi, apparemment. Johnny est passé faire une livraison pour Maîtresse Agnes hier soir. Il a dit que ça, c'était pour toi.

— La couturière ? Je n'ai rien commandé chez elle.

— Ouais, on a pensé que tu avais gagné au loto, dit Ann avec un grand sourire. Ou braqué une banque.

— C'est ce qu'il me faudrait faire pour pouvoir m'offrir une de ces magnifiques robes...

Je regardai la boîte. Il devait s'agir d'une erreur.

— Ouvre-la pour voir ce que c'est, dit Ann.

Mais j'avais déjà enlevé le couvercle et ce que je vis me coupa littéralement le souffle. Je sortis le magnifique tissu bleu de son papier blanc et je le tendis à bout de bras. En commençant par le bleu le plus pâle – presque blanc aux épaules – il y avait un dégradé du bleu ciel au bleu céruléen et toutes les nuances intermédiaires, jusqu'à devenir bleu sombre et profond en bas de la robe. Le tissu était décoré avec des dorures brodées autour du cou et jusque dans les longues manches évasées. Le vêtement semblait être tissé à partir du ciel, d'un lac bleu pur et d'un ciel étoilé.

— Putain de merde, grogna Caitlyn. C'est magnifique.

— Je sais, dis-je d'une voix tremblante.

Mon regard se posa sur le bleu pâle aux épaules : un bleu très, très pâle. Comme les bassins turcs. Un nom très long dont je ne me souvenais pas, alors que je l'avais cherché sur Google images quand il m'en avait parlé. Cette robe ne pouvait venir de personne d'autre que William.

Non seulement elle était magnifique, mais c'était aussi tellement attentionné. Je me laissai tomber sur le lit à côté de moi et je passai la main sur la matière exquise. C'était trop. Je ne devais pas l'accepter.

— Je pense pouvoir deviner qui t'a envoyé ça, dit Caitlyn à voix basse.

Je levai les yeux en me mordant la lèvre. Elle souriait. Un très petit sourire.

Ann était assise sur le lit à côté de Caitlyn et elle passa un bras autour de son épaule.

J'inspirai profondément.

— Caitlyn, je suis...

Elle leva la main.

— Ne dis pas que tu es désolée. Tu n'as pas à être désolée. Mais s'il te plaît, pour l'amour de Dieu, ne lui brise pas le cœur. William est assez difficile à atteindre, mais pas besoin d'avoir un doctorat en psychologie pour savoir qu'il est totalement mordu de toi. Je pense que j'ai surtout été dans le déni. Sincèrement, Jenna, tu es adorable. Tu le mérites.

Ne lui brise pas le cœur.

Pourtant en la regardant, puis en regardant la robe, je ressentis un étrange nœud d'émotions dans la poitrine. Je dus me poser la question : qui était en train d'avoir le cœur brisé, exactement ?

Ma poitrine me fit mal physiquement. Comme si quelqu'un y avait enfoncé un crochet et qu'il tirait dessus dans la direction de William. Et plus il tirait, plus il s'enfonçait.

J'étais tellement perdue. Tellement attachée. Depuis que je l'avais revu, je ne pouvais pas nier la sensation de mon cœur bondissant dans ma gorge. Qu'est-ce que cela pouvait signifier ? Que me disait mon cœur ? Que m'avaient dit les cartes ? Et cette conversation avec Alex ? Et… à peu près… tout.

À chaque minute qui passait, l'idée de partir avec la foire de la Renaissance devenait de moins en moins attrayante.

Mon nez se mit à piquer quand j'avalai mes larmes, et je fus bientôt entourée par les autres dames de la tente : Caitlyn, Ann et même leur amie Fiona.

— Hé, dit Caitlyn doucement. Qu'est-ce qui ne va pas ? Tu ne le veux pas ? Parce que tu sais déjà que je veux bien le prendre dans ce cas, ajouta-t-elle en plaisantant.

Je secouai la tête et je tapotai la robe.

— Je suis simplement perdue.

— Mais est-ce que tu le veux ?

En tripotant les perles délicates en verre cousues dans le corset de la robe, je savais que je n'avais pas vraiment besoin d'y réfléchir. Même si je n'avais pas voulu me l'admettre, je le voulais. Totalement. Je soufflai donc :

— Oui.

Mais… me voulait-il encore ? Ou bien m'avait-il déjà casée dans le groupe des femmes qui se contentaient de le blesser puis de le quitter ? L'idée de me trouver dans la même catégorie que sa mère qui l'avait plus ou moins abandonné me rendait malade.

Mais je songeai ensuite à la façon dont il m'avait tenue la nuit dernière quand nous étions allongés l'un à côté de l'autre. Comment son pouce caressait mon poignet, ma main. Comment il avait entrelacé nos doigts et ne m'avait plus lâchée. D'une certaine façon, je sus, au fond de moi, qu'il ne le ferait jamais.

— Je dois aller me promener.

Je me levai et je rangeai soigneusement la robe dans sa boîte.

— Je serai de retour pour vous aider avec le déjeuner et pour nous préparer pour l'arbre de mai.

— Tu déjeunes d'abord ? demanda Caitlyn.

— Pas faim. Mais merci ! J'ai besoin de réfléchir.

Et c'est exactement ce que je fis en marchant le long d'un chemin poussiéreux qui menait jusqu'à l'amphithéâtre où William et Doug allaient s'affronter le lendemain. Je remontai le long du sentier au milieu des buissons desséchés, de différents types de flore du désert, de lézards rapides et du scarabée occasionnel. Je gardai les pieds sur le sol et les yeux fixés sur les sierras bleutées qui découpaient l'horizon au loin à l'est. Le soleil n'était pas encore trop violent. Comme c'était encore le printemps, il allait faire chaud, mais ce ne serait pas insupportable.

Je serrai mes bras autour de moi en restant là, me sentant petite et insignifiante au milieu de toute cette beauté naturelle. Mes doutes et mes peurs étaient si insignifiants à côté de l'univers immense tout autour de moi.

Je pensai à Brock et moi, deux minuscules grains de poussière dans cet univers. Je pensai à quel point je l'aimais encore. À quel point je m'étais accrochée à la croyance qu'il était la seule personne pour moi. À présent mes sentiments pour William anéantissaient cette croyance, et il fallait que je l'accepte.

Je ne pus m'empêcher de penser au tirage des cartes de la veille, particulièrement à la carte de la Lune. La Lune et la Terre, deux autres grains de l'univers – bien que beaucoup plus gros. La Lune tirait et influençait les marées de la Terre, causant le mouvement des marées. Causant la confusion, l'incertitude, le mensonge. La carte avait été un avertissement : je me mentais à moi-même.

Je me mentais avec mes propres croyances malavisées.

Cette prise de conscience me coupa la respiration et je clignai des paupières en essayant de me reprendre, nouant et dénouant mes mains moites.

— Je ne sais pas quoi faire, dis-je à voix haute à l'univers.

La brise sembla emporter mes paroles au loin. Je fermai les yeux et j'entendis soudain une voix dans ma tête.

Va vers lui. Sois avec lui.

Mon pouls accéléra, et pourtant… je ne pus m'empêcher de ressentir un pincement de culpabilité.

— Brock, que dois-je faire ? dis-je en espérant que la brise me réponde.

Sois heureuse. Je veux que tu sois heureuse.

Je ne saurais jamais s'il s'agissait d'un esprit ou de mon imagination disant les choses que je savais que Brock aurait dites. Mais ce message était clair dans mon esprit, et il fut immédiatement suivi par un autre.

Reste, reste. Reste, reste.

Brock était mon passé. Et j'avais eu beaucoup de chance de l'avoir connu et de l'avoir aimé. Mais William… William pouvait être mon avenir. Si seulement je le laissais faire.

***

Je n'eus pas l'occasion de parler avec William avant le déjeuner, car nous étions tous deux très impliqués dans la préparation de la fête de Beltane. L'arbre de mai figurait en son centre : c'était un tronc lisse qui avait été planté dans le sol par quelques-uns des hommes les plus costauds de notre groupe. Tout en haut étaient attachés des rubans colorés qui rayonnaient vers l'arrière comme les rayons d'une roue de vélo. L'extrémité de chaque ruban vert, jaune, rouge, rose et violet était piquée dans le sol dans un cercle autour de la clairière. C'était là que nous allions danser.

Tous ceux qui étaient libres se placèrent autour du cercle, en alternant les hommes et les femmes. Nous levâmes chacun l'extrémité du ruban le plus proche de nous. Quand ce fut le moment de nous mettre à notre place, William fut poussé dans la mêlée contre son gré par un groupe des femmes indisponibles qui l'acclamèrent depuis leur place à l'extérieur du cercle, en attendant que nous commencions la danse. Je fus émerveillée par ses progrès. Quelques mois plus tôt, il n'aurait jamais participé à un événement de ce genre.

William se tenait en face de moi de l'autre côté du cercle et il m'envoya un sourire qui ne pouvait être décrit que comme une légère courbure de ses lèvres. Je souris à mon tour jusqu'à ce qu'il baisse la tête et que son regard échappe au mien. Mon cœur dansait… et pas forcément par anticipation de la musique.

J'inspirai brutalement en ayant la pensée évidente, mais magnifique que William me rendait heureuse.

Mais qu'est-ce que cela voulait dire ?

Doug se tenait à côté de moi et il jetait des regards noirs dans ma direction et celle de William. William ne remarqua même pas Doug, alors je suivis son exemple et je l'ignorai moi aussi.

La musique commença soudain : un luth, un tambour et un violon jouant une mélodie ancienne pour la danse de l'arbre de mai. On entama le cercle autour de l'arbre en accord avec la tradition : un pas, un saut et une révérence à notre voisin. Une brise se mit à souffler tandis que nous nous croisions les uns les autres, mon ruban devenant de plus en plus court. L'arbre de mai fut bientôt couvert d'un magnifique motif tissé d'une multitude de couleurs vives.

Je passai à côté de mes amies, un peu perplexe à cause de leurs sourires gênés, leurs clins d'œil et leurs rires lorsque je les croisais. Au début, je n'en tins pas compte, mais je commençai lentement à avoir l'impression d'être la cible d'une plaisanterie. Peut-être me taquinaient-elles silencieusement au sujet de William.

J'étudiai le mât sans me rendre compte du nombre de fois où je passais à gauche puis à droite de mes voisins et de mes partenaires. Je ne fis même pas d'efforts supplémentaires pour croiser le regard de William chaque fois que nous passions l'un à côté de l'autre. Je gardai les yeux rivés sur le mât jusqu'à ce que je me rende compte que mon ruban devenait *très* court.

Et en tant que personne avec le ruban le plus court, j'étais celle qui devait être attachée au mât avec les rubans de tous les autres, ce qui faisait officiellement de moi la Reine de mai. Mes partenaires de danse vinrent me presser contre l'arbre et ils utilisèrent la longueur supplémentaire de leur ruban pour m'attacher là, comme c'était l'usage.

Étant la première à ne plus avoir de ruban, le sort m'avait choisie pour Reine. Mes amies tournèrent de plus en plus près en me félicitant avec de grands sourires. Enfin, lorsqu'elles atteignirent les extrémités de leurs rubans, elles déposèrent des baisers sur ma joue.

Pendant un rapide moment stressant, je crus que Doug allait être le dernier homme debout, mais lorsqu'il me fit face avec son ruban, au lieu de se pencher pour m'embrasser, il grimaça et s'éloigna en me laissant voir la personne derrière lui. Le dernier homme à tenir un bout de ruban était à présent le Roi de mai.

William se tenait sobrement devant moi tandis que les gens nous acclamaient et nous félicitaient. Lorsque mon regard croisa le sien, je rougis jusqu'à la racine de mes cheveux tandis que tout le monde autour de nous applaudissait en rythme avec la musique et chantait :

— Embrasse-la ! Embrasse-la !

Il me sourit manifestement content et moi, tout aussi contente, je lui fis un grand sourire également. Enfin, après quelques secondes de provocation, il pencha la tête juste au moment où j'inclinai la tête en arrière, prête à avancer vers sa bouche.

Quand il m'embrassa, ce fut *délicieux*. Au moment où j'écartai mes lèvres, sa langue fut là à me goûter et ce fut comme un coup de tonnerre à travers mon corps. Ses mains étaient posées sur mes hanches et il essaya doucement de m'attirer vers lui. Attachée comme je l'étais par les rubans, je ne pouvais pas aller vers lui.

— Hourra ! cria notre baron, le Seigneur de Bricasse. Le sort a maintenant choisi notre Reine et notre Roi de mai. Bien le bonjour à tous ! Ouvrons les festivités de Beltane par leur couronnement !

Caitlyn me détacha et elle me fit un câlin en me jetant à l'oreille que le groupe des dames avait truqué la danse de façon à ce que je commence par le ruban le plus court et William par le plus long. Je lui jetai un regard sévère, comprenant soudain leurs gloussements et leurs regards espiègles. Mais mon visage s'adoucit en un grand sourire qu'elle me retourna rapidement. Je la remerciai et la seconde suivante, une couronne de fleurs sauvages magnifiques fut placée sur ma tête, avec des rubans qui tombèrent dans mon dos.

Je me tournai pour les regarder couronner le Roi de mai en prenant un moment pour m'émerveiller, car la foule au cours de la danse avait à peine semblé le déranger. La couronne de William était beaucoup plus spartiate, faite de laurier et de lierre tissés dans un style masculin.

À la demande de la foule – mais c'était beaucoup moins obligatoire cette fois qu'avant – nous nous embrassâmes pendant qu'ils chantaient et nous acclamaient. Je murmurai contre sa bouche :

— Je dois aller m'habiller pour le festin et la danse.

Il me serra plus fort et sa bouche continua à bouger sur la mienne, la réclamant encore et encore comme sienne, me laissant à bout de souffle.

— Allez, Wil, tu dois me laisser partir.

Je m'écartai à contrecœur.

— Je suis le roi. Il n'y a rien que je doive faire si je n'en ai pas envie, répondit-il en m'embrassant encore, tandis que la foule commençait à se dissiper pour les préparations de la célébration du soir.

Une excitation me traversa et je fermai les paupières. Je m'étais demandé s'il me voulait toujours de la façon dont je savais le vouloir, lui. Je supposai avoir ma réponse.

Une joie intense se mit à crépiter en moi, brûlante comme la lumière du soleil. La seule chose qui pouvait rendre ceci encore plus parfait était...

— Mais je veux porter cette magnifique nouvelle robe que tu as achetée pour moi.

Il se figea et lentement, très lentement, il s'écarta.

— Même si je l'ai déjà clairement imaginé, j'adorerais te voir la porter.

— Merci. Tu n'aurais pas dû.

— Mais je l'ai fait. Et je suis le roi, alors je fais ce que je veux.

Je ris.

— Tu adores ton nouveau titre, n'est-ce pas ?

Il sourit et il leva la main pour caresser ma joue avec son pouce.

— C'est bon d'être le roi.

— Ce soir, tu pourras peut-être aussi me voir... ne *pas* porter la robe.

Il fronça les sourcils et son regard devint intense.

— Je n'ai pas besoin de l'imaginer, car je l'ai déjà vu. Il me suffit de m'en souvenir.

Et peut-être qu'il lui tardait. Si j'avais beaucoup, beaucoup de chance.

— Wil, il y a quelque chose que je dois te dire…

Il m'embrassa encore. Nous étions seuls à présent dans la clairière vide, car tous les autres étaient retournés dans leurs tentes ou parmi les stands.

— Dis-le-moi entre deux baisers, dit-il d'une voix rauque et un peu dure.

Cette dureté stimula mes sens, comme l'égratignure faite par un amant dans un moment passionné. Je ravalai les battements irréguliers de mon cœur et je refoulai le vertige d'un pas qui risquait de me précipiter dans l'inconnu au-dessous.

— Je veux rester, Wil. Je veux que nous soyons ensemble. Je veux voir où ceci va nous mener.

Il se raidit en regardant mon épaule, ses traits ne trahissant aucune réaction.

M'avait-il entendu ? Oh non… peut-être avait-il changé d'avis.

— Si… si c'est ce que tu veux toujours, bien sûr… ajoutai-je en détestant le couinement de ma voix.

Il laissa échapper un rire bourru.

— Tu as besoin de me le demander ?

Gênée, je haussai les épaules.

— Il arrive que les gens changent d'avis…

— Pas moi, dit-il d'une voix aussi dure que les rochers en granite dans les collines autour de nous. Mais j'ai besoin de savoir que tu es sûre de toi.

Je hochai la tête.

— Je le suis… j'y ai beaucoup réfléchi.

Une réflexion non-stop, obsédante.

Lentement, tendrement, il m'embrassa sur la joue.

— Et ton travail ?

— J'ai l'intention de leur demander de me reprendre.

Il embrassa mon menton.

— Et la fac ?

— Je veux finir quand j'aurai économisé l'argent.

Il embrassa mon nez.

— Et la foire de la Renaissance ?

— Je leur dirai qu'il leur faut trouver quelqu'un d'autre pour lire les…

Je fus interrompue par sa bouche qui atterrit sur la mienne, ses mains fortes m'attirant contre lui. Quand nos corps se collèrent l'un contre l'autre, l'air s'échappa de mes poumons. Et quand il eut terminé le baiser, il s'écarta pour poser son front contre le mien.

— Tu m'as rendu heureux, Jenna. Très heureux. Mais ce n'est même pas une infime partie de ce que je veux te faire ressentir.

Je souris.

— Wil, tu me rends déjà heureuse…

On se fit un câlin puis je m'excusai en lui rappelant que j'avais du mal à retenir mon enthousiasme à l'idée de porter la magnifique robe bleue. Il me laissa partir à contrecœur avec d'autres baisers pour ponctuer nos phrases essoufflées.

Caitlyn attrapa une brosse dès que j'entrai dans la tente.

— *Ah te voilà !* Tu n'as pas répondu à tes textos !

— Désolée, j'étais, euh… retenue contre mon gré.

Elle ricana.

— Très drôle. Allez viens, Ann et moi allons tresser tes cheveux.

Et c'est exactement ce qu'elles firent. Elles tressèrent mes cheveux le long de ma couronne, en y passant le ruban accordé à ma robe qui était venue dans la boîte d'Agnes. Après cela, Ann m'aida à enfiler la robe et elle laça soigneusement le corset dans mon dos. Ce fut définitivement un moment où j'aurais aimé avoir un miroir de plain-pied pour m'admirer.

Car je me sentais comme une princesse. Papa avait dit que j'étais une princesse et qu'un jour je serais reine. Maintenant, ce n'était plus un mensonge. Il avait eu raison. J'étais la Reine de mai.

Et William était mon roi. Toutes les fois que je pensais à lui, que je l'imaginais, que je me souvenais de son goût sur mes lèvres, j'avais des papillons dans le ventre. Cette excitation grandit avec chaque minute qui passait avant de pouvoir le voir.

La soirée commença par le festin. Du poulet rôti et du pain avec des légumes bouillis à la lueur des chandelles – c'était la seule exception à notre règle sur le feu et seulement parce que les chandelles étaient toutes couvertes par des lanternes en verre. On ne mange pas avec les mains.

Des bancs de pique-nique avaient été alignés et je fus assise à une extrémité et William à l'autre, à nos places d'honneur. On parla avec nos voisins, croisant de temps en temps nos regards avant que celui de William s'échappe comme un ninja insaisissable. Cela devint une sorte de jeu d'essayer de surprendre son regard sur moi. Je crois qu'il comprit ce que je faisais, car il commença à sourire dès que je le surprenais m'observant.

Il retourna ensuite le jeu contre moi, me perçant de son regard sombre qui reflétait la lumière dorée des bougies. Quand nos regards se verrouillaient, tout autour de nous semblait disparaître. Il n'y avait plus que nous.

Ma gorge se serra et je déglutis, l'admirant dans sa belle tunique neuve qui s'accordait à ma robe, ce qui n'était certainement pas une coïncidence. Malgré tout ce qu'il se passait autour de moi, je ne pouvais penser qu'à ce qui allait suivre plus tard, si comme je l'espérais nous avions le temps de rester ensemble.

Seuls.

Chapitre Vingt-huit
William

APRÈS AVOIR QUITTÉ JENNA, JE M'HABILLE RAPIDEMENT, je retourne à la clairière et j'attends… et j'attends. Presque *une heure. Encore en retard, Dame Kovac !*

Une des femmes du clan me dit d'être patient, que Jenna est occupée à se 'rendre plus jolie'. C'est totalement inutile, à mon avis. Comment peut-on améliorer la perfection ? Les traits et les cheveux d'un ange, la peau rayonnante et le corps d'une déesse. Et un cœur d'or.

Mon cœur accélère quand ces pensées me conduisent aux réflexions habituelles. Et si je n'étais pas assez bien pour elle ? Et si je n'arrivais pas à récupérer son objet de famille demain ? Et si je n'étais pas assez… méritant ?

Je suis vêtu de ma nouvelle tunique, finement ouvragée par Agnes. La couturière de notre clan a fait un excellent travail, en particulier en attachant les manches. Et les broderies sont une œuvre d'art en elles-mêmes. En sachant les efforts qu'il faut pour produire un bel objet, j'apprécie toujours ces efforts chez les autres.

Ma tunique est assortie à la magnifique robe qu'Agnes a faite pour Jenna. Quand elle entre enfin dans la clairière, toutes les têtes se tournent dans sa direction. Il n'est pas difficile de comprendre pourquoi. Les teintes de bleu à côté de sa peau pâle sont aussi magnifiques que je m'y attendais. En fait, c'est même mieux. Et elle marche comme la reine qu'elle est, gracieuse, le menton légèrement levé – sans doute consciente de la couronne de fleurs dans ses cheveux dorés. *Magnifique.*

Je n'arrive pas à reprendre mon souffle et je suis à peu près certain d'avoir complètement oublié toute sensation de faim que j'avais pour la nourriture devant moi. Elle me fait un sourire et s'excuse d'être en retard, mais elle dit avoir voulu rendre justice à la robe. Je regarde les lèvres de Jenna quand elle parle en me souvenant du goût qu'elle avait une heure avant. Un goût plus merveilleux que jamais, car elle m'a dit qu'elle allait rester. Et maintenant, tout ce que je veux, c'est la prendre dans mes bras et la rendre mienne – pour de vrai.

Tout le monde autour de nous l'admire et le Seigneur de Bricasse prend la parole.

— Nous n'avons pas eu de Reine de mai si belle depuis…

Jamais. Je complète mentalement sa phrase alors qu'il plaisante en ajoutant que c'est depuis le dernier festival.

Après notre festin, le feu est allumé dans la zone réservée au feu de camp. Et il s'agit d'un feu massif, la chaleur brûlant nos visages et nos mains. Tout le monde applaudit tandis que les flammes s'élèvent de plus en plus haut. Seigneur Ryleigh, ou 'Joe' comme il se fait appeler dans la vie ordinaire, sort son violon et nous commençons à nous rassembler dans l'espace autour du feu.

Dans le passé, je partais toujours avant que la danse commence, car les danses impliquent inévitablement la foule. Mais ce soir, rien ne m'empêchera de danser et de tenir ma Jenna, de tenir son corps près du mien. Mon visage à côté du sien. L'odeur de ses cheveux et de sa peau dans mes narines.

Nous commençons par quelques danses faciles basées sur les danses traditionnelles anglaises. Dame Ryleigh, la femme de Joe, est une experte des danses traditionnelles européennes et elle a appris comment faire à la plupart d'entre nous. J'ai révisé grâce à des vidéos et YouTube.

Sans que la question se pose, je tombe avec Jenna et je songe à l'heureuse coïncidence qui nous a rendu Roi et Reine. Je commencerais presque à adopter la croyance de Jenna en son destin si je ne la trouvais pas si bête.

En la regardant, j'imagine la tiare sur sa tête au lieu de la couronne. Ma détermination est renforcée. Demain, je la récupérerai pour elle et j'humilierai Doug en même temps. Peu importe ce qu'il pense de moi ou ce qu'il a dit. Je me moque même de l'importance des enjeux pour moi. Car si je perds, je ne pourrais pas revenir ici avec tous mes amis. Cela m'inquiète, mais ce n'est pas le pire qui pourrait m'arriver.

Non, tout ce que je veux, c'est récupérer cette tiare pour Jenna. La rendre heureuse. La mériter.

Ses mains fines sont agréables dans les miennes pendant que nous tournons lentement d'abord vers la gauche, puis vers la droite. Nous faisons un pas en arrière et je m'incline pendant qu'elle fait une révérence, puis nous exécutons les pas complexes, mais répétitifs. Je regarde souvent mes pieds, ce qui ne m'aide pas seulement à éviter de trébucher, mais me permet aussi d'éviter tout contact visuel accidentel.

Je ne veux pas commettre d'erreurs, et je ne veux surtout pas lui marcher sur les orteils. Je veux que cette nuit soit parfaite. J'ai tout repassé dans ma tête un millier de fois et cela devrait être parfait. Nous danserons. Nous nous embrasserons. Et plus.

Mais que se passera-t-il si je ne parviens pas à obtenir ce qu'elle veut ? Si je ne peux pas être son champion demain ? Et si je la décevais ? Cette pensée accélère mon pouls alors que l'activité physique légère ne devrait pas occasionner cela. Ce sont mes peurs qui prennent le contrôle et je ne vois plus rien d'autre.

J'ai du mal à me concentrer. Ma poitrine se serre et quand je lève les yeux et que je sens la foule autour de nous, j'ai la tête qui tourne. Je ferme les yeux, réprimant une vague de nausée.

J'ouvre brusquement les yeux quand je suis soudain bousculé dans le dos. J'ai le souffle coupé et une peur froide me prend, me retournant l'estomac. Je tourne les talons, regardant tout autour de moi, mais je ne vois qu'un mouvement flou.

Les gens s'approchent de moi, parlant bruyamment et applaudissant. Les têtes bougent d'un côté et de l'autre.

Je m'arrête, mais le monde entier continue à bouger. C'est comme si tout le monde m'oppressait et je ne peux plus respirer.

Une main attrape mon épaule et je suis pris d'effroi. Je m'écarte de cette main de toutes mes forces.

— Gaffe à ce que tu fais !

Je vois que c'est Ronald, un autre membre du clan, et il me regarde, les yeux et la bouche grand ouverts. Les gens autour de nous se sont arrêtés pour nous fixer.

— Ho, tout doux, dit Ronald en riant. Le duel n'a lieu que demain.

Les paumes de mes mains sont poisseuses et la peur dans ma gorge est froide.

Je ne peux pas perdre ceci pour elle. Je ne le peux pas. Je ne peux pas la perdre juste au moment où je viens de la gagner.

Je ferme les yeux en essayant de respirer quand il me donne une tape dans le dos. Je me tourne et je le pousse si violemment qu'il tombe sur le sol. La musique s'arrête brusquement, mais je cours déjà, je m'en vais, poussant le groupe de corps pour me frayer un chemin.

Il faut que je sorte d'ici. C'est un cauchemar devenu réalité.

Mais il se pourrait que ce cauchemar ne commence qu'avec ce duel demain, quand je risque de tout perdre.

Chapitre Vingt-neuf
Jenna

J'ATTRAPAI LE BRAS DE WIL POUR L'ARRÊTER, MAIS IL s'écarta violemment avant d'arracher la couronne de sa tête et de la jeter sur le sol. Je me tournai et je marmonnai des excuses au groupe de gens stupéfaits près de nous.

— Reprenez la danse, ne vous inquiétez pas pour lui.

Il était déjà parti, disparaissant dans l'obscurité entourant l'anneau lumineux du feu. Et comme une petite fille, je lui courus après, ma propre couronne tombant de ma tête sur le sol derrière moi.

La musique reprit et je supposai que les gens s'étaient remis à danser, mais je m'aventurai déjà dans l'obscurité, souhaitant que mes yeux s'adaptent rapidement.

— Wil ?

Silence. Je n'entendis aucun bruit de pas. Des grillons chantaient au loin et des coyotes hurlaient. La seule lumière était celle de la lune presque pleine au-dessus.

Un groupe de gens à ma gauche parlait à voix basse en riant de temps en temps. Quand je me dirigeai vers la tente de William, j'entendis un autre bruit. Un gémissement, suivi par un petit cri. En me souvenant qu'il s'agissait de Beltane, je me rendis compte que les gens s'étaient mis par paires et étaient partis célébrer la fête de façon plus intime – et beaucoup plus agréable.

Je déglutis, immédiatement excitée. Cela faisait des mois et je désirais William depuis bien trop longtemps. La tension sexuelle inassouvie sévissant dans mon bas-ventre infiltrait à présent tous mes organes vitaux.

Mais j'étais trop inquiète pour lui et je ne pus faire attention à rien d'autre. J'allais l'attaquer plus tard, quand je le saurais en sécurité et au calme.

Je me trouvais juste devant sa tente quand une main sortit de l'obscurité et s'agrippa à moi juste au-dessus du coude. Je m'écartai en sursautant.

— Wil ! Tu m'as fait peur...

Mais mes paroles furent coupées par un petit cri quand la main se serra douloureusement sur mon bras et que les yeux que je vis ne furent pas ceux de William.

Je reculai.

— Doug, qu'est-ce que tu fiches ? Éloigne-toi de moi.

— Qu'est-ce qui vous contrarie à ce point, *votre majesté* ? Ta bête curieuse est-elle partie dans les bois sans toi ? Les coyotes vont peut-être le manger.

J'inclinai la tête vers lui et je parlai d'un ton faussement mielleux.

— Ne devrais-tu pas être en train d'essayer de te convaincre que tu as une infime chance de gagner ton duel demain ?

Il serra la mâchoire et fronça les sourcils.

— Tu as une grande confiance en ton nouveau petit ami, non ?

Je souris en jubilant faussement.

— Tout à fait. Maintenant, ôte-toi de mon chemin...

Il s'avança à la place, me bloquant complètement.

— Quelqu'un doit avertir le pauvre crétin à ton sujet : comment tu joues avec les hommes et les utilises à ton avantage, puis que tu les jettes quand tu n'as plus besoin d'eux. Je suis certain que tu le baises seulement pour qu'il se batte et qu'il récupère ta petite couronne de princesse.

Je levai la main en pointant le majeur.

— Va te faire foutre, connard.

Doug rit.

— Waouh, quelle élégance.

— Si un homme peut dire cela alors, moi aussi. En particulier quand c'est mérité. Ça te pose un problème ?

Il sourit d'un air suffisant et j'eus envie de le frapper. Je n'avais pas souvent d'envies violentes, mais je dus retenir le besoin soudain de lui donner un coup de genou dans ses bijoux de famille de taille inadaptée. Je me contentai de penser que William allait déjà le frapper de ma part le lendemain matin. Ce serait épée contre épée – et de préférence l'épée de William sur le casque de Doug quelques centaines de fois.

— Et voilà que je voulais être magnanime et te rendre ta petite tiare, sans duel nécessaire.

Ma gorge se serra soudain, mais le soupçon imprégna tout espoir qui se formait dans ma poitrine.

— Où est le piège ?

Il haussa les épaules et regarda ailleurs.

— Je te donnerai ta tiare maintenant si Sieur William déclare forfait au tournoi demain.

J'hésitai en imaginant la tiare. Puis je fus assaillie par une vision du visage de ma sœur si je débarquais sur le seuil de sa porte sans la tiare et que je devais lui dire qu'elle ne marcherait pas jusqu'à l'hôtel avec les bénédictions de papa et de Baba de jour de son mariage. La déception dans ses yeux tandis qu'elle luttait contre ses larmes. Ma gorge se serra.

J'étais tentée… si tentée. Cette tiare pouvait facilement être à moi si je pouvais convaincre William de déclarer forfait. Et je savais que j'en étais sans doute capable.

Je m'éclaircis la gorge et je parlai d'une petite voix.

— S'il déclare forfait, cela compte comme une défaite pour lui. Et… tes conditions s'appliqueraient néanmoins ?

Il haussa encore les épaules.

— Oui. S'il déclare forfait, il part. L'exil total.

Je secouai la tête en croisant les bras sur ma poitrine.

— Je ne peux pas lui demander de faire ça.

— Il a peur des gens de toute façon. Tu viens de voir sa réaction de bête curieuse. Tu lui rendrais service en lui offrant une excuse pour partir. En récompense, fais-lui juste une très bonne pipe.

Mes bras se raidirent et je fus prise d'un véritable dégoût.

— Tu es vraiment infâme. Absolument dégoûtant. Et William a plus de courage, de virilité et d'honneur dans l'ongle de son pouce que tu n'en as dans ton corps entier et cent clones de toi-même, s'ils existaient, Dieu nous en préserve. Tu es un homme pitoyable et malveillant. William est un véritable chevalier.

Le visage de Doug devint rouge pendant mon discours, mais il haussa légèrement les épaules. Malgré tout, je vis que je l'avais atteint.

— Nous verrons bien comment tout se passera demain matin, alors.

— Je sais déjà comment cela va se passer. William va te battre, petit salaud. Et au fond, tu le sais aussi, car tu ne m'aurais jamais proposé cette porte de sortie si tu pensais pouvoir gagner. Maintenant, dégage de mon chemin.

Il fit un pas de côté et quand je passai devant lui, il se tourna et dit :

— Va profiter de ton attardé tant qu'il peut encore fréquenter le clan.

Je levai le poing et je m'avançai tout droit vers lui.

— Dis-le encore une fois, espèce de connard. Je te défie.

Il sembla véritablement effrayé dans le peu de lumière qu'il y avait. Il n'était pas si courageux sans son armure, pour avoir peur d'une femme d'environ la moitié de sa taille. J'avais vraiment envie de le gifler ou de lui mettre un coup dans le nez. Ou quelque chose d'autre de vraiment douloureux. J'avais presque mal aux mains tant j'avais envie de lui casser la figure.

Il me fit un doigt puis il disparut derrière la tente la plus proche.

Ma frustration ne fut pas soulagée par les gestes grossiers que je fis dans son dos. Avec un soupir las, je continuai à chercher William, à nouveau profondément inquiète.

Il n'était sans doute pas dans sa tente. J'aurais vu la lueur de sa lanterne au propane. Je soulevai néanmoins le battant et je jetai un coup d'œil à l'intérieur, mais je ne pus rien voir. J'étais sur le point d'aller chercher ailleurs quand j'entendis un mouvement depuis le lit.

William avait été allongé, mais sa silhouette solide dans la lumière tamisée fut facilement détectable quand il se leva.

— Jenna, dit-il d'une voix rauque.

— Wil ! soufflai-je, soulagée.

Je m'avançai dans la tente.

— Je m'inquiétais pour toi. Je n'ai pas vu où tu étais parti.

Il fit un autre pas vers moi sans rien dire.

Inquiète, je continuai à parler.

— Tu n'as pas, euh, tu n'as pas entendu toutes les conneries que Doug a dites…

Il fit un autre pas et il hocha la tête en se frottant les cuisses. Je me mordis la lèvre. *Merde.* Était-il fâché contre moi ? J'avais répondu à la proposition de Doug sans consulter William, ne lui donnant pas l'occasion de choisir s'il voulait déclarer forfait ou pas. Cela l'ennuyait peut-être.

Il avança encore jusqu'à se tenir juste devant moi. Mes yeux se fixèrent sur son cou solide et sur la partie nue de son torse à l'endroit où son pourpoint était délacé.

Il sentait la sueur et le savon et William. Je retins ma respiration.

— Tu as refusé sa proposition, dit-il d'un ton incrédule. Mais tu as besoin de cette tiare. Je l'aurais fait pour toi. J'aurais…

Sans l'avertir, je levai la main et je posai deux doigts sur ses lèvres pour le faire taire.

— Je crois en toi, Wil.

Il me regarda soudain dans les yeux et sa main remonta pour me caresser la joue. Je fermai les paupières et sa main glissa rapidement jusque dans ma nuque. Il m'attira fermement contre lui et nos bouches se rencontrèrent avec assez de force pour me surprendre.

Je fus stupéfaite par la puissance de ce baiser qui fut comme une décharge électrique et après ce bref moment de surprise, mon corps tomba contre le sien, souple et doux, contre sa dureté virile.

Son bras libre passa autour de ma taille et il me serra contre lui en intensifiant son baiser, me coupant le souffle. Je m'ouvris à lui et il poussa sans attendre sa langue dans ma bouche avec une vigueur enthousiaste que j'égalai avec bonheur.

Finalement, nos têtes se séparèrent – mais à peine. Et quand je levai les yeux vers lui, il respirait fort, ses yeux sombres brouillés de désir, comme un orage sur le point d'éclater au-dessus des montagnes. Il s'avança pour un autre baiser quand je parlai.

— Wil, je...

Mais je ne finis jamais, car il m'attira à nouveau contre lui et il m'embrassa si férocement que j'en oubliai mon propre nom. Je ne pouvais plus réfléchir, mais je pouvais sentir ses lèvres chaudes, fermes et délicieuses sur ma bouche. Ses mains, qui me serrèrent plus fort et devinrent de plus en plus insistantes à mesure que les minutes passaient. Son torse solide sous mes mains. Son corps qui se durcit contre le mien, me laissant tout à fait consciente de son érection.

Je commençai à défaire les lacets de son pourpoint pendant qu'il se régalait de mon cou, caressant exactement les bons endroits avec des baisers brûlants, exigeants et râpeux. Il semblait déterminé à couvrir chaque centimètre de ma peau sensible à cet endroit, et je n'allais pas objecter contre son besoin d'être consciencieux.

Quand son torse fut entièrement exposé, je commençai à l'embrasser là, et sa bouche s'éloigna alors de mon cou. Je pus sentir sa respiration chaude et rapide dans mes cheveux tandis que mes lèvres parcoururent son cou rugueux puis descendirent caresser sa clavicule. Une de ses mains passa dans mes cheveux, me massant le crâne, tandis que l'autre se posa sur le décolleté de ma robe, tirant dessus comme pour essayer de comprendre comment retirer cette robe.

— Wil...

— Quoi ? dit-il sèchement, apparemment concentré sur son objectif de comprendre l'énigme de ma robe.

— J'ai besoin d'aide pour l'enlever... dis-je.

— Je veux *vraiment* que tu l'enlèves.

Je ris un peu.

— J'ai, euh, j'avais compris. Moi aussi, je veux vraiment l'enlever. Même si elle est magnifique...

— Pas aussi magnifique que toi, dit-il avant de continuer à m'embrasser, prenant le lobe de mon oreille entre ses lèvres et le caressant avec sa langue.

Mon regard se perdit dans le vide quand un crépitement de plaisir passa de mes terminaisons nerveuses jusqu'à mon centre, chauffant tout sur son passage. Tout mon corps fut fou de désir pour lui.

En fait, cela faisait un moment que je le désirais. Et j'espérais que ce qui allait se passer satisferait ce besoin.

Je m'écartai lentement de lui. Ce ne fut pas facile. C'était comme marcher dans une tempête, avec une résistance continue. Mais dès l'instant où il vit que je me tournais, il me laissa partir.

— Ce sont des lacets, comme pour ton pourpoint. Mais ils sont dans le dos, dis-je en essayant de reprendre mon souffle, sachant que je ne pourrais pas calmer mon cœur battant.

Sans un mot, il tira sur les lacets avec des mouvements brusques et vifs. Il se pressa au début, mais il finit par ralentir progressivement. Chaque fois qu'il retirait un lacet d'un œillet, sa main touchait mon dos nu et je frissonnais. Il le remarqua vite et il prit soin de me toucher en retirant les lacets.

Je fermai à nouveau les yeux et ma conscience se focalisa sur sa respiration dans mon cou. Il fit courir un index calleux le long de la partie exposée de ma colonne, semblant apprécier les frissons que son contact faisait naître chez moi.

Quand les lacets furent défaits et avant que je puisse me retourner vers lui, il retira son pourpoint et appuya son torse dur contre mon dos.

— J'aime te faire frissonner.

— Cela signifie que je te désire vraiment.

Il embrassa ma tempe, mon oreille, ma mâchoire.

— Je sais ce que cela veut dire, Jenna.

Je ris. Évidemment qu'il le savait.

— Wil, je veux coucher avec toi.

— Je sais cela aussi.

— J'espère que tu le veux aussi.

— Tu sais déjà que c'est le cas.

— Alors pourquoi parlons-nous encore ?

Il inclina la tête pour capturer ma bouche avec la sienne et je penchai la tête en arrière quand son baiser devint plus profond. Soudain, ses mains furent à l'intérieur de ma robe, elles firent le tour pour se poser sur mes seins. Quand il y frotta ses paumes dures, je faillis crier de plaisir. Mes tétons sensibles étaient à présent des pointes dures et il les caressa avec ses pouces, comme s'il jouait sur des cordes qui causaient des vibrations dans mes profondeurs les plus reculées. Je me laissai tomber contre lui.

Cela arrivait enfin. Et je n'avais même pas eu l'occasion de lui parler de mes sentiments. Je m'écartai lentement et je me tournai vers lui.

— Pouvons-nous… ?

Mais il secoua la tête et il descendit l'avant de ma robe jusqu'à ma taille.

— On ne parle plus, dit-il avant de baisser la tête pour sucer un de mes tétons.

Ce contact fut comme un feu d'artifice : le bon feu d'artifice, pas celui qui me faisait hurler de terreur. Non, celui-ci était brillant, brûlant, irrésistible.

Sa bouche et sa langue me faisaient des choses diaboliques. Je poussai un petit grognement de surprise quand ses dents éraflèrent ce point sensible. Je pensais qu'il s'agissait d'un accident jusqu'à ce qu'il recommence quelques secondes plus tard. Je cambrai le dos, poussant mon sein dans sa bouche.

Il réagit en prenant doucement mon épaule et en me faisant descendre sur son matelas sans jamais arrêter ce qu'il faisait. Il s'allongea alors à côté de moi, couvrant toujours ma poitrine de ses baisers humides et brûlants. Quand il se déplaça, sa cuisse coinça la mienne sur le lit et mes mains gravitèrent jusqu'à son torse dur.

Et je sus alors – comme je m'en doutais depuis des mois – que cela allait être *tellement bon*.

Chapitre Trente
William

JENNA FAIT DES BRUITS : DE PETITS CRIS ET SOUPIRS ET quelques gémissements plus bruyants dont le volume augmente à mesure que je la caresse et que je la goûte. Et plus elle fait de bruit, plus je deviens dur, jusqu'à avoir mal presque partout. Je suis si tendu que j'ai l'impression que je vais exploser.

Je vais exploser. En elle. C'est ce que je veux plus que tout en ce moment. Presque plus que respirer. C'est comme… avoir faim et puis manger, mais ne jamais être rassasié. Plus je la goûte, plus j'ai faim.

Je descends pour retirer le reste de la robe de son corps et elle m'aide en soulevant ses hanches du lit. Sa main caresse toujours mon torse de la façon que j'aime, avec des caresses fermes et dures au lieu du contact léger et chatouillant que je ne peux pas supporter.

Jenna ne porte pas de soutien-gorge sous son corset, mais elle porte une culotte moderne. Je suis content qu'elle n'ait pas choisi des sous-vêtements plus appropriés pour la période, car cette culotte est petite, en dentelle... sexy. Elle est échancrée et d'une jolie teinte lavande qui est merveilleuse à côté de sa peau dans la lumière argentée de la lune au-dessus de ma tente. La prochaine fois que je la peindrai, elle portera cette nuance de lavande. Ou rien du tout.

Je ne préférerais rien du tout. Je suis si désespéré de la posséder que je suis un peu trop violent lorsque j'attrape sa culotte afin de le lui enlever. Elle laisse échapper un souffle surpris et je murmure des excuses.

Elle sourit et secoue la tête.

— Non, c'est bien. C'est sexy. Enlève-la aussi fort que tu veux.

C'est tout ce que j'ai besoin d'entendre. Quand je la retire d'un coup sec, elle refait ce bruit… presque comme un sanglot. Mais elle ne pleure pas.

Elle est souriante et lumineuse.

Elle est nue.

Et elle est sur mon lit.

Je triture les lacets de mon pantalon, souhaitant presque les découper pour le retirer aussi vite que possible. Contrairement à Jenna, j'ai choisi des sous-vêtements authentiques, qui paraissent étranges par rapport aux sous-vêtements modernes. La culotte est lâche, elle tombe presque jusqu'aux genoux et elle est attachée par une cordelette en haut.

Je quitte mon pantalon et mes sous-vêtements en moins de deux tiers d'une minute. Et, pour la première fois, nous sommes tous les deux nus.

Quelques secondes seulement après l'avoir réalisé, je couvre son corps chaud avec le mien, peau contre peau. Ma bouche retrouve la sienne et puis toute pensée rationnelle devient comme un bâton flottant au milieu d'une rivière agitée, remué d'un côté et de l'autre par des courants vicieux. Ce désir est la force la plus puissante dans ma tête et dans mon corps.

Enfin. Je suis nu et Jenna est nue sous moi, elle me touche, elle m'embrasse. Ses soupirs et ses gémissements sont comme une musique pour moi. Comme les soufflets du forgeron augmentant le désir brûlant à l'intérieur.

Elle se donne à moi et je prends ce que je veux depuis si longtemps.

Au loin, des gens parlent, rient, jettent du bois sur le tas pour alimenter le feu de camp. Et les tambours. Ils battent, pulsent, frappent un rythme primal.

C'est Beltane – la saison des amours.

Et comme par une magie ancienne et puissante en laquelle je ne crois pas, je perds le contrôle.

Mes mains bougent sur sa peau douce, insistantes. En théorie, je sais ce que je dois faire. Je suis certain que l'instinct prendra sans doute le relais, mais je veux que ce soit bon pour elle. J'ai fait des recherches approfondies, mais ce ne sera peut-être pas suffisant.

Je me déplace de façon à être allongé sur elle, tout en m'appuyant sur mes coudes afin de ne pas l'écraser. Puis j'écarte ma bouche de la sienne et elle me regarde. Lentement, elle ouvre les jambes... et j'hésite.

J'avale ma salive, me sentant à nouveau indigne. Comme si j'étais incapable de lui donner ce qu'elle veut. Elle lève la main pour toucher mon visage. Ses paupières sont lourdes sur ses yeux bleus divins.

— Puis-je te montrer ce que j'aime ?

Je ne bouge pas et elle pose sa main sur mon épaule. Le contact est brûlant et je ferme les yeux.

— Je veux te donner du plaisir, Jenna.

— C'est ce que tu fais, Wil. C'est ce que tu fais.

Elle pousse contre mon épaule de façon à ce que je sois allongé à côté d'elle, puis elle s'assoit à cheval sur moi. Ses tétons fermes sont sur mon torse et la chaleur entre nous s'étend en une fournaise torride. Toute la surface de ma peau touchant sa douceur est en feu.

Elle commence par déposer des baisers sur mon torse, prenant mes tétons dans sa bouche comme je l'ai fait pour elle. Ses mains parcourent mes cuisses, glissant entre mes jambes pour m'explorer. Mes mains caressent son dos, entourent ses fesses, attachent sa taille à la mienne.

Nous brûlons comme une étoile en fusion. Nous générons un nouveau type de chaleur, une fusion, cette réaction nucléaire particulière trouvée au centre d'une étoile, cette chaleur et cette lumière incomparables qui s'étendent sur des milliards d'années.

— Jenna, j'ai besoin…

— Je sais de quoi tu as besoin.

— Alors, laisse-moi entrer en toi.

Elle gémit.

— *Oui.*

Elle recule et mes yeux se fixent une fois de plus sur ses seins parfaits et radieux. On les dirait gravés dans le marbre par la main de maître de Michel-Ange. Chaque forme, chaque courbe, chaque sommet ont des proportions parfaites. Un chef-d'œuvre.

Elle est une œuvre d'art.

Ensuite, je ne peux plus réfléchir, car en déplaçant ses hanches, elle passe sur mon érection et je glisse contre son humidité. Il s'agit d'un lien peu profond, mais qui me consume de plaisir puissant. Je ne suis même pas encore entré en elle et pourtant je suis sur le point d'imploser, comme l'étoile qui finit par former un trou noir.

Jenna descend sa main et m'attrape à la base, orientant lentement mon érection de façon à ce que je puisse entrer en elle.

Je retiens ma respiration, incapable de ressentir autre chose quand sa chaleur incroyable et son humidité m'enveloppent.

Elle pousse un long soupir, puis elle marque une pause, mais je ne suis pas encore entièrement entré. Je ne peux attendre une seconde de plus. En inspirant brusquement, j'attrape ses hanches et je les glisse en avant, me poussant en elle.

Elle laisse échapper un petit cri, écarquillant les yeux, et j'hésite.

— T'ai-je fait mal ?

Elle sourit en ouvrant les yeux.

— Non… pas du tout. C'est bon, Wil. C'est si bon de t'avoir en moi.

Je dois bouger, mais il y a un dilemme, car alors que j'ai envie de me pousser en avant jusqu'à la délivrance finale, je veux également que cela dure. *Pour toujours.*

Je veux rester allongé là, connecté à Jenna, notre chaleur se démultipliant, la fusion s'ajoutant à la fusion, brûlant de plus en plus vivement pour l'éternité.

Lentement, Jenna balance ses hanches contre les miennes et un sifflement s'échappe de mes lèvres. Le monde bouge en lien avec ses hanches minces, rondes et féminines. Elle me tient sous son emprise avec tout autant de force que la gravité d'une étoile. Et je coule dans son puits primitif et puissant.

Sans me rendre compte de ce que je fais, mes mains se serrent sur ses hanches et je la pousse à bouger encore plus vite. Je n'en ai jamais assez. Mais elle pose doucement une main sur la mienne et arrête le mouvement.

— Pas trop vite, Wil. Sinon cela risque d'être décevant.

Au cours de mes recherches, j'ai lu que la performance d'un homme dont c'est la première fois n'est pas toujours très bonne, car il atteint l'orgasme trop rapidement.

Je relâche lentement ses hanches et elle se penche pour m'embrasser. Sa bouche s'ouvre sur la mienne et je glisse ma langue à l'intérieur sans hésiter un instant.

L'idée de multiplier ce lien avec elle me consume. Je souhaite avoir d'autres façons de nous imbriquer l'un dans l'autre. Mes mains voyagent autour de son dos et renforcent ce désir, la tenant contre moi.

Elle se remet à bouger ses hanches. Je passe mes doigts dans ses cheveux, maintenant sa bouche contre la mienne. Elle touche mon torse, caressant mes muscles pectoraux, puis les muscles latéraux. Ses mains sont admiratives, révérencieuses.

— Tu es si beau, Wil, souffle-t-elle en accélérant le rythme.

Je lâche sa tête et elle s'écarte avec un sourire éclatant.

Je ne peux regarder autre chose que sa poitrine. Je me penche en avant et j'attrape un de ses tétons rose pâle dans ma bouche. Elle aime beaucoup cela. Son rythme diminue et sa respiration devient très irrégulière.

— Tu es précieuse. Magnifique, dis-je en murmurant.

Ma voix est étrange. Elle est plus lourde, plus épaisse. Je me sens soudain me dresser en elle avec la montée familière jusqu'à l'orgasme. Jenna le sent également : elle réagit avec un long soupir.

Elle n'a pas encore eu d'orgasme.

Avec un objectif bien précis, mes doigts glissent entre ses jambes, exactement là où nous sommes joints, et je trouve son clitoris, comme un bouton ferme et proéminent. Elle pousse un petit cri de surprise, mais elle ne s'arrête pas de bouger. Au contraire, elle bouge plus vite.

Je la caresse donc à cet endroit et tout se remet à changer. Elle est plus serrée autour de moi grâce à sa propre excitation montante. Et tandis que je me concentre davantage sur ce que je fais pour elle, j'essaie d'oublier – au moins un petit peu – ce qu'elle me fait, de façon à ce que cela dure plus longtemps. C'est un défi intéressant d'essayer de trouver cet équilibre, mais Jenna est si douce et abandonnée quand elle m'enveloppe, m'amortit. M'entoure. Me possède.

Elle est toute puissante. Comme une déesse.

Ma déesse.

Elle arrête de bouger ses hanches environ une demi-minute avant que je me mette à jouir, alors je tire ses hanches sur les miennes et elle se serre autour de moi, m'agrippant dans les vagues de plaisir qui se propagent en elle avec l'orgasme. Puis elle jette la tête en arrière et elle crie.

Nous sommes peut-être entendus, mais cela m'est égal. Car en ce moment, elle représente mon monde entier. Il n'y a personne d'autre en dehors de nous.

Et je finis par jouir, tout se tend vers un sommet impossible. Je deviens totalement rigide sous elle et elle continue à bouger, mais je ne peux pas respirer, je ne peux pas bouger, je ne peux pas penser tandis que ma délivrance transforme tout depuis une tension inflexible jusqu'à un bonheur chaud et ensorcelant.

J'attrape ses hanches et je les tiens immobiles en me poussant en elle aussi profondément que possible. Je suis consumé par le plus pur plaisir : plus puissant que ce que j'ai pu ressentir de toute ma vie.

Mon regard tombe sur le sien et nous nous regardons dans les yeux. Et je n'ai plus peur... de regarder dans son âme, d'être lié à elle à ce niveau.

Elle se penche en avant, s'allongeant sur mon torse pour m'embrasser. Quand nos bouches se touchent, je nous fais rouler de façon à ce que nous soyons tous les deux allongés sur le côté, face à face. Puis je caresse ses cheveux soyeux avec ma main, profitant de la sensation. J'adore cette texture et j'aimerais pouvoir le faire nuit et jour. Mais ce n'est pas tout ce que j'aimerais faire nuit et jour.

Je déglutis et je regarde le plafond. Le corps en sueur de Jenna se colle au mien et nous avons soudain froid et elle frissonne contre moi. J'attrape la couverture supplémentaire et je la tire sur nous. Elle est pelotonnée dans le creux entre mon bras et mon corps, sa tête reposant sur mon épaule.

— Eh bien, finit-elle par dire. C'était incroyable.

Elle se déplace contre moi pour regarder mon visage.

— Tu n'es plus vierge. Qu'en as-tu pensé ?

Je me lèche les lèvres.

— C'était bon.

Elle rit, mais je ne sais pas pourquoi.

— Juste bon, hein ?

Je hoche la tête.

— Il n'y a pas de 'juste' qui tienne. C'était... pas même comparable à tout ce que j'ai pu vivre avant.

Elle fait courir une main sur mon torse en souriant.

— D'accord... je prends.

Je cligne des yeux, ne comprenant pas ce que cela signifie, mais je suis trop détendu pour lui demander de s'expliquer. Je serre un peu plus mon bras autour de son dos.

— Wil, je crois que je craque pour toi.

Je rumine ces mots, visualisant différents scénarios : se briser en morceaux, faire une crise de nerfs, devenir fou, frénétique, terrifié. Mon pouls s'accélère. Mais ce n'est pas ce qu'elle subit.

— Tu ne craques pas. Je te tiens.

Elle rit encore une fois. Je ne l'ai manifestement pas comprise. Mais ce n'est pas grave quand elle rit. Au moins, je sais qu'elle ne rit pas de moi. Ou bien si c'est le cas, ce n'est pas d'une façon moqueuse et méprisante.

— Non, je parlais au sens figuré. Je voulais dire 'craquer' comme... tomber amoureuse.

Je fronce les sourcils. Elle hésite, examinant mon visage en détail. Je devine qu'elle essaie d'évaluer ma réaction. Mais ce serait dur, car je ne sais même pas quelle est ma réaction. Elle s'éclaircit la gorge et elle poursuit.

— Je veux dire...

— Tu penses tomber amoureuse de moi ?

Ce sont des mots merveilleux, mais je ne veux pas les croire avant d'en être certain, avant qu'elle en soit certaine. Elle a dit 'je crois', ce qui signifie qu'elle n'en est pas sûre.

En outre, cela défait sa propre logique.

— Mais ce n'est pas possible. Tu as dit que ce n'était pas possible.

Elle ouvre la bouche pour répondre, puis elle la referme. Elle cherche quoi dire. Enfin, elle secoue la tête.

— Dans ce cas, laisse-moi clarifier. Je t'aime, Wil. Je ne sais pas comment ou pourquoi c'est arrivé... juste que c'est arrivé.

Je t'aime, Wil. Ces mots me frappent comme le marteau d'une forge entre les deux yeux. Je sais exactement ce qu'ils signifient, mais ils glissent sur moi, incapables de trouver prise, comme un alpiniste sur une falaise glacée. Ces paroles sont trop dangereuses.

Un endroit dans ma poitrine se serre et se met à faire mal.

— Qu'en est-il de Brock ?

Elle fronce les sourcils.

— Je l'aimerais toujours, mais cela ne signifie pas que je ne peux pas t'aimer.

J'avale une boule qui se forme soudain dans ma gorge.

— Tu veux vraiment être avec moi ?

Elle caresse ma joue en souriant.

— Je t'ai déjà dit que oui. Je n'ai pas changé d'avis depuis cet après-midi.

Mes doigts peignent paresseusement ses cheveux tandis que j'étudie le dessin des ombres sur le plafond de la tente éclairé de l'extérieur par la lumière de la Lune. Si je pouvais dessiner ce sentiment – ce moment –, ces ombres formeraient l'arrière-plan.

— Et qu'est-ce que cela signifie ? Que nous allons sortir ensemble ?

Elle hésite, son doigt traçant un dessin léger sur mon torse. Ce contact m'a distrait, alors je l'arrête en posant la main sur la sienne.

— Bien sûr... comme nous l'avons déjà fait. Même si nous n'avons pas appelé cela de la même façon.

— Je veux que tu vives avec moi. Afin que nous puissions nous voir tout le temps.

Elle reste silencieuse un long moment.

— Contentons-nous de... voir ce qui va nous arriver.

Je me tourne pour la regarder.

— Tu ne veux pas vivre avec moi ?

Elle se pelotonne davantage contre moi.

— Ce n'est pas du tout ce que je dis. Je dis juste… une chose à la fois, d'accord ? Pour l'instant, profitons de ceci. Cela fait longtemps que ce moment se prépare.

Effectivement. Mais cela ne veut pas dire que je ne souhaite pas sa présence en permanence. Je me demande si c'est sa façon de se rapprocher… sans être trop proche. Je chasse cette crainte. Elle est ici, non ? Et elle a modifié ses plans afin que nous puissions être ensemble.

Elle a raison. Nous devrions nous contenter de profiter.

Mais je ne le peux pas, pas encore. Il reste encore tant de questions sans réponse et pour savoir à quoi m'attendre dans le futur immédiat, j'ai besoin de plus d'informations. Je pose donc la question suivante dans mon esprit.

— Et qu'en est-il des âmes sœurs ? Tu crois toujours que Brock est la tienne ?

Elle soupire.

— En fait, je suis en train de revoir cette croyance.

Je m'écarte et je passe une main sur mon menton en essayant de traiter cette information. Des idées tournent en rond dans ma tête emplie de 'et si' et de 'pourquoi'.

— Mais je n'ai pas encore prouvé ma valeur.

Elle se lève sur son coude pour me regarder plus directement.

— Si, tu l'as fait. Une douzaine de fois, au moins.

Je reste silencieux. Je ne la crois pas.

Sa main caresse mon visage, mon cou, essayant de me forcer à la regarder. Finalement, elle soupire encore.

— Tu as été mon champion, Wil. Avec Doug. Tu n'étais pas obligé de proposer un autre duel, mais tu l'as fait. Et tu as travaillé si dur pour surmonter tout ce qui t'a empêché de réussir la dernière fois. Tu as été mon champion à Disneyland quand j'ai paniqué à cause des feux d'artifice. Tu es… tu es simplement une personne incroyable. Il y a tant de choses chez toi qui ont de la valeur et je suis furieuse que tu aies pu croire que tu n'en avais pas. Parce que rien ne pourrait être plus éloigné de la vérité. Tu es la personne la plus méritante que j'ai eu le privilège de connaître, et je crois en toi.

La voilà encore. Cette phrase qui me serre la gorge comme un étau. Je suis tenaillé par des émotions complexes sans espoir de pouvoir les trier. Mais c'était exactement la même phrase qu'elle avait prononcée en entrant dans la tente. J'avais été si submergé par le désir que je l'avais attrapée sans la laisser dire quoi que ce soit d'autre.

Une partie de moi doute, se demandant si elle dit cela maintenant à cause de ce qui vient juste de se passer entre nous. Comme si elle me disait ce qu'elle pense que j'ai envie d'entendre. Cette possibilité ne me fait pas plaisir.

Mais quand je me tourne pour l'observer, mon regard tombe dans le sien et ils se mêlent, comme liés par des lignes de pêche nouées et entortillées l'une autour de l'autre. Et plus je la regarde dans les yeux, plus je m'y enfonce. C'est comme de regarder son âme. Maintenant je veux tout voir.

Au bout de quelques minutes, elle cligne des paupières et elle recule, mais je pose ma main sur sa tête, l'empêchant de s'éloigner de moi.

— Jenna… tu es la femme la plus magnifique que j'ai jamais rencontrée. Et je ne parle pas seulement de ton physique. Bien sûr, c'est ce que j'ai remarqué en premier, mais j'ai déjà vu de belles femmes. Et beaucoup d'entre elles finissent par ne pas être de bonnes personnes à l'intérieur. Mais toi…

Ma voix s'éteint, alors je m'éclaircis la gorge et je continue.

— Tu es belle de toutes les façons… ta façon d'agir, de penser, de comprendre les sentiments des autres, de les aider.

Ses yeux deviennent inexplicablement ronds et sa lèvre se met à trembler. Elle la mord pour l'immobiliser. Quand elle ne dit rien, je continue.

— Tu as un jour dit que rien dans ta vie n'est permanent, que tout devient temporaire. Je n'ai pas pu m'arrêter de penser à ces mots parce que je trouve cela très injuste. Tu mérites la permanence et je veux être l'homme qui te la donne.

Elle se tourne pour embrasser mon épaule.

— Moi aussi, je veux que tu sois cet homme.

Mon cœur monte dans ma gorge, soulevé par l'espoir.

— Alors, vas-tu avoir ce besoin de bouger et faire les bagages et partir comme… comme avec tes autres petits amis ?

Elle étudie mon visage. En posant sa main le long de ma joue, elle passe ses doigts sur ma barbe naissante. Je regrette soudain de ne pas avoir eu l'occasion de me raser avant de l'embrasser partout sur le visage, dans le cou, sur la poitrine. Peut-être était-ce désagréable pour elle, mais n'a-t-elle pas voulu me le dire…

Ses paupières tombent et elle se penche en avant, posant son front contre le mien et me regardant dans les yeux. Cette fois, cependant, j'ai des difficultés à retourner son regard. J'ai peur qu'elle voie mes doutes.

— Il y a quelque chose de différent cette fois, Wil. Je n'ai jamais ressenti pour aucun d'eux ce que je ressens pour toi. Est-ce suffisant ? Peux-tu me faire confiance ?

Je passe mes bras autour de sa taille et je l'attire contre moi. Elle ferme les yeux et elle tremble. Je suis pris d'une étrange émotion qui menace de m'étouffer comme un édredon. C'est perturbant et excitant et effrayant tout à la fois.

— As-tu froid ? m'enquis-je en sachant déjà que ce n'est pas le cas.

— Non, chuchote-t-elle. Je suis simplement… touchée.

— Par quoi ?

— Par toi.

J'enfouis ma bouche et mon nez dans ses cheveux, inspirant profondément, savourant son odeur. Savourant la sensation de sa peau contre la mienne. Je veux toucher et goûter son corps doux et ses courbes dès que possible. Au moment où je le pense, je redeviens dur pour elle. Je fais glisser ma main sur la peau souple entre ses omoplates et la base de sa colonne et de son dos.

— Jenna, je dois te demander quelque chose de très important…

Elle penche la tête en arrière, éloignant son odeur divine de mon nez.

— Oui ? Quoi, donc ?

— Combien de temps devons-nous attendre avant la prochaine relation sexuelle ?

Son visage affiche un sourire éclatant.

— Pas une minute de plus.

Elle avance son visage vers le mien, m'embrassant d'en haut et pendant que nous nous embrassons, elle cherche à remonter sur moi. Mais ce n'est pas ce que je veux cette fois.

J'attrape son épaule d'une main, sa taille de l'autre, et je nous fais rouler de façon à me trouver sur elle.

Chapitre Trente-et-un
Jenna

IL NE M'AVAIT PAS FALLU LONGTEMPS POUR DÉCOUVRIR QUE William apprenait vite. Ce n'était pas différent pour le sexe. Je fus donc ravie lorsqu'il me fit rouler sur le côté et qu'il posa ses baisers désespérés sur ma bouche.

Pendant que sa langue me goûtait généreusement, sa mâchoire râpeuse me grattait partout : mon cou, mon torse, mes seins. Même si la fois précédente n'avait pas été une corvée, c'était agréable de rester allongée et de le laisser mener la barque. J'avais très envie de voir où elle nous conduisait.

Et malgré le fait que nous venions de coucher ensemble une heure avant, William fut tout aussi motivé et déterminé cette fois. Pas un centimètre de peau ne fut laissé à l'abandon par sa bouche brûlante, aucune surface n'échappa aux caresses de ses mains rugueuses. Il passa beaucoup de temps à donner une attention toute particulière à mes seins – sans doute parce qu'il avait été si désespéré d'entrer en moi la première fois. Aussi désespéré que j'avais été de l'avoir en moi.

Pourtant ses caresses reconstruisaient cette urgence, comme si rien n'avait été satisfait la première fois. Je me cambrai à sa rencontre quand sa bouche glissa lentement sur mes tétons, sa langue roulant dessus, ses dents m'éraflant jusqu'à me faire frissonner d'anticipation.

— William, j'ai besoin de toi *maintenant*.

Il ne bougea pas, continuant de me rendre folle avec sa langue et ses dents.

— Wil...

— Je rêve de ce moment depuis la première fois que je t'ai vue il y a presque deux ans. Je ne vais pas me précipiter.

Mon dos se détendit sur le lit et je soupirai. Il avait raison. Nous avions toute la nuit. Et je m'étais résolue à laisser ceci entre ses mains : ses mains capables, talentueuses, qui me rendaient dingue. Alors même si je mourais d'envie de l'avoir en moi, je fermai les yeux et je le laissai faire.

— Magnifique, magnifique Jenna, chuchota-t-il contre la peau sensible de mon ventre qui trembla sous sa respiration chaude. Je m'humectai les lèvres et je déglutis. Tout en moi pulsait d'un besoin renouvelé.

Il fit courir ses mains de travailleur depuis mes genoux jusqu'en haut de mes cuisses, d'abord à l'extérieur, le long du côté sensible, avant de s'arrêter au centre de mon besoin de lui. Ses doigts glissèrent dans mon humidité, frottant contre mon clitoris sensible, et tout se tendit en moi. Au bout de quelques minutes, je fus renversée par des vagues terribles de plaisir. Je fus surprise par la vitesse avec laquelle c'était arrivé.

Je restai allongée, trempée et luisante, lorsqu'il déposa doucement ses lèvres chaudes sur ma bouche. Avec des mouvements lents et délibérés, il s'installa entre mes jambes, son torse posé sur le mien. Et dans la lumière tamisée et bleutée de la pleine lune de Beltane, nos corps s'unirent encore une fois.

Comme c'était notre deuxième fois, William mit plus longtemps pour arriver là où il était arrivé en quelques minutes la fois précédente. C'est pourquoi je recommençai à grimper cette montagne avec lui, me sentant terriblement gâtée. Je fis courir mes mains sur son torse dur, caressant ses tétons, glissant dans son dos, serrant mes jambes autour de lui quand je voulais qu'il ralentisse.

Mais il ne me laissa pas faire. Il franchit mes distances, écartant doucement mes jambes de ses hanches, mon cou baigné dans sa respiration bruyante. Je jouis exactement au moment où il s'enfonça profondément et laissa échapper un gémissement rauque, mon nom sur ses lèvres.

Il monta brusquement en moi, et malgré les protestations d'avant, je serrai à nouveau les jambes autour de lui, l'attirant contre moi. Il relâcha sa respiration qu'il avait retenue, poussant son front en sueur sur le mien. Il enleva soigneusement les cheveux de mon visage.

Et puis...

— Je t'aime, chuchota-t-il.

Mes yeux s'emplirent de larmes. Ces paroles que je pensais ne jamais entendre une nouvelle fois m'apportèrent une telle joie que cela me fit mal au cœur. Ces larmes coulèrent rapidement le long de mes tempes tandis qu'il roula sur le côté en me regardant attentivement.

— Oh non, souffla-t-il en les essuyant de la main. Pourquoi es-tu triste ?

Je secouai la tête en reniflant.

— Je ne suis pas triste, Wil. Je suis heureuse. Très, très heureuse.

Il fronça les sourcils. Les larmes de bonheur le perturbaient manifestement, mais je n'avais pas envie d'expliquer alors je l'embrassai pour repousser ses questions inévitables.

Finalement, on s'endormit. La dernière chose que je lui dis, c'était qu'il avait besoin de se reposer pour être prêt à mettre une pâtée à Doug le lendemain matin. On dormit paisiblement dans les bras l'un de l'autre toute la nuit, trop épuisés pour bouger.

Lorsque je me réveillai, l'intérieur de la tente était baigné de lumière matinale et William avait disparu. Je le cherchai d'abord à tâtons, avant même d'émerger de mon sommeil. Quand je ne trouvai rien, je m'étonnai de me rendre compte à quel point il m'avait été naturel de tendre la main vers lui. Comme si j'avais fait cela tous les matins depuis des mois.

Et cette étrange douleur qui résonna en moi quand je ne le trouvai pas – elle ne passa pas inaperçue. C'était effrayant et excitant en même temps. Je roulai sur le côté et j'enfouis mon visage dans son oreiller, inhalant son odeur.

Pour la première fois depuis mon adolescence – mon enfance, vraiment – j'avais dit à un homme que je l'aimais. Et je l'avais vraiment ressenti. J'avalai ma salive, ma gorge se serrant soudain quand je me sentis terrifiée par les conséquences de cet aveu. J'avais changé mes plans pour être avec William, mais ce n'était pas seulement le fait d'être avec lui.

Je commençais un avenir, je créais des racines. Je me faisais confiance pour retrouver le bonheur au lieu de fuir toute possibilité de bien-être.

Je m'habillai rapidement et je me faufilai entre les tentes jusqu'au campement que j'étais censée partager avec les filles. J'essayai de ne pas me concentrer sur la possibilité que des membres du clan puissent me voir dans la même robe que j'avais portée la veille, d'autant plus qu'elle n'était attachée que sommairement dans le but d'éviter toute exhibition indécente.

Il s'agissait de ma propre version médiévale de la marche de la honte après une nuit dans le lit de quelqu'un d'autre. Mais cela m'était égal que l'on me voie. J'étais encore beaucoup trop excitée. Quelle nuit !

Les filles me sautèrent presque dessus à mon retour.

— Oooh, regardez-moi ça. Sa Majesté a la coiffure de quelqu'un qui vient de baiser. Sa robe royale est froissée et a l'air de tomber, n'est-ce pas ? Ann, que penses-tu que Reine Jenna a fait la nuit dernière ? dit Fiona, la meilleure amie de Caitlyn.

Je levai les yeux au ciel et je fouillai dans mon sac pour sortir quelques vêtements du vingt et unième siècle.

— La reine n'a pas besoin de justifier ses actes, dis-je d'un ton arrogant.

Caitlyn entortilla une mèche de cheveux couleur de miel autour de son index et m'examina.

— Ma fille, j'ai passé beaucoup de temps à te coiffer et à te maquiller, hier. Tu as intérêt à cracher ce qu'il se passe entre toi et Sieur Sexy MacBeau.

Je souris.

— Sinon… ?

— Sinon je vais prendre ta couronne que j'ai ramassée par terre la nuit dernière quand tu as couru après William, et je la donnerai à Doug. Je lui dirai que tu m'as demandé de lui donner en tant que faveur.

Je levai un sourcil.

— Je connais des malédictions roms, tu sais. Je peux faire en sorte que tu aies mal aux ongles de tes orteils.

Elle se laissa tomber sur mon sac de couchage et elle s'allongea en croisant les bras derrière la tête.

— Crache le morceau.

— Vous n'aurez aucun détail sur nos baisers.

— Sur la baise, alors ? dit Fiona.

Je levai les yeux au ciel.

— Par la déesse, vous êtes tellement grossières.

Un sourire ressemblant à celui du chat dans *Alice au pays des merveilles* s'étira sur la bouche de Caitlyn.

— Ah, pardon. Aurait-elle dû demander si vous avez fait *l'amour* ?

Je rougis immédiatement et elles se mirent toutes deux à crier et à applaudir. Caitlyn s'assit.

— Vous l'avez fait ! Bon sang, Jenna. Les gens vont te détester – et par les gens, je veux dire moi. Sais-tu combien de personnes essaient de faire ça depuis deux ans ? Il va gagner ce duel pour toi parce que tu as couché !

Si ces mots étaient venus de quelqu'un d'autre que Caitlyn ou Ann, j'aurais été furieuse. Mais comme je savais qu'elles plaisantaient et qu'elles ne cherchaient pas à être désagréables, je me contentai de leur tirer la langue.

— Le duel est dans une heure. Vas-tu lui donner, euh, tes 'meilleurs vœux' à l'avance ?

Elle ajouta des guillemets avec les doigts, juste pour être encore plus énervante.

— Et la faveur d'une dame ? As-tu une écharpe ou un ruban ou autre chose ?

J'hésitai en me changeant, enfilant des vêtements normaux.

— En fait, c'est une bonne idée de lui donner une faveur.

— Donne-lui ta culotte, dit Fiona en ricanant.

— Il lui a déjà arraché cette nuit, rétorqua Caitlyn.

— Mesdames ! grondai-je en passant une brosse dans mes cheveux emmêlés et en passant la tente en revue à la recherche de quelque chose à lui donner.

Un ruban pour cheveux ? Un mouchoir ?

— As-tu déjà défloré un puceau ? demanda Caitlyn.

— Qu'est-ce qui te fait croire que Wiliam était vierge ? dis-je pour éviter la question.

Brock avait été vierge, lui aussi, alors William n'avait pas été mon premier. Mais j'avais été vierge en même temps que Brock, car notre première fois ensemble avait été notre première fois tout court. Cela avait eu lieu plus de dix ans avant, alors je ne me souvenais que de beaucoup de gêne et que, cela avait été décevant. La nuit précédente avec William avait été sacrément bonne, en fait. Il était peut-être vierge, mais il s'était incontestablement renseigné.

— Pourquoi pas un ruban de l'arbre de mai ? suggéra Ann en indiquant le ruban rouge sur le sol à côté de mon sac de couchage quand j'enfilai mon jean.

— Ah oui, je vais lui apporter ça.

— Tu ne penses pas qu'il voudra te le demander devant tout le monde, comme ce que Doug a fait la dernière fois ? demanda Ann.

Je secouai la tête en ajustant mes vêtements.

— Non. Ce n'est pas son genre.

Je souris à cette pensée.

— Eh bien, vas-y alors. Va souhaiter bonne chance à ton homme ! dit Ann.

Je le trouvai dans une clairière au bord de notre campement. Il s'échauffait dans son vêtement rembourré qui se porte sous l'armure et qui s'appelle le gambison. Il continua à étirer ses muscles et à s'entraîner à donner des coups alors que j'étais presque certaine qu'il m'avait vue arriver. Je supposai que tout ceci faisait partie d'une routine qu'il avait instaurée pour son échauffement et il n'allait pas interrompre cette routine – pas même pour moi. Cela ne me dérangeait pas.

Je le regardai patiemment travailler et environ dix minutes plus tard il s'arrêta et dévissa une bouteille d'eau pour boire longuement. Je m'avançai alors vers lui.

— Salut.

Il me regarda dans les yeux avant de détourner le regard.

— Bonjour, dit-il avec un petit sourire qui fit un peu bondir mon cœur. C'était excitant de le revoir après la nuit précédente et tout ce qui s'était passé entre nous. C'était comme si je n'arrivais pas à respirer assez d'air. Je me mordis la lèvre en espérant qu'il ressentait la même chose.

Il était très improbable que les choses aient changé depuis la nuit précédente. Il ressentait donc probablement la même chose. Il était constant, permanent. Il m'avait dit qu'il m'aimait et je supposais qu'il ne voyait sûrement pas le besoin de le répéter. J'allais devoir lui faire comprendre que j'aimais l'entendre quand même, qu'il pense ou non que cela vaille la peine d'être dit à nouveau.

Je souris et je pris sa main libre en tortillant le ruban rouge dans mon autre main.

— Sais-tu ce que c'est ? dis-je sans préambule.

Il fronça les sourcils en regardant ce que je tenais. Il enleva la bouteille de sa bouche et serra ma main. Puis il me lâcha pour remettre le bouchon sur la bouteille.

— C'est un ruban de l'arbre de mai.

— Non. Pas aujourd'hui.

Son front se plissa : il ne comprenait pas.

— C'est tous les jours un ruban de l'arbre de mai.

— Aujourd'hui, c'est beaucoup plus que cela. C'est ma faveur. Et je choisis de l'accorder au chevalier le plus méritant que je connaisse.

Son regard se reposa sur le ruban et son visage était si sérieux que je faillis rire. Sans rien dire, il prit son épée et il me la présenta, la garde vers moi. Tout aussi solennellement, j'attachai le ruban autour de la poignée, juste en dessous du quillon. Il reprit son épée et il ajusta le ruban. Puis il soupesa son épée pour essayer.

Il murmura d'une voix presque révérencieuse :

— Merci.

— Je n'aurai pas besoin de remerciement si tu lui casses la figure, dis-je en souriant.

— On ne se casse pas la figure dans ces tournois. Il est difficile de s'abîmer le visage quand nous portons des casques.

Je ris.

— Je parlais au sens figuré. Tu me remercieras en gagnant.

Ses sourcils tremblèrent.

— Mais si je perds…

— Tu ne perdras pas. Maintenant, viens ici et embrasse-moi avant que je te laisse enfiler ton armure.

Je n'eus pas besoin de lui dire deux fois. Il posa l'épée et la bouteille d'eau, puis il posa ses mains sur ma taille pour m'attirer contre lui. Nos bouches se rejoignirent en un long baiser passionné et un groupe de nos amis les plus proches nous trouva en plein milieu de ce baiser brûlant, quand j'avais passé mes bras autour de lui pour garder ses lèvres sur les miennes.

William continua à m'embrasser alors qu'ils étaient tous là, même quand quelqu'un s'éclaircit bruyamment la gorge. On finit par s'écarter quand nous fûmes interrompus par un sifflement. Je levai les yeux et je vis tous nos amis autour de nous.

— Qui peut dire 'non' à un baiser de bonne chance pareil ? dit Jordan avec un sourire suffisant.

William ne sembla pas amusé et Jordan comprit son irritation évidente.

— Sans mes conseils…

— Tes conseils sont merdiques, dirent William et Adam presque en même temps.

April partit d'un grand rire et le sourire de Jordan s'effaça immédiatement de son visage.

Les regards se tournèrent progressivement vers moi et Mia posa une question avec ses yeux. J'évitai soigneusement son regard. Alex me tendit une tasse de café et je la remerciai.

Nous nous tournâmes tous pour regarder l'homme du moment.

Et si tout se passait bien juste après, l'homme du jour, de la semaine. De mon avenir…

Chapitre Trente-deux
William

TOUT SE JOUE DONC MAINTENANT.

Des mois d'entraînement pour inclure des activités de fitness et des exercices spécialisés pour améliorer l'endurance, raffiner mon style de combat et personnaliser mon armure. Des semaines de travail avec Jenna – non pas que cela m'ait gêné.

Malgré toute ma concentration avant le combat, je suis contrarié qu'elle soit venue me voir m'échauffer. Car maintenant je ne pense plus qu'à elle, et tout ce que je veux, c'est la regarder. Nos amis se trouvent tout autour de nous à me souhaiter bonne chance. Mon esprit est distrait du combat, et cela me dérange.

Mon cousin vient se tenir à mes côtés et il pose une main sur mon épaule. Je me tourne vers lui quand il parle.

— Hé, ça va ? Tu as l'air… tendu.

Je regarde encore autour de moi, essayant de ne pas poser les yeux sur Jenna, alors qu'ils sont attirés comme des aimants par sa tête blonde.

— Normalement, je ne m'échauffe pas de cette façon, avec tous ces gens autour de moi.

Il hoche la tête.

— D'accord. Je vais voir si je peux les faire partir pour toi, dit-il doucement.

Quelques minutes plus tard, il suggère d'aller réserver des places dans les gradins et d'en garder pour les autres qui viennent me soutenir, comme mon père et Kim. Jenna part avec eux, mais pas avant de m'avoir donné un autre baiser sur la joue.

— Je te dirais bien bonne chance, mais tu n'as pas besoin de chance. Tu gères.

Je souris et je la regarde partir sans me rendre compte qu'Adam et Mia sont restés en arrière. Mia avance vers moi et elle me fait un câlin.

— Je voulais juste t'en faire un moi aussi. Je te laisse Adam pour t'aider à t'échauffer.

Adam a proposé d'être mon écuyer et j'ai accepté son offre.

— D'accord. Merci.

Je lui fais brièvement un câlin à mon tour. Quand elle se tourne pour partir, je dis d'une voix forte à Adam, de façon à ce qu'elle entende :

— Adam, pourras-tu dire à Mia plus tard quelle est la date que tu as choisie pour votre mariage ?

Mia s'arrête brusquement et elle se retourne pour me regarder. Sa bouche est ouverte et elle écarquille les yeux. Les sourcils foncés d'Adam montent sur son front.

— C'est, euh, une bonne nouvelle, dit-il et un de ses sourires rusés apparaît sur son visage.

Mia et lui échangent un regard, mais je ne sais pas du tout ce qu'il signifie.

— J'adore gagner, marmonne-t-il.

Mia lève les yeux au ciel et pousse un grand soupir. Puis elle se tourne et elle s'éloigne à grands pas tandis qu'Adam la regarde en riant très fort.

Je souris quand Adam me regarde.

— C'est moi qui ai gagné, crétin. Tu ne fais qu'en bénéficier.

Adam fronce les sourcils et il attrape une de mes épées de réserve.

— Je suis ici pour t'aider à t'échauffer. Ne m'oblige pas à me servir de ça réellement.

Je lève mon épée face à la sienne, le ruban rouge de Jenna flottant dans la brise sous le quillon.

— Ne fais pas l'idiot et ne gâche pas cette occasion, lui dis-je. Tu dois l'épouser dès que possible.

Adam fait à nouveau cette tête sournoise.

— Alors tu t'es sacrifié pour moi ?

Je frappe et nos épées se heurtent. Le soleil du matin brille sur sa lame.

— Ce n'était pas un sacrifice.

Un autre coup, un autre bruit.

— J'étais sarcastique.

— C'est inutile avec moi, je ne comprends pas les sarcasmes.

Je fais une série de mouvements à l'épée pour le toucher par surprise.

— Doucement, dit-il après l'attaque. Je ne porte pas d'armure.

— Je ne vais pas blesser ton joli minois. Tu dois le garder pour les photos du mariage.

Il rit.

— C'est important pour toi que nous nous mariions, hein ?

— Vous vous êtes presque perdus une fois. Cela ne doit pas se reproduire. Ne gâche donc pas cette occasion.

— Mais tu as dit que décider de notre date de mariage à cause d'un pari était idiot.

— C'est idiot, mais profites-en quand même, puisque tu as gagné.

Nous continuons à nous échauffer sans rien dire de plus au sujet du mariage. Vingt minutes plus tard, il commence à m'aider à enfiler mon armure en métal, drapant ma tunique noire et argent sur mon plastron. Puis il porte mes épées et mes boucliers jusqu'à l'arène.

Lorsque nous arrivons, les gradins sont remplis, pas seulement de gens de notre clan, mais d'autres clans qui participent au festival d'été. Il y a également ceux qui sont venus en avance pour la foire de la Renaissance, qui démarre dès que le festival de Beltane est terminé. En plus, beaucoup de gens sont vêtus d'habits modernes, indiquant qu'ils sont ici en tant que visiteurs, certains d'entre eux étant assis dans la zone réservée à mes 'supporters'.

Dès que je vois la foule, mon pouls s'accélère et mon sang se glace dans mes veines. Mon esprit prend la même voie épineuse que d'habitude dans une pareille situation.

Je teste donc un des trucs de Jedi de Jenna : un peu de respiration contrôlée. Malheureusement, la respiration me donne encore plus chaud à l'intérieur de mon casque, même avec la visière relevée. La foule crie, applaudit et tape des pieds et Doug est là-bas à les encourager en levant son épée en l'air et en faisant des allers-retours devant eux.

Il s'arrête devant Jenna, qui est assise à l'avant, et je me raidis. Il essaie manifestement d'attirer son attention, mais elle croise les bras et regarde ailleurs. Je respire profondément et je regrette soudain qu'elle n'ait pas accepté le marché qu'il lui a proposé la nuit dernière. Il serait alors certain qu'elle récupérerait la tiare.

Et je ne suis pas certain de moi. Pas du tout. Je sais que j'ai le même niveau que lui. Je sais que je n'ai jamais été autant en forme de ma vie. Je sais également que je suis capable de le battre dans des circonstances parfaites.

Mais je ne suis pas certain de moi.

L'arbitre agite un drapeau jaune triangulaire monté sur un court piquet rayé et il déclare le début de la première manche. Nos écuyers nous tendent notre équipement, Adam pose la main sur mon épaule vêtue de métal. En me regardant à travers la grille de mon casque, il dit solennellement :

— Bonne chance, Liam.

Je hoche la tête et je lève le pouce, puis je me tourne pour faire face à Doug. Celui-ci fronce les sourcils et dit :

— Cette fois, je vais te battre proprement. C'en est fini pour toi, Drake, tu m'entends ?

— Je t'entends. Mais tu as tort. Tu as déjà perdu la fille et maintenant tu vas perdre le duel.

Il devient écarlate avant de descendre la visière de son casque en marmonnant. Je sais qu'il y a sans doute des grossièretés éparpillées dans sa litanie, mais il ne peut pas les dire trop fort. Si l'arbitre l'entend, Doug pourrait être pénalisé pour avoir employé un langage indigne d'un chevalier.

Je ne le veux pas, cependant. Il a fait tant de choses pour blesser Jenna que je veux vraiment lui faire du mal. Je veux le battre et je le ferai sous les regards attentifs des juges du tournoi. Je ne vais pas perdre ou gagner pour des détails techniques… pas aujourd'hui.

La première manche se fait seulement avec les épées longues, que nous tenons tous deux à deux mains. Comme c'est habituel avec les arts martiaux européens, nous tenons nos épées en hauteur, les deux mains serrant la poignée afin de frapper vers le bas. Nous devons toucher avec ce qui représente le côté aiguisé de la lame – le côté le plus proche de l'adversaire – afin de marquer un point. Chaque manche se joue jusqu'à ce qu'un adversaire marque trois points.

Dans notre duel précédent, j'ai gagné cette manche. Mais cette fois, dès que le drapeau jaune est baissé, Doug me charge comme un taureau féroce. Je descends mon épée juste à temps pour bloquer sa première attaque.

La foule est bruyante et gênante, et je ne peux m'empêcher de les regarder. Je décide de passer à l'offensive, en sachant au fond de moi que c'est trop tôt. Je connais assez bien le style de combat de Doug pour savoir qu'il est doué pour les tactiques agressives par petites touches, mais qu'il n'a pas beaucoup d'endurance. La dernière fois, je l'ai simplement fatigué pendant la première manche, bloquant ses attaques et le laissant venir à moi jusqu'à ce qu'il soit essoufflé. Mon plan était de faire la même chose cette fois, mais je ne peux pas freiner mes angoisses assez longtemps.

Je continue à regarder la foule, essayant d'apercevoir Jenna. Elle est penchée en avant, attentive, sa main serrant la balustrade devant elle. Et c'est alors que Doug me charge et touche ma spallière avec le bord extérieur de sa lame.

Le drapeau s'abaisse entre nous. L'arbitre regardant les coups lève la main et pointe vers Doug en indiquant qu'il a marqué le premier.

Je serre les dents, je fronce les sourcils et je frappe – fort – à la minute où le drapeau se relève. Avant que Doug puisse réagir, je le touche en haut de son canon d'avant-bras, juste au-dessous de son coude. Il crie un mot commençant par P et le sifflet retentit. Mon coup est enregistré et Doug reçoit un avertissement pour son langage.

Je remarque que je l'ai frappé au bras gauche. Pendant cette première manche, au cours de laquelle nous tenons tous les deux notre arme avec les deux mains, ce n'est pas un problème. Mais je me demande si je l'ai frappé assez fort pour lui causer de la douleur dans la manche suivante. Il a juré, alors cela m'indique qu'il a eu mal. Sinon il ne risquerait jamais un avertissement, pas même de colère. Son juron venait sûrement de sa douleur.

Je vais m'en servir à mon avantage.

Mais pendant que je réfléchis à tout cela, Doug s'élance à nouveau vers moi, me faisant reculer. Je pare ses coups, mais il ne relâche pas son offensive. Il marque bientôt un autre point, cette fois sur mon flancart qui couvre le haut de mes cuisses. Je remarque qu'il a laissé une légère bosse, même si le rembourrage en dessous m'a protégé.

Quand le drapeau se relève, Doug commence par une feinte basse, pointant l'extrémité de sa lame directement vers ma coque, comme s'il voulait me couper la queue. *Connard.* Je le pense sans le dire, heureusement.

Je baisse mon épée pour éloigner la sienne de mon entrejambe, et il se met à rire bruyamment derrière son heaume. Cela m'énerve encore plus, alors je me tourne en décrivant de grands cercles pour atterrir sur son bras préféré, mais il pare le coup juste à temps.

J'ai étudié le style de Doug. Grâce à ma capacité à me souvenir des choses avec beaucoup de détails, je peux ralentir les événements dans mes souvenirs et les analyser. C'est pourquoi j'ai une bonne idée de ses forces et de ses faiblesses. Ses avantages sont la vitesse et de courtes explosions d'énergie, alors que les miens sont l'endurance et la constance. En outre, mes coups sont plus violents que les siens, alors je le bats aussi dans le domaine de la force.

Cependant, mon analyse de son approche me porte préjudice. J'ai anticipé un mouvement et il exécute une feinte très convaincante, pour ensuite s'incliner et frapper vers le haut, me touchant en plein milieu de mon plastron. C'est son troisième et la première manche est à présent terminée.

Doug a gagné. *Pour l'instant.*

J'inspire et je ferme les yeux, prenant un moment pendant qu'Adam échange mon épée longue contre mon bouclier et mon épée à une main. Je ne veux pas regarder Jenna maintenant. Je sais quel visage elle a quand elle est inquiète, et je ne veux pas le voir. Elle pense que je pourrais perdre sa tiare, qu'elle n'aurait pas dû me faire confiance pour la lui gagner.

Doug essaie encore une fois d'enflammer la foule en faisant semblant de boire dans sa bouteille d'eau, exactement comme la dernière fois. Adam, de son côté, murmure des encouragements. Aucun des deux n'aide ma situation.

Je souhaite pouvoir effacer cette foule, je ne peux même pas les regarder. Puis je me souviens avoir été au centre commercial la semaine dernière où j'avais imaginé les gens sous la forme d'une rivière agitée. J'avais visualisé les gens dans la cantine au travail sous la forme d'une horde d'animaux, mâchant leur pop-corn comme les zèbres ou les gazelles mangent l'herbe sèche de la savane.

Je me rends compte que j'ai effectivement le pouvoir d'effacer la foule. Je peux les bloquer de mon esprit et imaginer autre chose à leur place. Ainsi, au lieu d'une foule rugissante, je vois soudain un dragon rugissant. Une bête malveillante qui menace de détruire la campagne. Doug est le défenseur du Dragon : un chevalier noir. Et je dois passer par Doug afin de vaincre le dragon et de sauver tout le monde. Cela ressemble en fait beaucoup à un jeu de D & D, sauf que j'ai une épée dans la main, au lieu de dés et d'une feuille de personnage.

Grâce à toute ma concentration et mon imagination, je visualise ce dragon, de la vapeur s'échappant de ses narines, ses griffes menaçantes, ses ailes faisant un vent puissant qui menace de me faire voler, sauf que je suis le chevalier le plus fort et le plus courageux du pays.

Faire semblant n'est pas seulement un jeu pour les enfants. Je peux le faire, moi aussi. Et je le dois. Parce qu'elle croit en moi et je ne veux pas la décevoir.

Je tripote le ruban rouge attaché juste au-dessous de mon quillon et je concentre toute mon attention sur Doug en attendant que l'arbitre démarre la seconde manche.

Je vais *gagner*.

Lorsque le combat reprend, Doug devient de plus en plus essoufflé et il halète presque à travers son heaume quand je le touche pour la première fois. Je l'ai laissé danser et porter des coups n'importe comment pendant presque deux minutes entières, restant juste en dehors de sa portée. Je le contourne comme un boxeur et je pare ses coups : je suis devenu un mur impénétrable.

Quand je porte enfin le coup – encore une fois sur son coude gauche –, je vois par la façon dont il inspire brusquement que je lui aie fait mal. Cette fois, il se contrôle assez pour tenir sa langue. Mais j'ai frappé son bras dominant de deux coups solides et cela va l'affaiblir. Je me demande si je peux gagner cette manche sans le laisser prendre un point. Il me suffit de deux coups supplémentaires...

L'épée de Doug tombe sur mon bouclier à la seconde où le drapeau jaune est retiré entre nous. Je le pousse contre lui, forçant son bras à adopter un angle inconfortable, et il pousse un grognement une fraction de seconde avant que je le frappe sur le côté de son plastron. *Encore un point pour moi.*

Il parvient à me mettre un coup juste avant que je le touche pour la troisième fois. Je manie facilement le bouclier, et je remarque dès la fin de la manche qu'il laisse tomber son bras gauche sur le côté et qu'il tend son épée à son écuyer pendant que nous nous équipons pour la dernière manche.

J'utilise un grand bouclier ovale, plus difficile à manier à cause de son poids, mais qui me couvre mieux. Doug prend son bouclier rond, qui ressemble au bouclier qu'il a utilisé à la deuxième manche, mais en plus grand, avec un blason mal peint d'un lion noir sur fond rouge.

Je remarque également qu'il est passé à son épée légère pour cette manche. Elle sera plus facile à manœuvrer pour lui, cependant cette épée ne possède pas une très longue portée. C'est pourquoi je calcule que si je le garde à distance, il aura des difficultés à m'atteindre pour marquer un point. Non seulement mon épée est longue, mais mon bouclier me couvre mieux. Si je prends également en compte le fait qu'il préfère évidemment utiliser son bras dominant, j'estime avoir au moins un avantage à trois contre un sur lui. Peut-être plus, si je m'y prends intelligemment.

Doug ne fait plus son intéressant devant la foule quand nous nous faisons face pour la dernière fois. Nous nous regardons à travers nos visières, pourtant nous sommes incapables de voir les yeux de l'autre. Je songe que ce serait fabuleux si tout le monde portait des heaumes et des visières dans la vraie vie afin que le contact visuel ne soit pas aussi important chez les neurotypiques qu'il l'est maintenant.

Le drapeau se lève et Doug me charge en rugissant. Il s'approche assez pour m'oppresser, alors je pousse mon grand bouclier contre lui, le repoussant avec force. Il perd l'équilibre et il a des difficultés à reprendre ses appuis, alors il tombe sur un genou. J'ai le droit de mettre un coup dans un cas tel que celui-ci : lorsque l'autre chevalier est tombé. Je profite donc de l'occasion et je frappe son épaule plus fort que nécessaire. Il me récompense d'un grognement.

Ça, c'est pour l'avoir fait pleurer, crétin.

J'en ai encore plein à donner. Pour l'avoir inquiétée au sujet de sa tiare. Pour l'avoir fait douter d'elle-même et croire ces choses horribles que tu lui as dites.

Cette troisième manche sera ma vengeance : Doug l'a bien cherché.

Le drapeau jaune est à nouveau abaissé entre nous et je fais un pas en arrière tandis que Doug se redresse. Il a laissé tomber son bouclier et son écuyer se précipite pour le sortir de la poussière et le reposer sur son bras droit. Je pense soudain à quelque chose : puisque nous sommes disposés en miroir parce qu'il est gaucher et que je suis droitier, je peux pousser mon bouclier contre le sien pour le déséquilibrer encore une fois.

Dès que le drapeau se relève entre nous, je teste cette manœuvre sur lui. Il est visiblement secoué et il fait un pas en arrière en abaissant légèrement le bras qui porte son arme. Puis il hésite comme pour essayer de me comprendre. Je profite donc de cette incertitude en avançant à nouveau, mais avec une vitesse qu'il ne m'a pas encore vue employer. Je le bouscule et cette fois, avant qu'il ait le temps de retrouver ses appuis, je marque un autre point.

Doug jette son arme à terre et le drapeau s'abaisse. Encore un coup et je l'aurais écrasé dans la troisième manche. Et surtout, le duel sera gagné.

Son écuyer replace l'épée dans son gantelet en essayant de l'encourager. Je n'entends pas ce qu'ils disent, mais la voix de Doug est tendue, comme s'il parlait en serrant les dents. Il ne prend plus la peine d'énerver la foule.

Ah oui, la foule. Ils sont toujours là, mais je les ai entièrement oubliés. Je suis dans ma zone, un endroit que je n'aurais jamais pu imaginer atteindre, cet endroit de concentration ultime, comme lorsque je peins dans mon studio ou lorsque je travaille dans ma forge.

Quand le drapeau se relève, il est évident que Doug se laisse emporter par la colère. Il frappe dans tous les sens, comme il peut, fendant les airs, espérant sans doute me submerger. Dans mon état de concentration, je parviens à bloquer chaque coup soit avec mon épée, soit avec mon bouclier, et au bout de quelques secondes je vois une ouverture et je m'y engouffre. J'abaisse mon épée à l'endroit où se trouve sa clavicule sous son armure. *Mon troisième coup.*

Je l'ai écrasé dans la dernière manche, mais la sangle de mon heaume me semble soudain très serrée. Quand le drapeau s'abaisse et que je suis déclaré vainqueur, je tire sur la sangle pour me soulager. Je reviens de ma 'zone' et j'ai trop conscience de la présence de la foule.

Tout le monde applaudit bruyamment en agitant les bras et en tapant des pieds. 'Houra !' Crient-ils et le sol se met à vaciller sous mes pieds. Je me tourne vers Jenna pour trouver son regard et nous nous regardons dans les yeux à travers ma visière avant qu'elle tourne brusquement la tête sur le côté. Elle regarde à ma droite en écarquillant les yeux. Avant même que je puisse deviner ce qu'il se passe, un poids me frappe de derrière, me faisant tomber à genoux.

— *Putain d'attardé de merde !* hurle Doug juste au moment où il frappe ma tête en me donnant un coup qui fait tomber mon heaume.

Je me tourne pour voir ce qu'il s'est passé et l'arbitre et mon cousin sont à présent au-dessus de Doug pour le forcer à terre tandis qu'il continue à crier des obscénités. J'essaie maladroitement de me remettre debout, mais le monde devient soudain trouble et le sol s'incline brusquement.

Quelque chose colle sur mon front et de l'humidité coule dans mes yeux. J'ai très chaud, mais il y en a trop pour qu'il s'agisse uniquement de sueur.

Avant que je puisse avoir une autre pensée, tout devient noir.

Chapitre Trente-trois
Jenna

OUTE LA FOULE POUSSA UN CRI DE SURPRISE EN regardant William tomber à terre. Au lieu de serrer la main et de partir comme un gentleman, Doug a chargé William dès qu'il a eu le dos tourné… pour me regarder.

Mon cœur s'était arrêté quand William était tombé, sans vie, comme un sac de sable. Le sang coulait sur son front et dans ses yeux. *Tellement de sang…*

Et il ne bougeait pas. Il était aussi immobile que ce sac de sable.

Mia poussa un juron, sauta de la place où elle était assise à côté de moi et bondit par-dessus la petite clôture pour courir vers lui.

Mais je ne pus pas bouger. J'étais figée sur place, consciente seulement des battements de mon cœur dans ma gorge, de la glace qui s'étalait dans mes membres, de ma respiration insuffisante.

Absurde. Encore une fois, ce mot envahit mes pensées et je faillis rire – rire ! – pour repousser la panique glaciale.

J'essayai de me lever et de suivre Mia, car quelque part au milieu de cette étrange sensation de ne plus être dans mon propre corps, je savais que c'était ce que je devais faire. Cependant, mes jambes n'obéirent pas et mes bras étaient comme du bois mort. Les bruits de tout le monde autour de moi résonnaient comme s'ils venaient de très loin.

J'étais au milieu d'un rêve – non, d'un *cauchemar* – et j'essayais de me réveiller. Toutes les cellules de mon corps s'étaient alourdies d'un facteur de cent ou même mille.

Mia et Adam étaient accroupis au-dessus de la forme sans connaissance de William. Les gens de la foule étaient debout, regardant tout, discutant entre eux de ce qui venait de se passer. Mia passa la main autour du cou de William et elle le roula doucement sur le dos en vérifiant ses signes vitaux. Adam sortit son téléphone portable, sans doute pour appeler le 911.

Tout ce que je pus faire, ce fut de rester assise là, le regard fixe, comme si je regardais le journal télévisé.

— Bon sang, qu'est-ce qu'il s'est passé ? demanda Alex à côté de moi quand deux arbitres firent sortir Doug du ring. Plusieurs membres du conseil du clan se pressèrent autour de lui juste en dehors de l'arène.

Quelqu'un courut vers Mia avec ce qui ressemblait à une trousse de premiers secours dans laquelle elle fouilla rapidement avant de sortir un paquet de gaze. Pendant que je la regardai prendre soin de William, que je vis le sang commencer à traverser le bandage blanc, je serrai si fort les poings que j'en eus des crampes aux doigts.

Je fermai les yeux quand un tremblement massif secoua mon corps. Ma gorge se serra en me souvenant de cette nuit terrible quand Helena m'avait réveillée, en sanglotant, pour me dire qu'il y avait eu un accident. Que Brock était mort.

J'avais envie de pleurer, mais aucune larme ne vint. Tout en moi était aussi inerte et froid que la Lune.

Était-ce arrivé encore une fois ? Le sort pouvait-il vraiment être si cruel ?

Quand j'avais six ans, tante Beti avait fait asseoir ma sœur et moi l'une à côté de l'autre sur le canapé du minuscule appartement dans lequel nous vivions quand nous étions venues aux États-Unis pour la première fois. Papa et maman devaient arriver le mois suivant, alors je ne comprenais pas pourquoi Beti avait les larmes aux yeux. Je me souvins qu'elle avait serré si fort ses mains que la peau était devenue blanche et je m'étais concentrée sur elles quand elle nous avait dit qu'elle avait une mauvaise nouvelle.

Papa ne viendrait pas. Il avait été frappé par une balle de sniper en revenant après être allé chercher de l'eau pour la semaine. Beti avait dit qu'il tirait les grandes cuves dans un chariot derrière lui, comme il l'avait fait chaque semaine depuis le début du siège. Cela faisait des mois – des années – qu'il n'y avait pas eu d'eau courante ni d'électricité à Sarajevo.

Mais j'avais six ans et je ne comprenais rien de tout cela. Cependant, ce que j'avais compris, c'était que je ne reverrais jamais mon papa. Que je ne passerais plus jamais mes bras autour de son cou et que je ne sentirais plus les poils de sa barbe me chatouiller quand il m'embrassait. Que je ne l'écouterais plus jamais raconter ses histoires incroyables avant de dormir ! Qu'il ne me donnerait plus un autre morceau de *halvi* en cachette quand maman ne regardait pas. Que je ne le regarderais plus jamais dans les yeux !

Et je ne pouvais même pas retourner là-bas pour son enterrement.

Cette nuit-là avant d'aller me coucher, quand je dis mes prières comme tante Beti nous avait toujours appris à le faire, je dis à Dieu que je ne Lui parlerai plus jamais après ce jour. Que je serais toujours fâchée contre Lui pour avoir emporté mon père.

Mais je n'étais pas seulement fâchée contre Dieu. J'avais fait briller la tiare et j'avais pleuré en pensant à ce que papa m'avait dit : ses promesses que nous allions tous vivre ensemble en Amérique et que nous serions à nouveau une famille.

Des mensonges.

Et me voilà dans le présent, voyant mon avenir à nouveau menacé. Comme toujours, en observatrice impuissante de ma propre vie.

Je ne pouvais plus respirer. Et je ne pouvais pas pleurer. Je pus seulement rester à regarder, retraçant les fils de pensée épars à mesure qu'ils passaient dans ma tête.

William ne revenait pas à lui, malgré les efforts de Mia. Au loin, j'entendis un léger bruit de sirènes. *Les secours.*

Une flaque de sang s'était créée autour de la tête de William. Mia appuya sur la blessure et elle sembla donner des instructions à Adam.

Alex me donna un coup de coude.

— Je suis sûre qu'ils te laisseront monter dans l'ambulance avec lui jusqu'à l'hôpital.

Mes ongles s'enfoncèrent dans mes paumes jusqu'au sang. Adam était debout, appelant Jordan, qui sauta par-dessus la clôture et arriva à côté d'eux en quelques secondes.

À ce moment-là, l'ambulance arrivait déjà dans le parking, gyrophares rouges allumés.

— Waouh, ils sont arrivés vite, dit Alex. Il doit y avoir une caserne de pompiers pas loin. L'hôpital le plus proche se trouve à Bakersfield, à environ trente minutes. Je viens de vérifier sur mon téléphone. Nous pouvons les suivre.

Je ne bougeai pas. Je ne répondis pas.

Je ne pus arracher mon regard du corps immobile couché sur le sol. Après avoir discuté avec Adam, Jordan partit en courant jusqu'aux secours tandis que Mia et Adam restèrent avec William.

— Jenna, ça va ? demanda Alex d'une toute petite voix.

Je secouai la tête en serrant plus fort le siège sous moi. Les secours apportèrent un brancard et entourèrent la silhouette couchée dans la poussière. Tout le monde s'approcha de la balustrade, fixant bêtement la scène. Ils attachèrent la tête et le cou à une planche puis ils le posèrent sur le brancard.

— Il revient à lui… je crois qu'il est conscient ! dit Alex.

Elle se leva sur la pointe des pieds pour regarder par-dessus le reste de la foule. Je cachai mon visage dans mes mains, incapable de regarder.

J'entendis Mia près de la balustrade, appelant sa mère, l'informant qu'Adam et elle allaient prendre l'ambulance jusqu'à l'hôpital. Je levai la tête quand Adam jeta ses clés à Jordan. Puis ils partirent, suivant le brancard jusqu'au parking où l'ambulance les attendait.

Les gradins autour de nous se vidèrent, tout le monde parlant avec excitation de ce qu'il venait de se passer. D'après ce que je savais, d'autres événements étaient programmés, mais ils avaient été annulés ou reportés pour gérer l'urgence de William. J'entendis même quelqu'un mentionner une réunion du conseil impromptue, sans doute pour s'occuper de la très mauvaise réaction de Doug. Peut-être devais-je y assister… ou peut-être allais-je prendre mes affaires pour…

— Jenna ! dit Alex d'une voix forte.

Je me levai, j'essuyai ma jupe et je me dirigeai vers la tente. Elle m'appela encore, mais au lieu de me tourner vers elle, je continuai à marcher dans la direction opposée au parking.

Une brise se leva et je sentis que mes joues étaient froides et mouillées. Cela m'étonna. Pleurais-je vraiment ? Des larmes coulaient de mes yeux, mais je n'avais pas l'impression de pleurer. Je me sentais juste glacée. *Engourdie.*

Alex passa un bras autour de mon épaule en essayant de me faire retourner vers le parking.

— William voudra te voir. Allez viens, nous pouvons les suivre.

Je secouai la tête, mes jambes instables me tirant à nouveau dans la direction choisie par moi.

— Peux-tu m'attendre ? Je vais faire mon sac et j'aimerais rentrer à la maison.

Elle fronça les sourcils.

— Euh, vous vous êtes disputés ou quoi ?

Je tremblais des pieds à la tête. Mais je restai silencieuse, incapable de parler de ceci avec elle... ou qui que ce soit, d'ailleurs. Cette terreur pure et glaciale qui parcourait mes veines obscurcissait tout le reste. Je ne pouvais penser à rien d'autre, ressentir rien d'autre.

Cette sensation puissante de perte. Cette douleur. Cette *panique.*

Brock ne peut pas être mort. Il n'a même pas dix-huit ans ! Ce n'est pas juste. Non !

Je me souvins du jour où il avait été enterré dans le sol froid et dur du cimetière. J'étais tombée à genoux à côté de sa tombe et j'avais pleuré, souhaitant que l'on m'enterre là, moi aussi. Cela avait été de ma faute. *Ma* faute. Je ne l'avais pas reconduit à la maison après la fête. Josh l'avait fait... et Josh avait trop bu.

Et maintenant, il y avait William, blessé et peut-être handicapé à vie à cause de *moi*. Il n'aurait *jamais* combattu dans ce deuxième duel si cela n'avait pas été pour moi...

Et s'il avait un traumatisme crânien, ou pire, une lésion cérébrale ? Et s'il faisait une hémorragie... et si...

Mais William avait gagné le combat. Ce n'était pas juste. Non !

La comparaison m'empêcha de respirer. J'étais dévastée de me sentir aussi impuissante que je l'avais été ce jour-là.

Tout ceci était de ma faute. C'était vrai. *Sois un homme et aime-moi, tu mourras.* J'étais *vraiment* maudite.

Un sanglot s'échappa de mes lèvres.

— Je ne peux pas supporter ça.

Ma voix était tendue, étranglée.

Le bras d'Alex glissa en hésitant autour de mes épaules.

— *Dios mio*, tu trembles comme s'il faisait moins trente.

— S'il te plaît, Alex... je veux rentrer.

Elle demeura silencieuse quand nous marchâmes jusqu'à ma tente, puis elle resta près de moi à m'observer pendant que je fourrais toutes mes affaires dans un sac en essuyant de temps en temps mon visage du dos de la main pour sécher mes larmes. D'autres coulaient immédiatement pour les remplacer.

Dès que mon sac fut plein, j'étais prête à partir. J'essayai de respirer, mais ce fut impossible. Ma poitrine ne voulut pas coopérer... elle ne voulut pas se gonfler afin que je puisse inspirer.

Je me pliai en deux, tombant à genoux.

— Jenna ! cria Alex en s'accroupissant à côté de moi. OK, tu me fais vraiment peur.

Je secouai la tête en sanglotant si fort que je ne pus pas reprendre ma respiration.

— Tout ira bien pour William ! dit-elle en me frottant le dos. J'en suis certaine. Nous allons à l'hôpital. Tu verras. Les blessures de la tête saignent beaucoup, c'est impressionnant, c'est tout.

Mais je ne l'écoutai pas, je continuai simplement à secouer la tête, puis je me roulai en boule, posant mon visage froid et mouillé sur mon sac.

— Ramène-moi à la maison, s'il te plaît, finis-je par dire.

Alex écarquilla les yeux. Elle pensait sans doute que j'étais folle. Ou sans cœur. Où les deux. Je l'étais peut-être. Je ne méritais peut-être pas d'être heureuse. J'avais déjà gâché ma chance.

Je ne pouvais pas refaire ceci. Pas une troisième fois. Le sort avait parlé.

Les jambes tremblantes, je la suivis jusqu'à sa voiture. Je posai mes affaires dans le coffre, puis nous fîmes sans parler le trajet d'une heure et demie jusqu'à Orange County.

Mon téléphone reçut des messages tout le long.

Mia : Hé, où es-tu ? Ça va ?

Quelques minutes plus tard…

Mia : W demande à te voir. Es-tu en route ? Que dois-je lui dire ?

J'avalai ma salive avant d'éteindre le téléphone. Les larmes recommencèrent à s'accumuler et la terreur revint encore plus violemment. Je me souvins d'avoir tendu la main et d'avoir touché le visage de Brock avant l'enterrement. Sa peau était comme de la glace. Comme ce que je ressentais en moi.

C'était peut-être cela ? Peut-être étais-je morte à l'intérieur.

Chapitre Trente-quatre
William

—**A**PPELLE-LA ENCORE, DIS-JE À MIA.

Je vois qu'elle veut me dire quelque chose, mais qu'elle ne le fait pas.

— Je m'en occupe. J'attends juste quelques minutes. Rallonge-toi, William. Ils n'ont pas terminé.

Je lève les yeux vers les trous du plafond acoustique. Cela fait des heures que nous sommes dans cette stupide petite pièce des urgences et, on ne capte pas ici. Quand Mia veut passer un coup de fil, elle doit sortir de l'hôpital. Nous pourrions aussi bien être de retour au Moyen Âge étant donné notre incapacité à communiquer. En fait, c'est même pire, car nous n'avons pas non plus de pigeons voyageurs.

Je suis mort de faim et j'ai mal à la tête, mais à part ça, je vais bien. Ils m'ont déjà recousu. Et maintenant, tout ce que je veux, c'est voir Jenna.

— Peut-être que la voiture d'Alex est tombée en panne et que le téléphone de Jenna est déchargé, dis-je. Elles pourraient être en danger.

Mia regarde Adam de l'autre côté de la pièce, et celui-ci se frotte le menton avant de se tourner vers moi.

— Je suis certain qu'elle va bien.

Puis il se tourne vers Mia :

— Nous devrions peut-être essayer d'envoyer un message à Alex.

Mia écarquille les yeux, puis elle me regarde avant de tourner la tête vers Adam. Je n'ai ni l'énergie ni le désir de chercher à comprendre ce que cela signifie. J'ai vraiment mal à la tête.

— Euh, bonne idée, marmonne-t-elle.

Elle regarde Adam, puis la porte, puis encore Adam. Je ferme les paupières et je frotte mes yeux à travers. Tout me fait mal et cette stupide tenue d'hôpital me gratte et laisse mon dos entièrement exposé. Je déteste les hôpitaux. Je les hais.

J'ouvre les yeux quand Adam et Mia se lèvent tous les deux.

— Il faut que j'aille aux toilettes, dit Adam.

— Je vais te montrer où c'est. C'est assez difficile à trouver.

Mia lui prend le bras et il se dirige vers la porte.

Je fronce les sourcils en me souvenant que nous sommes passés juste à côté d'une des toilettes en nous rendant ici.

— C'est juste en bas du…

— Je suis de retour dans une minute, dit Adam en ouvrant la porte à Mia.

Ils partent environ cinq minutes, puis la porte s'ouvre et il n'y a que Mia.

— Adam va passer voir ton père et ma mère dans la salle d'attente dès qu'il aura fini aux toilettes.

— Tu aurais simplement pu leur envoyer un message pour leur dire que je vais bien. J'aimerais avoir mon téléphone. Je n'ai rien sur moi.

— Eh bien, quelques amis de ton clan étaient ici pendant que tu te faisais recoudre. Ils ont proposé de ranger ta tente et tes affaires puis de les charger dans ton camion. Ton père va se rendre au campement et le ramener chez toi. Je pense qu'ils espéraient que tu aurais passé ton IRM avant.

Je fais une grimace.

— Je ne veux pas d'IRM.

— Tu ne peux pas faire ce que tu veux. Les médecins ne te relâcheront pas avant de savoir que tu vas bien. Tu as été assommé, William. C'est normal qu'ils te fassent passer une IRM. Je suis sûre que ce sera bientôt… d'accord ?

Je la regarde en croisant les bras.

— Alex t'a répondu ? Je m'inquiète beaucoup pour Jenna.

Mia hésite et elle regarde la porte, mais elle ne me répond pas.

— Attends-tu qu'Adam revienne et donne la permission de me dire ce qu'il y a ?

Elle me jette son regard fou.

— Je n'ai pas besoin de la permission d'Adam. Oui, Alex m'a envoyé un message. Elles vont bien. Elles sont, euh, de retour à Orange County.

Je m'assois avec encore plus de questions dans la tête. Pourquoi Jenna n'a-t-elle pas vérifié que j'allais bien ? Pourquoi n'a-t-elle même pas répondu à son fichu téléphone ?

J'ouvre la bouche pour commencer à poser mes questions quand Adam revient soudain avec différents objets qu'il n'avait pas avant. Cependant, Mia m'observe de près.

— Ça va ?

— Non, dis-je.

Adam s'approche du lit.

— Ton père et Kim viennent de partir pour aller récupérer ton camion, mais ils m'ont donné quelques-unes des affaires que tes amis ont rapportées du campement. Ton téléphone…

Il le brandit et je lève la main pour le lui arracher. Je vérifie mes messages.

Rien. Rien du tout de sa part.

Il pose une étrange boîte en bois verni sur le plateau devant moi.

— Ce n'est pas à moi, dis-je.

— Bien sûr que si, explique Adam. Il s'agit de ton prix, sieur William. Ils l'ont fait cracher à Doug.

J'imagine Doug qui crache et vomit cette boîte et même si cette image est immonde, je ne crois pas qu'il puisse cracher une boîte de sa bouche.

Je regarde Adam et il se met à rire.

— C'est la tiare. Le conseil a demandé à Doug de la rendre en accord avec les conditions de votre duel. Une fois qu'il l'a fait, ils ont voté son bannissement pour cause d'attaque lâche contre toi. Tu peux également choisir de porter plainte pour agression.

Je regarde encore une fois mon téléphone.

— La seule chose que je veux, c'est parler avec Jenna.

Je commence à me lever de mon brancard à roulettes, mais Mia se place devant moi, posant une main sur mon épaule.

— Non, mon gars, tu ne peux pas encore te lever. Le médecin n'a pas donné son autorisation. En fait, je pense qu'ils vont te garder pour la nuit.

Je pousse sa main de mon épaule et je me lève.

— Non, certainement pas, putain, dis-je.

Mais Adam est là et il me repousse sur le brancard.

— Couché, dit-il. Et sois gentil avec Mia, s'il te plaît. Elle a bien pris soin de toi pendant que tu étais assommé.

Je marmonne des remerciements et j'essaie de me relever.

Je vais juste sortir pour appeler…

À ce moment précis, le médecin entre pour vérifier si je n'ai pas de lésions cérébrales. Je dois faire des choses idiotes comme serrer son doigt, puis suivre son doigt des yeux quand il l'agite devant moi. Ensuite, il me regarde dans les yeux avec une petite torche, ce que je déteste.

— Je ne vais pas rester ici, dis-je avant qu'il puisse parler.

Il écrit des choses sur une tablette : mon dossier médical.

— Nous devons vous faire passer une IRM et dans l'idéal vous garder en observation. Nous aurons cette discussion quand j'aurai cette IRM dans la main. Qu'en pensez-vous ?

— Je dois passer un appel téléphonique très important ! dis-je en essayant de me lever.

— Mr Drake, vous ne pouvez pas vous lever et aller vous promener. Vous êtes un patient ici jusqu'à ce que vous soyez libéré.

— Alors, je me libère moi-même. Je vais juste…

Adam est encore une fois à mes côtés, posant une main lourde sur mon épaule.

— Tu ne vas pas te libérer toi-même. Tu restes ici jusqu'à ce que tu passes ton test.

Je chasse sa main.

— Arrête de me toucher, bon sang ! Je veux savoir où est Jenna et pourquoi elle n'est pas ici.

Le médecin regarde tour à tour Adam et moi. Mia fait un pas en avant.

— Je pense que plus vite il passera son IRM, mieux ce sera.

Le médecin hoche la tête.

— Je vais voir ce que je peux faire pour le faire passer avant les autres.

Il sort peu de temps après et j'essaie encore une fois de me lever. Adam m'en empêche et j'essaie de le frapper.

— Bon sang, Liam, calme-toi, putain !

Il chasse mon poing avant que je le touche.

— Non, arrête ces conneries. Je dois parler à Jenna. Je dois savoir pourquoi elle n'est pas ici. Elle est sûrement très inquiète pour moi.

— Elle va bien, dit Mia. Elle est, euh... eh bien, elle est avec Alex, qui m'a dit que Jenna était très secouée par ta blessure. Elle se sent peut-être responsable. Je ne sais pas exactement ce qu'il se passe, mais elle a insisté pour qu'Alex la ramène tout de suite à la maison au lieu de venir ici.

Silence.

Nous ne disons rien pendant un long moment.

— Mais pourquoi n'a-t-elle pas voulu venir ? Pourquoi ne veut-elle pas être ici pour moi ? J'ai été là pour elle... j'ai traversé tout ceci.

Mia secoue la tête et je la connais assez bien pour savoir que son regard exprime la tristesse.

— Je suis désolée, William. Je ne sais pas ce qu'il se passe dans sa tête en ce moment. Mais elle est en sécurité et elle n'est pas en danger. Je suis certaine qu'elle se soucie de ce qu'il t'arrive et qu'elle voudrait que tu fasses cet examen.

— J'emmerde l'examen, dis-je en marmonnant.

— Je te promets que nous t'emmènerons directement chez elle quand tu sortiras d'ici, d'accord ? dit Adam.

Je lui jette un regard noir, une boule de rage commençant à brûler au creux de mon estomac.

— Tu pourras lui apporter la tiare... poursuit-il.

— J'ai surtout envie de te mettre cette tiare dans ton...

— Les garçons ! intervient Mia en levant la main. Adam, pourquoi n'irais-tu pas nous chercher de la nourriture ? Je pense que William a *très* faim. Je vais lui tenir compagnie et il se calmera peut-être.

Adam s'en va, mais je ne me calme pas. Je n'arrive à penser à rien d'autre qu'à Jenna qui est tranquillement chez elle, ne pensant même pas que j'aimerais qu'elle soit avec moi.

Je cache mon visage dans mes mains, conscient que le mal de tête est toujours là, mais qu'il s'estompe progressivement.

— Je suis certaine qu'elle serait ici si elle le pouvait.

Ça, j'avais l'habitude de l'entendre. J'avais entendu papa et Britt le dire très souvent. Presque mot pour mot.

Et je me souviens... toutes ces fois où ma mère s'était organisée pour venir me chercher, puis il y avait toujours un empêchement : parfois plusieurs jours à l'avance, parfois à la dernière minute. Nos plans pour aller dîner, ou au parc, ou au musée...

Elle n'avait jamais fait le nécessaire pour moi. Ces changements d'emploi du temps qui me mettaient déjà mal à l'aise pour commencer, créèrent un mur de frustration et de colère, aussi solide qu'une barrière en briques. Il m'avait fallu des semaines et des mois et des années avant de surmonter la colère et la rancœur. Jusqu'à ce jour, je ne suis pas certain d'avoir vraiment réussi.

La déception pèse sur mon estomac comme l'enclume du forgeron, tirant tout vers le bas. Cela me donne l'impression d'être le problème. Je suis la cause.

Je ne suis pas assez méritant.

C'est la même chose. C'est toujours pareil.

J'avais bêtement espéré que cet unique moment dans le temps, cette victoire, mériterait l'admiration, le respect...

L'amour.

Jenna m'a dit qu'elle m'aimait, mais elle n'est pas là à mes côtés à me montrer cet amour quand j'ai le plus besoin d'elle. Je ferme les yeux en essayant de l'imaginer debout à côté de moi dans cet hôpital froid et horrible à la place de Mia.

Mais je ne le peux pas. Je ne fais que brûler de rage et de douleur à la place. J'essaie de respirer afin de supporter les quelques heures avant ma sortie.

Mia s'assoit et elle parle, mais je n'écoute pas. Et une fois qu'Adam revient, la seule chose que je peux faire, c'est rester assis à souhaiter qu'Adam et Mia soient Jenna et qu'elle soit assise à côté de moi en me tenant la main. Mais la réalité est durement et froidement éloignée de ce fantasme : aussi dure et froide que cette chambre d'hôpital, où la seule chose qui me réchauffe est ma colère brûlante.

Chapitre Trente-cinq
Jenna

O N ARRIVA À LA MAISON PEU DE TEMPS APRÈS L'HEURE du déjeuner, mais au lieu d'attraper quelque chose à manger, je me versai un verre de tequila qui restait de notre soirée alcoolisée, puis je bus du jus de fruits.

— Jenna…

Je levai brusquement la main pour interrompre Alex.

— Non, Alejandra. Je ne veux pas l'entendre.

Je pris la bouteille de Cuervo et je l'emmenai dans ma chambre. Puis, séparée de toute émotion – et de toute pensée logique –, je commençai calmement à emballer mes affaires.

Je rangeai tout dans des boîtes en carton. J'allais prendre les deux valises avec moi et demander à Alex de stocker quelques boîtes chez sa mère. Le reste, je pouvais le donner… à des amies, à des associations caritatives, peu importe. Tant que je pouvais me débarrasser de tout.

Les vieilles choses faisaient remonter trop de souvenirs anciens et je n'en voulais pas. C'était trop douloureux. Mon pouls s'accélérait sous la peur et la tristesse à chaque carton que j'emballais, alors je buvais un peu plus et je continuais, mes mains travaillant comme si elles étaient indépendantes de mes sentiments.

Le sort m'appelait. Il était temps de bouger. Mais chaque fois que j'avais cette pensée, mon cœur me faisait mal comme s'il avait été égratigné par un morceau de verre.

J'entendis la voix de papa dans ma tête... *'Budi hraba, kci.'* *Tu dois être courageuse...*

Il avait fait froid ce matin d'avril quand il m'avait déposée sur le camion de réfugiés dans la banlieue de Sarajevo, avec ma sœur et ma tante. Nous avions enfin eu l'occasion de passer en sécurité à travers la zone de guerre jusqu'à Zagreb. Ce jour-là, il avait glissé la tiare dans ma main en m'assurant qu'elle serait en sécurité dans la belle boîte vernie. Il m'avait expliqué comment ma grand-mère l'avait portée à son mariage, tout comme sa mère avant elle.

— Tu es une princesse et tu dois rester en sécurité. Je te verrai bientôt. *Obecavam. Je le promets.*

Il avait rompu cette promesse. Maman m'avait dit qu'il était mort en l'espace de quelques minutes, perdant son sang dans les caniveaux d'une rue que nous avions parcourue presque tous les jours de ma jeune vie là-bas.

Papa... je ne peux plus faire ça. C'est trop douloureux. S'il te plaît, enlève-moi cette souffrance.

Malgré mon état de stupeur dû à la tequila, tout était trop serré : mes vêtements, ma poitrine, mes poings. J'entendis sonner à la porte et je jetai un coup d'œil par la fenêtre de ma chambre, stupéfaite de voir qu'il faisait nuit. La journée entière était passée dans un brouillard induit par mon chagrin.

— Bonjour ? entendis-je appeler une voix familière dans l'appartement. *Helena.*

J'avais utilisé tous les mouchoirs de ma chambre, alors je me précipitai jusqu'à la salle de bains, mais elle se tenait dans le couloir, bloquant mon passage.

— Oh, Janjica ! dit-elle en prenant mon visage dans ses mains élégantes aux longs doigts. Qu'allons-nous faire de toi ?

Au lieu de répondre, je reniflai et je hoquetai, la lèvre tremblante. Je pensai à la tragédie qui nous liait toutes les deux et à quel point c'était approprié qu'elle se trouve ici maintenant. Helena glissa les cheveux qui cachaient mon visage derrière mon oreille. Par-dessus son épaule, je vis Alex nous regarder et je sus que c'était elle qui l'avait appelée.

— Ne sois pas fâchée contre Alex, dit Helena en devinant mes pensées, comme d'habitude. Elle s'inquiète pour toi. Et moi aussi.

Je frissonnai et les larmes se remirent à couler. Helena me fit un câlin et j'appuyai mon visage contre son épaule en sanglotant.

— Je ne peux pas oublier cette nuit, Helena. Je ne le peux pas.

Elle savait de quoi je parlais sans même avoir besoin de le demander.

— Tu ne l'oublieras jamais… et moi non plus, dit-elle en bosniaque. Cette nuit nous a changées pour toujours.

Elle me guida doucement vers ma chambre. Dès que l'on entra, Alex me tendit une nouvelle boîte de mouchoirs, puis elle ferma la porte derrière nous.

Helena se laissa tomber sur le lit à côté de moi tandis que je me balançai d'avant en arrière, les poings serrés. Elle examina la pièce vide, son regard se posant sur les cartons alignés le long du mur. En quelques heures, ma vie avait été condensée dans ces cartons et j'étais prête à passer à autre chose.

— Dis-moi ce qu'il s'est passé…

J'inspirai en tremblant.

— Il y a un garçon… et…

Ma voix trembla et je levai les yeux vers elle avant de détourner rapidement le regard.

— C'est un homme, en fait, mais…

Helena posa une main sur mes épaules en regardant attentivement mon visage.

— Vas-y Janja. Parle-moi de lui.

Je rougis et je l'observai du coin de l'œil, me sentant étrangement coupable. Comme si je la trompais, elle… et Brock.

— La nuit dernière, j'ai, euh… je lui ai dit, que je l'aimais.

Elle hocha la tête.

— Et c'est la vérité ? L'aimes-tu ?

Le morceau de verre égratigna encore mon cœur et l'air sortit en sifflant de mes poumons. Je me recroquevillai.

— Oui. Je l'aime. Je l'aime tellement. Tellement que ça fait mal. Mon Dieu, Helena. Je suis désolée.

Son bras se serra autour de moi et elle me tira en arrière pour me faire asseoir.

— Il n'y a pas à s'excuser d'aimer. Et nous ne sommes pas censés aimer seulement une personne au cours de nos vies. Tu as aimé Braco. Et maintenant, tu aimes également cet homme. Ce n'est pas une trahison.

Mes sanglots pitoyables reprirent, noyant son discours noble.

— Il va mourir, Helena. Il va mourir, comme les autres. Comme papa. Comme Brock.

Elle inspira brusquement et elle chercha à enlever les cheveux de mon visage.

— Arrête ça. Tout de suite. Tu as le droit d'aimer un homme, et tu as le droit d'être aimée. Arrête de te faire souffrir juste parce que tu vis alors que Braco est mort.

— Comment peux-tu être si gentille avec moi ? Je ne l'ai pas reconduit à la maison cette nuit-là…

— Nous n'allons pas recommencer ça, Jenna, dit-elle en revenant à l'anglais d'un ton sévère. Tu as passé deux années où tu étais complètement déprimée, totalement paralysée par ta culpabilité. Je ne t'en veux pas parce que ce n'était pas de ta faute. C'est arrivé. Tu es rentrée tôt. Il est monté avec quelqu'un d'autre…

Sa voix s'éteignit en un sanglot. Ce sanglot me fit souffrir au plus profond de moi. Je fermai les yeux et j'enfouis mon visage dans mes mains, mais Helena les retira très vite.

— Arrête de te cacher. Arrête de fuir. Écoute-moi !

Elle serra mes mains.

— Tu es comme ma propre fille. Tu le sais. Je te le dis tout le temps. La seule chose pire que de perdre Braco, ce serait de te perdre aussi.

— Mais…

— Il n'y a pas de mais. Tu te lèves. Tu te laves le visage et tu vas voir cet homme. Tu lui dis ce que tu ressens, d'accord ? Tu lui dis que tu l'aimes et que tu veux être avec lui. Sois courageuse, Janja. Il faut du courage dans cette vie, car si tu n'en as pas, la vie et les circonstances te réduiront en poussière.

Sois courageuse, Janja.

Mes poumons brûlaient quand je respirais et ma gorge était bloquée par les larmes. J'avais terriblement mal aux yeux, pourtant les larmes continuaient à couler. Je ne savais pas du tout d'où elles venaient.

Je secouai la tête.

— J'ai si peur.

Elle me caressa les cheveux.

— Nous avons tous peur. Chaque jour que nous sommes ici, nous ne savons pas ce qui va se passer. Mais la vie est faite pour être vécue. Penses-tu que si j'avais le choix, je retournerais dans le temps et j'éviterais d'avoir un fils, juste pour éviter la douleur de l'avoir perdu ? Non. *Jamais.* J'ai porté ce bébé et je l'ai élevé et je l'ai tenu dans mes bras et je l'ai embrassé et je l'ai aimé. Et je me souviens comme il était merveilleux. Oui, je pense à l'homme incroyable qu'il serait devenu, mais je suis reconnaissante de chaque jour qu'il a passé sur cette terre. Je ne le regretterai jamais. Et tu ne le devrais pas non plus.

Je me frottai les yeux, entendant la vérité dans ces mots, et soudain un calme inexplicable descendit sur moi. La douleur et le chagrin étaient toujours là, mais il y avait aussi du réconfort. Il y avait de l'amour. L'amour que je ressentais pour Helena. La gratitude que j'éprouvais de l'avoir dans ma vie.

Et elle avait raison. Si j'avais le choix, je serais retournée en arrière et j'aurais tout revécu. J'étais très reconnaissante du temps que j'avais passé avec Brock. Des souvenirs. De ma relation avec ses parents incroyables. Tout. Pas de regrets.

Pas de regrets.

Helena dut percevoir le changement en moi, car elle me caressa les cheveux en disant des mots réconfortants dans notre langue maternelle. Je posai ma tête sur son épaule et elle chanta une vieille chanson traditionnelle que ma mère avait pour habitude de chanter quand j'étais petite.

J'étais épuisée, mais j'étais également très inquiète au sujet de William. Après dix minutes de silence, je me levai lentement du lit et je me dirigeai vers ma commode pour récupérer mon téléphone.

Quand celui-ci s'anima, je vis une pile de textos et de notifications d'appels manqués. *Merde.* Tout le monde devait être inquiet pour moi pendant que j'étais partie m'apitoyer sur mon propre sort. Alors que j'aurais dû être là pour William...

Juste au moment où je fus sur le point d'ouvrir mon application SMS, la sonnette retentit. J'inspirai profondément et Helena se leva du lit, m'attrapa par la main et dit :

— Allons voir qui c'est, d'accord ? Et après ça, tu iras parler à ton jeune homme. J'espère le rencontrer bientôt. En fait, j'exige de le rencontrer bientôt.

Je hochai la tête et je m'essuyai une dernière fois le visage avec un mouchoir. Helena ouvrit la porte et nous marchâmes ensemble jusqu'au salon. Alex y parlait avec Adam, Mia, et William dont la tête était entourée de bandages et qui semblait sombre et un peu hébété.

À la minute où je posai le regard sur lui, la joie pénétra tout le sang qui circulait dans mes veines. Je ne pus réprimer le sourire idiot et le soulagement puissant que je ressentis en voyant qu'il allait bien.

Je me précipitai vers William, m'arrêtant juste avant de le prendre dans mes bras quand je le remarquai se raidir.

— Wil, soufflai-je.

Il serra la mâchoire et il s'écarta de moi avant de me tendre une boîte vernie familière. Ma tiare. Mais l'expression sur son visage était glaciale. Cela me surprit et je le regardai par-dessus la boîte au lieu de prendre ce qu'il me tendait. Il baissa les yeux.

Et la tension... on n'aurait pas pu la briser au marteau-piqueur. Adam et Mia partagèrent un long regard. Puis elle se tourna vers William, posant une main sur son épaule qu'il chassa vite.

— Euh, Adam et moi nous allons t'attendre dehors, près de l'escalier.

Elle jeta un regard appuyé en direction d'Alex.

— Ah oui… Mia, je dois vous parler de quelque chose à tous les deux. Je viens aussi.

Ils sortirent tous les trois. À côté de moi, Helena posa une main sur mon épaule avant de suivre les autres, fermant doucement la porte derrière elle.

Dès qu'elle se ferma, William parla d'un ton monocorde encore plus froid que d'habitude.

— Je suis venu te déposer ceci. J'ai gagné le duel et je te donne la tiare, comme promis.

Il me tendit à nouveau la boîte. Cette fois-ci, je la pris et je l'ouvris pour m'assurer que la tiare était bien à l'intérieur, puis je la posai sur une table près de là.

— Merci. Je suis tellement…

Mais il avait déjà tourné les talons et il se dirigeait vers la porte.

— Wil, attends ! dis-je en attrapant son bras.

Il s'écarta comme si je venais de le brûler.

Mes entrailles se nouèrent de panique.

— William ! S'il te plaît. S'il te plaît, laisse-moi t'expliquer. Je suis désolée.

Il hésita, puis il se tourna lentement vers moi.

— Je t'ai attendu. Mia t'a envoyé des messages. J'ai appelé. Tu n'as pas répondu. J'ai passé toute la journée à m'inquiéter pour toi. J'étais à l'hôpital, je déteste les hôpitaux. C'est quelque chose que tu ne sais pas parce que tu n'as jamais pris la peine de me connaître assez bien pour le savoir. J'ai dû rester assis là et traverser tous leurs stupides examens sans toi. Il a fallu m'anesthésier pour me faire rentrer dans cette putain de machine qui a scanné ma tête.

J'eus le souffle coupé, me rendant compte de la profondeur de sa colère par la simple utilisation de ce juron. Je ne l'avais encore jamais entendu le dire et il semblait plus venimeux venant de sa part.

Je me sentis comme une merde. Même moins que cela. Et pourtant, tout ce que je réussis à dire, ce fut :

— Je suis tellement contente que tu ailles bien.

— Tu n'as pas été là pour moi, répéta-t-il.

— Je sais. Je suis désolée. Je...

Ma voix s'éteignit avant que je puisse compléter la phrase. *Je paniquais égoïstement et je pensais à moi au lieu de penser à toi.*

— S'il te plaît, William. Pouvons-nous parler ?

Il cligna des paupières.

— Nous sommes en train de parler.

— Tu es fâché contre moi. Et tu en as tous les droits. Mais s'il te plaît, puis-je t'expliquer ce qu'il s'est passé ? J'ai... j'ai paniqué quand je t'ai vu tomber. Il y avait tellement de sang. J'ai cru que j'allais te perdre et j'ai commencé à revivre la perte de Brock...

Il s'éloigna de la porte et il se mit à faire les cent pas dans le petit salon, en frottant ses cuisses avec les mains.

— Tu aimes toujours Brock.

— Oui, je te l'ai déjà dit. Mais je t'aime aussi.

Il marcha plus vite en secouant la tête.

— Mais tu n'étais pas là pour moi.

— Wil, j'ai merdé. Je suis désolée.

— Je ne peux pas compter sur toi. Comment puis-je savoir que tu ne vas pas simplement partir ?

Je déglutis.

— Je ne veux pas partir. Je veux être avec toi.

Il inspira avec difficulté.

— Alors, la nuit dernière tu me dis que tu veux rester avec moi. Puis nous avons couché ensemble. Quand le duel s'est terminé, tu avais disparu. Était-ce une coïncidence ?

Je fronçai les sourcils en essayant de prendre conscience de ce qu'il sous-entendait. Je secouai la tête.

Il s'arrêta ensuite de marcher si brusquement qu'il sembla sur le point de tomber. J'avais laissé ma porte ouverte et William regardait directement dans ma chambre. Les murs vides, les cartons entassés, les tiroirs ouverts et vides de la commode.

J'avalai une boule dans ma gorge.

— Tu pars vraiment, dit-il en serrant les dents et les poings.

Si j'avais pu fondre sur place et me glisser à travers le plancher, je l'aurais fait. Pendant qu'il était à l'hôpital, blessé et pourtant toujours inquiet pour moi, j'avais bu de la tequila et préparé mes bagages.

Et William ne fonctionnait qu'avec des absolus : tout était noir ou blanc. Comment pouvais-je traduire ceci pour lui ?

— J'avais peur… commençai-je, mais il se détourna de moi pendant que je parlais, son regard examinant le reste de l'appartement, cherchant sans doute d'autres indices indiquant mon départ imminent. *C'était bien moi. Jenna Kovac : risque de fuite permanent.*

William n'allait pas l'accepter. Il se retourna vers moi, les poings serrés.

— Moi aussi, j'avais peur. J'avais peur de faire ce duel et de combattre Doug à nouveau. Peur d'être vaincu et de perdre tous mes amis et ta tiare. J'avais peur, mais je l'ai fait quand même. Je t'ai montré ce que je ressentais par mes actes, pas seulement par mes paroles.

Je fermai les yeux, les larmes recommençant à monter.

— Je ne suis pas parfaite, William. Je suis seulement humaine. Et j'ai des défauts.

— Oui. Tu en as.

Cela me fit mal. En fait, c'était comme si plus de verre venait d'égratigner l'organe fragile dans ma poitrine. J'inspirai profondément et j'essayai de ne pas me mettre sur la défensive. Il avait le droit d'être blessé. D'un autre côté, moi aussi. Et ses paroles m'avaient fait mal.

— Pouvons-nous en parler quand tu ne seras pas aussi fâché ?

Il serra la mâchoire et je vis ses joues gonfler.

— Je ne suis pas fâché. Je suis déçu. J'ai besoin d'une personne sur laquelle je peux compter et tu n'es pas cette personne. J'ai besoin d'une personne qui confirme ce qu'elle dit par ses actes, qui ne dit pas juste quelque chose pour obtenir ce qu'elle veut. Tu n'as pas été là pour moi.

Il enfonça les mains dans ses poches.

— Exactement comme tu n'as pas été là pour Brock.

Je poussai un petit cri. J'eus l'impression que je venais de recevoir un coup de son bouclier dans le ventre. Mes genoux lâchèrent et j'atterris sur le canapé, couvrant mon visage avec mes mains. Ses mots me blessèrent au plus profond de moi, confirmant chaque doute que j'avais au sujet de mon rôle la nuit où Brock était mort.

— Comment as-tu pu ? dis-je entre deux sanglots, submergée par la douleur.

Je me sentis transpercée, comme si des aiguilles s'enfonçaient dans chaque pore de ma peau.

William ne dit rien. Il ne bougea même pas pendant un long moment alors que j'essayais de reprendre le contrôle de moi-même… et que j'échouai.

— Ceci est une erreur, finit-il par dire d'une voix tremblante.

J'enlevai les mains de mon visage pour le regarder. Quelques instants plus tard, il se tourna vers la porte.

Je sautai du canapé et je courus vers la porte que je bloquai de sorte qu'il ne puisse pas l'ouvrir.

— Ne fais pas ça, sanglotai-je. Tu sais très bien que je ne me suis pas servie de toi. Tu sais…

Ma voix s'estompa en couinant.

Ses traits étaient tout aussi calmes que lorsqu'il était entré. Il semblait aussi peu affecté que l'aurait été le robot auquel il était souvent comparé.

— Non, je ne sais pas.

J'essayai autant que possible de le regarder dans les yeux, mais ils m'évitèrent agilement.

— Tu sais que je t'aime, Wil. C'est vrai.

Il pinça les lèvres.

— Ce sont les mots que tu as utilisés, mais ils ne correspondent pas à tes actes. Tu m'as abandonné dès que les choses sont devenues difficiles. Tu ne veux t'engager à rien. Tu trouveras encore une raison de t'enfuir.

Je me mordis la lèvre, de nouvelles larmes brûlant comme de l'acide, coulant des puits de mes yeux et le long de mes joues.

— Et tu ne pardonneras jamais les erreurs que je fais.

Il ferma longtemps les yeux et inspira profondément, quand il les rouvrit, il me regarda directement. Mais au lieu de répondre, il tourna la poignée de la porte.

— Pousse-toi, s'il te plaît.

Je secouai la tête, refusant d'accepter ce qu'il disait.

— Wil, sanglotai-je.

Et pendant une fraction de seconde, je vis la douleur qui passa dans son regard, parce qu'il me fixait droit dans les yeux. Puis il cligna vivement des paupières et il tourna la tête.

Je décidai de tenter le coup. Qu'avais-je à perdre ? Je levai la main et je la posai sur son visage, le bout de mes doigts caressant son menton rugueux.

Il écarta brusquement la tête de mon contact.

— Au revoir, Jenna, répéta-t-il doucement d'une voix tremblante.

Lentement, silencieusement, je fis ce qu'il demandait et il ne perdit pas de temps avant de tourner la poignée. Puis il ouvrit la porte et il partit dès que je libérai le passage.

Je me laissai glisser le long du mur à côté de la porte, me roulant en boule, le visage contre mes genoux. Je pensais qu'il ne me restait plus de larmes à pleurer. J'avais tort.

Même si j'avais été prête à tout jeter dans ma panique et ma peur plus tôt dans la journée, je n'étais pas prête à perdre ceci.

Mais prête ou pas, cela se produisait. Et il n'y avait rien de plus que je puisse faire.

Chapitre Trente-six
William

M'ÉLOIGNER DE SON APPARTEMENT EST LA CHOSE LA plus difficile que j'ai jamais faite. C'est une sorte de douleur perçante qui commence au milieu de ma poitrine et m'empêche de respirer. J'ai l'impression d'être piqué et poussé de l'intérieur avec des objets pointus. Ça fait mal... mais cette souffrance brûle comme un feu en même temps que la colère.

Et je ne pouvais plus la regarder.

Mes amis se tiennent en groupe près de l'escalier, mais je ne veux pas leur parler. Je veux rentrer à la maison, dans ma maison rangée et ma routine réconfortante, où rien n'est une surprise et tout se passe comme il faut. Là-bas, je n'ai jamais besoin de dépendre de quelqu'un d'autre et je ne suis jamais déçu.

Je ne peux pas supporter d'être à nouveau déçu. Pas de cette façon. C'est trop douloureux.

Jetant un coup d'œil au groupe, je remarque qu'ils sont serrés tous ensemble et qu'ils parlent à voix basse. Sauf la dame plus âgée qui était avec Jenna quand nous sommes arrivés. Je ne sais pas du tout qui elle est et je ne veux pas le savoir.

Je veux rentrer chez moi et oublier tout ceci, l'oublier, elle. J'utiliserais les techniques de visualisation qu'elle m'a apprises pour la visualiser hors de mon esprit. Hors de mon cœur. Hors de ma vie.

En passant à côté d'eux, je descends les marches sans m'arrêter et sans les regarder. Mon cœur bat fort et chaque battement me fait un peu plus mal. Je me demande si c'est un symptôme de la blessure à la tête. Je m'accroche à la balustrade pour ne pas tomber, comme si j'étais encore sous l'effet des médicaments.

Adam et Mia me suivent de près. Ils m'ont fait savoir qu'ils ne veulent pas que je passe la nuit tout seul, mais quand j'ai refusé d'aller chez eux, ils se sont invités à passer la nuit chez moi à la place. Pire, ils me conduiront à l'hôpital local pour une autre IRM demain matin.

Exactement, ce dont j'ai besoin… comme si cette situation pourrie ne suffisait pas.

Je suis fatigué et j'ai mal et je veux simplement aller me coucher et oublier cette journée.

Oui, j'ai gagné… mais j'ai également perdu. *Tellement tellement perdu.*

✳✳✳

On m'a forcé à prendre des jours de congé pendant les trois premiers jours de la semaine. Parfois, c'est un véritable désavantage de travailler pour un cousin si exagérément protecteur et autoritaire.

Je passe mon temps libre à la maison à réorganiser complètement mon studio et à réparer mes outils de forge. C'est l'occasion parfaite pour améliorer mes capacités en travaillant sur l'armure d'entraînement endommagée.

Je retourne au travail jeudi, mais je ne vais pas au repas de famille du dimanche. Et il m'est facile d'ignorer le téléphone, car je l'ai complètement éteint. Jordan et Adam viennent tous les deux me voir au travail, mais je ne rencontre pas Mia pour notre petit-déjeuner habituel le mercredi suivant, parce qu'elle a beaucoup de révisions à faire.

Les routines sont une fois de plus un moyen de réconfort. Mais elles ne m'aident pas à oublier. Et même si je continue à pratiquer ma routine habituelle pré-Jenna, c'est trop douloureux d'essayer de l'oublier maintenant.

C'est trop douloureux d'essayer quoi que ce soit.

Je veux lui parler. Je veux entendre sa voix. Je veux la toucher, sentir son odeur. Je veux m'allonger à côté d'elle, avec nos peaux qui se touchent pendant que je l'écoute respirer.

Et cela me rend fou. Parce que je ne veux pas la vouloir à ce point. Je veux que ces sentiments s'en aillent. Je veux que les choses redeviennent comme elles étaient avant que ce soit aussi douloureux.

Je m'occupe donc grâce à chaque tâche ordinaire qui doit être accomplie. J'adhère strictement à ma routine et je m'occupe si bien que j'ai à peine le temps de laisser mon esprit vagabonder vers des pensées que je ne peux contrôler.

Le week-end suivant, je passe la journée entière dans mon atelier. Je ne peux pas créer d'art dans cet état, mais je peux très bien frapper des choses avec un marteau. Bizarrement, cela m'aide à me sentir mieux.

La forge travaille à plein régime et il fait plus chaud que dans un four. Je consomme mon bois à une vitesse alarmante, tandis que je continue à utiliser les soufflets. J'entends la sonnette quand elle retentit, l'ayant trafiquée de façon à ce qu'elle sonne ici aussi. Malgré tout, je décide de l'ignorer.

Cependant, quelques minutes plus tard, mon père apparaît à la porte de mon atelier, gardant la distance que j'exige pour me regarder travailler. Je continue, ignorant sa présence pendant un quart d'heure avant de laisser tomber mon travail dans le seau de refroidissement. Le métal chauffé siffle en tombant dedans.

— Salut, dit-il quand je me tourne enfin vers lui.

Je retire mes lunettes et mon tablier en cuir, puis j'essuie mon visage en sueur avec une serviette propre.

— Salut. Pourquoi es-tu ici ?

Il lève les sourcils.

— Ai-je besoin d'avoir une excuse pour voir mon fils ? Tu nous as manqués au repas la semaine dernière.

— Je n'avais pas envie d'être sociable.

À vrai dire, cela ne m'arrive jamais, mais c'était encore pire que d'habitude.

Il fronce les sourcils.

— D'accord. Mais je peux quand même venir voir comment tu vas, n'est-ce pas ?

— Je suis un adulte, papa, lui dis-je en baissant la température de la forge.

Il faudra que je revienne ici pour nettoyer quand tout se sera refroidi, mais je peux laisser les choses en l'état pendant un court moment.

— Tu as quelque chose à boire ? demande-t-il. Il fait chaud ici.

— Il y a de la bière, de l'eau et du jus de fruits dans mon frigo.

— Eh bien, fais une pause et asseyons-nous une minute.

J'essaie de ne pas soupirer trop bruyamment quand nous quittons l'atelier et que nous nous dirigeons vers la cuisine. Il est évident que papa veut parler. Nous n'avons pas eu beaucoup de ces tête-à-tête dernièrement, mais je les reconnais quand ils arrivent.

Et je ne veux pas le repousser. Je sais qu'il s'inquiète pour moi, qu'ils s'inquiètent tous pour moi. Il vaut mieux que je fasse de mon mieux pour écarter ses inquiétudes, puis les choses redeviendront normales très vite.

La normalité est la clé. J'ai besoin que tout revienne à la normale.

Je sors deux bouteilles de bière du frigo, car je sais ce qu'il aime. Je coupe un citron vert et je lui tends un morceau qu'il peut presser dans sa bière. C'est la meilleure façon de boire la bière mexicaine.

Papa me remercie et il presse sa tranche de citron dans sa bouteille avant d'enfoncer tout le morceau par le goulot de façon à ce qu'il flotte au milieu de la bière : une habitude qui me rend dingue. Je me moque de lui et il sourit.

— Je ne vais pas changer à mon âge, Liam. Tu devrais le savoir.

Je bois une gorgée de bière sans répondre. Nous buvons en silence pendant quelques minutes avant qu'il finisse par s'éclaircir la gorge.

— Adam dit que tu es déjà de retour au travail. Je me demande si c'est une bonne idée. Comment va ta blessure ?

Je lève instinctivement la main jusqu'à mes cheveux, sans toucher la zone blessée. C'est encore douloureux, mais j'y survivrai.

— Je vais bien. La blessure est mineure. On m'enlève les points lundi, et c'est la partie la plus irritante. Ça commence à me gratter.

— Tu seras donc en pleine forme, physiquement. Et émotionnellement ?

Je ne réponds pas. Je continue à boire ma bière en me disant que cette expression est étrange. Papa l'utilise beaucoup, mais je ne sais pas du tout de quelle forme on parle.

— Liam… veux-tu en parler ?

— Nous sommes en train d'en parler.

— Au sujet de Jenna, précise-t-il en me faisant son regard sérieux.

Je bois un peu plus de ma bière. Je ne sais pas quoi dire. Je ne sais pas comment décrire ce que je ressens. Je vis la même vie que j'ai toujours menée, mais maintenant j'ai l'impression qu'il y a un trou géant. Comme si une énorme part de moi manquait. Au cours de la semaine avant le festival, quand j'avais choisi de ne pas la voir, elle m'avait profondément manqué. Mais maintenant…

C'est un peu comme ceci que j'imagine qu'une part physique de moi me manquerait si je ne pouvais plus la voir, la sentir ou la toucher. Comme si l'on m'enlevait un membre. Cela y ressemble.

— Pourquoi ma mère et toi vous êtes-vous séparés ? dis-je soudain, me surprenant moi-même encore plus que mon père.

Et c'est beaucoup dire, car avec ses sourcils levés et sa bouche ouverte, il semble stupéfait.

— Euh… il s'appuie en arrière et il pose la bière, frottant les poils courts et sombres sur son menton.

Les gens disent que je ressemble physiquement à mon père et je prends cela comme un compliment, même si j'avais été encore plus fier d'être un homme aussi bon que lui.

— On ne communiquait pas très bien… et je passais beaucoup de temps au démarrage de l'entreprise. Elle avait deux petits à la maison. C'était beaucoup de stress parce que j'étais si souvent absent.

Même maintenant il ne la tient pas pour responsable, contrairement à ce que font en général les couples qui se séparent. Mais pas lui. C'est typique de mon père.

— Et de m'avoir, moi. Je suis certain que c'était un stress supplémentaire.

Il baisse subitement les sourcils.

— Pas plus que tout autre jeune enfant.

— Les statistiques disent que les parents d'enfants autistes...

Il fait un geste brutal de la main.

— Je me moque de ce que disent les statistiques. Ce n'était pas de ta faute, Liam. C'est simplement qu'il y a beaucoup de facteurs différents qui déterminent si un mariage fonctionne ou pas. Nous n'allions simplement pas aussi bien ensemble que ce que nous avions pensé au début. Les choses changent quand on commence sa vie d'adulte. Nous étions jeunes et ambitieux. Nous avons fait beaucoup de choses : devenir parents, démarrer une nouvelle entreprise, entre autres choses. Ce n'était la faute de personne, Liam. Ou si c'était la faute de quelqu'un, c'était la mienne et celle de ta mère. Tu étais tout petit quand nous nous sommes séparés.

— Mais...

— Est-ce ce que tu penses depuis le début ? Qu'elle est partie à cause de toi ?

Je hausse les épaules et je prends ma bière.

Ses épaules sont raides quand il se balance sur son siège.

— La relation de ta mère avec toi – ou le manque de relation – n'a rien à voir avec le divorce, affirme-t-il.

Puis il se lève et il se met à marcher dans la pièce. Heureusement, il sait qu'il ne doit pas attraper mes objets et les reposer. Cela m'ennuie beaucoup.

Il fourre ses mains dans les poches et dit :

— J'aurais aimé avoir fait plus pour améliorer les choses entre elle et toi. Je pensais te protéger.

J'y réfléchis une minute.

— Tu n'aurais rien pu faire.

— J'aurais pu ne pas m'en mêler.

Il pencha la tête un instant avant de la relever pour me regarder.

— J'ai vu ce que cela te faisait les quelques fois qu'elle avait proposé des sorties qui avaient été annulées, alors je… je l'ai découragé de te proposer des sorties après ça.

Je reste silencieux pendant un moment, essayant de me remettre de mon choc avant qu'il le remarque. Mais il regarde mon visage et il est presque aussi doué qu'Adam pour sentir les émotions de quelqu'un d'autre. Il se remet à parler avant que je puisse trouver quoi dire.

— J'ai merdé et le mal était fait une fois que tu étais assez grand pour comprendre. Je pense que j'espérais que les choses s'amélioreraient entre vous à mesure que tu grandirais, mais…

— Mais tu ne savais pas qu'elle allait mourir.

Il contemplait une peinture sur le mur : l'exemplaire signé et numéroté de Meyers que j'avais acheté l'année dernière.

— Tout n'était pas de sa faute, Liam. Moi aussi, je dois partager cette responsabilité.

— Tu ne peux pas te blâmer pour ses défauts en tant que personne.

Il se retourna vers moi.

— Nous avons tous des défauts, Liam. Nous sommes humains. Oui, elle avait les siens, mais j'avais moi aussi les miens.

J'écarquille les yeux en réalisant à quel point ces paroles ressemblent à ce que Jenna m'a dit. *Tu ne pardonneras jamais les erreurs que je fais – les défauts humains que je peux avoir.* Cela m'ennuie et je ne sais pas pourquoi. Je finis ma bière en renversant la bouteille dans ma bouche.

Une demi-heure plus tard, j'escorte mon père jusqu'à la porte. Il s'arrête et demande un câlin que je lui cède.

— Je t'aime, mon fils, dit-il en m'attrapant par les épaules.

— Je t'aime aussi.

— Liam, dit-il en reculant et en me regardant directement.

Mes yeux descendent pour regarder son épaule.

— Essaie de pardonner à ta mère. Cela t'aidera beaucoup. Je sais qu'elle n'est plus là, mais… elle est ta mère. Elle mérite ton pardon. Et en ce qui concerne ta vie, eh bien… tu devrais parler à Jenna. Régler tout ceci. Elle me semble vraiment être une gentille fille.

— C'est une femme.

Il rit.

— Ouais, tu sais ce que je veux dire.

Je le sais, mais il est plus facile de le corriger que d'accepter le reste de ce qu'il a dit. C'est vrai, je pourrais lui parler… mais me fera-t-elle encore souffrir ?

***

Une autre semaine passe. Une autre semaine de routine réconfortante. C'est au cours de notre rencontre habituelle du mercredi matin que j'ai enfin le courage de soulever le sujet avec Mia.

— Comment va Jenna ? dis-je aussi doucement et d'un ton aussi neutre que possible.

Comme si ma respiration ne dépendait pas de sa réponse. Mais ma voix est malgré tout étranglée.

Elle regarde l'assiette de son petit-déjeuner pendant un long moment, découpant tout en morceaux plus petits que d'habitude. Puis elle se redresse, réprimant un bâillement du dos de la main.

— Pardon, j'ai eu une mauvaise nuit. J'ai veillé tard pour étudier.

Je pique un morceau de saucisse avec ma fourchette et je la mets dans ma bouche, attendant sa réponse.

— Alors, euh, Jenna est partie.

Soudain, la saucisse a un goût de cendres dans ma bouche. J'arrête de mâcher quand tout en moi se raidit. Et pourtant... je le savais. Je savais qu'elle allait partir. Pourtant, je suis sous le choc.

— La foire de la Renaissance ne part pourtant pas avant la fin du mois de juin, dis-je quand j'ai réussi à avaler cette boule de sciure sèche.

Mia détourne le regard avec un soupir.

— Non, je veux dire qu'elle a quitté le pays, William. Elle est partie plus tôt en Bosnie pour passer du temps avec sa mère et sa sœur avant le mariage.

— A-t-elle dit quand elle reviendrait ?

— Non, William. Je suis désolée. Elle a dit que... il y a une possibilité pour qu'elle reste là-bas de façon permanente avec sa famille.

Soudain, j'ai terminé mon petit-déjeuner. Je pousse mon assiette sur le côté, puis je m'excuse rapidement. J'ai beaucoup de travail à faire, mais je ne peux penser à rien d'autre tout le reste de la journée. Non pas que Jenna était très loin de mes pensées avant cela, mais à présent elle est à l'autre bout du monde et je ne peux m'arrêter de penser à quel point c'est permanent. Je l'ai perdue pour toujours.

Je ne saurais expliquer pourquoi, mais ce soir-là, quand je rentre chez moi, j'ouvre le tiroir qui contient la pile de billets et de cartes d'anniversaire de ma mère. Après les avoir ouvertes chez mon père, je les ai rapportées chez moi. Elles sont toujours triées dans l'ordre depuis mon sixième anniversaire jusqu'à mon vingt et unième. Je lis dans cet ordre jusqu'à atteindre la dernière, celle que je n'ai pas lue le soir où j'étais avec Jenna.

Celle que Mère m'a envoyée quelques mois seulement avant sa mort.

Liam,

Il est trop tard. Je le sais. J'aimerais pouvoir revenir en arrière et changer tout ce qui s'est passé entre nous, mais quand j'ai enfin été prête à essayer, tu étais trop grand et trop blessé par les choses qui se sont passées quand tu étais enfant. Je suis désolée de ne pas avoir été une bonne mère pour toi. Je le regrette chaque jour. Mais j'étais jeune, humaine et imparfaite. Ton père s'occupe beaucoup mieux de toi que je ne l'ai fait. Il t'a très bien élevé et je suis fière de tout ce que tu as accompli, même si je n'en ai pas vraiment le droit.

J'espère que tu me pardonneras un jour, peut-être quand j'aurai disparu.

Je t'aime. Je t'ai toujours aimé.
Maman.

Le voilà... celui que j'avais cherché. Le message que je ne pensais pas qu'elle avait écrit. Et si je l'avais ouvert le jour où je l'avais reçu, j'aurais eu le temps. Le temps de prendre le téléphone et de l'appeler, de la rencontrer, de pardonner.

Mais parce que j'avais laissé la colère et la rancœur me contrôler, j'avais perdu cette possibilité. Pour toujours.

Debout dans ma chambre, mon visage est mouillé. Je pleure en pensant à quel point j'avais voulu son amour quand j'étais petit. Qu'elle ne m'aimait pas, car j'étais brisé... différent. Toutes les étiquettes qui m'avaient été collées durant l'enfance : *mongol, taré, attardé, Liam le Débile.*

Au milieu de ma chambre, je reste debout et je pleure comme un bébé pendant presque une heure. Car je me suis rendu compte que mon entêtement m'a fait rater l'occasion de pardonner à ma propre mère pendant qu'elle était encore en vie.

Bouddha a dit un jour que rester en colère, c'est comme de boire un poison et de s'attendre à ce que l'autre personne meure.

Je me souviens des paroles de Jenna le soir où nous avons lu les cartes d'anniversaire et je comprends alors que j'ai jugé Jenna en me basant sur ce que ma mère avait fait. Que je m'étais attendu à ce qu'elle me fuie et en faisant cela, je l'aie repoussée.

Le visage dans les mains, j'imagine Jenna la dernière fois que je l'ai vue, appuyée contre la porte, ses joues mouillées, ses yeux rouges et gonflés d'avoir pleuré.

Et mes paroles... si cruelles. Sans cœur. *Exactement comme un robot.*

Mais que puis-je faire ?

Jenna est partie et elle pourrait bien ne jamais revenir.

L'ai-je perdue pour de bon ?

La seule chose que je peux faire, c'est essayer.

Chapitre Trente-sept
Jenna

MON ESTOMAC TOURNAIT DANS TOUS LES SENS pendant que le bus parcourait les routes de montagne sinueuses. Il ne restait que deux heures du long voyage entre Belgrade et Sarajevo.

Cinq heures avant seulement, j'avais dit au revoir à Helena et Vuk à la gare routière. J'avais passé quelques jours frénétiques et épuisants en Serbie, rencontrant les membres de leur famille et faisant le tour de la ville. Et maintenant, j'étais ici, seule, encore une fois, n'ayant que mes pensées et sans possibilité de leur échapper.

Les quelques semaines qui précédaient étaient floues : douloureuses puis engourdissantes. Helena avait été inquiète pour moi, vérifiant comment j'allais plusieurs fois par jour comme une mère angoissée. Elle avait gardé ses distances jusqu'à ce qu'Alex crache le morceau quand un jour je n'étais pas sortie du lit. C'est alors qu'Helena avait décidé de s'organiser afin que nous partions une semaine plus tôt que prévu.

Pourtant, malgré le tourbillon du voyage, William me manquait terriblement. Je me réveillais le matin après avoir rêvé de lui, sentant son baiser éphémère sur mes lèvres. Et chaque fois que le Wil de mes rêves s'estompait et que la réalité prenait sa place, je mourais un peu en me rendant compte qu'il me haïssait encore. Que je ne pourrais jamais effacer l'image de son visage quand il avait quitté mon appartement quelques semaines auparavant. De la douleur et de la déception. Du *dégoût*.

Je secouai la tête, les yeux rivés sur la campagne vallonnée magnifique et verdoyante du pays de ma naissance. La Bosnie-Herzégovine était un pays à la beauté verte et sauvage. Je me perdis dans les paysages magnifiques jusqu'à ce que la nuit tombe, essayant d'oublier mon chagrin qui s'émoussait lentement.

J'avais décidé qu'il était temps de trouver une forme de permanence et il y avait une forte possibilité que mon vrai chez-moi ne soit jamais en Californie du Sud. Ma destinée était peut-être ici, finalement. En tout cas, j'avais décidé d'essayer sincèrement. La raison pour laquelle je ne m'étais jamais enracinée aux États-Unis était peut-être que j'étais vraiment bosniaque. Après tout, j'avais de la famille ici, qui se souciait sincèrement de moi.

La Bosnie était peut-être mon avenir.

Sept longues heures après être montée dans le bus à Belgrade, j'arrivais enfin aux abords de Sarajevo. La dernière fois que j'avais été ici, c'était neuf ans plus tôt et j'avais laissé ma grande sœur tout gérer. Mais maintenant, il n'y avait que moi… toute seule.

J'avais changé de l'argent avant de quitter Belgrade et je fus donc capable de négocier un trajet en taxi. Le chauffeur flirta avec moi et m'appela l'Américaine alors que je lui parlais en bosniaque parfait.

Je supposai que j'avais désormais un accent.

Cela ne fit que souligner cette sensation de ne jamais vraiment appartenir à un endroit. Peut-être parce que je ne me l'étais pas autorisé ? Il était sans doute temps de le faire.

Tu mérites la permanence et je veux être l'homme qui te la donne.

La permanence, peut-être... mais apparemment, je ne le méritais pas, lui.

Vingt minutes plus tard, je tendis mon argent au chauffeur de taxi et je descendis. Il déchargea ma valise et la posa à côté de moi sur le trottoir.

— '*Hvala*,' dis-je en le remerciant.

— Tu parles très bien le bosniaque, l'Américaine.

Je ramassai ma valise avec un soupir, j'entrai dans l'immeuble, puis je grimpai les marches jusqu'à l'appartement de maman.

Maman et Maja étaient toutes les deux à la maison, ayant pris leur journée pour m'attendre. Quand j'arrivai à la porte, maman et Maja me sautèrent dessus immédiatement avec des cris, des pleurs et des baisers. Maman, les larmes aux yeux, me pinça les joues et me dit que j'étais très belle, mais beaucoup trop maigre.

Maja me présenta à son fiancé, un homme grand, mince, brun avec des dents tordues et une voix douce et gentille. Elles me dirent que Sanjin était un merveilleux chanteur dans la chorale de l'église, ce qui me rappela que j'allais sans doute devoir aller à l'église pendant que j'étais ici. Cela faisait une éternité.

— Janjica, je n'arrive pas à y croire. Je ne le peux pas. Tu nous es enfin revenue, dit maman.

Maja me sourit, tirant malicieusement sur une mèche de mes cheveux.

— Sanjin a quatre frères. Nous devrions te les présenter. Nous te trouverons peut-être un petit-ami bosniaque, Janja, ainsi tu ne retourneras pas en Amérique.

La douleur soudaine au centre de ma poitrine gêna ma respiration. Je soupirai.

— Pas de petit-ami pour moi. Mais je veux effectivement rester un moment.

Sanjin attrapa ma valise et la monta à l'étage dans la chambre de Maja, où j'allais dormir dans le lit supplémentaire qu'ils avaient emprunté pour moi.

Cette nuit-là, nous veillâmes bien trop tard en buvant du vin, en mangeant de la nourriture incroyable – *cevapi* et *somun*, des kebabs et du pain plat bosniaque – en parlant et en riant. C'était si bon d'être ici.

Je passai mes journées à explorer Stari Grad – le plus vieux quartier de la ville, datant du quinzième siècle – ainsi que le *Baščaršija*, l'un des bazars européens les plus anciens. Je fis également quelques courses de mariage pour ma sœur pendant qu'elle était au travail. Ce faisant, je découvris que mon vocabulaire bosniaque avait bien trop de lacunes, alors j'essayai de réapprendre mes propres langue et culture.

Une nuit, tandis que Maja se préparait à se coucher, j'étais allongée sur mon lit en feuilletant un de ces livres que j'avais pris sur une étagère. C'était un livre pour enfants écrit entièrement en bosniaque serbe croate, et je luttai pour le lire. Au bout de dix minutes, je fermai le livre avec un claquement.

— Tu as quelque chose à lire en Anglais ?

— Quelques vieux livres. Je ne lis plus en Anglais.

Je souris. Maja avait maintenant un accent quand elle parlait anglais. Sans doute comme j'en avais un en bosniaque, imaginai-je. Eh oui, tout le monde dans le quartier parlait de moi soit comme la sœur américaine de Maja, soit comme la fille américaine de Silvija.

Je souris en regardant Maja mettre de la crème hydratante sur son visage.

— Tu vas être une mariée magnifique.

Elle rayonna.

— Et toi, ma merveilleuse demoiselle d'honneur ! Attends de voir ta robe.

Quand elle mentionna la robe, je repensai à la merveilleuse robe bleue que William m'avait donnée. Je clignai des paupières, frustrée de ne pas arriver à le sortir de ma tête malgré mes efforts.

Maja me regarda.

— Tu as le mal du pays ? demanda-t-elle soudain.

Je l'aurais sans doute, si j'avais un véritable chez-moi quelque part.

Mais je commençai à douter de ce que 'chez moi' signifiait. Était-ce les gens ou l'endroit ? Ceux que j'aimais étaient éparpillés des deux côtés de la Terre. En Bosnie, en Californie…

— Pas vraiment. Je suis contente d'être ici, répondis-je en évitant la question.

— Tu n'as laissé personne de spécial derrière toi en Californie ?

Je roulai sur le dos pour la regarder.

— Tu es si follement amoureuse que tu regardes tout à travers des lunettes roses.

Elle me jeta un regard étrange.

— Tu es aussi bête qu'avant, Janja.

Mon regard se posa sur le plafond.

— Je suis effectivement… bête.

— Mais tu es triste, aussi.

Je fronçai les sourcils.

— Oui.

— Si tu n'as pas le mal du pays, alors qu'est-ce ?

Je soupirai.

— Il y avait bien quelqu'un. Mais c'est terminé maintenant. Et… ça fait toujours mal.

Elle vint s'asseoir à côté de moi, sur le bord de mon lit.

— Oh, *draga moja*.

Elle ôta les cheveux de mon visage.

— Je suis désolée. Cela ne s'est pas bien terminé ?

Je secouai la tête, soudain inexplicablement au bord des larmes. Ma lèvre trembla et je la mordis. La douleur revint encore plus violemment qu'avant.

— Viens là, dit-elle en me faisant signe de m'asseoir, ce que je fis. Puis elle me prit dans ses bras et elle me serra fort. Tu veux parler ?

Maintenant, je sanglotai, pour la première fois depuis le jour où William avait passé la porte, en déclarant que nous étions une 'erreur'. Je poussai un long soupir, laissant couler les larmes cette fois au lieu de les retenir. J'étais avec ma grande sœur et je me sentais bien. Je me sentais en sécurité.

— Maja, je l'aime tant. Je veux juste que ça disparaisse. Je ne peux pas m'empêcher de me demander si ce sera mieux un jour.

— Ça ira mieux avec le temps. C'est encore très récent. Je sais que c'est difficile à croire maintenant.

Comme avec Brock. Je l'aimais toujours, mais cette douleur paralysante que j'avais ressentie après sa mort s'était adoucie avec chaque année qui passait jusqu'à devenir un souvenir agréable, bien que douloureux.

Serait-ce ainsi avec William un jour ? Et surtout, voulais-je que cela le devienne ? Souhaiter que la douleur s'en aille était une épée à double tranchant, car c'était comme de souhaiter que mes sentiments s'estompent, eux aussi. Et ces sentiments bien qu'ils soient douloureux – ils me poignardaient – me donnaient également l'impression d'être en vie.

Les semaines passèrent et le mariage approcha. Maja et Sanjin allaient se marier dans une jolie petite église du seizième siècle, près du quartier où vivait ma famille. Leur appartement modeste était situé dans une zone de Sarajevo de classe moyenne, au milieu d'une population mélangée de Serbes, de Croates et de Bosniaques. Ainsi, il y avait une église catholique, une église orthodoxe et une mosquée toutes proches les unes des autres.

Le soir avant le mariage, je visitai l'église où Maja allait se marier. Elle était silencieuse, sereine et elle brillait de nombreuses bougies vacillantes. Elle sentait l'encens, les prières désespérées, la pierre qui s'effritait et la poussière ancienne qui n'était sans doute jamais nettoyée des endroits élevés qu'aucune femme de ménage ne pouvait atteindre.

Assise sur le banc à regarder l'autel étincelant, je me posai des questions au sujet de ma croyance en l'âme sœur. Maja était-elle sur le point d'épouser la sienne ? Avais-je perdu la mienne sept ans plus tôt dans un accident de voiture ?

Était-ce mon destin de traverser cette vie toute seule ?

William avait peut-être raison. Notre rencontre était peut-être une erreur. Mais dans ce cas, c'était l'erreur la plus agréable que je n'avais jamais faite. Et même si j'avais mal dès que je pensais à lui, je ne pourrais jamais regretter le temps que nous avions passé ensemble.

J'espérais seulement qu'il y aurait un moyen de recommencer. Car à ce moment précis, la situation était plutôt sombre.

Notre relation avait brûlé intensément pendant une courte durée. Elle nous avait aveuglés. M'avait aveuglée de la réalité. Et maintenant, j'étais ici, assise dans une église froide à l'autre bout du monde, me demandant si je le reverrais un jour.

Ma sœur fut une mariée magnifique. Le matin du grand jour, notre tante arrangea ses cheveux et son maquillage et ensuite, nous aidâmes Maja à enfiler sa robe exquise. Quand la tiare de baba fut placée sur la tête de Maja sous le voile, elle brilla dans ses cheveux bruns.

Cependant, il me fut impossible de regarder cette tiare sans penser à William et à tout ce qu'il avait dû faire pour me la rendre. Les émotions s'agglutinèrent dans ma gorge, m'étranglant tandis que je revêtis ma propre robe magnifique pour aller rejoindre ma sœur.

Je portais du satin rose coquillage et j'étais la seule demoiselle d'honneur. Notre petite cousine portait un rose plus sombre et elle était responsable de parsemer le chemin de fleurs. Quand nous marchâmes jusqu'à l'église – à une courte distance en bas de la rue – les voisins transmirent leurs vœux de bonheur et je soulevais la traîne de Maja pour qu'elle reste propre.

Plusieurs heures et une messe de mariage exhaustive plus tard, Maja et Sanjin furent mari et femme. Et j'étais épuisée. Après avoir tendu le bouquet à ma sœur, ils partirent vers la sortie et tout le monde applaudit et les acclama.

Je me laissai immédiatement tomber sur le banc le plus proche pour soulager mes pieds. Les invités avaient tous pu rester assis pendant la messe, alors que j'avais dû me lever et m'agenouiller de façon répétée.

Depuis le banc, je levai la tête pour observer les peintures murales sur le plafond de l'église pendant qu'elle se vidait. J'allais les rejoindre dans quelques minutes, quand j'aurai eu le temps de reprendre ma respiration.

— Janjica ? Tu viens ? demanda maman.

Je continuai à fixer le plafond.

— Oui, je vous rattraperai. Vas-y, profite ! Et assure-toi d'être sur quelques-unes des photos, maman !

Elle grommela quelque chose au sujet de ne pas vouloir être prise en photo et, elle se tourna en suivant les derniers retardataires. Juste au moment où je l'entendis s'approcher de la sortie, je m'assis soudain, en me souvenant que j'avais laissé mon cadeau dans un sac à la maison.

Je me tournai.

— Maman, peux-tu… ?

Je me figeai, certaine que mes yeux me jouaient des tours. Il y avait un homme grand et beau qui se tenait derrière maman et il ressemblait énormément à William. Je savais qu'il s'agissait d'une sorte d'illusion, pourtant mon cœur se mit à palpiter.

Maman suivit mon regard, puis elle se tourna, des questions plein le visage.

— Tu le connais ? demanda-t-elle.

— Je crois… je plissai les yeux en espérant que ceci m'aiderait à y voir plus clair. Je vous rejoins… promis.

L'homme – William, c'était forcément William – regarda maman sortir de l'église avant de se concentrer sur moi. Quand il se mit à frotter ses cuisses, ma gorge se serra.

Je m'avançai vers lui en même temps qu'il s'approcha de moi. Le sol en pierre fit résonner nos pas et aucun autre son ne put être entendu en dehors des acclamations et des félicitations pour le couple au-dehors.

On se rencontra bientôt au milieu de l'allée. Je ne pouvais pas respirer, pas avaler… et certainement pas parler. William me regarda d'un air sérieux, essayant peut-être de deviner ce que je ressentais. Je lui souhaitai bonne chance, car je n'avais absolument aucune idée de ce que je ressentais.

Il était si remarquablement beau dans ce costume – qui était manifestement tout neuf – même s'il n'avait pas l'air à l'aise de le porter. Et par quelque miracle, il avait accordé la chemise et la cravate.

William observa chaque centimètre de mon visage sans croiser mon regard, tandis que j'examinais ses traits masculins biseautés et, la courbe de sa bouche qui me rappelait ses baisers passionnés.

Et ces sentiments. Passer de l'endroit sombre de mon cœur que j'avais exploré au cours des dernières semaines à cet élan d'euphorie en le voyant fut comme de poser le pied sur un tourniquet pour enfants déjà en mouvement.

Il finit par s'éclaircir la gorge.

— *Zdravo*, me salua-t-il en bosniaque parfait.

J'écarquillai les yeux, tout juste capable de répondre.

— Quoi ? Comment ? Quand ?

Je secouai la tête, souhaitant pouvoir comprendre au moins quelque chose.

— J'ai découvert que tu étais partie. J'ai décidé de venir te chercher.

J'ai décidé de venir te chercher. Je chancelai, risquant de m'évanouir comme une femme en corset du dix-neuvième siècle.

— Comment m'as-tu trouvé ici ?

Il me regarda comme si la réponse était évidente.

— Tu m'as vu lire l'invitation de mariage dans ta chambre.

Je clignai des paupières.

— Tu as regardé l'invitation pendant une minute, il y a deux mois...

Il haussa les épaules.

— Je me suis souvenu de la date, de l'heure et du lieu du mariage, alors je savais exactement où tu serais à cette date et à cette heure.

Évidemment. Je secouai la tête.

— Mais pourquoi faire tout ce chemin ? Tu as dit...

Il me surprit en levant un doigt et en le posant sur ma bouche.

— 'Volim te', dit-il.

Je t'aime.

Mon cœur bondit, mais le reste ne pouvait pas encore oublier les blessures toujours fraîches. C'était étrange, cette sensation de voler tout en étant attachée à la terre en même temps.

— Wil, tu étais si fâché contre moi, je...

— Je ne suis plus fâché. J'ai oublié de me souvenir que nous avions tous nos défauts. Moi aussi, j'en ai beaucoup.

Je souris, ce fut une chose tremblante et inquiète, comme un chiot nouveau-né.

— Tu as oublié de te souvenir ?

Il sourit également.

— Oui, dit-il en plissant le front. Mon défaut est que je ne pardonne pas les défauts chez les autres. Et c'est tout aussi mal sinon pire.

J'y réfléchis un long moment. Je n'étais pas fâchée contre lui, mais j'avais été profondément blessée et j'essayais encore de m'en remettre.

Il me dévisagea des pieds à la tête, regardant ma robe, mes cheveux tressés, mon maquillage.

— Tu es magnifique, Jenna. La femme la plus belle que j'ai jamais vue.

Son regard parcourut à nouveau mon visage, et il se redressa comme s'il était soudain gêné.

— Mais, quelle que soit la beauté que j'attribue à ton visage et à ton corps, ce n'est rien par rapport à ton cœur… ton cœur aimant et doux. J'avais tort et ce n'était pas chevaleresque de blesser ton cœur pur.

Je me mordis la lèvre.

— Wil…

— Je n'ai pas terminé, dit-il.

On aurait dit qu'il avait répété ce discours de nombreuses fois – ce qui était sans doute le cas.

— Je suis un chevalier et tu es la femme qui deviendra, je l'espère, ma dame. Et un homme sage t'a dit un jour que tu étais une princesse et que tu deviendrais reine. Il avait raison. Tu es ma reine. La reine de mon cœur.

Il prit ma main et il s'inclina profondément, comme un chevalier du Moyen Âge offrant son allégeance à la royauté. Puis il posa doucement un baiser sur ma main.

— Je suis ton humble serviteur. S'il te plaît, veux-tu m'accorder ton pardon ?

Je poussai un soupir tandis qu'il resta dans sa position, penché par-dessus mon bras. Puis je tendis la main et je caressai ses cheveux doux et épais.

— Bien sûr que je te pardonne. Redresse-toi, Sieur William. Tu es mon noble protecteur et je te remercie pour tout ce que tu as fait pour moi. *Volim i ja tebe.* Je t'aime, moi aussi.

Il se releva avec un grand sourire sur son beau visage.

— Jenna, je…

— Attends, William, dis-je.

Son visage s'assombrit et je me précipitai pour clarifier afin qu'il comprenne.

— Je veux dire, j'ai besoin que tu attendes une minute pendant que je dis ce que j'ai dans la tête.

Je soupirai avant de continuer.

— Et pour quelle raison je pense que cela ne peut pas fonctionner entre nous.

Il cligna des yeux comme si je venais de le gifler, mais il ne dit rien.

— Je dois rester ici un moment… passer du temps avec ma famille. Découvrir où est mon chez-moi.

Il secoua la tête.

— Je ne comprends pas. Chez toi, c'est l'endroit où tu as vécu les vingt dernières années…

Pour une fois, ce fut moi qui évitais son regard.

— Ce n'est pas si facile, William. Tu m'as aidé à comprendre que je dois arrêter de vagabonder. Que je dois établir des racines, trouver une permanence. J'ai besoin de savoir où je suis chez moi.

Ses yeux se concentrèrent sur un point juste au-dessus de mon épaule avec une précision de laser.

— Tu comprends ?

Il hocha la tête.

— Je pense que tu es chez toi à l'endroit où tu es à l'aise. L'endroit où tu te sens en sécurité. Où tu sais que tu es aimé.

— Oui, dis-je en hochant la tête. Et j'ai besoin de découvrir à quoi cela ressemble pour moi.

Il me regarda subitement dans les yeux.

— J'ai eu des leçons de visualisation d'une très bonne enseignante, alors je peux t'aider pour ça.

Je levai les sourcils.

— Ah bon, tu peux faire ça ?

Il acquiesça d'un air déterminé.

— Fermez les yeux, Votre Altesse.

Je ris.

— Non, tu ne dois pas rire. Tu dois prendre ceci au sérieux.

Je pinçai les lèvres.

— D'accord. Mets le paquet.

Je m'éclaircis la gorge en me souvenant que je devais parler clairement.

— Je veux dire, vas-y.

— Prends mes mains et ferme les yeux. Respire profondément et détends-toi.

Je fis ce qu'il demandait.

— Maintenant, écoute attentivement et imagine ce que je décris. Tu rentres chez toi après une longue journée au travail – un travail que tu aimes où tes collègues sont aimables avec toi et apprécient ce que tu proposes. Tu sors de ta voiture, que tu as achetée avec l'argent que tu as économisé. Et tu vis dans un endroit que tu as décoré toi-même. Un endroit où tu es en sécurité et calme et heureuse. Tu te trouves devant ta porte d'entrée en ce moment. La vois-tu ?

Je fus stupéfaite de voir à quel point je pus facilement visualiser une porte de bois sombre avec une poignée en laiton poli.

— Maintenant, sors les clés de ton sac et enfonce la clé dans la serrure. Une fois que tu as déverrouillé la porte, tu tournes lentement la poignée. Tu vois un vestibule. Tu vois des images et des œuvres d'art accrochées au mur, ton tapis sur le sol, tes meubles dans le salon. Tu entres, comme tu l'as fait toutes les semaines, tous les mois, tous les ans. Et tu es chez toi dans un endroit que tu aimes.

Il resta silencieux un long moment, alors je me pris au jeu… je visualisai ce qu'il décrivait et plus. Je pris le temps de marcher dans cet espace imaginaire, me sentant détendu, laissant le stress de la journée s'évaporer.

— Tu remarques que quelque chose a une odeur différente, continua-t-il. Cette odeur vient de la cuisine. Un arôme délicieux de légumes cuisinés et de viande et d'épices.

Une cuisine qui fonctionne toute seule ? Pas mal. Ou peut-être une bonne ? Je me mordis la lèvre et je ne posai pas de questions, car je voulais qu'il continue.

Heureusement, c'est ce qu'il fit.

— Quand tu entres dans la cuisine, tu vois qu'il y a de la soupe dans la cocotte.

— Qui l'a mise là ? ne pus-je m'empêcher de demander, cette fois.

— C'est moi. J'ai fait la soupe pour toi. Je fais une très bonne soupe.

J'ouvris un œil pour le regarder.

— Comment se fait-il que je ne le savais pas ?

Il sourit.

— Tu n'as pas demandé. Ferme les yeux, murmura-t-il, et j'obéis.

Je me mis à espérer que quelque part dans ma maison imaginaire, mon chef de soupe personnel n'apparaîtrait vêtu de rien d'autre que son tablier. Car il se tenait près de moi et son odeur me chatouillait le nez, j'avais très envie d'avoir ses bras autour de moi.

— Est-ce que tu sens la soupe ? demanda William.

— Oui. J'ai le ventre qui gargouille.

— Bien. Parce que quand j'arrive dans la cuisine, la première chose que je fais, c'est t'embrasser et te demander comment s'est passée ta journée. Puis, je te sers un bol de soupe et je coupe une tranche de pain frais acheté à la boulangerie.

— Tu habites ici, toi aussi ?

Il y eut une longue pause.

— C'est à toi de le décider. C'est ton exercice, pas le mien.

Je déglutis.

— Euh. Peut-être… peut-être que si tu me prends dans tes bras pendant que je visualise ? Cela pourrait m'aider.

Quelques secondes plus tard, William s'approcha de moi et ses bras solides m'entourèrent. J'avalai ma salive, surpassée par les émotions.

Ma vision domestique fut soudain remplacée par des bras puissants et protecteurs qui me tenaient alors que j'étais terrorisée par les feux d'artifice du parc. Une voix douce chuchotait à mon oreille, me disant que tout irait bien. Qu'il ne me quitterait jamais. Des yeux perçants qui remarquaient tout, même mon ongle cassé. De longs doigts adroits essuyant mes larmes, me disant que mon cœur était aussi beau que mon visage et mon corps. Des lèvres qui caressaient lentement les miennes, mais qui pouvaient également me posséder férocement. Un homme qui me défendait contre un harceleur – plus d'une fois – tout en se soumettant au ridicule et à une perte potentiellement dévastatrice.

Je collai mon visage contre le veston de William et je le respirai. Et je sentis ce sursaut, suivi par une sensation profonde et chaleureuse dans ma poitrine : du bien-être, de la sécurité, de l'amour inconditionnel. *Chez moi.*

Parce qu'il y a beaucoup de choses que l'on est capable de faire pour les personnes que l'on aime : on endure des sacrifices, on prend des risques, on surmonte des obstacles. Mais à celui qui est devenu l'air que l'on respire et le foyer que l'on désire, on pardonne tous les défauts, on affronte tous les défis et on peut même planifier un nouveau futur.

Et j'étais prête – tellement prête – à planifier un futur avec lui.

— Wil, je veux t'embrasser.

Il hésita un instant, puis il inclina la tête vers moi.

— Sur la joue ou sur la bouche ? Avec la langue ?

Je grognai, puis j'attrapai l'arrière de sa tête et après sa surprise initiale, il obéit volontiers. Et nous nous embrassâmes… comme si nous ne nous étions jamais arrêtés.

Sa langue glissa dans ma bouche et me brûla. Ses mains entourèrent mes omoplates et il m'attira contre lui. La chaleur se répandit en moi et un désir puissant brûla comme un incendie le long de ma colonne vertébrale.

Soudain, il fit très chaud dans la petite église alors que ce n'était même pas encore l'été. J'entendis un bruit de pas près de l'autel – sans doute un enfant de chœur ou même le prêtre. William dut l'entendre également, car il s'arrêta et écarta lentement sa bouche.

On appuya nos fronts l'un contre l'autre.

— Jenna.

— William, répondis-je.

— Dis-moi que tu ne partiras plus. Sauf si tu me prends avec toi.

— Je n'irai nulle part sans toi si je dois me sentir aussi mal qu'au cours de ces dernières semaines.

Il serra ses bras plus fort autour de moi.

— Essayons de ne plus être aussi stupides, dit-il. Nous sommes faits pour être ensemble.

— Allez, viens, nous allons tester encore une fois tes capacités à supporter la foule, au moins pendant un petit moment. Nous devons nous rendre à la fête du mariage. Et il faut que je montre mon bel Américain.

Il rit.

— J'ai écouté des enregistrements pour apprendre comment dire certaines phrases clés en bosniaque.

— Eh bien, j'aime celles que j'ai entendues jusque-là…

— *Želim te.*

J'inspirai brusquement, le désir brûlant s'étalant en mon centre.

— Hmm. Je te désire, moi aussi. Ce soir. Après la fête.

Je lui pris la main et nous sortîmes de l'église sur la petite place. Il me tardait de lui faire visiter et d'explorer de nouveaux endroits avec lui à mes côtés.

Mais d'abord, je voulais le présenter à ma famille. J'étais certaine que tout le monde allait l'adorer. Peut-être pas autant que moi, cependant ce n'était pas grave.

Car à présent je comprenais, ce que voulait vraiment dire être chez soi. Avec l'aide de William, je l'avais enfin trouvé.

Et c'était incroyable.

Chapitre Trente-huit
Mia

AÉROPORT INTERNATIONAL DE LOS ANGELES

Jenna : Nous sommes aux douanes. On se rejoint sur le trottoir devant la zone de retrait des bagages ?

Moi : Oui ! On y sera vite. Il me tarde de vous voir !

Je demandai au chauffeur de sortir du parking d'attente près de LAX et de se diriger vers le terminal international Tom Bradley. Nous avions le temps, car William et Jenna allaient devoir traverser les douanes puis récupérer leurs bagages. Je décidai donc de passer le temps en essayant encore une fois de tirer les vers du nez d'Adam.

Presque deux mois s'étaient écoulés depuis le duel et il ne voulait toujours pas me dire quand aurait lieu notre mariage. Il adorait me faire attendre ainsi. Au début, j'en avais ri avec lui, mais à mesure que le temps passait, j'étais de plus en plus disposée à me révolter.

Nous étions assis dans une limousine de location qui faisait partie des services que nous utilisions parfois. Même si Adam préférait toujours conduire lui-même la plupart du temps, personne – pas même lui – n'aimait faire le tour d'un aéroport. Ainsi, je pouvais profiter de l'avoir en public captif – même s'il n'était pas captivé – sans autre distraction. J'étais prête à utiliser cet avantage pour obtenir ce que je voulais.

— Voyons voir… est-ce la journée Star Wars ? demandai-je.

— Quoi ? dit-il en fronçant les sourcils.

— Le quatre mai ?

En voyant son regard vide, je précisai :

— 'May the fourth'. Comme dans 'May the fourth be with you', ça fait 'Que la force soit avec toi' en zozotant.

— C'est le jeu de mots le plus stupide que j'ai entendu. Et puis, nous avons déjà passé cette date.

Je haussai les épaules.

— La date revient l'année prochaine…

Son sourire devint rusé.

— Oh que non ! Je te l'ai déjà dit, nous nous marions cette année.

— Mais tu ne vas pas me dire à quelle date.

Il haussa les épaules.

— Les fêtes-surprises sont toujours drôles. Pourquoi pas un mariage-surprise ?

Je lui jetai un regard noir.

— Les fêtes-surprises sont toujours drôles ? Tu m'as fait une fête surprise une fois qui n'était absolument pas drôle. Et tu m'as avertie de ne jamais en faire une pour toi. Non pas que j'essaierais. La prescience de ton cerveau de génie reniflerait tout de suite le secret, longtemps avant que la fête ait lieu.

Un petit sourire satisfait s'étala lentement sur son beau visage.

— Exactement. C'est moi qui m'occupe des surprises, ici.

Je fis une grimace de fausse frustration.

— Tu as raté ta vocation, Adam Drake. Tu aurais dû travailler pour la CIA.

Il m'attrapa par la taille et il m'attira contre lui.

— Peut-être le fais-je déjà.

Je secouai la tête.

— Si tu fais de ce mariage une surprise, je te promets que cela ne se passera pas mieux que cette fête-surprise.

Il était bon d'être enfin en mesure de plaisanter concernant un des points les plus sombres de notre vie : la nuit où Adam m'avait demandé de l'épouser pour la première fois, pour toutes les mauvaises raisons. La nuit où je l'avais refusé, puis que j'étais entrée dans la fête-surprise la plus gênante qui ait jamais eu lieu. Oui, nous étions à des années-lumière de cette nuit-là. Et quand on était capable de rire ou de sourire de souvenirs douloureux, alors on savait que l'on était parvenu au bonheur, du moins dans l'instant.

Le sourire glissa de son visage et il détourna les yeux en se frottant théâtralement le menton avec sa main libre, comme s'il était un méchant de dessin animé.

— Allez, Adam, j'ai besoin d'une date, gémis-je.

Il se pencha et posa un baiser sur ma tempe.

— Je t'ai promis une date. Je te la donnerai. Simplement, je n'ai pas dit *quand* j'allais te la donner.

Je me levai et je m'assis sur la banquette en face de lui pour éviter ses mains baladeuses.

— Ne veux-tu pas au moins dire à William que nous avons une date ? Il t'a aidé à gagner ce pari.

— Oh, je pourrais lui dire. Il gardera mon secret.

Je pinçai les lèvres.

— Fais attention à ne pas trop bien garder ce secret, sinon la mariée ne saura pas qu'elle doit venir.

Son sourire s'élargit et il tapota le siège à côté de lui. Je secouai la tête, refusant de risquer de m'approcher de ses mains bien trop convaincantes. Je lui tirai la langue avant de lui rétorquer :

— Ça t'amuse. Je vais devoir devenir violente. Ou te faire boire.

— Ou...

Il leva sa main devant sa bouche pour mimer une pipe.

Je croisai les bras sur ma poitrine, puis une idée brillante me vint. Adam m'étudia avec un regard méfiant. *Il avait raison.*

— Quoi ?

Je haussai les épaules en exagérant le mouvement.

— Malheureusement, je ne suis pas certaine de pouvoir me lâcher sexuellement.

Je soupirai d'un air dramatique pour faire plus d'effet.

— Du moins, pas tant que mon esprit n'est pas soulagé du poids de l'inquiétude concernant la date de mon mariage.

Il plissa les yeux.

— Es-tu en train de dire ce que je crois que tu dis ?

Mon sourire pervers s'agrandit.

— Probablement.

— Je dois t'avertir que ma retenue est légendaire.

Je ris. Et je ris. Et je ris et encore. C'était peut-être le cas autrefois, mais cela faisait longtemps qu'il n'avait pas exercé cette retenue. Dernièrement, il avait la retenue d'un étudiant qui prenait du Viagra.

Il fronça les sourcils.

— Ce n'était pas si drôle que ça.

La voiture se gara devant le terminal. J'aperçus William et Jenna debout sur le trottoir à côté de leurs bagages, se tenant par la main en attendant. Ils semblaient tous les deux complètement épuisés. C'était compréhensible après un voyage de quinze heures.

Je me tournai vers Adam.

— Il me tarde de tester cette retenue légendaire.

Sur ces mots, je passai la main sous ma jupe et j'enlevai ma culotte. Puis je la roulai en boule et je me penchai en avant pour la mettre dans la poche de son bermuda.

— Tiens, garde-la pour moi, veux-tu ?

Je le vis écarquiller les yeux juste au moment où je sortis de la limousine. Je fis immédiatement un câlin à William – après l'avoir prévenu d'abord – remarquant qu'Adam mettait du temps à sortir de la voiture.

— Voici nos grands voyageurs !

— Comment allez-vous ? demanda Adam avec une tape sur le bras de son cousin quand je passai faire un câlin à Jenna.

— On a faim et on est fatigué, dit-elle. Nous n'avons pas pu dormir dans l'avion.

— Le dîner est prêt chez nous et une chambre d'amis est préparée si vous voulez rester. Sinon, le chauffeur peut vous ramener chez vous après le repas. Nous ne savions pas ce que vous préfériez.

— Manger, ce serait fabuleux, dit Jenna.

— William, comment était Sarajevo ? demandai-je.

— Agité, dit-il. Beau. Vieux. Et très fréquenté.

Une fois que le chauffeur eut mis les bagages dans le coffre, on remonta tous dans la limousine. Je me serrai contre Adam, alors que c'était tout à fait inutile. Il y avait beaucoup de place là-dedans, mais j'avais mis à exécution mes plans de séduction. J'allais devoir coller mon corps contre lui autant que possible. Non pas que ce soit une corvée. Cet homme était bien trop sexy.

William s'assit face à nous, le bras autour de Jenna. J'étais ravie de les voir aussi heureux après les avoir vus tous les deux complètement déprimés quand ils étaient séparés l'un de l'autre. Et je ne pouvais m'empêcher d'être fière de William d'avoir pris le risque de se rendre à l'autre bout du monde quand il n'avait même pas su comment elle allait le recevoir. Il avait vraiment eu des couilles. Tant mieux pour lui.

Cependant, mes efforts pour séduire Adam furent gênés, car ils pouvaient tous les deux voir tout ce que je faisais. La culotte n'avait été que la première salve. En parlant au cours du trajet d'une heure depuis LAX jusqu'à notre maison à Newport Beach, j'enlaçai mes doigts entre les siens, posant nos deux mains sur mes genoux – très près de l'endroit où aurait été ma culotte. J'essayai également de trouver une façon de lui montrer un peu de mes seins pendant que les deux autres ne regardaient pas.

Adam, bien sûr, ne se laissa pas faire sans réagir. Pendant que sa main était posée sur mes genoux, ses doigts tracèrent subtilement des cercles sur le haut de ma cuisse et comme d'habitude, ses doigts éveillèrent des frissons et élevèrent la température de l'air perçue dans la voiture. Il savait très bien qu'il n'y avait qu'une fine couche de tissu entre sa main et l'objectif. C'était la guerre.

Défi accepté.

— Nous vous avons rapporté du Licitar ! dit Jenna. Adam et moi échangeâmes un regard.

— Qu'est-ce que c'est ?

— Du pain d'épices, répondit William. Et pas de la sorte que tu manges vraiment. C'est trop joli pour le manger.

Quelques jours après notre arrivée à Sarajevo, William avait appelé Adam pour lui faire savoir qu'il avait trouvé Jenna et qu'il allait rester un mois. Adam, qui était son patron ainsi que son cousin, avait dû rappeler à William qu'il travaillait sur un projet en cours. Mais étant donné les circonstances et le fait que William prenait rarement une journée de congé ou des vacances, il ne pouvait pas dire grand-chose, avec ou sans projet. À la place, Adam lui avait envoyé un ordinateur spécial et William avait pu travailler entre ses visites de la ville et le temps qu'il passait avec Jenna.

J'imaginais qu'un mois loin des objets familiers et de la routine devait être difficile pour tout le monde, et encore plus pour William. Mon regard se focalisa sur la façon dont il la tenait, caressant son épaule de façon adorable. Et la manière dont il la regardait. Comme si elle était tout ce qui comptait.

Jenna attrapa son bagage à main et elle en sortit une boîte.

— Je ne voulais pas qu'ils se fassent écraser dans les bagages. Mais regardez ! Nous avons fait écrire vos noms dessus.

— Mais nous avons dû laisser un blanc pour la date du mariage parce que je ne savais pas du tout quand c'était, dit William avec un regard accusateur en direction de son cousin. Adam ne me l'a pas dit avant que je parte.

— Nous sommes deux, William, ricanai-je. Il ne m'a pas dit la date non plus.

Jenna sortit de magnifiques gâteaux en forme de cœur qui étaient, comme William l'avait dit, décorés de façon exquise avec des couleurs et des motifs magnifiques. Ils étaient effectivement beaucoup trop beaux pour être mangés.

— C'est une forme d'art croate, expliqua-t-il. Nous les avons achetés pendant notre voyage à Zagreb.

Nous reçûmes alors l'histoire et une description détaillée de l'art du Licitar en Croatie. Pendant ce temps, j'essayai de faire monter ma main le long de la cuisse d'Adam sans que les autres le remarquent. Cette séduction discrète n'était pas chose aisée. Adam aurait peut-être pu travailler à la CIA, mais moi, pas du tout.

Par chance, je portais mon meilleur soutien-gorge push-up et je me penchai contre lui autant que possible, feignant d'admirer son pain d'épice.

— Adam aime les gâteries, dis-je en hochant la tête. *Beaucoup.*

Il rit et il regarda par la vitre. Jenna fouillait dans son bagage à main et elle n'écoutait pas. William poursuivit son récit, ayant complètement raté le sous-entendu.

La limousine nous déposa au bout du pont qui menait à la petite île de Back Bay où nous vivions. Adam demanda au chauffeur d'attendre quelque part jusqu'à ce que William et Jenna soient prêts à rentrer à la maison après manger. William avait dit qu'il avait très envie de dormir dans son lit. Apparemment, Jenna n'avait pas encore décidé si elle allait vivre avec lui ou non, mais ils étaient d'accord pour essayer pendant quelques jours dans la maison de William.

En traversant Bay Island à pied jusqu'à la maison, nous restâmes en retrait par rapport à William et Jenna. Je me rapprochai de ma proie, prête à prendre un nouveau rôle : Emilia la chasseresse.

— Si tu fais ce qu'il faut, tu pourras avoir une gâterie pour le dessert.

Adam fit rapidement passer son bras dans mon dos, me pinçant la fesse.

— Tu m'as l'air bien sûr de toi. Je dois peut-être prouver que je peux tenir plus longtemps que toi.

Ha ! Je posai vite ma main sur son entrejambe et il retint sa respiration avant de faire un pas de côté, hors de ma portée.

— Action évasion ! dit-il quand nous arrivâmes à la porte et qu'il la déverrouilla pour entrer.

Le repas fut agréable. Chef resta pour nous servir les hors-d'œuvre et le plat principal. Elle partit une fois que le repas fut bien entamé. Elle nous avait déjà donné des instructions pour le dessert qu'elle avait mis au frigo.

Adam et moi continuâmes à jouer les hôtes, passant dans la cuisine pour chercher plus de vin ou pour enlever les assiettes après le plat principal. Chaque fois que nous nous croisions, nous en profitions pour torturer l'autre un peu plus. J'attrapai son cul de ma main libre, portant une bouteille de vin de l'autre. Il frôla mon sein avec la main en passant, en route vers le lavabo avec les assiettes sales.

Je remplis de jolies coupes à dessert avec la mousse à la vanille froide et j'alignai les quatre coupes sur le comptoir, attendant qu'Adam revienne dans la cuisine.

Toujours en mode de séduction discrète, je déboutonnai mon chemisier et je descendis mon soutien-gorge pour exposer et pousser mes seins vers le haut, lui fournissant une vue parfaite. Puis je m'appuyai contre le comptoir avec une pose de mannequin érotique, en attendant qu'il passe le coin.

Malheureusement, la personne qui entra dans la cuisine ne fut pas Adam – heureusement, ce n'était pas William non plus.

Jenna s'arrêta net alors que, morte de honte, je me précipitai pour refermer mon chemisier et me couvrir.

Jenna se moqua ouvertement de moi.

— Je ne savais pas que tu m'aimais de cette façon, Mia.

— La ferme, aboyai-je en boutonnant mon chemisier.

Elle marcha jusqu'au comptoir.

— J'ai proposé d'aider avec le dessert et Adam était d'accord. Je suppose qu'il sera contrarié de découvrir ce qu'il a raté.

— Bon sang ! J'essaie de lui extorquer la date du mariage. Je veux qu'il soit tout excité, puis je lui dirai qu'il n'aura rien tant qu'il ne me donne pas la date.

Jenna gloussa et elle attrapa deux coupes de dessert.

— Essaie d'y aller sans culotte, dit-elle en sortant de la pièce.

Je pris les deux autres desserts en jetant un regard noir dans son dos.

— Euh, merci. Bonne idée.

À laquelle j'avais déjà pensé il y a deux heures.

Cependant, une fois que je fus assise à côté d'Adam, une autre idée me vint. À un moment où il ne regardait pas, je fis tomber une petite cuillerée de mousse sur sa jambe. Jenna vit ce que j'avais fait et elle dut se couvrir la bouche pour ne pas exposer mon plan machiavélique.

— Oups ! Pardon. J'ai fait tomber un peu de...

J'attrapai la main d'Adam et j'utilisai son doigt pour ramasser la mousse. Il me regarda comme si j'étais folle, apparemment trop surpris par mon acte pour anticiper ce que j'allais faire. Je portai sa main à ma bouche et je léchai la mousse sur son doigt, n'hésitant pas à me servir de ma langue.

Puis, comme pièce de résistance, je regardai au fond de ses yeux magnifiques en finissant par une fioriture de la langue. Je fus récompensée par l'éclat de désir que je reconnus facilement au fond de ses yeux noirs et brillants.

Enfin. Je commençais à penser que j'étais rouillée dans l'art de la séduction discrète.

Jenna était morte de rire de l'autre côté de la table. Je lui donnai un coup de pied sous la table en libérant le doigt d'Adam.

— Hé ! gémit-elle.

William se contenta de regarder la scène tout en avalant avec enthousiasme la mousse à la vanille, comme si elle risquait de disparaître s'il ne se dépêchait pas suffisamment.

Quinze minutes plus tard, Adam conduisit le couple jusqu'au pont avec la voiture de golf et la limousine les attendait pour les conduire chez William. Quand Adam revint dans la maison, j'étais au lavabo et je rinçais les plats tout en réfléchissant à mon plan d'attaque suivant.

Mes mains étaient trempées et le robinet du lavabo coulait quand il arriva derrière moi et qu'il m'attrapa par les hanches, poussant son érection évidente contre mes fesses.

— Espèce de dévergondée, marmonna-t-il dans mon cou quand je frissonnai.

— Hmm. Est-ce un sabre laser dans ta poche, ou bien es-tu content de me voir ?

Il me dévora avec ses lèvres, ses dents et sa langue. Je ressentis des picotements jusque dans mes orteils. À ce rythme-là, il allait me faire céder sans avoir craché le morceau, cet enfoiré. Je ne pouvais pas le laisser gagner, qu'il soit irrésistiblement sexy ou pas.

Je penchai la tête en arrière pour la poser sur son épaule quand je sentis ses mains glisser sous ma jupe et remonter le long de l'arrière de mes cuisses.

— Ce n'est pas juste. Tu es trop doué, soufflai-je.

— Tu ne t'es encore jamais plainte que je sois 'trop doué'. Néanmoins, je prends ça comme un compliment.

Je fermai le robinet, mais je ne pouvais pas atteindre le torchon pour m'essuyer les mains, et il n'y avait aucun moyen que je me mette hors de sa portée. Avec un dernier effort peu enthousiaste pour obtenir ce que je voulais avant d'accepter ma défaite, je tortillai mes fesses contre son entrejambe. Il me récompensa par un grognement rauque tandis que sa bouche se referma autour du lobe de mon oreille. Ses mains glissèrent vers l'avant, me tenant contre lui.

Je le léchai dans le cou.

— Me désires-tu assez pour me dire quand nous allons nous marier ?

— Peut-être. Mais tu devrais savoir désormais que je n'aime absolument pas perdre.

Ses doigts glissèrent plus bas et ma respiration devint irrégulière. Je me cambrai contre son torse solide.

— Oh, je peux vous garantir, Mr Drake, que c'est gagnant-gagnant pour nous deux.

— Ah, souffla-t-il dans mon oreille, une main s'écartant pendant quelques secondes. J'entendis ensuite le bruit de sa fermeture éclair et le craquement de l'emballage d'un préservatif. Je me mordis la lèvre. Il s'était préparé.

— Attention, Miss Strong, ou devrais-je dire, la future Mme Drake ?

Je ressentis un sursaut de joie à la place de ce qui était normalement de la peur.

— Je trouve que ça sonne bien. Si seulement je savais *quand*.

Je tournai la tête pour l'embrasser et sa bouche posséda la mienne avec ses lèvres fortes et possessives, suivies de caresses sauvages de sa langue.

Mon Dieu, que j'aimais cet homme !

Même quand il me rendait dingue. Et pas seulement avec sa langue qui me rendait folle.

— Alors, ce sera quand ? Demain ? La semaine prochaine ? J'ai au moins besoin d'une robe.

— Tu pourrais porter des haillons et quand même être la plus belle mariée de la planète. Parce que tu seras *ma* mariée.

— Hmm, tu t'améliores côté flatterie.

Ses mains me caressèrent exactement où il le fallait. Je m'agitai contre lui.

— Et tu es toujours très, très doué avec tes mains.

— Alors, pouvons-nous dire que nous sommes à égalité ?

Je le sentis appuyer contre mon ouverture et je serrai le bord du comptoir un peu plus fort.

— Je pense que c'est possible.

Juste avant qu'il me pénètre, il se pencha en avant et il chuchota une date à mon oreille. Après cela, ce fut un flou passionné de sexe de cuisine féroce. Cela faisait un moment que nous n'avions pas fait ça. Et à la fin, je n'étais pas sûre de me souvenir de la bonne date, alors je dus lui reposer la question.

Bon, j'avais dû le séduire pour lui extorquer la date, mais nous nous étions bien amusés.

C'était exactement de cette façon que Mr Drake et moi fonctionnions : gagnant-gagnant.

Comme c'était un homme – et que c'était Adam –, il s'était senti obligé de gâcher le moment alors que je me réjouissais d'avoir obtenu l'information de sa part.

— Bien sûr, tu sais *quand*… mais je ne t'ai pas dit où, n'est-ce pas ?

Les hommes…

Au sujet de l'auteure

Brenna Aubrey est une auteure Best sellers USA TODAY d'histoires d'amour contemporaines qui se concentrent sur la culture geek.

Elle a depuis toujours cherché le réconfort dans de bons livres et les longues histoires compliquées qu'elle tisse dans sa tête. Brenna est une fille de la ville avec le cœur d'une amoureuse de la nature. Elle se retrouve donc dans des espaces verts dès qu'elle le peut. Elle est aussi une maman, professeur, fille geek, francophile, une joueuse de jeux vidéo décomplexée et une lectrice compulsive.

Elle réside actuellement sur la côte ouest avec son mari, deux enfants, deux adorables chiots golden retriever, un oiseau et quelques poissons.